David R. Slayton a grandi à Guthrie, Oklahoma, où trouver des romans de Fantasy était difficile, et des romans de Fantasy aux personnages divers, impossible. Il vit désormais à Denver dans le Colorado, avec son compagnon Brian, et écrit les histoires qu'il a toujours voulu lire. Depuis 2015, il organise tous les ans à Halloween une distribution de livres afin de promouvoir des auteurs issus de milieux marginalisés.

Du même auteur :

Adam Binder :
1. *Le Sorcier des plaines*
2. *Le Prince de l'arbre gelé*

David R. Slayton

Le Sorcier des plaines

Adam Binder – 1

Traduit de l'anglais (États-Unis) par Zeynep Diker

Milady

Milady est un label des éditions Bragelonne

Titre original : *White Trash Warlock*

ISBN : 978-2-8112-2021-1

Bragelonne – Milady
60-62, rue d'Hauteville – 75010 Paris

E-mail : info@milady.fr
Site Internet : www.milady.fr

À Jo Dunn, qui a tout lu.

1

Adam Lee Binder

Adam frissonna, pris à la gorge par un goût de magie noire : de l'ammoniaque et de la mûre pourrie. Il se mêlait aux odeurs de bière pas chère et de cigarettes. Malgré l'air frais du lac qui entrait par les fenêtres ouvertes du bar, cette impression lui restait en bouche. Il frissonna et regretta de ne pas porter un vêtement plus chaud sous la chemise en flanelle qu'il avait dégottée au fin fond de son placard. Il s'obligea à desserrer les poings et essaya de se détendre tandis qu'il attendait son tour à la table de billard. Il était vraiment nul pour paraître décontracté.

— Je t'assure, dit l'un des deux joueurs.

Ventru et plus âgé, Bill but une lampée de bière bon marché d'un gobelet en plastique. Il portait une casquette ornée de deux revolvers croisés en dessous du drapeau des États confédérés d'Amérique. Des mèches de cheveux gras s'en échappaient.

— Ça existe, les hommes lézards. Comment ça s'appelle, déjà ?

— Des Sauriens, marmonna Adam en regardant le second joueur, Tanner, frapper une bille.

Tanner avait environ le même âge qu'Adam, vingt-deux ans. Mesurant près d'un mètre quatre-vingts, il était un peu plus grand qu'Adam, avec des cheveux blond clair. Il portait, lui aussi, une chemise en flanelle déboutonnée en haut et en bas sur un débardeur blanc qui laissait deviner un torse musclé. Tanner vit Adam l'observer et fronça les sourcils.

Merde. Adam but longuement pour dissimuler son visage derrière son verre. Il n'avait aucune envie qu'on lise dans ses pensées ; pas ici, pas maintenant. Ce n'était pas ce genre de bar, et il n'avait pas roulé jusqu'à Ardmore pour se faire botter le cul.

— … Sous l'aéroport, poursuivit Bill.

— Des hommes lézards vivent sous l'aéroport de Denver ? répéta Tanner, s'écartant de la table pour que Bill puisse jouer.

Puis il reporta son attention sur Adam et esquissa un sourire complice.

Adam cligna des yeux. Mince alors.

— Comme je te dis.

Bill tira sur sa casquette et tapa dans la bille.

Tanner ne quitta pas le tapis des yeux, mais ceux d'Adam étaient braqués sur la queue de billard, en particulier sur la bande de jais et d'ivoire au centre.

De l'os incrusté dans du fer, un sortilège noir, même si Tanner ne semblait pas être du genre à torturer les créatures magiques.

— Merde, râla Bill lorsqu'il manqua son coup.

Tanner souleva la queue au-dessus de ses épaules et s'étira, offrant à Adam un aperçu de sa grosse boucle de ceinture et de ses abdominaux musclés.

— Tu vas te contenter de mater ? lui lança-t-il.

Adam prit une gorgée de bière pour se donner une contenance et répondit :

— J'affronterai le vainqueur.

— OK.

Tanner ajusta sa posture pour son deuxième coup.

Le vainqueur était connu d'avance. Dix doigts graciles s'enroulèrent autour du fût et Adam sentit sa magie palpiter.

Il lui fallait cette queue. Ou plutôt, il lui fallait retrouver le magicien qui l'avait fabriquée. C'était un objet maléfique qui devait être détruit.

Adam se racla la gorge.

Tranquille. Garde ton calme.

— Classe, la queue.

Tanner lui jeta un regard par-dessous sa casquette.

— Merci.

— Une commande personnalisée ?

— Aucune idée, répondit Tanner. C'est un cadeau de mon père.

Tanner visa et frappa une bille, puis une deuxième, achevant Bill en quelques coups rapides. La magie d'Adam le picota alors que la queue faisait son œuvre. Elle ressemblait aux autres artefacts qu'il avait trouvés, une paire de dés, une flasque ; de l'os incrusté dans du fer des marais, capturant la douleur de la créature pour activer le sort.

Quelqu'un avait blessé une créature magique afin de tricher au billard. Adam s'efforça de ne pas grimacer.

Si cet individu était celui qu'Adam soupçonnait, alors il était encore plus vil que l'homme dont Adam se souvenait à peine.

Tanner tapa dans la main de Bill.

— C'est à toi, dit-il à Adam avec un sourire.

— Cool, répondit Adam, un filet de nervosité dans la voix.

Il se chercha une queue.

— Tu as rencontré Bill là-bas ? lui demanda Tanner. Il adore les théories conspirationnistes.

— Je ne suis jamais allé à Denver, répondit Adam.

Il ne précisa pas toutefois qu'il avait vu des trucs bien plus barrés que des hommes lézards de deux mètres cinquante, pour la plupart en Caroline du Nord et du Sud. Les Sauriens étaient censés s'être éteints. Les elfes les avaient exterminés lors de la guerre de Noël de 1983.

— Ce n'est pas une théorie, dit Bill. Le gouvernement garde le secret sur leur existence. Cinq cents gamins disparaissent chaque année, et nos dirigeants le camouflent.

— Ça fait beaucoup de disparitions, dit Adam, songeur.

— Ouais, ouais, rétorqua Tanner en ouvrant la paume. Aboule le fric.

Bill sortit deux billets de vingt de son portefeuille. Tanner les ajouta à son rouleau qu'il glissa tout au fond de sa poche.

— Toujours partant pour jouer ? demanda-t-il à Adam avec espoir.

— Ouais, répondit Adam.

La partie fut brève. Adam savait qu'il perdrait, mais cela lui donna au moins l'occasion d'examiner l'enchantement de plus près.

La queue renfermait juste assez de magie pour porter chance à Tanner, accumulant de l'énergie pendant qu'ils jouaient et altérant la trajectoire de ses coups au moment critique.

Un sort subtil, difficile à détecter, mais c'était la spécialité d'Adam. Par ailleurs, la magie dont la queue était imprégnée était semblable à la sienne, ce qui lui facilitait la tâche.

Il n'émettait pas beaucoup de lumière, il n'avait pas un pouvoir immense dans le spectre magique. Habitué à vivre dans l'ombre, Adam reconnaissait d'emblée les choses qui essayaient de s'y cacher.

Ne pas pouvoir déterminer la provenance de l'os l'agaçait. La créature qui avait été sacrifiée n'était ni immortelle ni très puissante. Si ça avait été le cas, les Gardiens seraient intervenus. Le sort des leurs leur importait plus que tout.

— Bien joué, dit Adam en sortant son portefeuille.

Quarante dollars, c'était abusé. En plus, il était fauché. Entre l'essence et la bière, cette petite escapade dans le sud de l'État commençait à peser.

— Garde-les, dit Tanner.

Il jeta un coup d'œil à l'horloge, puis reporta son attention sur Adam. L'espoir illuminait son visage. Adam sentit sa peau le picoter.

— On remet ça ? demanda Tanner.

Il jaugea Tanner du regard. Il n'était pas venu là pour le billard. Mais s'il pouvait soutirer à Tanner un peu plus d'informations sur l'artefact…

— Je vais me coller la honte. Et si on allait se promener, plutôt ?

— Pourquoi pas, dit Tanner.

Les lèvres étirées en un sourire, il dévissa la virole de la queue de billard.

Adam ne put s'empêcher de lui sourire en retour. Il ne s'était pas attendu à ça. Il était venu pour la queue, suivant une piste fournie par un camionneur qui s'était fait piller par Tanner quelques semaines plus tôt. Adam sentit sa gorge se nouer légèrement, comme chaque fois qu'un mec lui plaisait.

Il ne pouvait cacher son euphorie. Il doutait que Tanner se fasse agresser par un gang sur le parking. Il vérifia quand même, jetant un coup d'œil par-dessus son épaule tandis qu'ils quittaient l'établissement. On n'était jamais trop prudent.

— C'est une belle nuit, dit Tanner en montrant de la tête le lac luisant.

Les étoiles se reflétaient à la surface. Le ciel enveloppait de son manteau le plat paysage de l'Oklahoma.

Tanner passa la bretelle de son porte-queue sur son épaule tandis qu'Adam le menait vers le lac.

Les chênes blancs et les peupliers d'Amérique occultaient les lumières du bar. Tanner donnait l'air de savoir où il allait, comme s'il connaissait les lieux, alors Adam observa les ombres. Il avait un canif dans sa poche, mais c'était la seule arme à sa disposition si Tanner se révélait finalement être un monstre ou un psychopathe, contrairement à ce qu'indiquait son apparence.

Les bruits du bar, *Heartache Tonight* de The Eagles, mêlés à des éclats de rire, se dissipèrent. Une berge de bois flotté couvert de boue apparut. Les vagues venaient s'y écraser. L'air du lac, imprégné d'une vague odeur de pourriture et de bois détrempé, enveloppa Adam.

Il inspira et résista à l'envie de se rassurer. Il se demanda combien de mecs Tanner avait emmenés au lac, et si certains n'en étaient jamais revenus. Une énergie particulière émanait de la queue, étouffée par la toile de protection, certes, mais bien présente, maléfique, même si Tanner ne semblait pas l'être. On ne pouvait pas se fier aux apparences. Divers sortilèges, charmes et envoûtements pouvaient camoufler la vraie nature d'une créature. Toutefois, Adam ne percevait nulle magie autour de Tanner.

Adam s'apprêtait à le questionner au sujet de la queue lorsque Tanner lui demanda :

— Tu viens d'où ?

— De Guthrie, répondit Adam, surpris d'être aussi honnête.

— Vraiment ? Tu n'as pas l'air de venir d'une petite ville.

À l'évidence, c'était un compliment aux yeux de Tanner, mais Adam se crispa, embarrassé par son vieux jean délavé et ses bottes noires si usées qu'elles en avaient perdu leur couleur. Comme ville de naissance, Guthrie n'était pas si mal, mais y vivre était une autre histoire, surtout pour un garçon comme Adam avec ses caractéristiques et ses centres d'intérêt.

Ils approchèrent de l'eau. Remarquant qu'il n'avait pas prononcé un mot depuis longtemps, Adam donna un petit coup d'épaule à Tanner.

— Et toi ? T'es d'où ?

— Ardmore, Oklahoma. (Il fit un large signe en direction du lac.) Je vais à la fac à Sherman, au Texas.

— Ah, un étudiant d'une grande ville.

— Elle n'est pas si grande, répondit Tanner. Mais elle l'est plus qu'Ardmore.

Tanner marqua une pause, contempla l'eau.

— Qu'est-ce qu'il y a ? demanda Adam en se redressant aussitôt.

— Je m'assure qu'on est seuls, c'est tout, répondit Tanner, l'air gêné.

Il baissa un peu la tête en même temps qu'il rougissait, et Adam voulut l'embrasser.

— Ah ?

Il se rapprocha.

Tanner posa la main derrière la tête d'Adam et l'attira vers lui, puis il se tourna vers la bouche d'Adam pour y appuyer ses lèvres. Il sentait un peu la bière, mais le goût ne dérangea pas Adam.

Ils échangèrent un long baiser et il ne sentit même pas la magie de la queue. Il faillit l'interrompre pour soupirer de plaisir. Ça faisait si longtemps qu'il n'avait pas été embrassé, et, de surcroît, par un garçon aussi séduisant. Tanner lui caressa le bras. Puis il glissa sa main dans la sienne. Surpris par ce geste, Adam s'écarta.

— C'est dommage, dit-il.

— Quoi ? demanda Tanner, qui semblait vexé.

— On n'est pas seuls, expliqua Adam en se tournant vers les arbres. Salut, Bill.

L'autre joueur de billard sortit de l'ombre. Tanner se tendit et recula vers le lac.

— Qu'est-ce que tu fiches ici ? demanda Bill en pointant l'index sur Adam.

— La même chose que toi, répondit Adam en jetant un regard à Tanner, qui les dévisageait, les yeux ronds comme des soucoupes. Enfin, pas tout à fait.

— Donnez-le-nous, exigea Bill.

— « Nous » ? dit Adam.

Trois silhouettes émergèrent du lac. Mouillées, brillantes et élancées. Il ne distingua pas bien leurs traits, mais l'odeur de bois détrempé s'intensifia lorsqu'ils ouvrirent leurs bouches pleines de dents pointues.

Adam reconnut soudain l'arôme du sortilège qui enveloppait la queue et voulut se donner une tape sur le front. Ce n'était pas la première fois qu'il regrettait de ne pas être plus doué pour ces choses-là.

Cela faisait des mois qu'il récupérait des artefacts maléfiques, comme la queue, pour les détruire et qu'il essayait de retrouver leurs créateurs.

— Votre espèce est censée être éteinte, dit-il. C'est de l'os de lézard, n'est-ce pas ?

— Qu'est-ce que tu racontes ? demanda Tanner.

Il ne pouvait pas voir à travers le voile, il ne voyait pas les Sauriens qui attendaient sur l'Autre Rive, prêts à traverser et à faire usage de leurs griffes. Leurs queues battaient la berge boueuse, leurs yeux jaunes étaient marbrés de noir.

— En effet, répondit Bill. Bien que ce mot nous déplaise, singe.

Le regard de Tanner, qui ne comprenait rien à la situation, passa d'Adam à Bill.

— Reste près de moi, lui souffla Adam. Ne cours pas.

— J'ai essayé de te prévenir, lui dit Bill. (Des veines vertes zébrèrent son visage tandis que son sort de camouflage se dissipait.) De t'avertir de notre présence.

— C'est vrai, répliqua Adam en redressant les épaules. Mais je n'ai pas saisi l'allusion, et je ne compte pas te laisser lui faire du mal.

Il s'efforçait de paraître intimidant, mais sa voix le trahit. Il était seul contre quatre types. Que pouvait-il bien faire ? Adam n'était pas assez puissant.

— Il détient un morceau de nous, riposta Bill en pointant un doigt accusateur sur Tanner. Arraché à l'un des nôtres.

— Il l'ignorait. C'est rien qu'un crétin d'humain.

— J'ai 16 de moyenne générale, protesta Tanner.

— Il l'utilise pour se faire du fric, dit Bill, une grosse veine palpitant le long de sa joue.

— Ouais, dit Adam. Une belle saloperie. J'essaie de retrouver le magicien qui l'a fabriquée.

— Pourquoi ? demanda Bill.

— Pour l'empêcher de créer d'autres talismans, mentit Adam. D'infliger ça aux autres.

Adam ne jugea pas utile de mentionner à cet instant que le magicien en question était peut-être son père disparu.

Dans leur dos, les Sauriens raclaient le sable de leurs pas lourds. Adam se demanda si Tanner les entendait. Sa propre double vue était imparfaite. Les bruits qui provenaient de l'Autre Rive étaient comme déformés, mais les Sauriens étaient sur le point de traverser.

Tanner entendit quelque chose. Il ouvrit grand les yeux pour s'efforcer de voir ce qui n'était pas là.

— C'est quoi, ça ? demanda-t-il.

— Donne la queue à Bill, ordonna Adam.

— Quoi ? s'écria Tanner d'une voix aiguë. Non. Pourquoi ?

— Tanner, insista calmement Adam.

Il pouvait affronter Bill. Voire le vaincre. Mais si les Sauriens étaient une espèce en danger, qu'ils ne s'étaient pas simplement éteints, il ne pourrait pas en tuer un comme ça. Il aurait des ennuis. Les Gardiens désapprouveraient sûrement.

— C'est mon père qui me l'a offerte, protesta Tanner.

Ses yeux étaient braqués sur les silhouettes sombres. Elles avaient presque fini leur traversée.

— Et elle va te coûter la vie.

Adam projeta toute sa magie en direction du voile pour ralentir l'avancée des Sauriens.

— Fais-moi confiance, Tanner.

L'effort lui coûtait déjà. Il possédait si peu de pouvoir, mais il tint bon et continua de les diriger vers le voile tout en exigeant que la barrière entre les mondes s'épaississe. Quand son crâne commença à l'élancer, il comprit qu'il avait atteint sa limite.

— D'accord, dit Tanner.

Il s'avança vers Bill, prudemment, et lui tendit la mallette.

Adam se tint immobile, soulagé que Tanner se soit éloigné de la menace invisible.

— Je demande réparation, déclara Bill tandis que les veines noires s'élargissaient.

— Tanner, rends-lui ses quarante dollars.

— Ça ne suffit pas, répondit Bill.

— Donne-lui tout le rouleau.

— Hors de question, refusa Tanner. J'en ai besoin pour la fac.

— Tu n'y retourneras jamais s'ils te bouffent, lui glissa Adam.

Tanner cligna des yeux.

— Je ne déconne pas, ajouta Adam en lançant un regard en direction des Sauriens.

Tanner plongea la main dans sa poche pour récupérer les billets, et les donna à Bill.

Adam jeta un coup d'œil aux Sauriens parés à attaquer. Ils ne semblaient pas apaisés. Adam resta sur ses gardes. Ils se trouvaient dans une zone grise. Tanner n'était pas le magicien qui avait créé le talisman, mais il s'en était servi pour gagner de l'argent. Si les lézards décidaient d'obtenir réparation, les Gardiens ne seraient pas forcément contre.

— Je te raccompagne à ta voiture, dit Adam, adressant un regard d'avertissement à Bill.

— Pourquoi ? s'étonna Tanner.

— Pour que Bill et ses amis ne s'en prennent pas à toi.

Une sensation déplaisante tordit les entrailles d'Adam lorsque Tanner ne protesta pas. Ils venaient de s'embrasser, ce qui était une raison suffisante pour avoir peur. Adam n'eut pas à lui apprendre l'existence de créatures surnaturelles plus ou moins dangereuses tandis qu'ils regagnaient le parking du bar.

— Je viens de me faire arnaquer ? demanda Tanner. (Il avait l'air triste, peut-être même méfiant à l'égard d'Adam.) Il te file ta part après, c'est ça ?

— Non. J'étais inquiet pour toi. C'est la vérité.

— C'étaient quoi, ces ombres ?

— C'est une longue histoire, répondit Adam. Pour l'instant, il faut qu'on fiche le camp d'ici.

— Je peux t'appeler, plus tard ? T'envoyer des SMS ? Comme ça, tu pourras m'expliquer.

— Bien sûr, dit Adam en lui tendant son portable.

Tanner y enregistra son numéro et lui rendit le téléphone.

— Je te reverrai, alors ?

— Ouais, dit Adam, même s'il n'était pas sûr de le vouloir.

Tanner s'éloigna.

Un voyant lumineux clignota sur le portable d'Adam. Il avait un message.

Appelle-moi. S'il te plaît.

Code postal, 303. Colorado. Ça devait être Bobby. Adam ne connaissait pas le numéro de son frère, il ne figurait pas dans son répertoire.

De prime abord, il l'aurait ignoré, mais Bobby avait dit « s'il te plaît ». Il avait envoyé un SMS au lieu de téléphoner, laissant le choix à Adam de le rappeler. Ou pas, comme Bobby le craignait probablement. La balle était dans son camp.

— Abruti, marmonna Adam.

Il ne se rappelait pas la dernière fois que son frère lui avait demandé quelque chose suivi d'un « s'il te plaît ». Peut-être son imagination lui jouait-elle des tours. Peut-être le picotement sur sa nuque l'influençait-il ou que sa double vue lui disait qu'il se tramait quelque chose, mais Adam sentait que Bobby avait peur.

2

Robert J. Binder

Robert se gara dans l'allée de sa maison, évitant la pente qui rejoignait la rue.

Il s'arrêta bien avant la porte du garage et vérifia qu'il avait mis le frein à main avant de descendre, en tenant les clés. Il referma la portière avec sa paume libre et essuya une trace de doigt sur la peinture.

Il faillit sourire tandis qu'il contemplait sa voiture. Il l'avait achetée deux mois plus tôt, un lot de consolation gris métallisé qui n'avait pas suffi à soulager la douleur de ce qu'il avait commencé à appeler leur « situation ».

Il ferma les yeux, garda un visage impassible pour que les voisins ne voient pas son air renfrogné. Il avait tout fait comme il fallait, il s'était débarrassé de son accent, de cette odeur de pauvreté propre aux petites villes qui lui collait à la peau et d'une grande partie de sa famille. Il avait gardé sa mère, même s'il songeait parfois à couper les ponts avec elle aussi.

Son coup de génie avait été d'épouser Annie. Les cheveux d'un blond vénitien, la silhouette élancée, elle venait d'une famille originaire de la côte, qui considérait Chicago comme un trou paumé et qui se comportait comme s'il n'existait rien entre Manhattan et la Napa Valley.

Ils avaient mené la belle vie jusqu'à ce que tout parte en vrille.

D'abord la fausse couche, qui avait sapé l'assurance d'Annie, la qualité qui avait tant plu à Bobby dès leur rencontre. Elle avait renoncé au café et au vin qu'elle buvait de temps en temps. Après sa deuxième fausse couche, ils avaient cessé de réfléchir à des noms d'enfant.

La nuit, elle se blottissait contre lui, posait sa tête sur son torse. Il lui caressait les cheveux, la serrait contre lui et lui répétait que ce n'était qu'une question de biologie. La science ne l'avait jamais déçu. Malheureusement, malgré une batterie d'examens, les médecins n'avaient trouvé aucune explication, aucune raison qui les empêchait d'avoir un bébé.

La troisième fausse couche avait anéanti l'optimisme d'Annie et les certitudes de Robert.

Robert contempla la façade de leur maison, ornée de moulures et de volets décoratifs. Il lut les caractères dessinés au pochoir sur sa boîte aux lettres. « Les Binder ».

Une idée folle l'effleura. Il pouvait fourrer ses bottes de randonnée et le pistolet de son père dans un sac, et partir. S'en aller, tout simplement. Mettre les voiles. Il l'avait déjà fait.

Robert prit une grande inspiration et expira profondément. Non. Il n'était plus ce jeune garçon. Il n'était plus Bobby Jack. Il avait un emprunt immobilier à rembourser.

Il entendit murmurer une berceuse dans son dos. La mélodie lui rappela des souvenirs, il l'avait déjà entendue quand il était gamin.

Robert se retourna et vit Annie faire le tour de la maison. Immédiatement, il voulut la faire rentrer avant que les voisins ne l'aperçoivent. Elle portait un peignoir, ouvert. Une culotte, pas de soutien-gorge. Ses cheveux aux reflets roux pendaient dans son dos, fins et plats, frisottant à cause de l'humidité automnale. Elle avait mis du rouge à lèvres, beaucoup trop foncé pour sa carnation, et elle avait largement débordé, ce qui lui donnait un air inquiétant.

Il s'avança vers elle et s'arrêta net en voyant la poussette.

Ils l'avaient achetée sur Internet après qu'Annie l'avait eu accueilli sur le seuil de la porte avec un sourire si radieux que Robert avait deviné la bonne nouvelle sans qu'elle ait à la lui annoncer. La poussette leur avait été livrée dans une boîte, entièrement démontée, avec les différentes pièces et vis emballées dans des sachets numérotés. Ils avaient assemblé le tout dans la joie et la bonne humeur, riant et plaisantant à propos de prénoms de bébé ridicules. Il préférait les suggestions d'Annie aux siennes. Robert ne s'était jamais senti aussi heureux. Il exultait littéralement. Comme s'il s'était échappé.

La poussette n'avait pas quitté le garage depuis la première fausse couche, ils l'avaient recouverte d'une bâche en plastique, et Robert était resté éveillé bien des nuits à se demander si son sang de péquenaud n'avait pas contaminé leur vie d'une façon ou d'une autre.

Désormais presque nue, Annie chantonnait à l'attention d'une poussette vide. Sur le trottoir d'en face, deux vieilles femmes grisonnantes qui faisaient de la marche athlétique passèrent devant la maison des Binder, les coudes levés. Leurs lunettes de soleil assorties cachaient leurs yeux, mais leur air pincé et leur jugement teinté de mépris et de mesquinerie n'échappèrent pas à Robert.

Sa mère aurait manifesté sa désapprobation d'un claquement de langue et aurait secoué la tête. Adam leur aurait fait un doigt d'honneur ou se serait moqué de leurs survêtements assortis. Robert, lui, se sentit honteux.

Annie se pencha sur la poussette vide, l'air ravi et émerveillé. Robert s'approcha à petits pas, le dos voûté pour paraître plus petit et le moins menaçant possible, comme il le faisait quand il devait gérer des patients désorientés.

Chaque grossesse avortée avait renforcé cet état de stupeur, jusqu'à ce qu'Annie sombre dans la dépression. Tristesse et mélancolie s'étaient insinuées dans la maison. Robert redoutait les lettres du syndicat de copropriété.

Sa mère était censée surveiller Annie, pour qu'elle ne sorte pas. Robert bouillonnait, mais il s'obligea à se calmer, à se concentrer sur son épouse.

—Annie ? s'enquit-il en tendant les bras vers elle. Ma chérie ?

—Chut, répondit-elle sans quitter la poussette des yeux. Tu vas le réveiller. Je viens de l'endormir.

Robert posa la main sur l'épaule de sa femme, espérant qu'en appuyant assez fort il parviendrait à la ramener à la réalité. Elle était si frêle, si fragile, qu'il avait peur de lui faire mal.

Le soleil lui était sans doute bénéfique, mais elle ne mangeait pas assez. Il parlerait à sa mère, s'assurerait qu'Annie prendrait suffisamment de vitamine D. Il lui fallait des épinards, du kale, des aliments riches en fer… Robert se força à arrêter là son diagnostic. L'état d'Annie n'était pas dû à un mauvais régime ou à des carences nutritionnelles.

On récolte ce que l'on sème. Ce n'était que justice, il le savait. Adam avait parlé à des gens invisibles pendant toute son enfance. Ça avait été si facile de convaincre leur mère de signer les papiers, de faire interner Adam, de mettre les voiles et de recommencer à zéro ailleurs.

Oui, mais voilà, Annie était sa femme. Des larmes lui montèrent aux yeux. Au moins, les vieilles marcheuses avaient tourné à l'angle de la rue.

Il pouvait garder Annie chez eux encore un peu. Elle avait besoin de temps, voilà tout. Elle ne représentait un danger pour personne.

Adam non plus, murmurèrent ses pensées.

Robert ferma les yeux pendant quelques secondes et somma le passé de rester à sa place.

— Annie, dit-il en lui serrant un peu plus l'épaule. La poussette est vide.

— Bien sûr que non ! répliqua-t-elle avec cette force qu'il lui connaissait, un regard hautain plein de cette perspicace franchise d'antan.

Elle rabattit le pare-soleil de la poussette.

Robert sursauta dans un cri de surprise. Alors qu'il reculait, il buta contre le rebord du trottoir et tomba sur les fesses. Il passa outre la douleur tandis qu'Annie soulevait une masse rouge et visqueuse de l'intérieur de la poussette. Du sang tacha ses manches lorsqu'elle pressa la chose contre son cœur. Le liquide épais ruissela sur ses bras, lentement, comme de la peinture coulant d'un pot.

Elle avait peut-être trouvé un chat ou un petit chien heurté par une voiture. Ça ne pouvait pas être un enfant, un bébé. La forme ne convenait pas ; elle était bizarre, comme malformée. C'était plus une masse qu'un corps. Pourtant, elle palpitait. On entendait de très faibles pulsations cardiaques. Cette chose était en vie, même si c'était impossible.

— Annie ! cria Tilla.

L'accent à couper au couteau rassura Robert, alors que cela aurait dû l'agacer. Sa mère descendit l'allée. Elle s'arrêta, les mains sur les hanches, et regarda son fils.

— Je suis désolée, mon chou. Je faisais une sieste. Elle dormait dans sa chambre. Elle est sortie en catimini, je n'ai rien entendu.

— Tu vois ça, maman ? Tu le vois ?

La chose, la masse ensanglantée, souleva la tête et ouvrit ses yeux jaunes ensommeillés. Elle bâilla, montrant deux rangées de dents pointues. Puis elle plissa les yeux, fixant Robert du regard. Elle enfonça ses crocs dans le sein d'Annie. Cette dernière hoqueta, puis sourit, comme si la morsure l'apaisait plus qu'elle ne lui faisait mal.

— Évidemment que je le vois, répondit sa mère. On devrait couvrir sa…

Tilla laissa sa phrase en suspens et fronça les sourcils.

— Oh, dit-elle.

Dès qu'il eut repris ses esprits, Robert voulut y regarder de plus près, mais la créature s'était volatilisée. Le sang avait disparu. Pas un nuage n'obscurcissait le ciel ensoleillé, mais il frissonna. Annie avait l'air troublée, perdue et décontenancée.

— Merde alors, ajouta Tilla de sa voix traînante à l'accent typique du sud.

Elle attrapa le paquet de cigarettes dans sa poche arrière, en alluma une, tira une grosse bouffée et recracha la fumée en plusieurs fois.

— On ferait mieux d'appeler ton frangin, dit-elle.

La gorge de Robert se noua à cette suggestion.

— Ramenons-la à l'intérieur, dit-il.

Il pensait qu'Annie allait se débattre tandis qu'il la guidait vers la porte, mais elle se laissa faire sans rien dire, calme et docile. Son attitude serra le cœur de Robert.

Tilla fusilla la poussette du regard, comme si l'objet y était pour quelque chose. Elle la traîna jusqu'au garage, comme s'il s'était agi d'un enfant rétif.

Annie se laissa conduire à l'étage, dans la chambre d'amis où elle dormait. Robert s'était persuadé que c'était mieux pour elle, qu'il ne la réveillerait pas en rentrant tard du travail, mais, en vérité, il ne supportait plus de la voir se crisper quand il la touchait. La plupart du temps, elle réagissait comme s'il était un étranger.

Il conduisit Annie jusqu'au lit et la fit s'asseoir sur le bord.

— Ne bouge pas d'ici, d'accord ? dit Robert en s'efforçant de ne pas avoir un ton suppliant.

Annie fit la moue et hocha la tête.

Il ferma la porte derrière lui. Ils allaient devoir installer un verrou.

La créature, la masse sanglante n'était pas revenue. Robert sentait cependant sa présence, c'était comme une tache dans ses pensées. Elle rôdait dans les parages.

Il voulait se convaincre que c'était son imagination, le stress, les gardes à l'hôpital. Mais non. Il n'avait pas imaginé ce qu'il avait vu. Quelque chose s'était emparé d'Annie, mais ce n'était pas la dépression. C'était autre chose. Un mal insidieux.

Robert appuya sa tête contre la porte.

Il avait coupé les ponts avec toutes les personnes qui croyaient à la magie et aux fantômes. Il avait envoyé son petit frère à Liberty House et avait disparu de sa vie.

Ils ne s'étaient pas parlé depuis des années.

Tu as fait ce qu'il fallait.

Robert se retint de se cogner la tête contre la porte ; il ne voulait pas effrayer Annie. Alors, il serra les mâchoires et descendit l'escalier.

Il se brossa un portrait de la vie d'Adam : grosses bottes crottées, jeans troués et casquette de base-ball qui cachait presque ses cheveux d'un blond sombre, un déguisement, une tentative pour s'intégrer, même si ça n'avait jamais fonctionné.

Sa mère s'agitait dans la cuisine, sortant des trucs du congélateur pour préparer le dîner, son exutoire habituel. Il aurait tant aimé avoir une activité similaire pour se vider l'esprit. Il prit appui sur le comptoir et se pencha vers Tilla. Elle sentait encore la cigarette qu'elle avait fumée dehors. Il voulait qu'elle arrête. Il savait qu'elle ne le ferait pas.

— Où est-il ? demanda Robert.

— Avec ta grand-tante Sue. Dans le parc à roulottes.

Il savait qu'Adam avait quitté Liberty House à ses dix-huit ans, mais il devait avoir un boulot, une vie. Vingt ans, c'était l'âge où l'on démarrait, où l'on choisissait sa vocation si on ne voulait pas aller à l'université.

— Ça ne m'étonne pas, ajouta Tilla avec une moue de dégoût. Qui se ressemble s'assemble.

Sa mère n'avait jamais aimé Sue.

— Tu lui parles ?

— De temps en temps. (Elle posa une boîte d'œufs sur le plan de travail, doucement, comme si le granit pouvait les casser.) Je lui ai proposé d'emménager chez moi. Il a refusé.

Robert ne savait pas grand-chose de la vie de célibataire de sa mère. Elle avait gardé le mobil-home de leur enfance, le petit terrain que ses parents possédaient dans les bois en Oklahoma. Elle n'y renoncerait jamais. Cet arrangement ne pouvait qu'être temporaire. Tilla Mae finirait par regagner ses étendues de boue rouge et de sumac vinaigrier.

Robert n'était plus retourné dans l'Oklahoma. Les souvenirs d'Adam n'étaient sans doute pas plus heureux que les siens. Ce dernier, de dix ans son cadet, se souviendrait peut-être de moins de choses. Robert espérait qu'il se rappelait cette époque le moins possible.

— Tiens, dit sa mère en mettant devant lui un morceau de papier sur lequel elle avait griffonné un numéro. C'est son portable.

Robert n'avait aucune envie d'ouvrir à nouveau cette porte, mais si une créature était assez puissante pour que sa mère et lui la voient, alors cela dépassait la science. Le monde invisible d'Adam avait pénétré le leur.

Assis à la table de la cuisine, Robert serra les dents et huma les effluves graisseux et poivrés qu'exhalait la cuisine de sa mère.

Il téléphonerait à Adam. Non, il lui enverrait un SMS. Après le dîner.

3

Adam

Adam essaya de ne pas penser au SMS de Bobby, et, n'étant de toute façon pas prêt à rappeler son frère, il préféra repenser à Tanner et au baiser qu'ils avaient échangé. Il se rejoua plusieurs fois la scène dans sa tête. Ça ne lui déplairait finalement pas de revoir Tanner. Et encore moins de l'embrasser de nouveau. Ce bref moment d'intimité avait malgré tout allégé le sentiment de solitude qui habitait Adam depuis si longtemps.

Tanner avait promis de demander à son père où il avait acheté la queue et d'écrire à Adam pour lui transmettre l'information. Entre la perte de l'argent et la rencontre avec les Sauriens, ils s'étaient quittés dans une drôle d'ambiance.

Adam entra dans le parc à roulottes vers 1 heure du matin. Il s'était dégonflé et avait roulé jusqu'à ce qu'il soit trop tard pour appeler Bobby, même si Denver n'était qu'à une heure de route de Guthrie.

L'ampoule du porche était allumée. Tante Sue n'était pas couchée, mais pas pour attendre Adam. Elle était comme déphasée dernièrement, elle disait que c'était un signe de l'âge. Adam n'aimait pas penser à ces choses-là.

Une rangée de flamants roses en plastique délimitait la parcelle de Sue. Adam gara la Cutlass à son emplacement habituel, là où, à l'époque, elle reposait sur un lit de parpaings, abandonnée sous une bâche, avant qu'Adam ne la prenne en main pour lui redonner une seconde jeunesse. Il n'avait pas testé ses limites sur le trajet depuis Ardmore, mais de la fumée sortait du capot. Il devrait changer l'huile avant un long voyage, s'assurer qu'il y aurait assez de liquide de refroidissement dans le radiateur.

Adam chassa cette pensée d'un haussement d'épaules. Il n'allait nulle part, de toute façon, et certainement pas à Denver.

« Appelle-moi. S'il te plaît. »

Bobby. Après tout ce temps. Dès qu'il pensait à son frère, un torrent rouge et noir s'insinuait dans ses entrailles.

Il entra dans le cercle de flamants roses et de carillons faits de coquilles d'huîtres et de tuyaux rouillés, la barrière de protection de Sue. Dans la nuit noire, on entendait le chant des criquets et une télévision au volume trop fort dans le lointain. Adam soupira et voûta les épaules.

— Alors ? l'interrogea Sue avant même qu'il n'ait fermé la porte.

Elle était assise dans un vieux fauteuil inclinable au tissu vert délavé. Des morceaux de Scotch recouvraient les endroits où son chat, Spider, avait fait ses griffes quand il était plus jeune. Ces derniers temps, il ne faisait que dormir. Ou presque. Les cheveux de Sue, d'une couleur gris-blanc comme de la neige fondue mêlée de fils d'acier, s'étaient affinés, mais ses boucles encadraient toujours son visage. Pour dissimuler son âge, elle suivait une routine stricte : application quotidienne de crème solaire et de poudre, mais cela n'empêchait pas Adam de marquer un temps d'arrêt chaque fois qu'il la revoyait après quelques heures d'absence.

Sue était la tante de son père, bien plus vieille que sa mère et pourtant pleine de vie, tellement plus enjouée et énergique. Sue souriait. Elle riait. Pas Tilla Mae.

Sue prenait de l'âge, et y penser angoissait profondément Adam.

— Donc ? demanda Sue, la voix enrouée après une nuit de négligence. Comment ça s'est passé ?

— Je ne l'ai pas récupérée, répondit-il.

Il n'avait pas envie d'évoquer l'autre événement de la soirée, le SMS en provenance de Denver.

— Je suis désolée, mon chou. Je sais à quel point tu tiens à le retrouver.

— Pas grave, dit Adam. J'ai une piste.

Il traversa la modeste entrée tout en déboutonnant sa chemise en flanelle. Il s'était dit qu'elle serait adaptée pour une soirée dans un bar, mais, à présent, il voulait la rouler en boule et la jeter aux ordures. Ce vieux machin tout élimé. D'ordinaire, il s'en ficherait, mais la remarque de Tanner résonnait dans sa tête.

« Tu n'as pas l'air de venir d'une petite ville. »

Pourtant, c'était ce qu'il ressentait. Il se sentait petit, comme s'il pouvait ou devrait en faire plus, être meilleur, vivre ailleurs que dans un mobil-home.

— Tu savais qu'une meute de Sauriens vivait dans le lac Murray ?

Sue l'entendait à travers les cloisons. Celles-ci étaient si fines que chacun entendait l'autre, quoi qu'il fasse, et même quand ils auraient préféré que ce ne soit pas le cas. Dans une maison digne de ce nom, sa minuscule chambre serait un placard, mais c'était son espace, rien qu'à lui, et ce, depuis que Sue l'avait accueilli.

— Je savais qu'une meute habitait Sulphur, répondit-elle, songeuse.

Les panneaux muraux et la vieille moquette n'étouffaient guère sa voix.

— Je croyais que leur espèce était éteinte, dit Adam en regagnant la pièce principale du mobil-home.

Cuisine, salon, salle à manger ; ce n'était pas très grand.

— Qui l'avait, alors ?

— Un étudiant. Un type sympa. Ils l'ont laissé repartir.

— Sympa comment ? s'enquit-elle avec un sourire complice.

— J'aimais bien ses bras. Il était plutôt pas mal.

— T'as pris son numéro ?

— Ouais. Mais il aura moins d'argent à claquer en bières quand il s'apercevra qu'il n'est pas si doué au billard.

— Tu vas le revoir ?

— Je n'en sais rien. Il va à l'université à Sherman. Ça fait une trotte pour sortir avec un sans-don.

Même s'il embrasse bien. Tanner valait peut-être la peine de dépenser une fortune en essence. Ou pas. Adam devrait lui expliquer ce qu'il était, ce qui s'était réellement passé sur la rive du lac. Tanner devait déjà se poser mille questions.

— Il n'y a rien de mal à fréquenter des hommes ordinaires. Mes quatre maris l'étaient, dit Sue. Et tu n'as absolument aucune garantie de bien t'entendre avec un autre sorcier.

Techniquement, Adam n'était pas un sorcier. Il ne suivait pas le dogme et son piètre pouvoir ne fonctionnait pas comme le leur. Il ne savait pas vraiment ce qu'il était, une raison de plus qui le poussait à retrouver le sorcier, à retrouver son père. Il ignorait s'il s'agissait de la même personne, même si les sortilèges utilisés ressemblaient fort à ceux de son père, mais c'était son unique piste.

Adam se servit un verre d'eau au robinet. Elle avait un goût de sable. Le mobil-home avait besoin d'un nouvel adoucisseur, mais il s'abstint de le mentionner.

L'argent ne coulait pas à flots. Il devait se trouver d'autres petits boulots. Il avait besoin d'un emploi régulier, mais, pour ça, il lui fallait avoir le bac, voire quelques années d'études supplémentaires. Inutile d'envisager des rendez-vous galants ! Il ne pouvait même pas se payer une coupe chez le coiffeur !

— C'est non, déclara Sue, s'immisçant dans les réflexions d'Adam.

— Quoi ? demanda-t-il en faisant le tour du comptoir.

— Tu ne le reverras pas.

Merde.

La double vue de Sue ne se trompait jamais.

Adam s'obligea à prendre une grande inspiration. Il tergiversait depuis qu'il avait rencontré Tanner, et, finalement, le sort avait tranché pour lui. À présent que la question était réglée, eh bien, il aurait souhaité pouvoir en décider seul.

Sue prédisait l'avenir comme d'autres la météo, et chaque fois que ça se produisait, cela terrifiait Adam.

Il s'apprêtait à lui demander des précisions, mais elle plissa les yeux dans sa direction.

— Tu vas appeler ton frère ? lui demanda-t-elle, lâchant l'air de rien une deuxième bombe.

Il n'aurait pas dû s'étonner qu'elle ait « vu » ça, aussi.

— Je n'en sais rien, avoua-t-il. Je n'en ai aucune envie.

Elle se tourna vers le nord. Seules de mauvaises nouvelles arrivaient du nord.

— Tu dois l'appeler, affirma-t-elle.

— D'accord. (Il se défilait, il le savait.) Je l'appellerai demain matin. Il est tard, maintenant.

— Non, Adam Lee, dit-elle en secouant la tête. Il est debout. Il attend.

4

Adam

— Adam ?

La voix de Bobby dénotait l'épuisement, mais elle était conforme au souvenir d'Adam, réconfortante quand leur père fulminait, fulminante à la place de ce dernier quand Adam n'obtenait même plus la moyenne au lycée.

Il ne disait jamais « Adam Lee » de même qu'il ne disait jamais « Bobby Jack ». Son frère s'était débarrassé de toute caractéristique susceptible de trahir ses origines de péquenaud, y compris cette manie d'utiliser leurs deux prénoms.

Même si Sue ne se trompait jamais, Adam avait espéré que Bobby ne décrocherait pas, mais il l'avait fait, alors Adam sortit du mobil-home pour mieux l'entendre. Les criquets chantaient. Il se sentait moite, l'humidité recouvrait sa peau. Il devait savoir de quoi il retournait. Il avait espéré ne plus jamais avoir de nouvelles de Bobby.

— Qu'est-ce que tu veux ? lui demanda Adam.

— Ne raccroche pas, dit Bobby. Je t'en prie.

Ce ton suppliant convainquit Adam. Bobby semblait… effrayé.

— J'ai… Nous avons besoin de ton aide, poursuivit-il.

Adam sentit un picotement sur sa nuque, comme si une araignée s'y promenait. Sa double vue n'était pas aussi affûtée que celle de Sue, mais il connaissait bien cette sensation.

Aucun doute, il se tramait quelque chose. Elle se mêla à la boule d'émotions dans son ventre qui avait pris naissance quand il avait entendu la voix de son frère. Il s'agrippa à la rampe du porche, se préparant à recevoir la mauvaise nouvelle.

— C'est maman ?

— Non, répondit Bobby. Elle va bien. C'est… Il est arrivé quelque chose à Annie.

Adam connaissait mal sa belle-sœur. Elle lui envoyait un e-mail de temps en temps pour lui donner des nouvelles et lui raconter sa vie avec Bobby. Elle n'insistait jamais pour qu'il se réconcilie avec lui ni pour qu'il vienne dîner le soir de Noël ni pour quoi que ce soit d'autre. Le fait qu'il ne lui réponde jamais ne semblait pas non plus la vexer. Adam l'aimait bien, mais son frère, c'était une autre histoire.

— Comment ça ? demanda Adam en donnant un coup de pied dans les panneaux qui constituaient l'étroite véranda.

Le bois pourrissait par endroits. Encore un truc qu'il devait réparer. Encore un truc qu'il ne pouvait se payer.

— Elle a besoin de ton aide. Quelque chose, une créature, la possède.

Son frère reconnaissait l'existence du surnaturel ? Adam ressentit une pression derrière ses yeux.

— Quel genre de créature ?

— Je l'ignore, répondit Bobby. Je n'y connais rien, moi, mais Annie se comporte d'une façon étrange. Elle parle à des choses qui ne sont pas là.

— Eh ben, fais-la interner. C'est ta solution d'habitude.

Le souvenir des murs en béton et des hurlements dans la nuit l'assaillit. L'amertume lui brûla la gorge.

Bobby poussa un long soupir, un signe qu'Adam faisait mouche.

— Moi aussi, je l'ai vu, avoua-t-il tout bas, sans s'attarder sur sa réponse.

Ils avaient le même sang, les mêmes parents. Adam s'était toujours demandé pourquoi il était le seul à avoir hérité de la double vue. Peut-être son frère était-il bien plus sensible au surnaturel qu'il ne l'avait laissé entendre. Et si tel était le cas, Bobby avait fait enfermer Adam parce que ce dernier voyait ce qu'il pouvait voir lui aussi.

Adam serra son téléphone jusqu'à ce qu'il craigne de le briser. Il n'avait pas les moyens de s'en racheter un ni de se débrouiller sans, pourtant, à cet instant, il aurait pu le jeter contre le mobil-home de toutes ses forces, quitte à le fracasser.

Il ne pensait pas avoir jamais été aussi en colère, avoir vu si rouge. Adam s'obligea à respirer normalement. Annie ne lui avait rien fait. Si un esprit s'était accroché à elle, Adam avait le devoir de la protéger. Il avait le devoir de protéger tous ceux qui solliciteraient son aide. Il y avait des praticiens à Denver, d'autres magiciens capables de creuser la question, mais ils se perdaient au milieu des charlatans et autres escrocs. Il valait mieux ne pas sous-traiter une affaire de possession.

— Je peux t'envoyer un billet d'avion, dit Bobby d'une voix toujours implorante, s'évertuant visiblement à le convaincre. Tu peux rester chez nous. Maman est là. Tu pourras passer du temps avec elle.

Pour la motivation, on repassera. Le cœur d'Adam se teintait de bleu quand il pensait à sa mère. Le noir et le rouge qu'il éprouvait pour Bobby étaient beaucoup plus supportables.

— Je viendrai en voiture, dit Adam.

— Mais tu viendras ?

— Oui, Bobby. Je prends la route demain.

— C'est Robert, maintenant.

— Si tu veux.

Adam raccrocha.

Il entra dans le mobil-home et referma la contre-porte.

— Ce Saurien, Bill, il a mentionné Denver.

— Et Bobby habite Denver, dit Sue en hochant la tête. Ça fait deux. Où est le troisième ?

La magie suivait certains schémas. Pour affiner sa double vue, il fallait voir et percevoir les schémas, les flux, comme les courants aériens avant une tempête. Adam pouvait croire aux coïncidences, mais la magie, elle, n'y croyait pas. Il sentait bel et bien quelque chose, un commencement, un changement. Peut-être une tempête qui se profilait à l'horizon. Que celle-ci s'abatte ou non sur lui, quelque chose se préparait.

Un SMS entrant fit clignoter son portable.

— Voilà le troisième, dit Sue en hochant le menton.

Adam reconnut le numéro de Tanner. Le message disait simplement :

Salut

Adam tapa une réponse identique tout en jetant de petits coups d'œil à Sue.

J'ai parlé à mon père. À propos de la queue. Il dit qu'il l'a achetée à Denver. Chez un prêteur sur gages.

Adam soupira. Il n'était pas vraiment surpris.

Il se rappelle lequel ?

Non. Il a dit que c'était sur Federal. J'espère que ça t'avance.

Oui. Merci.

— Direction Denver, dit Sue.

— Faut croire.

Adam s'efforça de paraître détendu, mais des tremblements avaient saisi ses doigts. Il allait revoir sa famille, et il n'en avait aucune envie.

Bobby. Robert. Peu importe. Ça faisait des lustres. Adam se rappelait le regard de son frère quand il s'était éloigné, l'abandonnant dans cet établissement, Liberty House, qui n'avait rien à envier à une prison.

« Moi aussi, je l'ai vu. »

C'était la question qui le taraudait le plus. Bobby avait-il été au courant ? Avait-il vu ce que Liberty House était réellement ? Dans quel lieu il avait laissé son petit frère ?

Quant à sa mère… Bien qu'elle vive dans la banlieue de Guthrie, Adam ne l'avait pas revue depuis qu'il avait emménagé chez Sue. Il n'avait plus eu de ses nouvelles depuis qu'elle lui avait envoyé un e-mail pour lui dire qu'elle lui pardonnait, qu'elle pardonnait à Adam de s'être fait interner et d'avoir humilié leur famille. Comme s'il était responsable de ce qui était arrivé, comme s'il avait commis une faute.

Penser à eux, à l'idée de les revoir, lui brûla l'estomac. Sue se leva de son fauteuil. Elle marcha jusqu'à la table pliante sur laquelle elle tirait les cartes et qui leur servait aussi pour manger.

Elle s'installa sur une chaise pliante et fit signe à Adam de s'asseoir en face d'elle.

— Viens, dit-elle. Voyons ce qu'elles disent.

Adam s'exécuta, veillant à ne croiser ni les jambes ni les bras.

Le jour, Sue tirait les cartes. Elle prenait les mains de femmes au foyer lasses et d'hommes inquiets pour leur avenir professionnel, et leur apportait un peu d'espoir quand elle le pouvait.

Dire la bonne aventure à ses proches était toujours risqué, car la proximité compliquait la lecture. On « voyait » moins bien. Et Adam n'avait aucun doute quant à l'amour que lui portait Sue.

Elle ouvrit un tiroir de l'armoire métallique qu'elle utilisait comme bout de table et en sortit un petit paquet enveloppé dans un morceau de cuir. Sue avait plusieurs jeux de tarot, mais celui-là, le plus vieux, était son préféré.

Il avait été imprimé avant que la plastification et le papier non acide ne deviennent l'usage. Les Binder s'en servaient depuis plusieurs générations. Un jour, Adam ajouterait ses empreintes sur ces cartes. Aucun autre objet dans ce mobil-home, pas même les quatre alliances de Sue ni le violon de son arrière-grand-mère, ne l'intéressait en guise d'héritage.

Elle mélangea les cartes, retournant celles qui étaient inversées. Elle demanda à Adam de couper et de tirer trois lames. Il les plaça sur la surface en Formica.

Le trois d'Épées.

Les Amoureux.

La Mort.

Adam cligna les yeux.

— Ce sont toujours les épées avec toi, Adam Lee, dit Sue.

Il hocha la tête et déglutit. Les trois arcanes annonçaient un changement.

— Un conflit, avec des moments heureux, j'imagine, dit Sue en tapotant les Amoureux.

Tout manuel d'initiation au tarot expliquait qu'il ne fallait pas interpréter la Mort de façon littérale. Elle était synonyme de bouleversement. De révolution.

Il soupira tandis que Sue remettait les cartes dans leur contenant et emballait ce dernier dans son morceau de cuir.

— Je serais plus heureux si je retrouvais mon père, dit-il.

Le visage de Sue se figea.

— Tu sais que je ne peux pas t'aider pour ça.

Il lui avait demandé maintes fois d'utiliser son don pour l'aider à retrouver son père, mais elle lui avait toujours répété que son neveu échappait à sa double vue, qu'elle-même était trop proche d'Adam pour voir quoi que ce soit. Pourtant, elle venait de lui tirer les cartes. Adam la soupçonnait depuis longtemps de lui cacher des choses, mais il l'aimait trop pour se montrer insistant.

— Je ne pense pas que tu le trouveras, trésor.

— Tous les signes indiquent Denver, déclara Adam.

— En effet, en convint Sue qui poussa le jeu de tarot vers lui. Prends-les. Il est temps.

— Je ne peux pas, dit-il sans détacher ses yeux du jeu en même temps qu'une sensation réconfortante s'épanouissait dans sa poitrine.

— Je n'en ai pas besoin. Ma « vue » est assez puissante pour que je puisse dire si une personne est infidèle ou si le testicule d'un gamin va descendre de lui-même.

La main d'Adam s'attarda au-dessus du paquet. La Mort. Le trois d'Épées. Un conflit l'attendait à Denver, et les cartes constituaient un outil puissant. Elles affûteraient sa double vue, lui donneraient un avantage.

— D'accord, tante Sue. Mais je te les rapporterai.

— Bien sûr.

Adam ne dormit pas vraiment. Mille pensées tourbillonnaient, se bousculaient dans sa tête. Quand il se leva, il était presque aussi épuisé qu'au moment où il était parti se coucher. Le réservoir d'eau chaude suffisait pour une douche de cinq minutes, pas plus. Tandis qu'il se frictionnait pour chasser la fatigue, il repassa en revue ce qu'il savait et s'habilla.

Tante Sue était assise à la même place que la veille, un bol de céréales devant elle sur la petite table. Elle paraissait si fragile, et Adam serra les poings de toutes ses forces.

L'odeur du talc et des crèmes qu'elle appliquait chaque matin pour retarder les effets de l'âge, en vain, flottait dans l'air.

Sue le comprenait. Elle l'aimait. Elle l'avait accueilli quand il n'avait eu nulle part où aller. Qu'il soit gay ne l'avait jamais dérangée ; tout ce qui l'intéressait, c'était qu'il possède la double vue, qu'il lui ressemble, même si leurs magies étaient différentes.

Le plus difficile en matière de relations intimes ou romantiques, c'était justement d'être aussi unique, d'avoir conscience qu'il ne serait jamais entièrement compris par son partenaire. Il pouvait essayer, bien sûr, oser se confier et ouvrir son cœur, au risque toutefois de revivre le même scénario qu'avec Bobby et de finir à l'asile. Au mieux, de se faire larguer avec perte et fracas.

Sue ne prendrait jamais Adam pour un fou. Elle ne le ferait jamais interner. À Denver, en revanche, entouré de son frère et de sa mère, il serait en minorité.

Adam ouvrit la bouche pour parler, mais Sue l'interrompit d'emblée.

— J'ai trop de choses à faire, dit-elle.

— Je ne t'ai encore rien demandé.

— C'est inutile.

Adam renifla. Ça sentait un peu le moisi dans le mobil-home à l'approche de l'automne quand la pluie recommençait à tomber et que la rivière, Cottonwood Creek, débordait de son lit.

— Ça pourrait te faire du bien.

— Quelqu'un doit garder Spider, dit Sue.

Puis elle ajouta d'une voix encore plus traînante :

— En plus, ta mère me hait.

Et Bobby détestait Adam. Ensemble, ils auraient pu se serrer les coudes. Cependant, l'animosité entre sa mère et Sue était ancienne, calcifiée, et Adam doutait de parvenir un jour à réduire la tension entre les deux femmes.

Sue posa son bol vide par terre, à côté de son fauteuil. Spider s'avança pour renifler le récipient avant de laper.

Sue sourit au chat grisonnant tandis qu'Adam étudiait les mouvements réguliers et prudents de sa grand-tante.

Il s'assit en face d'elle. Il pourrait recoller le papier de la cuisine ou remplacer le ventilateur de plafond dans l'entrée.

— Je ne suis pas obligé de partir, dit-il.

Sue le fixa d'un regard gentiment désapprobateur. Ses yeux avaient commencé à faiblir, un anneau gris opaque entourait ses iris. Adam avait peu de souvenirs précis de son père, ce dernier était parti quand Adam n'avait que cinq ans, mais il se rappelait le bleu de ses yeux. Comme ceux de Sue. Comme les siens.

— Si, Adam Lee, tu l'es. (Elle posa une main pâle et souple sur la sienne.) Ils sont ta famille. Ils ont besoin de ton aide et tu dois arranger les choses avec eux.

Adam ferma les yeux, soupira. Elle avait raison, bien sûr, mais ça ne l'enchantait guère.

— Je n'aime pas te laisser toute seule ici.

Il observa les autres caravanes à travers les rideaux ouverts. La plupart des occupants du parc étaient partis travailler. Il entendait quelques téléviseurs, les pleurs d'un bébé et les cris d'un couple qui se disputait un peu plus loin.

— Je serai là à ton retour, dit Sue.

— Tu le promets ?

Elle rit.

— Où veux-tu que j'aille ? Maintenant, va préparer ton sac. J'ai besoin de m'allonger.

Adam obéit. Il sortit son sac à dos et le remplit des indispensables, magiques et ordinaires. Bougies rouges, encens de cèdre et jeu de tarot d'un côté, boxer et chaussettes propres de l'autre.

Il roula un jean et quelques tee-shirts. Il lisait plusieurs ouvrages en ce moment, de vieux livres de poche dégottés chez un bouquiniste en ville. Il en prit un, un bon gros pavé de Fantasy, et laissa le reste.

Sac sur l'épaule, il retourna auprès de Sue. Elle se reposait sur son lit deux places, le plus joli meuble qu'elle possédait. Spider s'était pelotonné entre ses pieds. Le chat souleva la tête à l'approche d'Adam. Adam habitait avec Sue depuis trois ans, mais Spider plaquait toujours ses oreilles vers l'arrière quand Adam s'approchait trop de sa maîtresse.

Sur la coiffeuse ancienne au miroir scintillant, les quatre alliances de Sue étaient alignées, tels quatre petits trophées. Elle avait bien vieilli depuis son emménagement, mais il ignorait son âge exact. Il savait seulement qu'elle était beaucoup plus âgée que son père disparu.

— Tu le retrouveras, lui assura Sue, les yeux fermés.

— À Denver ? demanda-t-il, souhaitant qu'elle se montre moins évasive, même s'il savait que la double vue ne fonctionnait pas comme ça.

— Tu le retrouveras, répéta-t-elle.

Adam tenait une piste. Mince, certes, mais combien de prêteurs sur gages se trouvaient sur Federal Street ? Federal Boulevard ? Il le découvrirait.

— Le sorcier renégat, c'est mon père ? demanda-t-il même s'il connaissait déjà la réponse, parce que c'était toujours la même.

— Je ne peux rien te dire.

Adam la croyait. Parce qu'elle l'aimait et qu'elle savait à quel point cela importait pour lui. Sue prétendait ignorer la raison pour laquelle son père les avait quittés, lui, Bobby, leur mère. Le besoin de découvrir la vérité le tenaillait, comme une vieille douleur qui se réveillait chaque fois qu'il pensait à sa famille.

Le sortilège utilisé sur la queue avait le même goût que la magie d'Adam, un parfum de mûres et d'iris, mais dénaturé par des relents âcres et nauséabonds, coloré par des actes maléfiques.

Adam devait savoir s'il avait hérité ses pouvoirs de son père, si ce qui avait perverti le sorcier au point que ce dernier en vienne à torturer des Sauriens était lié à la raison qui avait poussé son père à disparaître, et si Adam risquait d'emprunter le même chemin.

Les connaisseurs les nommaient « *warlock* », un mot dérivé du vieil anglais. Certains l'employaient sans réfléchir ni comprendre son sens ancien. Le commun des mortels pensait que ce terme qualifiait les sorciers, c'est-à-dire les hommes qui pratiquaient la sorcellerie, alors qu'en réalité il signifiait « traître », « briseur de serment ». On le réservait pour les praticiens qui avaient mal tourné, ceux qui avaient violé le principe fondamental de la magie : « ne point nuire ». Le *warlock* qu'Adam pourchassait avait énormément nui. Chaque piste l'avait mené à une créature magique mutilée, à des os liés dans du verre et du fer. La plupart de ces créatures étaient en vie, handicapées à jamais, vouées à une souffrance éternelle. Le *warlock* avait amplement mérité ce nom.

Adam ignorait si cette noirceur l'avait contaminé et à quel point, mais il s'était juré de ne jamais user d'un tel pouvoir.

— Arrête de traînailler, Adam Lee, dit Sue. Mets-toi en route.

— Je ne pense pas que maman te haïsse, répondit-il, se remémorant les paroles de Sue à table. Tu lui rappelles papa, c'est tout.

Sue devinerait qu'il essayait de lui soutirer des informations. Elle n'aimait pas parler de son neveu ni évoquer le mariage de celui-ci à la mère d'Adam, Tilla Mae. Adam percevait que sa grand-tante avait toujours désapprouvé cette union, pourtant elle n'avait pas rejeté Adam, elle l'avait même accueilli avec amour.

— Elle le détestait et elle n'a jamais pu le lui dire en face, déclara Sue. Alors, elle me déteste par procuration.

Adam secoua la tête. Les femmes de sa famille étaient plus têtues que des mules. Sue aimait lui rappeler qu'à l'époque de la conquête de l'Ouest, c'étaient les femmes et les enfants qu'on envoyait dans les champs pour dégager les crotales.

— J'arriverai jusqu'à Denver sans tomber en panne ?

— À condition que tu fasses la vidange, répondit Sue.

Elle ouvrit une paupière, le regarda avec froideur, même si cela restait moins flippant avec un œil qu'avec les deux.

— Maintenant, arrête de lambiner et va voir ton frère.

5

Adam

Adam ferma la porte à clé derrière lui. Le vent fit tinter les carillons et secoua doucement le mobil-home. Celui-ci avait commencé à pencher d'un côté. Adam devait le remettre droit, ajuster les crics qui le maintenaient au-dessus du sol. Le bardage inférieur aurait bien besoin d'un coup de jet. Sue ne lui lâcherait pas la grappe s'il s'attardait encore, alors il changea en vitesse l'huile de moteur de la Cutlass.

La vieille voiture, d'un gris ardoise délavé, fit un peu moins de bruit au démarrage. Adam ne rentra pas se doucher. Il savait qu'il sentait le mécano et il s'en fichait.

Il avait détesté le lycée, tous les cours sauf celui où on leur apprenait à réparer des voitures. Situé sur une épaisse dalle de béton, le bâtiment en acier avait été dépourvu d'isolation. Il y faisait froid hiver comme été dans un brouhaha assourdissant qui avait contraint les enseignants à faire cours en hurlant, mais ça avait été le seul endroit où la double vue d'Adam ne l'avait pas déconcentré. Démonter un mécanisme, organiser les pièces et réparer des appareils le calmait. En l'envoyant à Liberty House, Bobby l'avait privé d'une de ses seules sources de joie.

L'itinéraire ne l'obligeait pas à passer par le centre, mais Adam le fit quand même. Guthrie était un petit bijou, un anachronisme rempli de maisons victoriennes et de rues pavées de briques rouges – datant de l'époque où la ville avait brièvement abrité le capitole de l'Oklahoma.

Elle possédait aussi une histoire magique. Adam se rappela les jours où il parcourait les champs avec Bobby, déterrait des pointes de flèche et des os. Il trouvait des fossiles et du fer des marais, même si l'eau s'était retirée depuis plusieurs millénaires. Lors de ces promenades, les esprits n'étaient jamais loin, ils rôdaient, guettaient, murmuraient et incitaient Adam à fuir avec eux.

Il ne faisait pas ses adieux à Guthrie, pas tout à fait. Son environnement n'allait pas lui manquer, mais imaginer un autre lieu, un lieu où son frère habitait… Adam était incapable de nommer le sentiment désagréable qui lui nouait les entrailles quand il y pensait. Peut-être qu'un changement lui serait profitable. Non. Il reverrait Sue très vite.

Il s'arrêta pour faire le plein d'essence. Il en profita pour s'acheter de quoi grignoter et un café torréfié taille XL. Il ne se lâcha pas sur la malbouffe. Il était fauché. Il devait bosser plus. Il n'était pas mauvais pour ce qui touchait aux moteurs. Il changeait l'huile des voitures et effectuait les réparations diverses de la plupart de ses voisins. En la matière, sa capacité à refaire fonctionner un moteur par la seule force de sa volonté, à augmenter les performances d'une pièce en y insufflant le peu de magie qu'il possédait était évidemment un atout. Malheureusement, cela ne suffisait pas pour décrocher un emploi. Aucun garage n'embauchait, et quand ça arrivait, ils exigeaient au minimum le bac.

Ces petits boulots, Adam les effectuait en grande majorité pour des gens aussi pauvres que lui. Il maintenait leurs voitures en état de fonctionnement et ne facturait jamais plus que ce qu'ils pouvaient payer, et l'absence d'emploi régulier lui offrait assez de liberté pour chercher son père.

La Cutlass était équipée d'une radio, mais la radiocassette était morte depuis des années. Et de toute façon, il n'avait pas de cassettes. Adam gardait un vieux lecteur portable sur la banquette arrière qu'il utilisait lorsque l'envie lui prenait d'écouter quelque chose de spécifique, mais il sautait une fois sur deux, alors il laissa simplement la station qui passait des vieux morceaux de rock. Des classiques en guise de divertissement, ça ferait l'affaire.

Au-delà du capot s'étirait le monde, sous un ciel bleu et ensoleillé. Par temps de brouillard ou de pluie, le sol rougeâtre ressemblait à du sang frais et la boue s'incrustait. Il mettait des jours à l'enlever au jet d'eau.

Il considéra les possibilités qui s'offraient à lui. Il pouvait aller vers le sud, prendre un long détour et passer par le Texas et le Nouveau-Mexique, mais à présent qu'il s'était engagé, il voulait en finir au plus vite. Il traversera donc le Kansas avec ses fermes perdues au milieu des champs de millet.

Ça aurait été plus rapide de voler, et probablement moins cher quand on connaissait la consommation de carburant au kilomètre de la Cutlass, mais ces quelques heures lui permettraient de réfléchir. Adam en avait besoin.

Il allait revoir son frère.

Il avait imaginé cette confrontation plus d'une fois, et, la plupart du temps, la rêverie se terminait ainsi : Adam balançait son poing dans la figure de Bobby et le mettait K.-O.

Mais ces retrouvailles s'annonçaient plus compliquées. Et moins satisfaisantes. Comme toujours quand il était question de magie. Il devait se rappeler qu'il ne s'agissait pas d'eux ni de leur passé.

Il s'agissait d'aider Annie, de trouver ce qui la tourmentait. Avec un peu de chance, ce serait un fantôme et Adam pourrait le chasser avec un peu d'encens de cèdre et des protections assez puissantes pour l'éloigner de la maison.

Toutefois, il risquait de se confronter à un plus gros problème en amont. Ce qui l'obligerait à se rendre à une tour. À consulter les Gardiens.

Dans un soupir, il laissa la double vue tomber sur ses yeux. Adam ne voyait pas l'avenir, pas comme Sue, mais sa perception du monde subtil était plus précise que la plupart de ses congénères.

Voir le plan spirituel recouvrir le paysage mortel tel un tableau fantasmagorique planant sur le monde réel ne lui donnait plus la migraine comme autrefois.

Au loin, les tours sortirent de terre dans un tourbillon. Dirigées par les Gardiens, des divinités et des entités d'une telle puissance qu'Adam ne voulait rien avoir à faire avec elles, les tours indiquaient les points cardinaux. La créature qui s'était emparée d'Annie ne pouvait pas être si terrible, sinon les Gardiens seraient intervenus. Si elle ne méritait pas qu'ils s'y intéressent, Adam était en mesure de s'en charger.

Et pourtant, Bobby avait vu quelque chose. Peut-être qu'il avait seulement été effrayé, ce qui serait facile à gérer, mais l'intuition d'Adam lui disait le contraire.

Il fixa du regard la porte du Nord, un arbre gelé, et frissonna, même si le soleil brillait dans le royaume mortel. Adam avait évité les Gardiens depuis Liberty House et l'époque où il avait commencé à pérégriner dans le monde des esprits. Allongé sur son lit, il rêvait de s'évader, voulait sortir, et soudain il se retrouvait dehors. Il pénétrait dans un monde de couleurs et de lumière. Au milieu d'une nuée de lucioles qui laissaient des traînées scintillantes dans leur sillage. La lune, bien plus grande que dans le royaume mortel, scintillait, pleine et verte, au firmament.

Dans le royaume des esprits, les prés verdoyants et les étendues boueuses étaient des champs de fleurs qui chantaient. L'espace d'un instant, il se dit que Bobby avait raison, il avait perdu la tête.

Puis il avait rencontré Perak. Si beau, si intelligent. L'elfe semblait avoir le même âge qu'Adam, mais on ne pouvait jamais être sûr avec les immortels.

Perak lui avait appris à maîtriser la projection astrale. Perak avait été son premier maître de magie, et le meilleur qu'Adam ait eu à ce jour. Son premier dans bien des domaines. Et un jour, il avait disparu.

Le soleil exploserait avant qu'Adam n'accorde de nouveau sa confiance à un elfe.

Tandis qu'il roulait, Adam repensa à tous les moments qu'ils avaient partagés, ils avaient même emménagé ensemble, et son cœur se serra. Il y avait eu d'autres hommes dans sa vie depuis, mais ça n'était jamais allé plus loin que quelques baisers ou qu'un rapport occasionnel. Dès qu'ils avaient couché, Adam prétextait une raison pour ne plus les appeler. Il aimait les embrasser. Le sexe, c'était sympa, mais il désirait autre chose, quelque chose qu'il était incapable de nommer.

Adam aurait pu continuer à rouler avec plus de café, mais il sentit qu'il commençait à s'assoupir après qu'il eut dépassé Colby, dans le Kansas, près de la frontière avec le Colorado. Il ne voulait pas débarquer chez Bobby à 3 heures du matin avec une tête explosée. Alors, il s'arrêta sur le bas-côté, retira son tee-shirt et s'enveloppa dans une vieille couverture en crochet. Elle sentait un peu comme tante Sue.

Se coulant dans les ténèbres, il rêva de chez lui, son premier chez-lui, la caravane dans les bois. Au printemps, les feuilles de chêne, si vertes, si lumineuses, offraient un contraste saisissant avec l'écorce gris-noir. Il rêva d'orages éclatant dans le ciel d'automne, de la caravane ballottée par des rafales si fortes qu'elles déclenchaient des alertes aux tornades, même s'il n'y avait pas de sirène au fin fond de la campagne.

La pluie s'abattait au sol avec une telle violence que la boue éclaboussait les troncs des arbres, les peignant en rouge.

Adam rêva de sa mère, clope au bec, qui secouait la tête et lui répondait par la négative quand il lui demandait si son père allait rentrer à la maison un jour. Adam avait du mal à se rappeler son sourire. Aussi loin qu'il s'en souvienne, elle avait toujours eu l'air fâchée ou contrariée. Il rêva de Bobby ; ils se promenaient ensemble, exploraient les bois qui semblaient si vastes.

Il se réveilla avec le souvenir nébuleux de son père, un géant transformé en une ombre fuyante. Il trouva un couteau à beurre dans le compartiment à cuillères du tiroir à couverts et le lança assez fort pour abîmer le sol en linoléum.

Adam se réveilla en sursaut, bouillonnant d'une rage aux contours noir et rouge. Il se pelotonna sur la banquette arrière, courbatu et quelque peu frigorifié. Son cœur battait vite, et il prit de profondes inspirations pour le ralentir.

Il lui fallut plusieurs minutes pour démêler ses sentiments de ceux de son père. En raison de sa sensibilité et de sa magie si particulière, Adam était un peu comme un portail ouvert. Une éponge à énergies. Les fortes émotions d'une autre personne pouvaient s'emparer de lui. Il avait appris à se protéger, grâce à Perak ainsi qu'à des années d'entraînement, mais les monstres d'avant rôdaient.

D'un pas tremblant, Adam descendit de la voiture pour pisser et se brosser les dents. Il se rinça la bouche avec la bouteille d'eau qu'il avait remplie à la station-service. Calmé, il remonta dans la voiture et se regarda dans le rétroviseur.

Adam savait ce que Bobby verrait. Sa peau rougissait très facilement et ses cheveux étaient en bataille dès qu'il les laissait mesurer plus que son petit doigt. Le plus souvent, il les portait court, presque à la brosse. En ce moment, ils étaient un peu plus longs.

Les champs de millet du Kansas laissèrent la place aux prairies plus sèches du Colorado. Reportant son attention sur le royaume des esprits, Adam observa les tours qui changeaient de forme. Elles se métamorphosaient au gré du paysage. Un arbre immense devint un rocher pointu. Une urne en argile, haute de plusieurs mètres, devint une fourmilière. Malgré la distance, Adam vit le feu orange qui faisait briller l'abdomen des insectes.

Il perçut le pouvoir, la magie, disséminés à travers les plaines en volutes et en pointes, les créatures et les praticiens natifs de la région.

— Je ne fais que passer, dit-il, la voix rauque de ne pas avoir parlé depuis un moment.

Il transmit son message comme à travers des antennes.

— Perdez pas votre temps avec moi, ajouta-t-il.

Il espérait qu'on l'avait entendu. Petit joueur sur le terrain de la magie, Adam n'avait pas la prétention de se croire capable de l'emporter face à un adversaire supérieur à lui dans la chaîne alimentaire.

Pour avoir une chance, il devrait conclure un pacte avec une puissance, une divinité, un démon ou, pire, un elfe. De tels dévots étaient légion, des praticiens qui contractaient des dettes et échangeaient leur liberté contre encore plus de magie. Il avait toujours évité cette route. La seule fois où il avait été tenté, c'était durant son séjour à Liberty House, mais il avait pris son mal en patience et avait quitté l'établissement le jour de ses dix-huit ans. Sa vie était trop courte pour qu'il la passe à rembourser une telle dette, et son expérience avec les elfes l'avait échaudé pour un bon moment.

Denver se profila au loin, une banlieue étendue qui encerclait un centre-ville à l'architecture dense. Il se rapprocha, dépassant l'aéroport, et les montagnes se dessinèrent à l'horizon.

Dans le monde subtil, une forme rouge surplombait la ville, se gonflant et palpitant tel un organe gorgé de sang. Des tentacules semblables à des veines s'étiraient sur plusieurs kilomètres et le maintenaient au sol. Saisi de frissons,

Adam agrippa le volant et s'arrêta sur l'accotement. Il sortit de la voiture en chancelant, sentit le passage d'un véhicule, mais ne détacha pas les yeux du ciel.

Un dôme colossal semblait recouvrir la ville. Il lui faisait l'effet d'une souillure, d'un nuage toxique qui appuyait contre ses sens. Peut-être Bobby avait-il vu quelque chose après tout. Sous une apparition pareille, seuls les moins sensibles ne verraient rien.

Adam pencha la tête sur le côté et invoqua son enceinte de protection. Hors de question que cette chose la franchisse.

De retour dans la Cutlass, il suivit les directions que lui donnait son téléphone, vers le sud et à l'intérieur de la ville, mais il aurait pu s'en passer. La branche la plus proche, l'une des plus épaisses, plongeait droit dans la vilaine maison jaune de Bobby.

6

Adam

La maison ressemblait à un gâteau de mariage ou à une décoration de Pâques. De couleur jaune citron, elle se dressait sur un carré de pelouse qui n'était altéré ni par des chiens, ni par des mauvaises herbes, ni même par des ornements. Les vitres brillaient d'un éclat si vif qu'on ne voyait rien à travers.

Qu'avait-il attendu de Denver ? Il l'ignorait. Il pensait trouver une ville différente d'Oklahoma City, certainement, mais cette banlieue aseptisée était un poil flippante et dérangeante.

Il gara la Cutlass dans la rue, ravi de voir sa carrosserie défigurer le paysage. Il descendit de la voiture et referma la porte avec force avant de reporter son attention sur la chose dans le ciel.

— Ce que c'est moche, marmonna-t-il, se sentant minuscule et vulnérable.

Il résista toutefois à l'envie de se cacher.

Le vent secoua le tentacule sanglant, un cordon répugnant arrimé à une masse monstrueuse. Des étincelles électriques d'un jaune cireux parcoururent le pseudopode. Il ne se rappelait pas bien les cours de biologie du lycée, mais il pensait que l'esprit avait la forme d'un cœur. Pourpre et veiné, il battait faiblement, comme pour asperger la ville de sang. Adam n'avait encore rien vu de tel.

Lentement, tel un taureau somnolent, l'esprit se tourna vers lui. Des yeux jaunes s'ouvrirent le long de ses tentacules. Ils bougèrent dans tous les sens, à la recherche d'Adam.

— Merde !

Adam recula d'un bond et déconnecta ses sens et sa double vue avant que la créature n'ait pu se concentrer sur lui.

Tremblant, Adam regarda autour de lui, ne vit que des choses banales, la rue, les maisons, mais il sentit la présence de l'esprit qui rôdait sous la surface de sa perception, tels les mocassins d'eau dans le lac, par chez lui. Les cinq sens verrouillés, il expira. Parfois, la magie semblait se résumer à respirer consciemment. S'il ne voyait pas l'esprit, l'esprit ne le voyait pas non plus. Il ne pouvait pas franchir le voile sans s'incarner. Cet esprit-là ne devrait jamais être invité dans le monde matériel.

Adam avait été stupide de le regarder d'aussi près, il avait attiré son attention.

— Adam Lee ? dit une voix rauque familière. Tu fais quoi, là ? T'as l'air d'un taré.

Sa mère se tenait sur le seuil de la porte, derrière la balustrade blanche. Sa voix de fumeuse et son air déçu transportèrent Adam à l'époque du lycée, avant Liberty House. Elle ne descendit pas pour l'accueillir.

Adam prit son sac à dos sur l'épaule et marcha vers elle.

— On ne dit plus « taré », m'man. On dit « déficient mental » ou « troublé mentalement ».

Tilla plissa les yeux, comme elle le faisait chaque fois qu'elle ne comprenait pas Adam, c'est-à-dire tout le temps.

Elle ne sortit pas de la maison, comme si elle craignait de prendre feu au soleil. Adam regarda sa mère puis le ciel, où l'esprit planait sur l'Autre Rive. Peut-être sentait-elle qu'il s'y cachait. Adam était parti du principe que sa double vue lui avait été transmise par son père et s'était toujours demandé si Bobby percevait aussi le monde des esprits et, si oui, ce qu'il voyait au juste. Sa mère ne possédait pas le don. En revanche, elle s'était toujours évertuée à conjurer par la prière les créatures qu'il voyait étant petit, et n'avait eu aucun mal à signer les formulaires pour que Bobby le fasse interner. Peut-être cet esprit était-il assez puissant pour que les authentiques sans-don le perçoivent.

— Tu entres ? lui demanda-t-elle. Ou tu comptes rester là toute la journée à jouer les monsieur je-sais-tout ?

— Toi aussi, tu m'as manqué, répondit Adam.

Il n'était pas certain de le penser, et pourtant il n'était pas en colère contre elle, du moins pas comme il l'était contre Bobby. Penser à sa mère le rendait juste triste, comme s'ils devaient s'aimer, mais n'y parvenaient pas. Un gouffre les séparait.

Il arriva sous le porche. Tilla jaugea Adam du regard. Adam, qui la dépassait d'une demi-tête, baissa les yeux pour l'étudier.

Des mèches d'un gris terne striaient ses cheveux. Le reste était de la même couleur sable que ceux d'Adam. Elle était plus grande dans son souvenir. Le vent, le travail permanent et la poussière rouge de l'Oklahoma avaient eu raison de sa silhouette. L'odeur du café brûlé et des cigarettes mentholées l'enveloppait. Une rafale de souvenirs secoua Adam : sa mère le tenant, le soulevant dans ses bras. Elle ne l'embrassa pas.

Elle fumait toujours. Ça devait énerver Bobby. Ça lui remonta un peu le moral de constater que sa mère et son frère n'étaient pas en phase. Ils l'étaient d'habitude quand il s'agissait de ce qu'ils estimaient être le mieux pour Adam.

— T'es maigre comme un clou, Adam Lee, dit Tilla, complétant son évaluation par un hochement de tête. Cette femme ne te nourrit-elle pas ?

— Je mange, m'man, répondit-il, agacé qu'elle mentionne Sue.

Adam ignorait pourquoi sa mère la détestait. Toutefois, il soupçonnait Tilla de reprocher à cette branche-là de la famille d'avoir transmis la double vue à Adam. De la même manière, elle était persuadée qu'il avait attrapé l'homosexualité parce que son père lui manquait, même s'il avait commencé à embrasser des garçons à la maternelle.

Et il n'avait pas menti. Il mangeait quand il pouvait et ce qu'il pouvait se payer.

— T'aurais dû rester à l'école, dit-elle, tirant un coup de semonce qui se transformerait en tir de barrage quand Bobby se joindrait à eux.

— C'était pas une école, m'man, répliqua Adam avec tout son calme, mais l'estomac serré.

Il se tint prêt pour l'affrontement imminent.

Elle le fusilla du regard. Génial. Il l'avait déjà mise en rogne. Un nouveau record.

Adam ne voulait pas se disputer avec elle au sujet de Liberty House, du moins pour l'instant. Et même si c'était tentant, il résista à l'envie de tourner les talons pour regagner sa voiture.

Il avait essayé de les avertir, il leur avait dit que les surveillants étaient des brutes et des tyrans, que les « cours » consistaient à rassembler les patients bourrés de calmants devant un téléviseur relié à un vieux magnétoscope pour leur passer des films qui dataient, pour le plus récent, de 1989. Parfois, c'était le même film, tous les jours, dans une pièce aux murs nus avec des taches d'humidité au plafond.

Son seul répit avait été la nuit. Les projections astrales. Perak. Jusqu'à ce qu'il se volatilise. Perak avait disparu du jour au lendemain sans lui fournir la moindre explication. Il l'avait abandonné à son sort, le privant de réconfort et de toute possibilité de fuir cette vie pleine d'horreurs.

Les effets secondaires des médicaments, comme se baver et se pisser dessus, et les bains d'eau glacée quand il refusait de prendre les pilules avaient ensuite marqué ses nuits.

Sa mère ne l'avait pas cru. Elle n'était pas venue le chercher.

Mais c'était Bobby qu'il ne souhaitait vraiment pas revoir.

— Où est-il ? demanda Adam.

— Au travail, répondit sa mère. Il sera peut-être de retour pour le dîner.

Rien n'avait changé, apparemment. Le frère d'Adam plaçait toujours son succès, ses objectifs personnels, au-dessus de sa famille. Adam ravala un rire de mépris et emboîta le pas à sa mère.

Sur le manteau de la cheminée au gaz trônaient quelques roses des sables et un morceau de fer des marais qu'ils avaient déniché étant petits, les seules marques d'un foyer. Les tableaux, des impressions de paysages bucoliques, égayaient la pièce.

Tilla s'arrêta dans une cuisine plus spacieuse que le salon de Sue. Sous les comptoirs en granit, des appareils en inox dernier cri étaient alignés. Luxe et modernité. Tout pour vous en mettre plein la vue.

— Je vais te dire, marmonna Adam, pour quelqu'un d'hétéro, la déco de Bobby est très féminine.

Sa mère se détourna, comme chaque fois qu'il faisait allusion à son orientation sexuelle.

— La décoration, c'est Annie, répondit-elle. C'était avant.

— Ça a commencé quand, maman ?

Il ne voulait pas évoquer l'esprit. Sa mère paniquerait et ça raviverait sa vieille croyance selon laquelle il était fou.

— Bobby m'a appelée il y a un mois. Il m'a demandé de venir l'aider.

Adam posa son sac à dos sur le comptoir.

— Je peux la voir ?

Sa mère hocha la tête et l'emmena à l'étage.

La chambre à coucher était équipée d'un verrou qu'on fermait de l'extérieur. La mère d'Adam l'ouvrit et entrebâilla la porte pour jeter un coup d'œil à l'intérieur, avant de la pousser d'un geste ferme.

Une femme était allongée sur le couvre-lit. Adam reconnut Annie d'après les photos qu'elle lui envoyait parfois par e-mail, mais la coquille vide, pâle comme la mort, qu'il avait sous les yeux ne pouvait être la personne qui lui écrivait des lettres au ton enjoué pour lui raconter la vie qu'elle menait avec Bobby.

« Salut, Adam. J'espère que tu vas bien. Joyeux anniversaire ! On passe Noël à Aspen. »

L'Annie actuelle était comme translucide, comme un savon presque entièrement fondu qui pouvait à tout moment glisser dans le siphon.

Adam s'approcha sans faire de bruit, pour ne pas la déranger, mais sa mère entra derrière lui d'un pas beaucoup moins silencieux.

— Elle ne nous entend pas, l'informa-t-elle en montrant le lit. Robert la gave de sédatifs.

— Je connais bien, dit-il.

On l'avait diagnostiqué comme étant psychotique, puis on l'avait bourré de médocs pour le maintenir dans un état quasi végétatif. Ce qu'il ressentit en regardant Annie lui rappela ces jours-là.

Pour la voir, la voir vraiment, il devait utiliser sa double vue, ce qui risquait d'attirer l'attention de l'esprit, mais Adam avait de la finesse. Il espérait éviter l'œil de la créature s'il ne braquait pas toute sa concentration sur Annie.

Il cligna des yeux, laissa venir son don.

La magie palpitait dans l'organisme d'Annie, mais ce n'était pas la sienne. Les étincelles jaunâtres qui la parcouraient venaient de l'esprit. Il la tenait. Elle était perdue, épuisée d'essayer de retrouver son chemin, elle ne possédait aucun pouvoir, n'avait aucun moyen de défense. L'esprit la serrait dans son poing d'acier.

L'estomac noué, Adam se redressa et leva les yeux au plafond. Le cordon veineux le traversait pour plonger dans le cœur d'Annie, telle une tige sanglante et pourrie. Il pouvait essayer de la couper ou de la déloger, mais il ignorait l'effet que cela aurait sur Annie. Le corps de la jeune femme était sillonné de branches secondaires et Adam n'avait pas la moindre idée de ce qu'elles conduisaient. Il devait le découvrir au plus vite.

Doucement, évitant l'attention de la créature, il prit la main d'Annie.

Elle était là, sous les médicaments, sous le poids oppressant de la chose qui avait pris possession d'elle.

Une vague de désespoir confus, noir et profond le submergea.

Elle était perdue.

C'était trop pour Adam. Il recula. Il vérifia que la créature n'avait pas réagi, n'avait pas remarqué son intrusion.

— Tu le vois, n'est-ce pas ? lui demanda sa mère. Il y a bien quelque chose ?

— C'est un esprit, m'man.

Elle grimaça. Elle ne lui demanderait pas pardon, Adam le savait. Elle n'en avait jamais été capable. Pire, elle avait voulu qu'Adam s'excuse d'être ce qu'il était. Il soupira pour chasser sa frustration. Il était là pour Annie. Il faisait ça pour elle.

— Je ferai ce que je peux, promit-il, et c'était sincère. Mais, oui, quelque chose s'est emparé d'elle. Il faut que je me renseigne. (Il conduisit sa mère dans le couloir avant de poursuivre.) Je ne trouverai pas de solutions si je ne creuse pas un minimum.

Sa mère leva les mains pour lui faire comprendre qu'elle ne voulait pas en entendre davantage, comme si le fait de savoir ce qui faisait souffrir Annie l'infecterait aussi. La magie la mettait aussi mal à l'aise que la vie sexuelle d'Adam. Sa mère et son frère ne posaient pas de questions, alors Adam n'en parlait pas.

Bobby avait admis posséder la double vue, bien qu'elle soit faible. La nouvelle avait fait un choc à Adam et l'avait convaincu de venir jusqu'à Denver. Il avait été un temps où son frère aurait préféré plonger ses mains dans un broyeur d'ordures ménagères plutôt que de reconnaître que la magie pouvait exister. Sa mère avait parfois des fulgurances, des intuitions qui amenaient Adam à penser qu'il avait hérité une partie de sa magie du côté maternel. S'il la questionnait à ce sujet, elle se réfugiait dans sa bible et l'invitait à prier. Ce qu'Adam n'avait jamais compris, ce qu'ils n'avaient jamais su lui expliquer, c'était pourquoi cela les effrayait à ce point.

— J'ai compris, dit-il, répondant à son silence. Je réglerai le problème, puis je disparaîtrai.

Adam n'aurait pas dû attendre autre chose de cette réunion. Sa mère resta muette. Elle regarda dans sa direction sans fixer son attention sur lui, comme si elle essayait de déterminer si ce ne serait pas pour le mieux.

Il la suivit tandis qu'elle redescendait au rez-de-chaussée, en se demandant s'il cesserait un jour d'espérer que sa famille le verrait tel qu'il était et qu'elle l'accepterait.

— On t'installera en bas, dit-elle en franchissant une porte qui donnait sur un escalier menant au sous-sol.

L'espace était propre et aménagé, joli même. Comparée au reste de la maison, la décoration était plus sobre.

Adam aurait une petite salle de bains équipée d'une douche rien que pour lui. La chambre d'amis avait une fenêtre ainsi qu'un puits de lumière avec une échelle de secours en cas d'incendie. Adam n'avait jamais dormi dans un endroit aussi agréable, ce qui n'enlevait rien à sa nervosité. Bientôt, il lui faudrait affronter Bobby. Adam serra et desserra les poings. Plus vite il se mettrait au travail, plus vite il pourrait rentrer.

Il prit une douche plus longue qu'il ne l'avait jamais fait chez Sue, savoura le moment. Il se frotta vigoureusement pour enlever la sueur, l'huile de moteur et la poussière rouge. Il gratta avec ses ongles irréguliers, ôtant les peaux mortes aussi bien que la saleté. Son corps, mince et pâle, devint rouge sous l'eau brûlante, un luxe qu'il n'avait pas connu depuis plusieurs mois. Les rougeurs dues au frottement s'estomperaient. Quel bonheur c'était d'être propre et de savoir que Bobby paierait la facture! Adam mit la plupart de ses vêtements dans le lave-linge, enfila son jean propre et un vieux tee-shirt à l'effigie d'un groupe qui s'était séparé avant sa naissance.

Il se coucha, la tête au pied du lit et une jambe pliée. Les mains ouvertes, paumes vers le haut. Étendu ainsi dans la position du Pendu, il écouta tourner la machine à laver. Il se laissa bercer par le roulement du tambour pour plonger tout au fond de lui-même, là où reposait sa magie. Il eut l'impression d'ouvrir une porte, d'entrer dans une cabine d'ascenseur. Puis il fut ailleurs.

7

ADAM

Quand Adam ouvrit les yeux, plus rien n'était pareil. Le royaume des esprits reflétait le monde des vivants, mais les angles étaient déformés. Les murs penchaient. Les arbres s'étiraient. Les êtres surnaturels de toutes tailles apparaissaient, disparaissaient. Ici, la maison de Bobby n'avait pas de toit. Même le sous-sol s'ouvrait sur un ciel pourpre constellé d'étoiles. La lune brillait de tout son éclat, plus grosse et plus proche qu'elle ne pouvait l'être sur le plan mortel. La vie chatoyait.

Mais l'esprit était là, Adam sentait sa présence ; sa poisse et sa putréfaction imprégnaient tout.

Adam invoqua ses protections, des barrières faites de volonté et de magie, un bouclier mental. Sensible comme il l'était dans le monde des mortels, physiquement il était à la fois plus vulnérable et plus fort ici. Une entité puissante pouvait toujours franchir ses défenses, le traverser comme s'il était un nuage, mais, pour ça, elle devait d'abord le localiser.

Il monta à l'étage. Les couloirs s'enroulèrent autour de lui. Des ombres opaques se rassemblèrent, filtrant la lumière des astres qui transperçait les murs. Celui de la chambre était couvert de scarabées dont la carapace d'un vert iridescent scintillait au clair de lune.

Annie était couchée dans son lit. L'esprit était moins éthéré, plus tangible qu'elle. Ses pseudopodes à piquants s'enfonçaient en elle. Adam voyait le sang circuler dans ses veines, il voyait ses os. Même s'il parvenait à la libérer, il n'arriverait pas à retirer les filaments sans la blesser, voire la tuer. Ces fragments d'esprit resteraient en elle comme les piquants d'une méduse. Ça dépassait les capacités d'Adam. Son sang se glaça.

Il manquait d'informations, il lui fallait quelqu'un qui lui en apprenne davantage sur la situation. Ensuite, il réfléchirait à un moyen de rompre l'emprise de la créature. Le problème, c'était de choisir la personne la moins dangereuse. Il refusait de contracter la moindre dette auprès d'une puissance surnaturelle.

Toutefois, qui passait de tels accords détiendrait les connaissances dont il avait besoin et pourrait lui expliquer pourquoi les Gardiens n'étaient pas intervenus. Un esprit de cette taille, possédant des personnes normales – c'était précisément leur raison d'être.

Adam sortit de la maison et s'avança vers l'arbre le plus proche. Celui-ci ouvrit une paire d'yeux émeraude et le fusilla du regard.

— Pardonnez-moi, dit Adam en s'agenouillant pour poser la main sur ses racines.

Invoquant sa volonté, il plongea dans la mousse, traversa les ramifications et les veines jusqu'à se retrouver debout dans un champ de tournesols. Il marmonna un « merci » à l'arbre noirci et s'éloigna en vitesse des branches où se balançaient des nœuds coulants au milieu des corbeaux.

Cette action l'avait fatigué, l'avait mis à rude épreuve. Plus il s'éloignait de son corps, plus son esprit vacillait. Il ignorait jusqu'où il pouvait aller, jusqu'à quelle distance il était en sécurité. Il y avait des limites. Il les avait testées avec Perak, mais sans jamais dépasser la ligne rouge.

Derrière une barrière en bois cassée, il aperçut une vieille caravane Airstream posée sur des parpaings, l'herbe chatouillant ses roues. La carrosserie en acier avait subi l'épreuve du temps et de la grêle.

Il n'avait jamais vu quel véhicule ou quelle créature l'avait tractée jusque-là. Un pick-up, peut-être. Ou un T-Rex. Adam sourit de la voir là.

Une femme noire était assise à l'avant. Une lumière aveuglante irradiait d'elle.

Un fusil de chasse à double canon était posé sur ses genoux, prêt à servir. Sara ne l'avait jamais utilisé en sa présence, mais Adam devinait qu'il était chargé de chevrotines et de sorts capables de le tuer sur le coup.

Il avait horreur des armes à feu. Il se rappelait le jour où son père l'avait obligé à tirer sur un écureuil avec un pistolet à air comprimé jusqu'à ce que l'animal rende son dernier souffle. Il se revoyait en larmes devant le petit corps agité de soubresauts. Il l'avait senti mourir, et il n'avait plus touché une arme depuis, même si c'était mal vu pour un homme de l'Oklahoma.

Adam longea le chemin qui traversait le champ, veillant à ne pas déranger les faucheurs qui s'affairaient au milieu des tournesols.

En salopettes et chapeaux de paille, ils ressemblaient à des fermiers, mais ils n'étaient pas humains, pas tout à fait. Les lames de leurs faux, fer rouillé emmanché dans du bois patiné par le temps, auraient dû siffler à chacun de leur passage, mais elles ne faisaient pas le moindre bruit. Chacun portait un masque d'os, pâle sur son visage d'humain.

Adam se hâta de franchir la barrière qui séparait les champs de la caravane de Sara. Elle marquait la limite de son bouclier de protection. À l'intérieur de celui-ci, Adam se sentit un peu plus en sécurité, mais pas tant que ça.

Concentrés sur leur tâche, les faucheurs ne virent pas qu'il approchait. Adam ignorait comment ils réagiraient si on interrompait leur travail, et il n'avait guère envie de le découvrir.

— Adam Binder, dit Sara.

Elle marqua une pause, porta à ses lèvres un verre de thé glacé agrémenté d'une épaisse tranche de citron et en but une longue gorgée.

— Ça alors ! s'exclama-t-elle. Qu'est-ce qui t'amène par ici ?

Elle avait l'accent du sud. Il évoquait les marais et les alligators qui s'y cachaient. Elle s'était toujours montrée gentille envers lui.

— Pourrais-tu baisser la lumière ? lui demanda-t-il en protégeant ses yeux derrière sa main. (Il voulait paraître assuré, mais ne pouvait se permettre de l'offenser.) Je ne suis pas un touriste.

L'éclat multicolore qui l'entourait s'estompa jusqu'à ce qu'il puisse distinguer son visage. C'était une femme menue aux cheveux frisés et aux traits lisses. Sara le regarda derrière ses lunettes rondes aux verres teintés.

L'odeur de sa magie était toujours aussi forte, mais plaisante ; elle rappelait celle du thé glacé et des tournesols en été.

Tante Sue avait présenté Adam à Sara peu après Liberty House. Sara vendait des informations, échangeait des secrets avec Sue quand cette dernière en avait. Mais Adam et Sue étaient de petits clients. Sara négociait des pactes avec des entités infiniment plus puissantes que les Binder. Elle avait forcément entendu quelque chose sur ce qui se passait à Denver.

Pour autant, Adam ne lui rendait pas visite de gaieté de cœur. L'emplacement qu'elle s'était choisi, le champ des faucheurs, le rendait nerveux. Ces derniers étaient une force de la nature ; ils suivaient les règles dictées par la Mort et ne prenaient que les vies que Celle-ci leur indiquait. Ils n'emportaient pas tout le monde. Adam ne les comprenait pas. Et même s'il se répétait qu'il n'avait aucune raison véritable de les craindre, il voyait toujours dans le coin de son œil la danse chuintante de leurs faux.

— Je ne t'ai pas vu depuis un moment, Adam Lee, dit Sara en se calant dans son fauteuil pliable.

Quand tante Sue l'avait présenté, elle avait employé ses deux prénoms. Depuis, Sara s'adressait toujours à lui de la sorte.

— Tu as grandi, tu t'es étoffé un peu.

Les années se lisaient sur son visage, mais ça restait subtil. Ses rides n'étaient pas très profondes. Sara échappait aux outrages du temps, un cadeau offert par ceux avec qui elle négociait. Mais la nature aurait le dernier mot, au bout du compte. Personne n'échappait à la Mort et à ses faucheurs. Même les anciennes puissances le respectaient.

— Tu ne te teins plus les cheveux en noir, ajouta-t-elle en se penchant vers lui.

— Je m'en suis lassé, répondit-il.

En vérité, ça coûtait trop cher et ils avaient retrouvé leur couleur naturelle en repoussant. Ça l'agaçait un peu qu'elle se souvienne de lui sous cet aspect. Il n'était plus un adolescent, mais peut-être pouvait-il s'en servir. Adam se gratta l'arrière de la tête et demanda sur un ton aussi respectueux que possible :

— Je voulais vous demander quelque chose.

Il s'efforça, en vain, de ne pas regarder en direction de la porte de la caravane.

— Tu peux approcher, dit Sara en le jaugeant par-dessus la monture de ses lunettes. (Elle avait de grands yeux bruns et pénétrants.) Ils ne mordent pas.

— Visiblement, mes émotions se lisent sur mon visage.

— Un peu. (Elle eut un petit rire dérisoire.) Comment va ta tante Sue ?

— Elle va bien.

Sue l'avait accompagné dans ses projections astrales. C'était lors d'une de ces pérégrinations qu'elle l'avait présenté à Sara. Les deux femmes avaient échangé des ragots et des civilités pendant qu'Adam avait observé les faucheurs. Elles se ressemblaient un peu, d'un certain âge, solaires. Sue n'avait pas eu l'air effrayée par la caravane de Sara.

Il s'approcha un peu plus. Un murmure s'éleva autour de la caravane. Dans les champs, les faucheurs fauchaient, leurs gestes réguliers, répétitifs, synchronisés. C'étaient des hommes et des femmes, jeunes et vieux, de toutes les races et de toutes les tailles. Adam ignorait comment la Mort choisissait ses serviteurs. Et il préférait ne pas le savoir. Tant qu'ils le laissaient tranquille jusqu'à ce que vienne son heure. Ils n'attaquaient que ceux qui interrompaient leur travail.

— Eh bien ? (Sara lui fit signe d'avancer.) Je t'écoute.

— Denver.

Sara inclina la tête, lui indiquant qu'elle était au courant.

— Qu'est-ce qui se passe là-bas ? lui demanda-t-il. C'est quoi, cette chose dans le ciel ?

— Un esprit. Mais pas de ceux qu'on connaît. Personne ne le connaît.

Les murmures cessèrent. Les déesses de Sara avaient tendu l'oreille. Adam avait leur attention, la dernière chose qu'il voulait. Il regarda ses pieds tandis que son cœur s'emballait.

Elles ne savaient rien. Sara ne savait rien.

— Alors, c'est quelque chose de nouveau, déclara-t-il.

— Ou d'extrêmement vieux.

Dans les deux cas, c'était la poisse.

— Pourquoi tu t'y intéresses ? s'enquit Sara.

Et voilà. Un prêté pour un rendu, comme d'habitude. Adam n'aimait pas révéler des informations, mais il avait pris, alors il devait donner.

— Il possède ma belle-sœur. Et sans doute beaucoup d'autres personnes, ajouta-t-il en repensant aux nombreux tentacules. Je dois savoir comment l'arracher de son emprise.

Sara secoua la tête.

— On ne sait pas ce que c'est ni d'où ça vient. Seulement que ça défie la Mort et la nature. C'est apparu comme ça, un jour.

Adam recula d'un pas.

— C'est impossible. Quelqu'un a dû l'invoquer.

Sara haussa les épaules et but une gorgée de thé.

— Si c'est le cas, cette personne ne le crie pas sur les toits.

— Et les Gardiens ? Ils ont dit quelque chose ? Fait quelque chose ?

— Pas encore, répondit Sara. Quelqu'un doit se présenter à eux et les supplier, leur démontrer la gravité de la situation avant qu'ils daignent intervenir.

— Une sorcière du coin a dû forcément se rendre aux tours. Ou un praticien de la région. Je ne peux pas être le premier à avoir remarqué cette créature.

Quelqu'un aurait déjà dû éliminer l'esprit. Un problème de cet ordre aurait dû être réglé depuis longtemps.

— Adam… Je pensais, reprit Sara après un temps d'arrêt, que tu étais au courant de la situation.

— Je le suis. Un esprit plane sur Denver, comme un nuage. Il est relié à des gens un peu partout.

— C'est plus grave que ça.

Sara prit une longue gorgée de thé glacé. Elle n'en proposa pas à Adam, et si elle l'avait fait, il aurait refusé. Des règles strictes régissaient la consommation d'aliments dans le royaume subtil.

— Vous allez me dire de quoi il s'agit ?

— Tu es prêt à négocier ?

Évidemment. Rien n'est gratuit. Elle l'aiderait, mais en échange… Il obtiendrait tout le pouvoir nécessaire pour libérer

Annie, pour se protéger et bannir l'esprit. En contrepartie, il y laisserait tout.

— Je ne veux pas plus de pouvoir, dit Adam en croisant les bras. Seulement des informations.

— Eh bien, tu sais ce qu'on dit sur le savoir, railla-t-elle de sa voix traînante.

— Sara, je vous en prie. C'est très sérieux. Dites-moi ce que vous savez.

— Ce que je peux te dire, sans contrepartie… (Elle se pencha vers lui. Son accent se fit plus prononcé sous le coup de la peur.) C'est que tous les magiciens de Denver sont morts.

8

Adam

Adam se réveilla en frissonnant. Si Sara, avec ses dieux et ses alliances, craignait la chose qui squattait le ciel de Denver, alors il avait autant de chances qu'un moustique contre un éléphant. Son seul espoir : trouver quelqu'un de plus puissant que lui pour combattre la créature sans y laisser des plumes. Ou la vie. Il ferma les yeux en repensant à Annie étendue sur son lit.

Bon sang.

Il voulait rentrer chez lui tout de suite et retrouver Sue et Spider, mais il ne pouvait pas abandonner Annie dans cet état. La façon dont l'esprit la retenait captive rappelait à Adam Liberty House, ce qu'il avait ressenti, abruti par les médicaments et incapable de quitter le lit auquel on l'avait même attaché une fois ou deux.

Il devait trouver un moyen de la délivrer, et découvrir ce qui avait tué les sorcières et les magiciens de Denver.

— Je comprends que tu sois claqué après avoir conduit jusqu'ici, mais de là à faire une sieste, Adam ? dit une voix. Tu viens à peine d'arriver.

Adam ouvrit les yeux et se trouva devant son frère qui le fusillait du regard.

— Bobby ? s'étonna Adam.

— Alors ? demanda Bobby.

Adam voulut faire remarquer à son frère que ce n'était pas lui qui allait travailler alors que sa femme était possédée, mais il se retint.

— Je ne faisais pas la sieste, se défendit-il.

Le regard de chien battu de Bobby empêcha Adam de répliquer plus vertement. Il s'étira, s'efforçant de regagner son corps. Les voyages astraux étaient épuisants, et à son réveil, il était encore plus fatigué que quand il s'était couché.

— Tu méditais. Peu importe.

— J'essayais, figure-toi, de comprendre ce qui se passe ici.

Bobby avait toujours eu le don de lui taper sur les nerfs.

— Et tu as compris ?

Adam doutait que Bobby le croie s'il lui parlait de voyager dans le monde des esprits.

— En partie, répondit Adam, se demandant s'il devait expliquer à Bobby qu'Annie était possédée.

— Tu peux la guérir, oui ou non ? Ou tu comptes juste glander ici ?

— Vous acceptez que vos patients s'adressent à vous sur ce ton, docteur Binder ?

— Tu n'es pas médecin.

— C'est toi qui m'as fait venir, je te rappelle. Je suis ce qui se rapproche le plus d'un expert en la matière.

Bobby l'avait presque supplié, et Adam se fit violence pour ne pas lui balancer ce fait à la figure. Il étouffa ce désir.

Il avait toujours détesté le côté « père autoritaire » de Bobby. Peut-être qu'il était devenu ainsi avec l'âge. Peut-être « Robert » était-il cet homme. Adam se retint de cracher avec dégoût. Les seuls souvenirs qu'il avait de leur père, c'étaient les accès de rage de ce dernier, et c'était bien suffisant. Adam n'avait aucune envie de l'imiter.

Bobby, qui avait dix ans de plus, avait toujours eu l'air plus adulte qu'Adam ne s'était jamais senti. Un anneau violet cernait ses iris. Ses cheveux châtain clair grisonnaient. Il commençait à ressembler à leur père.

Ça lui allait. Bobby n'avait jamais compris la différence entre vouloir qu'Adam soit normal et vouloir le meilleur pour Adam.

— Je ne veux pas que tu nous fasses perdre notre temps, c'est tout, dit Bobby. Que t'inventes des trucs.

— Ou quoi ? Tu me feras interner de nouveau ? On te fera peut-être un prix pour le lot.

Bobby devint tout rouge. Il détourna le regard.

— Bien sûr. C'est différent pour Annie, ajouta-t-il.

Il se trouva cruel, mais il avait besoin de crever l'abcès. Ils n'étaient plus des gamins, et il ne se laisserait pas tyranniser, et encore moins infantiliser. Pas par ce connard.

— Tu ne lui ferais jamais ça. Ce traitement-là m'est réservé.

Voilà qui décontenança Bobby. Il s'apprêta à répondre, puis se ravisa et referma la bouche.

— Il va te falloir un plus grand bouclier.

Colère et curiosité s'affrontèrent sur le visage de Bobby.

— Que veux-tu dire ?

— Annie n'est pas la seule dans son cas. L'entité qui s'est emparée d'elle est gigantesque. Elle est ancienne, elle a réussi à effrayer quelqu'un de plus puissant que moi, et elle parasite des gens aux quatre coins de la ville.

Bobby serra les poings et, comme à son habitude, préféra nier la réalité.

— Tu racontes des conneries.

Adam s'attendit que Bobby frappe le mur, comme l'aurait fait leur père, mais son frère s'obligea à ouvrir les mains. Il s'essuya les paumes sur les poches de son jean.

— Je peux te le prouver, dit Adam. Il faut juste que je les localise.

— Comme tu veux, rétorqua Bobby en levant les mains dans un geste de capitulation. Il est tard et maman nous attend pour dîner.

— Quelle heure est-il ? demanda Adam, se rendant soudain compte que la pièce s'était assombrie.

— Vingt et une heures.

— Mince. Je ne pensais pas être parti aussi longtemps.

Il se sentait vidé. Le voyage astral lui avait pompé toute son énergie.

— Maman a dû décider que tu avais besoin de dormir, dit Bobby en conduisant Adam hors du sous-sol.

— Je ne dormais pas, répéta Adam, énervé. Et je ne suis pas venu ici pour subir ton mépris.

— Ouais, ouais, répondit Bobby en se dirigeant vers l'escalier.

Adam serra les poings, mais le suivit sans protester. Il avait faim et préférait manger plutôt que se prendre la tête avec son frère.

Les odeurs typiques de la cuisine de sa mère lui parvinrent tandis qu'il montait les marches, croquettes de saumon et haricots verts à la vapeur. Un souvenir olfactif qui le transporta à Guthrie, aux dîners en plein air, car il faisait trop chaud dans la caravane. Il imbibait les petits palets graisseux de ketchup, préférant le condiment sucré au poisson frit enrobé de panure.

Leur mère avait commencé à travailler tard à la station-service après le départ de leur père. Elle avait nourri ses fils, mais n'avait jamais eu l'occasion de cuisiner. Quand il était enfant, les repas d'Adam étaient composés de surgelés à réchauffer au micro-ondes, de pop-corn et de macaronis en boîte bon marché. Bobby avait appris à cuisiner par nécessité, mais n'avait jamais rien préparé de plus compliqué que des spaghettis et des boulettes de viande. Il en faisait une pleine marmite et ça leur durait toute la semaine, même s'il fallait gratter le fond pour récupérer le reste de garniture ou de sauce.

Adam avait en horreur les spaghettis et le parmesan bas de gamme qui avait un goût de sciure. Sue et lui n'avaient pas non plus les moyens d'acheter des aliments chers, mais elle lui épargnait ça, quitte à ce qu'ils se nourrissent de flocons d'avoine en guise de dîner.

Au rez-de-chaussée, sa mère avait dressé la table pour trois personnes. Bobby regarda la quatrième place avec tristesse.

Ils dînèrent en silence avec en fond sonore le bruit des couverts raclant les assiettes. Adam faillit prendre des nouvelles de sa mère, par politesse déjà, et pour lui demander ce qu'elle avait fait du terrain et de la caravane. Il savait combien elle y tenait. Elle avait toujours insisté pour les conserver, même après le départ de Bobby et d'Adam. Il garda toutefois ses questions pour lui, craignant que son amertume prenne le dessus.

Quand il se leva pour aller rincer son assiette dans l'évier, sa mâchoire lui faisait mal tellement il s'était crispé.

Il se rassit.

— Ça a commencé quand ? demanda-t-il.

Sa mère et son frère échangèrent un regard.

— Je ne peux rien faire si je ne connais pas les détails, dit Adam.

Bobby prit une profonde inspiration, la relâcha.

— On essayait d'avoir un enfant. Elle a fait une fausse couche. Suivie d'une dépression. Ça n'a rien d'extraordinaire, mais Annie ne s'en est jamais remise. Et maintenant, ça.

Abattu, Bobby baissa la tête.

— Je suis désolé, dit Adam, même si ces informations ne l'aidaient pas vraiment.

La dépression pouvait ouvrir une porte, créer une faille que l'esprit exploitait, mais ça n'expliquait pas tout. Il prit son courage à deux mains et posa la question suivante.

— Avant, Annie possédait-elle un don de double vue ? Même infime ? Est-ce qu'elle est comme moi ?

— Non, répondit Bobby en secouant la tête sans lever les yeux. Elle est normale. À cent pour cent.

« Normale. »

Adam voulut l'abreuver d'injures à défaut de lui en coller une, mais il se maîtrisa.

— Tu as dit qu'il y en avait d'autres ? demanda Bobby.

— Ouais. Je dois les trouver. Tu as un ordinateur que je pourrais utiliser ?

— Dans le petit salon.

Sans regarder dans cette direction, Bobby montra de la tête une pièce située non loin de la salle à manger, une volée de marches plus bas.

— D'accord.

Le petit salon semblait laissé à l'abandon. Les livres s'alignaient sur l'étagère du bureau. Les choses étaient rangées de façon désorganisée, ce qui ne pouvait être l'œuvre de Bobby.

L'ordinateur, un vieux PC avec un grand écran, s'alluma lentement. Il exigeait un paquet de mises à jour de sécurité. Adam les programma pour plus tard. Il n'avait pas envie d'attendre toute la nuit. Pendant que la machine démarrait, il balaya du regard les ouvrages qu'Annie avait empilés : *Comment élever des enfants heureux. Comment aider votre bébé à dormir la nuit.*

Malgré Bobby et sa mère, malgré la boule noir et rouge dans sa gorge, un filet de bleu coula dans le cœur d'Adam. Il ferma les yeux, laissa ce poids l'enfoncer dans le fauteuil. Ce n'était pas là le genre de vie qu'il souhaitait, mais c'était le rêve d'Annie. Des enfants. Cette maison d'une laideur innommable. Bobby. Cela flottait autour d'Adam, suintait des murs et de la moquette.

— Je t'aiderai, dit Adam, s'adressant à la photo de la jeune femme, une photographie de leur mariage sur laquelle elle souriait. Je trouverai une solution.

Les praticiens locaux étaient morts, et Adam devait également percer ce mystère. Sans eux, il y avait encore moins de personnes susceptibles de l'aider ou de le renseigner, mais cela signifiait également qu'il était à la merci du danger qui rôdait.

Les voyageurs étaient rares. Mais les empathes, des personnes capables de sentir le royaume des esprits sans le voir, étaient communs.

Peut-être les empathes du coin pouvaient-ils percevoir l'entité au-dessus de la ville sans attirer son attention. Il trouverait forcément quelque chose sur Internet, une information que quelqu'un aurait aperçue et diffusée.

Au lycée, quand sa double vue était devenue invivable, il avait espéré que sa mère et son frère l'auraient comprise. L'auraient compris, lui. Il n'avait rien voulu d'autre. À présent, il se demandait si leur sécurité n'allait pas de pair avec sa solitude, s'ils n'auraient pas été des cibles, eux aussi, si leur don avait été plus prononcé.

Si l'entité avait tué les praticiens de Denver, pourquoi les Quatre n'étaient-ils pas intervenus ? Les Gardiens étaient censés protéger le monde des menaces sérieuses, et on faisait difficilement plus sérieux qu'un immense organe flottant au-dessus de la ville.

Une fenêtre de navigation s'ouvrit enfin. Adam voulait rechercher les prêteurs sur gages de Federal Boulevard, pour tenter de localiser le sorcier, mais il devait se concentrer sur l'entité. C'était la priorité.

Il y avait toujours des signes quand le monde des esprits commençait à s'infiltrer dans celui des mortels. Une recherche rapide lui apprit que l'aéroport de Denver était le centre de certaines théories complotistes. La plupart de celles-ci se référaient à une fresque apocalyptique qui représentait des Amérindiens anéantis par le feu. Il y avait des gargouilles qui surgissaient des valises. Vu d'en haut, l'aéroport ressemblait à un svastika. Il était question de bunkers, de structures souterraines et, bien sûr, de Sauriens.

Plus proche de la ville, c'étaient des histoires de fantômes, de galeries enterrées reliant la gare aux anciens bordels du centre-ville. Les têtes de deux hors-la-loi, conservées dans un bocal rempli de formol au sein du capitole, avaient été dérobées. Rien ne désignait l'entité. Puis Adam tomba sur un article qui mentionnait l'ancien asile d'aliénés et décida de creuser cette piste.

Il ferma les yeux, compta jusqu'à dix et alla retrouver son frère.

Bobby était assis dans le salon, un journal posé sur les genoux. Il ne lui manquait plus que les lunettes et les pantoufles pour avoir l'air tout droit sorti des années 1950.

— Dans quel hôpital tu travailles ? lui demanda Adam.

— Qu'est-ce que ça peut te faire ?

— C'est Mercy, hein ?

— Oui, répondit Bobby.

Il s'était changé ; il portait à présent un bas de survêtement et un tee-shirt. Les deux semblaient neufs, comme s'il essayait le look informel pour une soirée.

— Pourquoi ? demanda-t-il ensuite.

Adam s'appuya contre le montant de la porte, déjà tendu pour repartir.

— L'ancien pavillon réservé aux malades mentaux qui se trouve dans l'enceinte de l'hôpital a été démoli il y a peu, expliqua Adam. Je pense qu'ils ont libéré quelque chose.

— Qu'est-ce qui te fait penser ça ?

— Trois membres du personnel ont été internés le mois dernier. Tu n'as rien entendu à ce sujet ?

— Un hôpital, c'est un immense labyrinthe, Adam. Je doute que Mercy ait le moindre rapport avec ce qui nous arrive.

Adam soupira.

— Les esprits ne se pointent pas comme ça, il faut les invoquer ou les libérer. Ils ne sortent pas de nulle part. Celui qui nous concerne s'étend sur toute la ville, il est relié à différentes personnes. Je parie que ces trois-là en font partie, qu'ils sont tous dans le même état qu'Annie.

Bobby se mordilla la lèvre tandis qu'il réfléchissait, et finit par répondre :

— Très bien. De quoi as-tu besoin ?

— Laisse-moi jeter un coup d'œil au chantier.

Bobby était déjà sur la défensive. Inutile de tout lui révéler. Adam voulait également consulter les dossiers médicaux des possédés, pour voir si leurs antécédents indiquaient une lignée magique ou une hypersensibilité.

— Je verrai si on tient une piste, ajouta-t-il.

— D'accord, dit Bobby. Tu n'as qu'à venir avec moi demain.

9

Adam

N'ayant pas emporté de costume décontracté dans son sac à dos, Adam retrouva son frère sur le seuil de la porte d'entrée en jean propre et chemise à carreaux. Il y avait des taches brunâtres – probablement du café – sur la doublure de sa veste en jean, mais celle-ci ferait l'affaire tant qu'il ne la retirait pas. Il avait tout de même pris soin de se peigner et d'appliquer du gel dans ses cheveux.

Bobby le jaugea de la tête aux pieds avant de sortir, laissant Adam le suivre.

— Tu as fière allure, Adam, dit-il après avoir fait démarrer la voiture. Tu devrais toujours t'habiller comme ça, y aller mollo avec le style péquenaud.

— J'ai l'air d'un missionnaire.

— Et c'est si terrible ?

Adam serra les mâchoires, ne sachant si Bobby le taquinait, s'il cherchait à le provoquer ou s'il lui posait sincèrement la question. Adam se tut et se cala dans le siège en cuir de l'Audi. C'était une belle voiture, il devait bien le reconnaître, mais, comme tout ce qui appartenait à Bobby, elle avait un côté snob, elle était jolie et neuve, mais elle manquait de personnalité, de chaleur. Il préférait mille fois sa Cutlass cabossée, rafistolée au fil de fer.

L'hôpital rappelait l'architecture coloniale espagnole. C'était un vieil immeuble tout en hauteur qui, de l'extérieur, ne ressemblait pas vraiment à un établissement médical. Adam comprenait qu'on le reconstruise en partie. Il inspecta les lieux avec sa double vue, ne détecta aucune trace de l'entité. D'ailleurs, il ne « vit » ni ne perçut aucune magie.

Adam cligna des yeux, chassant l'impression de vide que lui donnait l'endroit, tandis que Bobby se garait à l'emplacement qui lui était réservé.

— Suis-moi, dit Bobby, descendant de la voiture avec beaucoup trop d'enthousiasme.

Il voulait frimer.

Comme si l'approbation d'Adam lui importait. Comme si quoi que ce soit lui importait, à part Annie.

L'intérieur de l'hôpital ressemblait à celui d'un camping-car, avec ses panneaux muraux plastifiés et ses pièces préfabriquées. Les plafonds étaient si bas qu'Adam aurait pu les toucher. Il se demanda si cela venait de la vétusté du bâtiment ou si ce dernier avait été construit ainsi à dessein, si les petits espaces réduisaient les risques de contamination ou si le sang était plus facile à nettoyer sur des murs en préfabriqué. Ça lui faisait penser à leur caravane, sa maison d'enfance dans les bois en Oklahoma, en plus propre, plus neuf. C'était peut-être pour cette raison que Bobby s'y plaisait tant.

Le personnel le salua respectueusement et Bobby s'en félicita. D'autres médecins hochèrent la tête, les infirmières lui sourirent quand il passait à côté d'elles. Elles l'appelaient « Docteur Binder », ce qui sonnait un peu comme le nom d'un méchant dans un film de super-héros. Ce n'était pas une vie dont Adam rêvait, même si certains infirmiers étaient très mignons.

Adam en vit quelques-uns déambuler dans les couloirs tandis que Bobby le conduisait jusqu'au portique de sécurité pour lui procurer un badge visiteur. Adam n'aurait su dire quel genre d'existence il souhaitait. Il enchaînait les petits boulots depuis plusieurs années déjà, sans se questionner davantage sur ce qu'il désirait, mis à part subsister et retrouver son père. Parfois, il avait l'impression que l'avenir s'étirait devant lui, et son ventre se nouait à l'idée de devoir l'affronter tout seul. Bobby avait Annie. Elle devrait compter plus que ça pour lui.

—Attends ici, dit Bobby en lui montrant une chaise. Je vais chercher quelqu'un pour qu'il te fasse visiter.

Adam s'assit, ignora la pile de magazines et croisa les doigts. Il se força à sourire à l'infirmière qui l'observait, et tâcha de ne pas gigoter.

Il ne se sentait pas à sa place dans cet hôpital. Il avait parfois accompagné Sue à ses rendez-vous médicaux. L'anxiété, la frustration et la souffrance imprégnaient les lieux comme celui-ci. Mais rien de particulier n'émanait de Mercy. Aucune émotion ne franchissait les protections d'Adam. Il s'adossa au mur et remua pour essayer de soulager une démangeaison entre ses omoplates. La vie était présente partout. Même l'endroit le plus reculé était pénétré par quelque chose, possédait une essence.

Craignant ce qu'il pouvait trouver, Adam déploya tous ses sens. Rien. Pas le moindre frémissement dans le royaume subtil, aucun fantôme.

Les yeux écarquillés, il retint son souffle et s'efforça d'accepter ce que cela signifiait.

Il n'avait jamais rien ressenti de tel. Il ne s'était jamais trouvé dans un lieu complètement dépourvu d'énergie, de sentiments. Un hôpital, où la vie et la mort tourbillonnaient sans cesse, devrait fourmiller d'émotions.

Un raclement de gorge l'arracha à ses pensées.

Il ouvrit les yeux. Un policier se tenait devant lui. Il paraissait à peine plus âgé qu'Adam. Grand, mince, musclé et d'ascendance latino-américaine. Son uniforme épousait ses épaules carrées.

—Que puis-je pour vous… (Adam marqua une pause le temps de se ressaisir et se pencha pour lire le nom sur le badge du policier) agent Martinez ?

—C'est moi qui suis censé vous aider, répondit l'intéressé avec un sourire. Le docteur Binder m'a demandé de vous montrer les lieux.

Adam lui rendit son sourire.

—Ah ?

—Oui.

Il avait les cheveux courts, noirs et naturellement brillants, ce qu'Adam enviait tant à l'époque où il était « emo ».

Il se leva, serra la main que lui tendait son interlocuteur et rompit le contact visuel avant que celui-ci ne dure un peu trop longtemps.

— Il a dit que vous vouliez voir le chantier, ajouta le policier.

—En effet, c'est pour un projet, agent Martinez.

Adam réprima une grimace. Il avait déjà oublié l'excuse qu'il avait prévu de prétexter.

—Appelez-moi Vic, dit le policier en riant. À moins que vous n'ayez des ennuis.

Adam admira la carrure de Vic tandis que ce dernier s'éloignait.

T'es ici pour bosser, se réprimanda Adam avant de lui emboîter le pas.

—L'hôpital sollicite-t-il toujours des policiers pour accompagner les visiteurs ?

—Simple question de sécurité, répondit Vic avec un petit haussement d'épaules. Ça permet de se faire un peu d'argent en dehors des heures de service et ça apporte de l'expérience aux bleus comme moi.

Ils passèrent devant des chambres aux portes ouvertes, des patients qui dormaient et des infirmières silencieuses. Adam perçut l'énergie qui s'en dégageait, tristesse et deuil, ennui, mais rien de comparable aux émotions profondes que devrait renfermer un vieil hôpital. Cela semblait anormal.

Adam n'avait même pas besoin de son armure, ces protections qui agissaient comme une barrière contre le surnaturel et lui évitaient d'être submergé. Il se sentait démuni sans ses défenses, mais il les abaissa de peur de rater quelque chose.

Il n'avait aucune preuve que l'entité s'était fixée sur l'hôpital, mais un sentiment funeste faisait palpiter ses nerfs. Quelque chose clochait.

— Quel genre de projet ? demanda Vic, tirant Adam de ses pensées.

— Hein ? Oh, je suis écrivain. Du moins, j'aimerais le devenir.

— Ah ouais ? Vous écrivez quoi ?

— Je bosse sur un roman, mentit Adam. Une histoire de fantômes.

Il se trouva puéril et se retint de grimacer.

— Oh, répondit Vic avec enthousiasme. Mon frère adore ces trucs-là. Moi, je suis plutôt branché SF et Fantasy.

Tout doux, mon cœur.

— Vous avez combien de frères ? s'enquit Adam sans réfléchir.

Il n'était pas venu ici pour flirter. Une fois que Vic lui aurait montré les lieux, Adam devrait trouver un moyen d'accéder aux archives de l'hôpital.

— Je suis mexicain, répondit Vic. J'ai un paquet de frangins. Une dizaine.

— Sérieusement ?

— Non, dit Vic, une étincelle espiègle dans ses yeux noirs. Juste un.

Il gloussait encore quand il tira sur son badge. Celui-ci était fixé sur un élastique rétractable, comme un mètre à ruban. Vic appuya la carte magnétique sur un lecteur pour déverrouiller une porte. Très pratique, ce petit gadget, il en fallait un à Adam.

— Si vous écrivez un roman d'horreur, reprit Vic, il faut que vous voyiez ça.

Cette partie de l'hôpital semblait encore plus ancienne, condamnée, et sur le point de s'écrouler. Un sol en vinyle abîmé sous des lumières fluorescentes. L'air était sec comme en plein désert, ce qui visiblement était le cas partout à Denver. La plupart des ampoules avaient claqué et la climatisation ne fonctionnait pas. Par conséquent, il faisait bien plus chaud dans le hall qu'Adam ne s'y était attendu.

L'endroit aurait dû dégager une énergie, une aura ou une émanation laissée par les vies et les individus qui l'avaient occupé. Or le vide, le néant magique n'y était que plus prégnant.

— Où sommes-nous ? demanda Adam en se retournant.

Il n'avait pas aperçu cette annexe de la rue. Elle était sûrement cachée par la façade espagnole devant laquelle Bobby s'était garé.

Certaines portes étaient recouvertes de films de protection en plastique, pour en barrer l'accès. Adam n'aurait pas été étonné si un zombie de cinéma en avait surgi. Il se rapprocha de Vic. Le policier sentait légèrement l'eau de toilette, mélange d'agrumes et de bois de santal. Cet effluve combiné à la chaleur et à la proximité de Vic rassurait Adam, allégeait le poids qui s'était installé dans ses membres.

— Dans l'ancien pavillon psychiatrique, dit Vic, détachant une lampe torche de sa ceinture. Il sera bientôt démoli.

— Je croyais que c'était déjà fait. Je l'ai lu sur Internet.

— Une partie, oui, expliqua Vic tandis qu'ils s'enfonçaient dans le couloir. Certains bâtiments, dont celui-ci, contiennent de l'amiante; elle est incrustée dans les sols. Le désamiantage prend du temps, mais, quand ce sera terminé, ils seront démolis. C'est dommage. Ils sont plutôt jolis.

Les fenêtres étroites laissaient passer un filet de lumière. Vic balaya de sa lampe torche le sol carrelé et le plafond poussiéreux.

Le néant magique s'ouvrit sous leurs pieds, un gouffre que seul Adam pouvait percevoir et dans lequel il pouvait tomber. Il ne le trouvait plus reposant, ça lui évoquait un monstre qui attendait, tapi dans l'ombre, la gueule béante, de dévorer son maigre pouvoir.

Il frissonna. Tout ça, c'était trop pour lui. Il n'avait pas voulu l'admettre plus tôt, mais il n'arriverait jamais à sauver Annie tout seul. Il était déjà dépassé.

— Vous ne prenez pas de notes? s'étonna Vic au bout de plusieurs minutes.

— Non, répondit Adam en pivotant sur ses talons. Je préfère… m'imprégner de l'ambiance générale.

— Vous m'avez déjà l'air bien imprégné, dit Vic.

Remarquant le regard interrogateur que lui jeta Adam, il ajouta:

— Vous tremblez.

Adam ne s'en était pas rendu compte.

— Je vais faire un petit tour, ajouta Vic. Vu que je suis là, autant m'assurer que personne n'est entré par effraction et que tout est à sa place.

— Vous me laissez seul? s'écria Adam d'une voix trop aiguë à son goût.

— Ça rend le truc encore plus flippant, non?

Il leva la lampe torche pour éclairer son visage hilare et pénétra dans l'un des couloirs plongés dans l'obscurité. L'écho de ses pas s'atténua peu à peu.

Adam invoqua sa double vue. En temps normal, il hésiterait, conscient de tout ce qu'il pouvait trouver dans un asile d'aliénés, mais il devait « voir ».

Les cadres des portes s'inclinèrent. Les films plastifiés prirent vie, se mirent à palpiter, à ondoyer comme de l'eau. Vieilles briques et mortier décrépit avaient remplacé les épais murs en plâtre, mais Adam ne perçut aucun mouvement. Aucun esprit ne hantait les lieux, qui auraient dû en être infestés. Mort, choc émotionnel et trouble mental : la recette parfaite pour créer des fantômes. Adam n'était pas le premier praticien à qui on avait collé un diagnostic et qu'on avait envoyé dans une institution.

Un fragment de souvenir lui revint, des patients internés avec lui, des adolescents, prisonniers de leur délire ou d'un brouillard de sédatifs, trop abrutis par leurs « traitements » pour pouvoir lui adresser la parole.

Certains d'entre eux pratiquaient la magie. Il avait senti leur présence, comme une tache dans l'air. Celle-ci ne s'était pas estompée, pas même après leur départ de Liberty.

Il aurait dû en être de même à Mercy. La marque de tous ceux qui y avaient été hospitalisés aurait dû être palpable. Or, le vide y était encore plus présent. Adam n'en percevait pas le fond. Le royaume subtil fourmillait de vie. Il était la vie. Mercy était tout l'opposé : froid, stérile, mort. Le sang d'Adam se glaça. Il referma sa double vue.

10

Adam

— La magie est vie, lui avait dit Sue de sa voix traînante typique de l'Oklahoma. L'esprit est vie. Toutes les créatures vivantes possèdent de la magie. C'est pourquoi les immortels en possèdent beaucoup plus que nous.

Elle l'avait tant répété à Adam que la phrase avait fini par perdre son sens, devenant un bruit de fond qu'il était facile d'oublier.

La magie était vie. L'esprit était vie. Mais alors, qu'en était-il d'un lieu dont tout esprit était absent ?

Bobby apparut alors qu'Adam combattait le frisson qui le parcourait.

— Comment ça s'est passé ? s'enquit son frère en se penchant vers lui, comme s'ils préparaient un mauvais coup.

Adam secoua la tête. Il n'avait pas de réponse à lui donner. Plus il en apprenait sur la situation, plus il prenait conscience de ses lacunes. Il avait glissé dans un canyon, n'avait pas pu en voir le fond et se demandait si ça ne grouillait pas de serpents à sonnette là-dedans.

Autour de lui, en dessous de lui, les choses étaient reliées. L'une menait à dix mille autres. Adam pressentait la catastrophe, il devrait se résigner à faire ce qu'il voulait à tout prix éviter. Pour aider Annie, il lui faudrait solliciter une puissance supérieure. Il y aurait un prix à payer. Il y avait toujours un prix à payer, en général sous forme de servitude. S'il manquait de prudence, il risquerait de finir comme le serviteur de quelque esprit ou, pire, comme son esclave.

Adam se mordilla la lèvre, contrarié par ce qu'il savait être inévitable.

Une leçon que Perak s'était évertué à lui enfoncer dans le crâne, lui racontant l'histoire de chanteurs ou d'acteurs condamnés à rejoindre l'Autre Rive, privés de leur famille et de leurs amis morts depuis longtemps tandis qu'eux étaient voués à chanter et jouer jusqu'à la fin des temps les mêmes morceaux, les mêmes rôles, sans jamais pouvoir changer ni vieillir.

— On va déjeuner ? lui demanda Bobby.

Adam jeta à son frère un regard interrogateur.

— C'est moi qui régale, ajouta Bobby avec l'air confiant du médecin content de lui.

— Volontiers, répondit Adam qui ne pouvait ignorer les gargouillis de son estomac.

Il s'était efforcé de faire taire ses souvenirs, la colère qu'il éprouvait contre Bobby qui l'avait fait interner puis qui avait oublié jusqu'à son existence, qui ne lui avait jamais rendu visite ni téléphoné pour s'enquérir de son état. Plusieurs années s'étaient écoulées depuis, mais la déception qu'il lisait dans le regard de son frère chaque fois que ce dernier le regardait avivait son ressentiment et nourrissait sa frustration. S'il avait été capable d'y passer outre, peut-être Bobby lui aurait-il manqué. Adam avait été blessé que son frère ne soit pas venu le chercher, et il n'était pas sûr de pouvoir lui pardonner. Ses souvenirs étaient trop prégnants. Parviendraient-ils à en discuter un jour ? Adam en doutait.

Si Bobby sentait la présence de l'esprit, alors il percevait probablement le vide qui régnait dans l'hôpital, la zone morte. Peut-être même que cela le rendait heureux, puisqu'il craignait la magie. Cela pouvait carrément expliquer pourquoi il aimait tant travailler là. Il trouvait sans doute l'endroit paisible, à la manière des lacs pollués dont l'eau était plus claire. Si c'était le cas, Bobby était plus sensible qu'Adam l'avait soupçonné. Il pouvait même être un praticien qui s'ignore, ce qui le mettait en danger.

— Quoi ? demanda Bobby.

— Je réfléchis, c'est tout, murmura Adam.

Encore un automatisme acquis avec le temps ; Adam avait appris à ne jamais partager ses pensées avec les siens pour éviter qu'ils le jugent et agissent en conséquence.

Il ne dit rien de plus et se contenta de suivre Bobby jusqu'à la cafétéria. Adam s'attendait à ce qu'il y règne le calme, le silence, comme dans le reste de l'hôpital, mais fut surpris de trouver un lieu animé. Certes, il y avait des personnes à l'air lugubre ainsi que des impatients, mais des tablées d'infirmières bavardaient joyeusement. Le comptoir à café ne désemplissait pas, tout comme la machine à yaourt glacé qui faisait le bonheur des enfants. On se serait cru dans un restaurant à volonté après la messe un dimanche midi. Les émotions des gens frôlaient les défenses d'Adam.

— Combien de gens travaillent ici ? demanda-t-il à Bobby pendant qu'ils faisaient la queue avec leur plateau pour choisir leurs plats.

— Quelques milliers, répondit Bobby, présentant son badge pour régler le repas. Il y a les agents de sécurité, d'entretien, des volontaires. Sans compter le personnel médical.

Adam hocha la tête, sans écouter vraiment. Il passa mentalement en revue les noms dans le répertoire de son téléphone. Il avait besoin de plus d'informations. L'esprit était un cœur, peut-être, un organe en tout cas. Il s'était attaché à Annie, à d'autres gens. Il devait y avoir une raison à cela. Un fantôme pouvait posséder un humain pour tenter d'accomplir une tâche inachevée de son vivant. Toutefois, une chose aussi énorme ne pouvait y parvenir avec un corps humain. Mais pourquoi diable s'attacherait-elle à plusieurs corps en même temps ?

— Tu pourrais travailler dans un établissement comme celui-ci, un jour, dit Bobby en s'asseyant.

Adam s'installa sur une chaise en face de son frère.

— Je ne suis pas là pour ça, lui rappela-t-il avant de porter sa fourchette à ses lèvres.

— Je sais, répondit Bobby avec un air de chien battu. Je dis juste que tu as l'air investi dans le fait d'aider les autres. Et travailler dans un hôpital est un excellent moyen d'y parvenir.

En guise de réponse, Adam plongea sa fourchette dans son assiette et continua de manger. Il n'avait aucune envie de se battre. Il avala sa bouchée et réprima un soupir. En présence de Bobby, il avait l'impression de redevenir un gamin, d'être idiot et faible. Cela lui rappelait tout ce qu'il détestait dans le fait d'être adolescent, tout ce qu'il détestait chez Bobby.

— La nourriture a l'air de te plaire, c'est déjà ça, plaisanta Bobby.

— Je ne suis pas difficile, répondit Adam, la bouche pleine.

Entre le dîner de sa mère et ce déjeuner, il n'avait pas été aussi repu depuis des mois.

— Mais tu ne voudrais pas travailler ici, déclara Bobby.

— Je n'aime pas les hôpitaux. (Adam arrêta de manger et s'appuya contre le dos de sa chaise.) C'est ton truc. Pourquoi est-ce si important à tes yeux que je sois comme toi ?

Chaque repas serait comme celui-ci, un piège, un champ de mines. Adam n'avait pas le choix : il lui faudrait s'affamer.

Bobby serra sa fourchette.

— Je ne veux que ton bonheur, Adam. Que tu sois...

— Normal. Oui, je sais, répondit Adam en s'efforçant de garder son calme. Mais je ne suis pas normal, Bobby. Et je ne veux pas l'être. Arrête d'essayer de me réparer.

Bobby se renfrogna, mais il finit de manger sans ajouter un mot. Adam, qui avait perdu l'appétit, vida son assiette dans la poubelle.

— J'ai des patients à voir, dit Bobby lorsqu'ils eurent regagné son étage.

Ils filèrent tous deux vers l'ascenseur, impatients de reprendre leurs distances. Adam frôla Bobby en sortant de la cabine.

Il retourna s'asseoir dans le fauteuil que lui avait désigné Bobby.

— Je vais rattraper mon retard, lança-t-il à son frère en montrant la pile de magazines tandis que Bobby s'éloignait.

Adam attendit quelques secondes avant d'ouvrir sa paume et d'examiner le badge qu'il venait de subtiliser. Il était facile de distraire l'attention de Bobby quand ce dernier était fâché. Ça, au moins, ça n'avait pas changé. Adam se glissa dans le hall et prit un accent plus distingué.

— Excusez-moi, madame. Pourriez-vous m'indiquer les ressources humaines ? demanda-t-il à l'accueil. Mon frère m'a suggéré d'y proposer mes services.

L'infirmière, une femme d'un mètre quatre-vingts avec un joli visage ovale et de longs cheveux blond platine, sourit et lui montra l'ascenseur.

— Quatrième étage.

— Merci bien.

Une carte localisant les issues de secours en cas d'incendie indiquait l'emplacement des archives. Adam s'y rendit avec prudence.

S'il avait possédé plus de magie, comme un elfe ou un autre immortel, Adam aurait pu pénétrer le royaume subtil pour y devenir impalpable avant d'entrer dans la salle des archives. En l'état, il déploya ses sens et essaya de se repérer dans les couloirs pour arriver jusqu'à la zone voulue sans se faire remarquer.

Il tourna à l'angle et faillit percuter un agent d'entretien, un homme noir, trapu, en bleu de travail, aux cheveux bouclés et grisonnants.

— Pardon, dit Adam avec une grimace.

Ses sens avaient failli. Il avait trop peu de pouvoir.

L'homme grogna, mais ne répondit rien. Il continua d'avancer tout en passant la serpillière et Adam se dirigea jusqu'à la salle des archives.

Il sortit la clé magnétique de Bobby de sa poche et la passa dans le lecteur. Quand il aurait terminé, il la poserait là où elle serait retrouvée et restituée à son propriétaire sans que ça fasse des histoires. Un « bip » suivi d'un « clic » du verrou indiqua l'ouverture de la porte. Adam se faufila dans la pièce.

Il avait espéré trouver des rangées d'armoires métalliques, mais il n'y avait qu'un bureau sur lequel trônait un ordinateur.

— Merde alors, marmonna Adam.

Il bougea la souris, mais sut ce qu'afficherait l'écran avant même que celui-ci ne soit sorti de veille.

Sur l'interface noir et vert, une requête de mot de passe qu'il n'avait pas. Adam chercha un lecteur où présenter le badge. N'en trouvant pas, il tapa « Invité » et « Admin » sur le clavier, mais le service informatique de l'hôpital était manifestement plus malin que ça.

La porte dans le dos d'Adam s'ouvrit. Il pivota sur la chaise de bureau et vit deux policiers entrer.

Adam leva les mains en soupirant.

— Salut, Vic.

— C'est agent Martinez, répondit Vic, raide comme un piquet.

Il ne souriait pas.

— Que faites-vous ici ? demanda l'autre flic, un type plus âgé, plus petit, qui avait une grosse moustache et d'épais sourcils, mais le sommet du crâne dégarni.

— J'explore, c'est tout, répondit Adam en regardant Vic. Je ne voulais pas causer de problèmes.

Le flic âgé afficha un sourire de mépris.

L'expression de mécontentement sur le visage de Vic peina Adam.

— C'est pour votre livre ? demanda Vic en plissant les yeux.

— Oui.

— C'est interdit d'entrer dans cette pièce sans ça, l'informa Vic en montrant de la tête le badge que portait Adam. Votre frère a signalé sa disparition, puis le système a indiqué l'ouverture de cette porte.

— Évidemment, répondit Adam. Et ça ne m'étonne pas de lui.

Ça l'arrangerait bien si Bobby ne prenait pas systématiquement des décisions imbéciles. Il devait être tellement furax qu'Adam lui ait piqué son badge qu'il n'avait même pas dû se demander pourquoi Adam avait fait ça. Bobby était tellement obnubilé par sa réputation, par son statut de médecin, qu'il n'avait pas pris la peine de réfléchir une seconde aux motivations d'Adam, qui ne cherchait qu'à aider Annie.

— Il s'agit d'un malentendu, leur assura Adam, l'air penaud.

— Vous devez nous suivre, déclara Vic en reprenant le badge.

Il fiche la trouille quand il est sérieux.

Les mains en l'air, Adam se leva. Vic le dépassait d'au moins dix centimètres. D'ordinaire, cela aurait plu à Adam, mais il devinait que leur badinage joyeux n'était plus d'actualité.

Le policier plus âgé poussa un grognement. Vic fit aussitôt volte-face. Les yeux de son collègue se révulsèrent. De l'écume couvrit le contour de sa bouche grande ouverte. La double vue d'Adam l'enveloppa instinctivement.

L'esprit déroula un tentacule sanglant en travers du plafond et l'enfonça dans la gorge du policier. Les vaisseaux dans les yeux de l'homme explosèrent, des larmes de sang coulèrent sur ses joues.

— Carl ? demanda Vic, le visage déformé par la peur et l'inquiétude.

Adam recula, se cogna les fesses contre le bureau.

Carl cessa de convulser lorsque l'esprit s'empara de lui. Il leva son arme.

— Baisse-toi ! cria Vic.

Il se jeta devant Adam alors que son collègue tirait. La détonation du pistolet fit s'entrechoquer les dents d'Adam. Ses oreilles sifflèrent. La vitre trembla si fort qu'elle faillit se briser.

Projeté en arrière, Vic tomba sur Adam. Ils s'écroulèrent ensemble.

Carl braqua ses yeux ensanglantés sur Adam. Il leva de nouveau son pistolet, le pointa sur le visage d'Adam.

— Non, grogna Carl. Non !

— Résistez ! lui ordonna Adam. Il faut le combattre.

Vic agonisait entre les bras d'Adam, le sang giclant du trou béant dans sa poitrine. Il suffoquait comme un poisson hors de l'eau.

Étouffé par le tentacule dans sa bouche, Carl porta l'arme à sa tempe.

Il tira de nouveau.

Vic frissonna, ses yeux bruns écarquillés rivés sur Adam.

— Ça va aller…

La voix d'Adam sonna aiguë et paniquée à ses oreilles qui bourdonnaient. Il craignit de s'évanouir. Non, il devait se ressaisir. Vic avait besoin d'aide. Adam posa la main sur la perforation et appuya fort. Il eut le goût de la poudre à canon et du sang dans la bouche.

— C'est ce qu'il faut faire, non ? demanda-t-il à personne en particulier. Exercer une pression sur la plaie.

Vic ne répondit pas.

Puis la Mort franchit la porte.

11

ADAM

L'agent d'entretien se redressa en entrant dans la pièce. Il se grandit, s'étira jusqu'à dominer Adam et Vic. Les ombres se précipitèrent vers lui, l'enveloppant telle une cape noire à la forme changeante. Le balai qu'il tenait à la main s'allongea. Ses poils tournoyèrent sur eux-mêmes jusqu'à reconstituer une lame.

Adam le salua.

— Faucheur.

La proximité de l'être surnaturel l'attira dans le royaume subtil et le temps ralentit.

— Sorcier, répondit la créature.

Les faucheurs étaient des créatures étranges. Ils subissaient également une sorte de possession, car leur pouvoir restait latent et se réveillait quand ils se trouvaient proches d'une âme à cueillir. Adam ne savait pas grand-chose sur eux. Tante Sue non plus. Leurs origines comme leur nature étaient un secret.

Le faucheur tendit une main, des phalanges osseuses posées sur la chair mortelle comme un costume d'Halloween premier prix. Il pointa son index vers le corps de Vic.

— Mon devoir, déclara le faucheur, montrant Vic d'un doigt effilé.

— Non, protesta Adam.

Les deux paumes à plat, il exerça une pression encore plus forte sur la poitrine perforée de Vic.

Vic n'était qu'un innocent dans toute cette histoire. Il ne méritait pas de mourir parce qu'Adam avait péché par arrogance et commis l'erreur de sous-estimer l'esprit.

Le temps s'était figé dans le monde des mortels, assez longtemps pour qu'ils aient cette conversation, offrant à Vic quelques secondes supplémentaires alors même que la Mort venait le chercher. Son sang maculait les mains d'Adam, visqueux et chaud, mais refroidissant bien trop vite, même dans cet espace entre la chair et l'os.

— C'est l'heure, insista le faucheur de sa voix d'outre-tombe. Je dois accomplir mon devoir. Écarte-toi.

— Non.

Vic perdit connaissance.

Le faucheur leva sa faux et s'avança en flottant. Le bas de sa tunique balaya le sol, rampant, glissant par terre, comme de la fumée vivante. Adam flaira sa propre terreur. Craignant de se faire dessus, il se concentra pour essayer de se rappeler le peu qu'il savait sur les faucheurs.

— Tu ne peux pas me prendre, déclara-t-il. Si mon heure n'est pas venue. Si ma vie n'est pas terminée.

— Je ne suis pas là pour toi, répondit le faucheur.

Toutes les créatures magiques devaient respecter les lois. Un faucheur n'avait pas le droit de prendre une vie qui n'était pas arrivée à son terme. Adam pensa à Sara, à son camping-car dans le champ de tournesols. Ils attendaient son intervention, que ses déesses retirent leur protection – non, pas leur protection, leur magie.

Adam reporta son attention sur Vic. Il n'avait qu'une seconde pour se décider. Sans réfléchir aux conséquences de son acte, Adam sonda son être jusqu'à toucher l'endroit où son maigre pouvoir palpitait.

La magie était vie. Adam n'en possédait pas beaucoup, mais il pouvait partager le peu qu'il avait. Il arracha un filament de son être le plus profond, un fil d'argent. Ça lui fit un mal de chien, comme s'il avait coupé un bout de son cœur, comme s'il s'était écorché la peau. Par la force de sa volonté, il le fit apparaître dans le creux de sa paume pour le transmettre à Vic.

Le faucheur s'arrêta. Les vrilles sous sa tunique cessèrent leur marche rampante.

— Pourquoi ? demanda-t-il, le crâne parvenant à exprimer la confusion teintée, peut-être, de colère. Que représente-t-il pour toi ?

— C'est peut-être l'uniforme, répondit Adam, son cœur battant vite et fort, de manière irrégulière, comme s'il avait bu trop de café. Peut-être que je le trouve sexy.

Adam avait l'impression un peu trop vive que c'était son sang qui s'écoulait du torse de Vic. Il avait lié leurs existences, partagé son pouvoir, mais il n'en avait peut-être pas en quantité suffisante pour maintenir leurs cœurs à tous les deux en état.

La douleur de Vic devint celle d'Adam. Il suffoqua. Sa bouche s'ouvrait et ses poumons se gonflaient, mais il n'arrivait pas respirer. Si ça se trouve, il s'était tué en même temps que Vic. Bel accomplissement.

Les yeux du faucheur ne quittèrent pas ceux d'Adam. Un sourire sembla s'y dessiner. Une lueur scintilla dans les profondeurs ténébreuses de ses globes oculaires.

Il recula, glissant sur le sol. Un instant plus tard, l'obscurité s'empara d'Adam.

12

Robert

— Ton problème, Adam Lee, murmura Robert à son frère évanoui, c'est que tu ne te rappelles pas comment était vraiment papa.

Voir Adam étendu par terre, aux portes de la mort sans raison apparente, fit remonter un tas d'émotions que Robert aurait préféré garder enfouies à tout jamais. Ses membres étaient froids, alors que sa tête lui semblait fiévreuse.

Son petit frère, qui n'était plus si petit. Ils l'avaient lavé et vêtu d'une blouse d'hôpital, mais Robert sentait encore l'odeur du sang qui recouvrait Adam quand ils l'avaient trouvé.

Robert n'avait pas vu les images prises par les caméras de surveillance, mais quoi qu'elles montrent, Adam n'aurait probablement pas d'ennuis pour s'être introduit dans la salle des archives sans autorisation.

— Ta chance tournera un jour, déclara Robert. (Le corps lourd, il se laissa tomber dans le fauteuil à côté du lit.) Comme c'est arrivé à papa.

Robert n'avait aucune envie de penser à ça. Mais les souvenirs l'assaillaient, qu'il le veuille ou non.

L'été de la cinquième. Il venait d'avoir treize ans. Pour marquer le coup, maman avait fait un gâteau renversé au chocolat – une préparation en boîte. Papa ne travaillait pas.

Il n'avait pas travaillé depuis un moment, mais il n'était pas à la maison. Il était en ville.

Bobby se rappelait maman découpant des bons de réduction sur la table en Formica de la cuisine. Assis devant la télévision, Adam regardait de vieux dessins animés et discutait de temps en temps avec ses innombrables amis imaginaires.

Maman leva les yeux quand papa fit tinter les clés du camion. Bobby croisa son regard. Elle lui adressa un pâle sourire.

— Viens, Bobby Jack, dit papa en faisant tinter les clés du camion. On reste entre hommes aujourd'hui.

— Où allez-vous ? demanda maman.

Papa sortit le bocal à conserves du plus haut placard de la cuisine et prit presque toutes les économies que maman y mettait dès qu'elle le pouvait.

— Faire les courses, répondit papa. Et chercher du boulot.

Les yeux de maman se plissèrent comme chaque fois qu'elle se retenait de pleurer. Bobby regarda ses parents tour à tour. Une aventure, un jour loin d'Adam et du terrain qu'il connaissait comme sa poche… Cela dit, passer du temps seul avec son père, c'était un peu comme marcher sur une branche secouée par les vents. Une rafale, et il pouvait basculer dans le vide, ou en lieu sûr.

Il n'aurait pas pu refuser de toute façon. Il était plus malin que ça.

Le camion, une vieille Ford bleu pastel rouillée et criblée de trous, remonta l'allée sableuse dans un bruit de ferraille. Bobby s'assit sur le fauteuil passager et attacha sa ceinture pour éviter de se retrouver projeté contre le pare-brise. Il faisait sec ce jour-là et ils traversèrent un nuage de sable jusqu'à ce qu'ils eurent dépassé l'immense grange au coin de la route qui marquait le passage sur le bitume.

Ils roulèrent un long moment, continuèrent après le bowling. Bobby était allé à un anniversaire là-bas. Son école se trouvait vers le centre de la ville.

— C'est l'heure de faire le plein, annonça papa.

Bobby grimaça intérieurement. Il savait ce que ça signifiait.

Papa se gara sur le parking du *Last Cow Bar*. Bobby lissa sa chemise. Il transpirait un peu sous la flanelle. Il ouvrit et referma le dernier bouton. La dernière fois qu'il avait accompagné son père dans ses virées, il s'était ennuyé à mourir. Papa lui avait donné quelques pièces pour la vieille borne d'arcade, mais exploser la cervelle des zombies pendant quelques tours prenait beaucoup moins de temps qu'il en fallait à papa pour siffler trois bières et « bavarder » avec Candy. La serveuse aux traits burinés sentait la cigarette et la laque pour cheveux. Bobby avait rangé la petite monnaie dans sa poche et avait fait mine de jouer. Il gardait une petite boîte sous la grille du chauffage au sol de la chambre qu'il partageait avec Adam, dans laquelle il avait déjà vingt-sept dollars et onze cents, une fois qu'il y aurait ajouté les pièces de vingt-cinq cents que lui avait données son père. Ce n'était pas grand-chose, mais, un jour, ça le serait.

Son père lui donna cinquante cents dès qu'il eut trouvé une place au comptoir.

— Prends-moi un journal, dit papa en lui montrant de la tête le distributeur près des commodités.

Bobby obéit et inséra les pièces dans la machine pour récupérer un exemplaire du *News Leader*, un journal du coin, plus récent que celui que maman avait étalé sur la table à la maison.

— Il faut bien chercher du boulot, déclara papa avec un clin d'œil avant d'ouvrir la page des petites annonces en même temps que Candy lui servait une deuxième bière.

Bobby observa la bouteille. Papa avait bu la première si vite. Cela signifiait qu'ils étaient ici pour un long moment, peut-être même toute la journée.

— T'en veux ? demanda papa, pensant que le regard fixe de Bobby était un signe d'intérêt.

Devant son silence, il fit glisser la bouteille vers Bobby. Elle laissa une traînée de condensation sur le zinc, semblable à de la bave d'escargot.

— Vas-y, insista papa. Prends une gorgée.

Ce n'était pas la première fois. Le goût était toujours plus sucré qu'il ne s'y attendait, pas comme les cigarettes. Il but une gorgée, au goût frais qui rappelait celui du pain.

— Hé ! s'écria Candy en faisant le tour du comptoir. Tu fais quoi ?

— Oh, relax, dit papa.

— C'est un gosse, s'énerva Candy.

— Il a douze ans.

Bobby avait fêté ses treize ans le mois dernier, mais il savait qu'il ne devait pas corriger son père, surtout en public.

— On pourrait perdre notre licence, dit Candy avec un signe de la main qui les invitait à partir.

Papa vida sa bière d'un trait. Il arracha une page du journal et laissa le reste sur le bar.

— Hé ! s'exclama Candy alors qu'il se levait. T'as pas payé !

— Mets-le sur ma note, répondit papa en riant tandis qu'il conduisait Bobby vers la sortie.

— Clodo, va ! lui cria Candy avant que la porte ne se referme sur eux.

— Connasse, marmonna papa.

À ce commentaire, Bobby sentit quelque chose de froid et visqueux parcourir ses entrailles.

Ils roulèrent longtemps. Papa traversa Guthrie, balayant les routes du regard. Au bout d'un moment, il descendit de la voiture pour téléphoner d'une cabine, les yeux fixés sur l'annonce qu'il avait arrachée dans le journal.

Bobby regardait dehors par la vitre baissée du camion. C'était une journée ensoleillée. Il aimait sortir du mobil-home, s'éloigner.

Papa souriait, il semblait heureux, mais Bobby ne s'y fiait plus. Il savait à quelle vitesse ce vent pouvait tourner.

Le camion poursuivit sa route, enchaînant les virages. Ils continuèrent à rouler, laissant la ville derrière eux. Bobby se demanda si papa essayait d'acheter des pétards. Il l'avait fait quelques années auparavant, et ils avaient lancé des fusées dans des bouteilles. Papa s'était tenu debout avec une chandelle romaine dans la main, on aurait dit une baguette de magicien qui crépitait et faisait des étincelles. Maman avait regardé la scène de loin, les yeux grands ouverts, se retenant de lui rappeler de faire attention à ses doigts.

Ils arrivèrent enfin en un lieu semblable à celui qu'ils habitaient, une caravane derrière un grillage. Il y avait moins de champs, plus de sable et d'herbe que sur leur hectare et demi couvert de boue rouge et de crotales.

— On y est, dit papa.

Il s'arrêta devant la barrière d'un enclos. Bobby ne vit aucune vache.

Un homme descendit les marches de la caravane et leur fit signe d'avancer.

— Va ouvrir la barrière, fils, dit papa.

Bobby sauta du véhicule, déroula le fil de fer qui maintenait la barrière fermée et suivit le camion.

Le terrain disposait d'une allée gravillonnée, même si les cailloux étaient en bien meilleur état, moins enfoncés dans la boue, que chez les Binder. Bobby rattrapa le camion, où son père discutait avec un vieil homme vêtu d'un débardeur élimé, mais parfaitement repassé. L'odeur de l'argile sèche et du millet vivace roussi par le soleil était identique que sur leur propriété.

Papa sortit les billets de maman de son portefeuille et les échangea contre un jeu de clés.

— Elle est derrière la maison, dit l'homme.

Papa décocha un clin d'œil à Bobby.

— Je reviens.

Puis il disparut derrière la caravane.

Il y eut un bruit de moteur, trop grave et puissant pour provenir d'une voiture, trop grondant pour une moto. Bobby se crispa, ne sachant à quoi s'attendre, jusqu'à ce que papa revienne au volant d'un quad. Ce dernier était couvert de boue, rouillé par endroits, mais c'était un vrai véhicule tout-terrain.

Papa fit ronfler le moteur, et chaque fois Bobby sentit comme une bulle de chaleur dans la poitrine. Papa descendit du quad.

— Essaie-le, dit-il en invitant Bobby à s'asseoir sur le siège.

— Sérieusement ? demanda Bobby avec un grand sourire.

— Oui.

Il s'en donna à cœur joie, la poussière et les insectes lui collant au visage tandis qu'il parcourait les courbes du terrain à toute allure. Papa lui fit signe de le rejoindre et ils chargèrent le quad ensemble dans le camion à l'aide d'une passerelle de fortune constituée de planches en bois. Il éprouva ce plaisant sentiment de légèreté – l'impression de flotter dans les airs – tout le long du trajet jusqu'à la maison. Il se dissipa, telle la chaleur du soleil voilé par un nuage, quand ils se garèrent et que maman descendit les marches du mobil-home.

Adam était agrippé à l'arrière de sa jambe, pâle et silencieux. Bobby ferma la portière côté passager et s'y appuya pendant que son père ouvrait le hayon et présentait son acquisition comme s'il s'agissait d'un cheval qu'il avait voulu libérer.

Maman ne dit rien, mais ses yeux brillaient.

— Bobby Jack, viens m'aider à enlever les panneaux.

Papa conduisit le quad jusqu'en bas de l'allée et regarda maman qui gardait les yeux fermés. Elle les rouvrit, prit Adam dans ses bras et rentra.

Bobby savait qu'elle resterait à fixer le placard du regard, le bocal à conserves presque vide. Elle ne dirait rien, ne prendrait pas le risque de faire tourner le vent. Bobby hésita quand papa lui montra le quad et lui dit :

— Prends-le, va faire un tour.

— Adam peut le conduire ? demanda Bobby.

Il sentit la branche craquer quand papa reporta son attention sur le mobil-home et plissa les yeux avant de répondre :

— Il est trop petit. Trop chétif.

13

Adam

Adam entrouvrit les yeux, et gémit. Il avait l'impression de s'être pris un coup de soleil, se sentait épuisé, et était plutôt surpris de ne pas être menotté au lit d'hôpital.

Ce qu'il avait fait pour sauver Vic l'avait mis en piteux état. Il avait mal partout. Vic était le diminutif de Vicente, pas de Victor. Il n'aimait pas qu'on l'appelle Vince.

Minute. Adam cligna des yeux. D'où savait-il ça?

D'autres pensées, des choses qu'il ne devrait pas savoir, vinrent à lui.

Vic portait ce prénom en hommage à son grand-oncle paternel, Vicente. Vic ne l'avait pas connu. Il était mort au Mexique, à Guadalajara.

Adam força l'arrêt de ce flot de connaissances non désirées et ouvrit les yeux pour trouver Bobby planté à son chevet.

— Bon sang, Adam, grommela Bobby, son accent plus audible sous l'effet de la colère.

— J'ai rien fait, protesta-t-il en grimaçant de douleur.

— Tu as volé mon badge. Tu es entré sans autorisation dans une salle interdite au public.

— Oui, c'est vrai. (Adam leva les mains, suppliant son frère de l'écouter. Tout était si lourd.) Mais je n'ai pas…

— Abattu ce policier?

Bobby se pencha vers lui. Il ouvrit les poings comme s'il voulait l'étrangler. Puis il les referma, se rassit dans son fauteuil. Après un long soupir, il ajouta :

— Ils le savent. Son collègue leur a expliqué ce qu'il a pu, que tu ne l'avais pas tué, que tu détestais les armes à feu. Comment le sait-il, d'ailleurs ?

— Merde.

Le lien qu'il avait établi avec Vic fonctionnait dans les deux sens. Il recevait les pensées de Vic, et inversement. *Ça craint. Ça craint grave.*

— C'est le policier qui m'a fait visiter l'hôpital ce matin, répondit Adam.

Il n'avait aucune envie d'entrer dans les détails et d'évoquer la magie, le faucheur ou ce qu'il avait fait pour sauver Vic.

— Pourquoi son collègue lui a tiré dessus ? voulut savoir Bobby. Et pourquoi il s'est tiré une balle ?

— Tu veux la vraie réponse ? demanda Adam en se redressant pour regarder son frère droit dans les yeux quand il aurait préféré se vautrer dans le lit inconfortable. Tu es prêt à me croire ?

Bobby hocha la tête.

— D'accord.

— L'esprit s'est emparé de lui, expliqua Adam. C'est la première fois que j'en voyais un prendre le contrôle aussi vite.

Bobby s'agrippa à l'accoudoir du fauteuil, tâcha de se calmer. D'une petite voix, il demanda :

— Il peut faire ça à Annie ?

— Je n'en sais rien, répondit Adam en s'appuyant contre son oreiller. (Il se sentit encore plus lourd en l'avouant à Bobby.) J'ignore ce qui lui a permis de posséder le flic.

— Mais est-ce que c'est possible ? Est-ce qu'il peut l'obliger à se jeter sous une voiture ou à se blesser volontairement ?

Adam se mordit la lèvre et fit un petit « oui » de la tête. Bobby blêmit, son énervement et sa déception le quittant en même temps.

— Comment va-t-il ? s'enquit Adam. Le flic.

— Il est mort, Adam, grommela Bobby. Il s'est tiré une balle dans la tête.

Adam revit Carl lutter contre l'emprise de l'esprit, le combattre assez longtemps pour s'achever lui-même plutôt que de laisser l'esprit l'obliger à tuer Adam.

— Pas lui. Son collègue.

— On l'ignore. Il ne se réveille pas ; il semble plongé dans le coma, comme tu l'étais. Il était en sang quand ils l'ont trouvé, il bredouillait des phrases décousues. Il a raconté ce qui s'était passé avant de perdre connaissance. Il n'aurait même pas dû être conscient. Il devrait être mort. (Bobby secoua la tête.) Pourquoi ne l'est-il pas ?

— J'ai essayé de le sauver, expliqua Adam. Je n'étais pas sûr d'avoir réussi.

— Visiblement, si, dit Bobby en secouant la tête, tremblant de la tête aux pieds. Son état est stable.

Adam avait mêlé un brin de sa vie à celle de Vic, un parfait étranger, sur un coup de tête. Il l'avait sauvé d'une mort certaine et, manifestement, s'était lui-même tiré d'un sacré pétrin, mais il ignorait le prix qu'il aurait à payer, les conséquences de son altruisme.

Le lien qui les unissait désormais vibrait comme une corde de guitare. Adam était peut-être capable de le couper, mais il n'avait pas la moindre idée de ce que cela induirait comme changement, pour lui comme pour Vic. Ce lien était peut-être la seule chose qui le maintenait en vie. Adam avait fait ce qu'il fallait. Il le pensait toujours, mais cela rajoutait une entrée supplémentaire sur sa liste de tâches impossibles à réaliser.

— Si tu pouvais…

Bobby s'interrompit. Il se pencha vers Adam et lui demanda d'une voix suppliante :

— Peux-tu aider Annie ? L'empêcher de se faire du mal ?

— J'essaie. C'est pour ça que j'avais besoin d'accéder aux archives, pour consulter les dossiers des patients. Mais je l'ai sous-estimé. Il est loin d'être stupide. Il me surveille.

— Tu as trouvé quelque chose ?

Bobby se mordilla la lèvre, il voulait sans doute sermonner Adam, mais parvint à se retenir.

— Non. Je n'ai pas ouvert les dossiers. Tout ce que je sais pour l'instant, c'est que les victimes travaillaient toutes à l'hôpital. Mais ce n'est pas le cas d'Annie. Alors, pourquoi s'en prend-il à elle ?

— Adam… (Bobby grimaça.) C'est ici que j'ai rencontré Annie. Elle était infirmière.

— Quoi ?

— Elle était infirmière dans cet hôpital quand j'étais interne. Elle a démissionné quand on s'est mariés.

Adam inspira, les dents serrées. Il aurait dû poser la question à Bobby plus tôt. L'animosité qui persistait entre eux finirait par causer la mort de quelqu'un. La réalité accabla Adam. Elle l'avait déjà causée.

— Alors, tu peux l'aider ? demanda Bobby.

Adam se mordilla la lèvre. Non, il ne pouvait pas. Il ne savait pas ce qu'il affrontait. L'ignorance avait failli lui coûter la vie. L'esprit avait tué Carl. Il avait essayé de tuer Adam et avait presque emporté Vic. Adam perdait son temps, il devait se ressaisir.

— Ouais, répondit Adam en s'affalant contre son oreiller.

L'esprit avait possédé des employés de l'hôpital. Dans l'hôpital se trouvait une zone morte. Il remua.

— Mais il faut que je parle à quelqu'un, dit-il.

— Tu as l'air effrayé, lui fit remarquer Bobby. Et tu ne prends pas peur facilement, Adam Lee. Qui est ce quelqu'un ?

— Tu veux vraiment le savoir ?

Son frère soupira et secoua la tête.

— Non.

Adam sourit, mais il dut reconnaître que cette réponse l'avait blessé. Pour ce qui était de fuir quand il les poussait dans leurs retranchements ou leur montrait un peu trop qui il était, les siens ne le décevaient jamais. Pour ça, il pouvait compter sur sa famille.

— Quoi que tu aies fait, poursuivit Bobby, tu es dans de sales draps, cette fois. Un homme est mort, Adam. Un policier. C'est sérieux.

Sans déconner. Un esprit de la taille d'une maison, ça l'est aussi.

— Je vais être arrêté ?

Il pouvait toujours s'éclipser d'une cellule par projection astrale, mais l'idée ne l'enchantait pas particulièrement, sans compter que son corps resterait vulnérable.

— Je ne sais pas, avoua Bobby. J'ai contacté mon avocat, mais je n'ai obtenu aucune réponse pour l'instant.

— Merci, dit Adam, et il était sincère.

Il avait un très mauvais pressentiment. De toute évidence, quelque chose l'avait placé sur ce chemin, le conduisant jusqu'à Denver et à sa confrontation avec l'esprit. Il fallait être aveugle pour ne pas le voir. Adam secoua la tête, mais l'impression que quelque chose, que des choses l'épiaient ne se dissipait pas. Comme la sensation que laissaient sur la peau nue les pattes d'une araignée après le passage de celle-ci. Il faillit invoquer sa double vue, vérifia qu'il était bien seul dans la chambre, mais Bobby avait raison. Il avait peur.

14

Robert

— J'irai droit au but, dit Mme Geen.

Elle s'appuya contre le dossier de son fauteuil de bureau, l'un de ces sièges modernes aux repose-bras chromés et à l'assise alvéolée. Par la fenêtre derrière elle, on voyait la ligne d'horizon de Denver, montagnes et gratte-ciel se découpant sur le ciel.

— La situation est pour le moins inhabituelle, ajouta Geen.

— En effet, en convint Robert.

Il n'avait pas eu d'interactions avec les ressources humaines depuis son embauche. La nouvelle directrice était une femme raffinée qui portait du vernis mauve et un tailleur gris avec une veste cintrée. Elle avait une coupe de cheveux symétrique. Assis en face d'elle, Adam à côté de lui, Robert devinait qu'il n'allait guère apprécier ce qui allait suivre.

Après trois jours d'hôpital, Adam s'était remis de la grosse fatigue qui l'avait vidé de ses forces. Vêtu d'un polo bleu, d'un pantalon décontracté foncé et d'un blazer, il avait l'air à peu près respectable, dans le genre employé de banque. Robert avait envoyé leur mère acheter les vêtements. Il ne pouvait pas prendre le risque qu'Adam fasse tout foirer. Robert avait travaillé d'arrache-pied pour obtenir ce poste. Mercy était son boulot de rêve.

— Nous serions en droit de vous renvoyer, docteur Binder. Votre frère a utilisé votre badge pour accéder à nos archives.

— Il me l'a subtilisé, expliqua Robert.

— C'est vrai, reconnut Adam sans le moindre signe de culpabilité.

— Rien ne prouve que vous ne l'ayez pas aidé, souligna Geen.

— Il n'a consulté aucun dossier médical, insista Robert en levant un doigt pour appuyer son propos. Aucune loi n'a été enfreinte.

— Certes, lui concéda-t-elle.

— Et il n'a rien à voir avec tout ça, dit Adam en jetant un regard oblique à son frère. J'ai agi seul.

Mme Geen inclina la tête.

— Je vous crois. Mais il reste le problème des policiers. L'un est mort. L'autre, blessé.

— Je… je ne l'ai pas tué, bredouilla Adam.

Voir fléchir l'outrecuidance d'Adam fit plaisir à Robert. Il appréhendait la situation avec désinvolture, comme si rien ne pouvait le toucher. La magie et les esprits existaient peut-être, cela ne signifiait pas pour autant qu'Adam était libre de faire comme bon lui semblait.

— Nous le savons, monsieur Binder, répondit Mme Geen. Nous avons les images des caméras de sécurité. La loi fédérale exige que tout accès aux archives soit répertorié. Le saviez-vous ? (Elle marqua une pause, soupira.) Les actions du policier donnent une très mauvaise image de notre hôpital. Le service juridique m'a demandé de vous parler.

— Pour tirer votre cul d'affaire, compléta Adam.

— Adam.

Robert se retint de donner un coup de pied à son frère.

— Exactement, reconnut Geen. C'est pourquoi je vais vous faire une fleur.

Adam fut aussitôt sur ses gardes.

— C'est-à-dire ?

— Vous avez dit à l'infirmière de l'accueil que vous cherchiez les RH, pour proposer vos services. Il se trouve justement que nous embauchons.

Elle fit glisser un porte-bloc avec des documents en direction d'Adam. La première feuille était un formulaire de recrutement.

— Quoi ? s'écrièrent les deux frères en chœur.

— Venez travailler pour nous, et l'emploi de votre frère sera assuré, répondit-elle en lui tendant un stylo-bille rétractable. Ça nous permettra d'expliquer votre présence dans la pièce en question.

— C'est léger, dit Robert, sans même savoir pourquoi il protestait.

Il avait essayé de convaincre Adam de travailler à l'hôpital le jour de l'accident, mais, là, c'était un peu trop précipité. Ça lui paraissait suspect.

— On n'a pas mieux, répondit Geen, les lèvres pincées. De plus, vous accepterez de ne pas poursuivre l'hôpital en justice et signerez un accord de confidentialité.

— Ce serait quoi, comme boulot ? demanda Adam, toujours méfiant.

Toutefois, il ne discutait pas.

Robert ravala ses doutes. Il n'avait aucune envie de perdre son emploi.

— Agent d'entretien, répondit-elle.

Ils quittèrent le bureau sans s'adresser un mot. Adam ne dit rien. Il fulmina en silence jusqu'à ce qu'ils aient atteint le parking. Robert actionna le déverrouillage automatique des portières de son Audi avec la clé. Celles-ci venaient tout juste de se refermer quand Adam dit :

— Tu étais au courant, hein ? C'est ce que tu voulais.

Robert serra les dents et mit le contact.

— Ça n'avait pas l'air de te déranger.

— C'est un accès à l'hôpital, répondit Adam. Rien de plus.

Robert ne trouva rien à redire. En tant qu'employé, Adam pourrait mener son enquête comme il l'entendait, peut-être même sauver Annie. Toutefois, il ne put s'empêcher d'ajouter gentiment :

— Ça pourrait devenir concret. Tu pourrais rester chez nous quelque temps, louer ton propre appartement.

Robert tourna à l'angle débouchant sur Broadway. Il hésita à prendre l'autoroute, ne sachant s'il voulait rentrer vite à la maison ou prendre son temps. Il avait abandonné Adam en Oklahoma. Il en avait bien conscience, mais, à présent, il avait une chance de se racheter.

— Tu pourrais t'inscrire à la fac, aux cours du soir, aux cours en ligne, peu importe, poursuivit Robert, optant finalement pour le chemin des écoliers.

— Quelle université voudrait de moi ? Je n'ai même pas le bac, je suis un marginal qui a fait un séjour en HP. Grâce à toi, d'ailleurs, merci encore. (Adam serra les poings. Il semblait sur le point de fracasser le tableau de bord, mais se ravisa visiblement.) Je ne veux pas être ici, Bobby. Je ne suis pas toi. J'accepte ce boulot pour aider Annie. Ça devrait être notre priorité.

— Je sais, dit Robert. Seulement… ne passe pas à côté de ta vie, Adam, à vivoter dans la misère avec une vieille femme.

Robert ne mentionna pas l'inactivité de son frère. Leur père non plus n'avait pas été fichu de conserver un emploi. Il dépensait le peu d'argent qu'ils avaient pour des futilités, et il ne restait rien pour faire les courses. Maman devait travailler toujours plus, toujours plus dur. Elle se saignait aux quatre veines alors qu'il dilapidait allègrement le fruit de ses efforts. Pour Robert, c'était surtout ce comportement qui avait fini par briser leur mère.

— J'ai une vie, Bobby, répliqua Adam, agacé. Les gens ne sont pas tes inférieurs parce qu'ils ne vivent pas comme toi.

— Je n'ai jamais dit ça.

— Mais tu le penses. Tu penses qu'on est des rebuts de la société parce qu'on ne roule pas en grosses berlines et qu'on n'habite pas dans des villas moches. La vie ne se résume pas au fric.

Robert se crispait chaque fois qu'Adam lui balançait ce genre de phrases. Il devait toutefois reconnaître qu'elles ne le blesseraient pas autant si elles ne renfermaient pas un fond de vérité. Il avait détesté l'Oklahoma et tout ce qui caractérisait leur vie là-bas. Leur mère n'arrivait pas à quitter la propriété à Guthrie, mais Adam le pouvait. Il pouvait s'en sortir.

— Il en faut bien, du fric, non ? rétorqua Bobby. Regarde-toi. Tu ne manges pas à ta faim. Ta voiture ne tiendra plus très longtemps. N'importe qui peut le voir.

Il n'ajouta pas qu'il avait jeté un coup d'œil aux analyses sanguines d'Adam. Pas d'IST ni de drogues, Dieu merci. Il ne tenait pas à savoir ce qu'Adam avait dû faire pour survivre, surtout après s'être enfui de Liberty House.

— Je me débrouille tout seul. Avec Sue. C'est pareil, répondit Adam. Je ne suis pas un gamin. Et sûrement pas le tien.

Robert observa son petit frère. Adam tremblait de rage. Celle-ci l'animait depuis de longues années. Depuis Liberty House. Ils n'en avaient jamais parlé. Ils ne s'étaient pas reparlé depuis.

Adam avait raison. Il n'était pas un gamin, et pourtant il n'était pas l'adulte qu'il aurait dû être. Son séjour à Liberty House, les années qui avaient suivi son internement, le temps passé à végéter alors qu'il aurait dû étudier, tout cela l'avait détourné du droit chemin. Son développement s'était ralenti en cours de route. Adam était dégourdi, mais pas forcément malin.

Pour le reste… tout était vrai. Ce policier, Martinez, devrait être mort. Quelque chose avait fait dérailler son collègue sans aucune raison.

Robert avait envoyé Adam à Liberty House, car il avait estimé que c'était la meilleure chose à faire. Ne l'était-ce pas ? N'était-ce pas la raison de sa décision ?

Il se rappelait les appels de sa mère, qui lui rapportait toujours la même chose de sa voix rauque que la frustration éraillait davantage. Adam qui séchait les cours. Adam qui échouait à l'école.

Liberty House avait semblé la solution idéale, le mieux à faire pour tous les trois.

Robert sentit une pression derrière ses yeux. Sa poitrine se serra.

— Tu peux démissionner et retourner dans ton mobil-home quand tu veux, dit-il calmement.

— J'y compte bien, répliqua Adam tandis qu'ils arrivaient dans l'allée. Quand ce sera terminé, je ne t'adresserai plus jamais la parole.

Adam sauta de la voiture avant que Robert ne l'ait garée. Il ne claqua pas la portière, mais la ferma assez fort pour que Bobby lui crie :

— Doucement !

Adam se dirigea vers la maison. Robert inspira, bouillonnant de colère, et lui emboîta le pas. Les deux voisines qui faisaient de la marche athlétique passèrent à côté de lui. Comme à leur habitude, elles portaient des lunettes de soleil et des survêtements assortis.

— Quoi ? leur lança-t-il.

Pour une fois, il se contrefichait de ce qu'elles pouvaient bien penser. Il envisagea même de leur faire un doigt d'honneur. C'est ce qu'Adam aurait fait. Mais Robert était l'aîné. Maman le lui avait assez répété. Il devait se montrer responsable, parce qu'il était plus âgé. Il devait se comporter en homme.

À l'intérieur, Annie et Adam se toisaient du regard. Elle se tenait à la bordure entre les carreaux et la moquette. Ses yeux, réduits à deux fentes, exprimaient la folie et le danger.

— Tu veux ma photo ? lui demanda Adam d'une voix proche du grognement.

— Adam, le reprit Robert, arrivant dans son dos. (Il attrapa son frère par l'épaule et le fit tourner vers lui.) Annie est malade. Ne lui parle pas sur ce ton.

— Ce n'est pas à elle que je parlais, murmura Adam.

La tension parcourut Adam et passa dans la paume de Robert. Il sembla sur le point de le frapper. Robert, une part de lui du moins, aurait été ravi de riposter, mais voir Annie plantée là, qui les fixait avec cet air-là, le ramena à la raison.

Il plissa les yeux et observa Adam, puis sa femme. Il ne voyait pas ce que voyait son frère, mais il ressentait quelque chose. L'atmosphère pesante qui régnait dans la maison se condensait en Annie. Robert frissonna, comme si le froid le pénétrait par le contact visuel avec Annie.

Adam se libéra de la prise de son frère.

— Alors, que comptes-tu faire ? lui demanda Robert dans un murmure.

Il surveillait sa femme comme il avait surveillé les serpents qui se cachaient dans les herbes hautes autour du mobil-home, guettant le danger, s'assurant qu'Adam ne risquait rien pendant qu'il jouait.

— Je reste, répondit Adam. Pour elle, ajouta-t-il avec un signe de tête en direction d'Annie. Je te hais, mais je ferai mon possible pour elle.

Bobby se contracta, comme s'il s'était pris un coup, tandis qu'Adam s'éloignait.

15

Adam

L'esprit resta accroché à Annie. Les nervures écarlates de son tentacule, qui palpitaient d'une vie surnaturelle, la parcouraient. Elles formaient un ensemble nébuleux qui flottait autour d'elle comme un nuage de nerfs à nu. Rien de comparable avec l'état du policier, sous l'emprise totale de l'esprit, mais ça n'en était pas loin. Le séjour d'Adam à l'hôpital lui avait fait perdre du temps, alors qu'il en manquait déjà. Les yeux jaunes de l'esprit, qui couraient le long de la hampe, le fixaient d'un air moqueur.

Carl n'était pas possédé quand il avait ouvert la porte de la salle des archives. Quelque chose ralentissait la possession d'Annie et avait accéléré celle de Carl. Adam avait besoin d'informations. Il avait besoin de réfléchir, et il ne pouvait pas le faire dans cette maison, pas tant que la déception et la colère de Bobby picotaient ses défenses.

Il se réfugia dans le sous-sol. Il pouvait faire une croix sur ses vêtements. Tachés de sang, ils étaient bons pour la poubelle, mais il trouva un sachet plastique qui contenait son portable, son portefeuille et, le plus important, ses clés. Il les prit en main et sourit, se sentit soudain plus léger.

— Où tu vas ? lui demanda Bobby en le voyant marcher vers la porte.

— Faire des recherches, répondit Adam.

Ses jours à l'hôpital, il les avait passés à dormir, principalement, mais, à son réveil, la Cutlass lui avait manqué. Elle démarra, et Adam se retint de lui parler.

Il n'en était pas encore là avec sa voiture, mais il en serait capable. Certains jours, Sue et la voiture, deux vieilles dames, étaient ses seules amies. Il passa son pouce sur le logo représentant une fusée stylisée qui décorait le volant.

—À nous deux, Federal, dit-il tout haut en s'éloignant de la maison de Bobby.

Il brancha son téléphone sur le chargeur de la voiture. Son navigateur lui indiqua de prendre la direction du nord.

Ce coin de la ville était très différent de l'endroit où sa famille habitait. Ça ne ressemblait pas à Guthrie, car c'était trop urbain, mais le côté décrépit lui rappelait la maison.

Toute magie avait un goût, une odeur. La plupart des gens étaient simplement incompatibles avec Adam ; leur pouvoir, leur vie, le hérissaient, comme le contact de la toile de jute contre la peau. Le sorcier renégat, tout maléfique qu'il soit, ne produisait pas cet effet sur lui. Son pouvoir possédait la même saveur. Il ignorait si une telle similarité était héréditaire, il n'en avait pas la preuve, mais le seul autre praticien avec lequel il se sentait en phase était Sue. L'idée d'être du même sang qu'un tortionnaire lui fit serrer les mâchoires.

Que leur magie soit semblable ou non, Adam devait se rapprocher du sorcier pour sentir son pouvoir. Si le mont-de-piété exposait régulièrement en vitrine ce genre d'artefacts, Adam le trouverait facilement, même si, à dire vrai, il voulait bien rouler un peu. Il avait besoin de se vider la tête.

Adam savait ce qu'il avait à faire, mais il attendrait la tombée de la nuit, afin de s'adresser aux Gardiens de la part d'Annie. Dans le royaume subtil, la tour du Nord se dressait droit devant lui. Avant de trop s'en approcher, il bifurquerait en direction de Federal Boulevard. Il ne voulait pas faire ça de jour, sans s'y être correctement préparé.

Il s'arrêta devant la première boutique de prêteur sur gages qu'il trouva. Il ne portait pas ces endroits dans son cœur. Il s'y était rendu une fois étant gamin pour vendre sa PlayStation, un des nombreux cadeaux spontanés de papa qu'il fallait vite refourguer pour que la famille puisse manger.

T'étais un vrai connard, parfois.

Il y avait des jours où Adam ne voulait pas retrouver son père, où il s'efforçait d'oublier le mystère qui entourait sa disparition. Mais celle-ci finissait toujours par s'insinuer dans son esprit.

Et puis, il y avait le sorcier. Adam ignorait si ce dernier et papa étaient la même personne, mais le découvrir répondrait à toutes ses questions au sujet de sa magie, et du sentiment d'étrangeté qu'il éprouvait envers sa mère et son frère. Bobby et lui ne pouvaient partager les mêmes gènes, ils étaient si différents.

Le docteur Binder s'inquiétait davantage de l'avenir d'Adam que de celui d'Annie. Adam repensa aux e-mails qu'elle lui avait envoyés, à tous les signes évidents de l'amour qu'elle portait à son mari ; elle le couvait d'attentions. Si Adam avait un partenaire pareil, il en ferait sa priorité.

Il… Pour être honnête, il ne savait pas ce qu'il ferait avec un mec sur le long terme. Après avoir passé sa vie à le chercher, il se sentirait bien désemparé quand il l'aurait trouvé. Que ferait-il d'un mec, excepté les trucs évidents ? Il n'en avait pas la moindre idée. À cette pensée lui vint l'image de cheveux noirs et d'un uniforme bleu.

Concentre-toi, Binder, s'ordonna Adam en sortant de la Cutlass.

La boutique était ouverte. Des jeux vidéo et des instruments de musique d'occasion partageaient l'espace avec divers outils électriques. Un jet-ski trônait au milieu des vélos. Il n'y avait personne derrière le comptoir. Personne n'accueillit Adam alors que la porte avait bipé. Sa double vue lui montra du noir et du bleu, un soupçon de rouge, espoirs perdus et trahisons, se raccrocher à ci ou ça. Il repensa à sa mère, à la façon dont elle s'était flétrie au fil des ans.

Il était tout gosse quand son père les avait quittés, mais Adam se rappelait sa mère, rayonnante, radieuse et rieuse. Cette Tilla Mae et son sourire taché de nicotine n'existaient plus que dans des souvenirs qui s'estompaient avec le temps.

Les deux boutiques suivantes ne lui apportèrent guère de réponses. Adam fit courir sa main sur un râtelier de crosses de hockey abîmées et se demanda si le père de Tanner ne s'était pas trompé d'adresse, ou si la boutique n'avait pas fermé. Il voulut lui envoyer un SMS, obtenir plus d'informations, mais il hésita. Mieux valait oublier Tanner. Adam ne voulait pas le mener en bateau. Sue n'avait pas forcément raison, mais Tanner et Adam ne pouvaient pas être ensemble. Tanner était un gars normal. Chair et esprit. Adam avait besoin des deux.

De retour dans la Cutlass, Adam ferma les yeux et s'efforça de chasser les petits chagrins qu'il avait perçus des objets.

Il n'avait toujours aucune réponse. Son père était peut-être le sorcier. Son père avait disparu. Adam avait l'impression sinistre et inéluctable que c'était sa faute. Son père était parti, et sa mère avait perdu toute sa lumière à cause d'Adam.

Il agrippa le volant et s'installa sur le siège. Il sentit une chaleur, une caresse réconfortante, comme une main sur son épaule.

— *Adam?*

Cette voix, encore, douce et apaisante. Il ne l'avait pas imaginée.

Adam s'abîma en lui-même, sonda son être, à la recherche de la source. Il la reconnut, il reconnut le parfum d'oranges et de santal dès qu'il toucha le filament.

— *Vic?*

Pas de réponse.

— Oh, Binder, qu'est-ce que t'as fait ? marmonna Adam tandis qu'il faisait démarrer la voiture.

De retour chez Bobby, il chercha son sac à dos. Sa mère avait lavé ses vêtements et les avait mis à sécher. Elle n'avait pas touché au reste de ses affaires, à l'exception de son pochon de beuh qui avait disparu. Il fumait rarement, et seulement pour se détendre, pour relâcher la pression quand le royaume subtil était trop envahissant.

Il soupira et sortit le petit sac en cuir contenant son jeu de tarot. Une légère odeur d'encens et de poulet frit imprégnait les cartes, ce qui lui fit penser à Sue et à sa cuisine. Il regretta de ne pas être auprès d'elle.

Adam songea à lui téléphoner, et, après avoir bien tergiversé, il composa son numéro. Il tomba sur la messagerie. Cela n'avait rien de très surprenant. Le réseau était mauvais dans le mobil-home.

— Tante Sue ? Tu peux me rappeler ? Je… j'aurais bien besoin de tes lumières.

D'autres effluves s'élevèrent du jeu tandis qu'il battait les cartes. Fumée de cigare et de datura. De nombreux Binder avaient utilisé ce jeu. Ils l'avaient chargé de leur magie, y avaient laissé une partie d'eux.

Adam n'envisageait pas d'avoir des enfants, il ne pensait pas avoir un jour quelqu'un à qui léguer ce jeu. Il ne se considérait pas comme un homme sentimental, mais cette pensée l'attrista.

Si Annie et Bobby avaient des enfants, peut-être l'un d'eux serait-il comme Adam, et il pourrait transmettre à son neveu ou à sa nièce les leçons de Sue. L'idée était presque plaisante, translucide, mais teintée d'une ombre grise.

Penser que cela prendrait fin avec lui procura à Adam un sentiment doux-amer. Cela le peinait, car il aimait sa famille. Et cela le rendait heureux, car il ne l'appréciait pas vraiment.

Adam n'était pas le plus doué au tarot. De plus, on obtenait souvent une lecture imprécise quand on consultait ses propres cartes. Nos aspirations et nos préconceptions sur nous-mêmes avaient tendance à influencer notre interprétation.

Adam enleva ses chaussures et s'assit sur le lit. Il s'assura de ne croiser aucun membre avant de mélanger les cartes, espérant que le papier avait conservé un peu du toucher de tante Sue. Il coupa et tira trois lames.

La tour.

Le valet d'Épées.

Le cavalier d'Épées.

— Tu te fous de moi ?

Il fusilla les arcanes du regard, comme si elles l'avaient trahi. Il recommença, coupa puis tira, gardant les yeux fermés jusqu'à ce que les cartes soient en place.

La tour.

Le valet d'Épées.

Le cavalier d'Épées.

— Merde.

Adam remballa les cartes et les rangea dans son sac à dos. Il ferma les yeux, se demandant si Sue savait et ce qu'elle avait vu avant qu'Adam ne quitte Guthrie.

Les cartes ne mentaient pas. Il les tira une troisième fois, ne s'étonnant guère lorsque le résultat fut identique.

La tour. Danger. Bouleversement. Mais, dans le cas présent, il s'agissait littéralement d'une tour.

Le valet d'Épées. La carte qu'il tirait habituellement. La jeunesse, une indication pour avancer.

C'est la troisième lame, le cavalier d'Épées, qui le perturbait. Une figure puissante, pleine de vie. De magie.

Adam posa deux doigts sur l'arcane et suivit le tracé du dessin. Le chemin le plus sûr était manifestement celui qu'il connaissait le mieux, mais qu'il aimait le moins.

Il devait trouver une offrande. Il ne pouvait pas approcher les Gardiens sans consentir un sacrifice digne de ce nom. Adam ne possédait rien, mais la requête qu'il allait leur adresser ne le concernait pas directement.

Il monta au rez-de-chaussée. Sa mère fumait derrière la maison. Bobby était au premier, dans sa chambre, porte close. Adam surveilla Annie tandis qu'il se dirigeait vers la porte d'entrée. Il trouva ce qu'il lui fallait sur la table basse. Le cœur battant à toute allure, il regagna le sous-sol à pas de loup.

Essayant de ralentir sa respiration, Adam se coucha sur le couvre-lit. Il s'étira, un bras le long du corps, le poing serré comme pour tenir une épée, et invoqua le valet d'Épées. Pour présenter sa requête, il devait apparaître tel qu'il était, en appeler à la lame qui le symbolisait le mieux, et Sue n'avait pas tort. C'étaient toujours les épées avec Adam.

Il soupira et ferma les yeux. Bon sang, il haïssait les elfes.

16

Adam

Chaque ville, ainsi que la plupart des régions reculées, avait ses tours. Monolithes du royaume subtil, les races des Gardiens façonnaient celles-ci selon un style particulier ou selon leur fantaisie, choisissant un monument dans le monde physique comme point d'ancrage. La politique chez les immortels était compliquée et l'affiliation d'une tour changeait selon les époques.

La tour se fixait sur un lieu élevé, une colline, un belvédère ou, en l'absence d'immeubles, un arbre isolé. À Guthrie, deux d'entre elles étaient reliées à des élévateurs à grain, la troisième, au centre d'enfouissement des déchets. Les tours servaient de poste-frontière et de tribunal, c'était là qu'on pouvait solliciter les Gardiens.

Ces derniers modifiaient souvent leur apparence pour coller à leur point d'ancrage. Un esprit pouvait apparaître comme un fermier à Guthrie ou un gangster à Chicago. Adam avait une théorie à ce sujet : chaque Gardien se composait de multiples avatars, d'aspects qui représentaient les différentes facettes de la même entité. Celles-ci vivaient en divers endroits.

Adam pensait que c'était le secret de leur immortalité. Si un aspect mourait, les autres perduraient. Il se demandait toutefois s'ils le savaient, s'ils éprouvaient la perte des autres parties de leur être.

Sous sa forme subtile, Adam marcha vers la tour du Nord, se demandant si cela était arrivé à Perak. Peut-être était-il mort. L'aspect de lui qui avait aimé Adam était mort, et les autres, ignorant son existence, ne l'avaient pas cherché. C'était moins pénible de nourrir ce fantasme que d'accepter l'abandon, l'idée que l'immortel avait fini par se lasser de son joujou.

Adam écarta cette vieille blessure et récita l'invocation pour ouvrir la route vers le nord.

— Salut à vous, Gardiens de la tour du Nord.

Une vive lumière blanche le frappa en même temps qu'un vent glacé, l'obligeant à rentrer la tête et à protéger son visage avec son bras.

Quand la chaleur revint, il rouvrit les yeux.

Adam resta bouche bée devant la tour qui resplendissait de magie. Il canalisa toute sa volonté dans ses défenses, mais celles-ci ployèrent légèrement, l'entourant comme un halo.

Les elfes, qu'Adam avait en horreur et qui constituaient sa principale source d'agacement, avaient choisi un parc d'attractions comme point d'ancrage à Denver. Sa double vue y fonctionnait à l'envers, le laissant entrevoir le monde des mortels de l'autre côté du voile. Le parc, bien éclairé et dont les manèges fonctionnaient, exprimait malgré tout la splendeur passée des Années folles. Des montagnes russes s'élevaient des bruits de ferraille et le grincement plaintif du vieux bois. Adam fronça les sourcils devant cette décrépitude, mais la pointe de bleu le calma tandis qu'il avançait.

La tour, qui se dressait devant lui, devint plus réelle que le plan mortel. Les ampoules au charme suranné qui l'éclairaient se mirent à briller d'un vif éclat, alors qu'elles diffusaient une lueur vaporeuse jusque-là. Tout était blanc, neuf et scintillant, comme s'il avait pénétré dans le passé.

Adam entra dans le parc. La magie s'intensifia, s'écrasant autour de lui comme une vague. La lisière des mondes s'obscurcit, l'empêchant de voir l'autre bord.

Adam se raidit et résista à l'envie de regagner son corps. Il devait tenir bon pour Annie.

Aucun elfe ne l'approcha, mais Adam avait une conscience accrue de leur présence dans la nuit magnétique du royaume des esprits. Avec leur peau lisse, leur chevelure féerique et leurs yeux semblables à des joyaux, ils arpentaient le parc par groupe de deux ou trois. Ils avaient toujours l'air de danser, comme au son d'une musique qu'Adam ne pouvait entendre, ce qui était tout à fait possible. Leurs sens étaient beaucoup plus affûtés que les siens. Perak adorait le taquiner à ce propos, sur ces choses lointaines qu'Adam était incapable de voir ou d'entendre.

Ils étaient si beaux, si parfaits, comme Adam ne le serait jamais. C'était presque douloureux de les regarder. Ils étaient là pour l'éternité, intouchables, sauf quand ils ne l'étaient pas. Adam savait, pour en avoir fait les frais, qu'ils n'étaient jamais aussi beaux que quand ils couchaient avec vous.

Il s'était égaré par le passé, envoûté par cette beauté et ces yeux si pâles qu'ils volaient la couleur des fleurs, ou par sa peau qui s'empourprait quand ils se disputaient. Adam se força à chasser ce souvenir et l'émotion qu'il suscita en lui. Il ne répéterait plus cette erreur. Il était là pour le travail.

Adam se redressa brusquement quand une voiture de collection noir et gris, imposante et tout en courbes, entra dans le parking en quatrième vitesse. Elle s'arrêta dans un grondement de moteur, sous les yeux ébahis d'Adam.

— C'est une Auburn Speedster ? demanda-t-il, incapable de se retenir.

— De 1935, répondit la conductrice.

Elle avait un accent snob qu'Adam associait aux vieux films.

En y repensant, le lieu en lui-même semblait sorti d'un vieux film, un classique, en noir et blanc, irréel et dangereusement fantastique. Il ne devait pas oublier qu'il pouvait mourir ici.

La femme, grande et mince comme une liane, se dressa devant lui.

— Tu aimes ma robe aussi ? demanda-t-elle en tournant sur elle-même.

Le vêtement, moulant et orné de volants, était découpé dans de la soie couleur corail. Il flotta autour d'elle quand elle tournoya.

— Ouais, répondit-il.

Il remarqua l'étole de plumes noires drapée sur ses épaules. Elle remuait dans la brise immatérielle, comme si elle était vivante, même quand la femme cessa de bouger pour se tenir immobile, aussi élégante qu'une statue de marbre.

— Elle est… jolie.

Adam n'avait jamais compris pourquoi on lui demandait son avis sur les vêtements féminins. Il n'était pas une drag-queen et il ne s'intéressait pas à la mode. Certes, il était homo, mais ça ne faisait pas de lui un spécialiste en matière de style et de tendances.

Il perçut le pouvoir qui émanait de la femme, devina toute la grandeur de celle qui se campait devant lui.

Tous les elfes possédaient plus de magie que n'importe quel humain, mais celle-ci était propre à chaque individu. Adam ignorait ce qui déterminait leur pouvoir, si celui-ci s'acquérait avec l'âge ou s'il était inné. Les elfes étaient dirigés par des reines et des rois, qui venaient en toute logique de certaines lignées, mais il n'aurait su dire s'ils se reproduisaient.

Certains elfes portaient leur magie comme la plus luxueuse des étoffes, alors qu'elle émanait d'autres comme un parfum trop fort. Perak était plus proche des humains, accessible. On pouvait le toucher sans se blesser.

La magie qu'irradiait cette femme le brûlait.

Voyant qu'il avait pris conscience de son erreur, elle inclina la tête. Un petit sourire froid étira ses lèvres. Adam recula d'un pas. Il jeta des coups d'œil à droite et à gauche, cherchant une issue. Les elfes, tous vêtus de complets-vestons et de robes vintage, cessèrent leur déambulation. Simultanément, ils se tournèrent pour observer la scène, leurs yeux aux couleurs de pierres précieuses braqués sur l'interaction en cours, leurs têtes légèrement penchées sur le côté.

Chaque nerf que renfermait le corps d'Adam vibra en signe d'avertissement.

— Je voulais dire, ma dame… (Adam exécuta une révérence maladroite en posant un genou à terre) que c'est une belle robe qui me rappelle une époque où l'élégance était de mise.

Cela sembla la radoucir.

— Tu es venu adresser une requête à la Cour ?

— Comment le savez-vous ?

Elle lui montra le parc.

— Tu es un praticien mortel, dit-elle. Les autres sont partis.

Seuls des elfes arpentaient la digue bordant le lac, ou montaient dans la grande roue en fer. Aucun humain parmi eux. Ni praticien, ni solliciteur, ni rescapé du monde mortel.

Elle posa les mains sur les hanches et dit :

— Eh bien, vas-y. Je t'écoute.

— Oh merde. (Pris de stupeur, Adam baissa les yeux.) Vous êtes la reine.

— Tu peux m'appeler Argent, si tu le souhaites.

Son sourire s'élargit jusqu'à lui fendre le visage. Adam évita de la regarder, mais, l'espace d'une demi-seconde, il entrevit son essence, cet aspect d'elle qui, dans toute sa gloire, pouvait l'aveugler ou le tuer.

Il se détourna à temps, mais l'image resta gravée dans sa mémoire.

Elle portait un justaucorps en fils d'acier tressés, une cotte de mailles incassable, sous sa robe cintrée. Une épée à deux mains se découpait sur le haut col de celle-ci. Elle descendait sous son nombril, dénudant une ligne de peau parfaite. Le quillon laissait voir un décolleté modeste. Plusieurs lames nues formaient une roue dans son dos, une auréole meurtrière. Un bandeau de dagues levées ceignait son front telle une couronne qui devait compliquer horriblement le brossage de ses cheveux. Les longues mèches avaient la couleur de l'acier poli. Ses yeux s'y reflétaient, pâles comme le platine.

Elle tenait une énorme épée, dont la lame était aussi large et longue que le corps d'Adam, comme si elle ne pesait rien. D'ailleurs, elle ne pesait sans doute rien, pour elle. Elle pourrait fendre des montagnes avec cette épée, il n'en doutait pas un instant. Elle rit, un son blanc comme l'hiver, et les défenses d'Adam, la couche d'armure et de protections dont il s'était paré pour éviter de devenir fou, craquèrent.

— Salut à vous, Gardiens de la tour du Nord, répéta-t-il sans hésiter, fermant les yeux avant d'en voir davantage, avant de perdre la raison ou pire. Je cherche votre sagesse.

— Non, l'interrompit-elle. Tu cherches mon frère. Nous le trouverons dans la salle de bal.

— Vous ne voulez pas entendre la suite ? demanda Adam.

Paupières fermées, il se mit debout. Il s'était entraîné pendant des heures, seul, avec Perak, pour savoir comment s'adresser à la royauté en des occasions comme celles-ci, même s'il avait espéré qu'elles ne se présenteraient jamais.

— Pas vraiment, avoua-t-elle. Je sais que la plupart des immortels aiment les titres ronflants et les conventions, mais tout cela m'ennuie profondément.

Adam l'aimait bien – ou il pensait qu'il l'aimerait bien s'il n'était pas terrorisé par sa prestance.

Il entendit un « clic », le bruit du porte-monnaie qu'elle venait de fermer. La magie tourbillonna autour de lui avant de s'atténuer, contenue par l'enchantement d'Argent.

— Tu peux rouvrir les yeux maintenant.

Il obéit. La reine redoutable était redevenue l'élégante des années 1920. Elle offrit son bras à Adam.

Il le prit et vit ses propres vêtements changer alors que la magie de l'elfe le parcourait, froide et fluide comme la neige qui fond.

À la place de son jean et de son tee-shirt, il portait un costume noir, dont le pantalon présentait un pli vertical marqué au fer, et un chapeau de feutre sur la tête. L'ensemble lui allait à merveille.

— Ainsi que des sous-vêtements en soie, ajouta-t-elle avec un clin d'œil. Au cas où l'on en viendrait là.

Adam déglutit. Il ne dit rien, mais il serra les poings à l'idée qu'elle s'amuse avec lui. Il s'accrocha à sa colère et au souvenir de l'abandon de Perak, résolu à ne pas se laisser charmer.

Les talons de la reine claquèrent sur les pavés lorsqu'elle conduisit Adam à la tour. Carrée, haute de plus de trente mètres, elle brillait d'un vif éclat, celle de milliers de lumières blanches étincelant au-dessus d'eux. De nouveau, cela lui fit penser à un film en noir et blanc, délavant les couleurs. Toutefois, ses mains avaient conservé leur teinte rosée, humaine.

Adam plissa les yeux et força sa double vue à lui montrer le côté mortel. Il dut lutter, contraindre son maigre don à traverser le lourd rideau de magie. Sur l'Autre Rive, la tour demeurait. Elle avait connu des jours meilleurs. La plupart des ampoules étaient grillées, et les structures qui l'entouraient étaient condamnées ou s'étaient en partie effondrées. La salle de bal qui se trouvait à son pied était fermée par des panneaux de bois.

— Magnifique, n'est-ce pas ? dit la reine, suivant le regard d'Adam en direction du monde mortel. Quel dommage que ton peuple ne la restaure pas pour lui rendre sa gloire d'antan !

— En effet, en convint-il, s'étonnant quelque peu de le penser.

Les elfes avaient leurs défauts. Ils n'avaient que peu de respect pour les biens des mortels ou leur courte vie, pourtant, ils portaient le passé dans leur cœur. Partisans intransigeants de la préservation de la nature et du patrimoine, ils flânaient près des ruines et accumulaient des objets anciens.

Adam comprenait et partageait leur obsession. Il chérissait la Cutlass même s'il devait se donner un mal fou pour la maintenir en état. Il chérissait le jeu de tarot que lui avait donné tante Sue. Quand il était arrivé à l'asile, Liberty House, il avait même trouvé du charme au briquetage délabré, avant qu'on ne l'oblige à passer ses jours dans une cellule matelassée dont le revêtement tombait en lambeaux, surveillé par des aides-soignants peu amènes. Adam en avait frappé un déjà, alors ils lui avaient attaché les mains et l'avaient suspendu à un crochet ; il était resté les bras tendus, en équilibre sur la pointe des pieds, pendant plusieurs heures. Il se frotta les poignets en se rappelant les courbatures et la brûlure de la corde sur sa peau.

La reine lâcha son bras et ouvrit les portes de la salle de bal d'une légère poussée. Le parquet étincelant s'étirait sous un plafond bleu azur qui flottait au-dessus des colonnades. Les danseurs exécutaient une valse virevoltante qui devait être historiquement inexacte. Les elfes adoraient se déguiser et reconstituer différentes époques, mais ils se trompaient souvent sur les détails. Leurs tenues semblaient correctes, mais Adam n'était guère expert en la matière. Et même s'ils étaient à côté de la plaque, même si leurs vêtements étaient démodés, les elfes étaient beaux.

Malgré leurs nombreux défauts, ils n'avaient pas l'esprit étriqué. Les hommes dansaient avec les hommes, les femmes avec les femmes. Il arrivait que trois ou quatre elfes dansent ensemble, le pas leste, les pieds agiles, si bien qu'Adam avait mal aux yeux en essayant de suivre leurs déplacements. Leur grâce pouvait causer de la douleur. Il se rappela être allongé sur un lit de fleurs, blotti contre une peau de velours, étreint de sourires comblés. Adam écarta ce souvenir. Il était venu pour une raison précise. Il ne se laisserait pas distraire par les petits jeux des elfes ou par son passé.

Un jeune homme jouait du piano, assis devant un piano à queue monumental d'une blancheur éclatante qui contrastait avec l'arrière-plan coloré de l'estrade où jouaient les musiciens. Il portait un costume couleur platine et un Borsalino orné d'un ruban en satin blanc ; il rayonnait de pouvoir. Il devait être le cavalier. Une douleur sourde s'insinua par la brèche que la reine avait créée dans les défenses d'Adam, et il se força à desserrer les mâchoires. L'émotion n'était pas la sienne. Il ne la laisserait pas le diriger.

Reines, rois, cavaliers, valets. C'étaient des titres. Les relations entre les uns et les autres n'étaient pas toujours claires. Parfois, ils n'avaient aucun lien de parenté. Argent avait appelé le cavalier « mon frère ».

Sentant le regard d'Adam sur lui, ou s'étant simplement lassé, le pianiste s'arrêta de jouer. Les danseurs se figèrent. Immobiles, telles des statues de marbre, les pieds collés au sol pour certains, en l'air pour d'autres. Aucun d'eux n'était essoufflé, comme si leur enchaînement de tours à travers la pièce ne leur avait demandé aucun effort. D'ailleurs, Perak avait rarement montré des signes de fatigue physique, si bien qu'Adam s'enorgueillissait quand il parvenait à épuiser l'elfe.

Adam se pinça mentalement. Il devait cesser de penser à Perak. Il devait se concentrer sur l'instant présent. Ici et maintenant.

Une mission. Tu as une mission. Il se le répéta tandis que la reine saluait le jeune homme.

— Silver. Mon frère. Je t'apporte un cadeau. (Elle déroula son long bras en direction d'Adam.) Un praticien mortel. Qui a une requête.

Adam s'agenouilla de nouveau et garda la tête baissée pendant que le prince elfique se levait du tabouret. Comme sa sœur, il dissimulait sa vraie nature derrière une illusion. Le cavalier d'Épées appuya sa paume contre la tête d'Adam. Il fit courir ses doigts frais dans ses cheveux, puis recommença en même temps qu'il imprégnait sa caresse de magie. Cela ne brûla pas Adam, mais l'enveloppa de chaleur. Il sentit ses nerfs vibrer plus fort que jamais. La présomption de Silver, qui pensait pouvoir le toucher comme bon lui semblait, ne plut guère à Adam. Il s'enroula fermement dans ses défenses, de peur que l'elfe perçoive sa colère. Il avait besoin de leur aide.

— Relève-toi, Adam Binder, sorcier des plaines, et dis-nous ce que tu cherches.

Adam s'obligea à respirer, à ne pas montrer les dents. Ce n'était pas la première fois que des mains comme celles-ci, effilées et gracieuses, le caressaient.

— Vous connaissez mon nom, seigneur ? demanda Adam, se soustrayant à ce toucher avant de se redresser.

Il tremblait. Ça s'était produit. Ils savaient qui il était à présent. Ils exigeraient des choses, des alliances, des allégeances. Ils lui demanderaient de se battre pour eux ou d'espionner leurs ennemis. Des intrigants, les elfes. Séduisants, sournois, et susceptibles de s'évaporer dans la nature quand on a le plus besoin d'eux.

— Dans tout l'éther bruit la rumeur d'un praticien qui aurait osé défier un faucheur, répondit Silver.

Adam grimaça. Il voulait éviter toute notoriété, en particulier celle qui pourrait faire de lui une cible.

Silver jaugea Adam, de la tête aux pieds, d'un air amusé et modérément inquiet. Adam sentit le regard de l'elfe pénétrer sous sa peau, dans son esprit. D'un ton quelque peu renfrogné, comme s'il avait vu là quelque chose qui l'avait perturbé, le prince elfique demanda :

— Que veux-tu, Adam Binder ?

— Je veux des informations sur l'esprit, répondit Adam. La créature dans le ciel au-dessus de Denver.

— En es-tu sûr ? demanda Argent. Il a tué les autres praticiens.

— Il a essayé de me tuer, déclara Adam. Et il a échoué. Mais il possède quelqu'un. Je dois lui faire lâcher sa prise.

Adam resta vague. Moins ils en savaient, mieux c'était. Connaissance. Pouvoir. Etc. Connards d'elfes.

Silver et sa sœur échangèrent un regard. Il ne dura qu'un instant, mais Adam y vit l'affrontement, deux lames de fond se disputant une mouette. Il ne saurait jamais ce qui se passa entre eux, ce qui fut dit ni qui remporta quoi, mais il était certain d'être la mouette.

Silver hocha légèrement la tête.

— Accompagne-moi, dit-il, faisant apparaître une canne.

Il mena Adam hors de la salle de bal et dans l'obscurité de la nuit. Silver donna un coup de canne sur le sol, et la musique reprit, les touches du piano s'enfonçant et remontant sans qu'il les touche.

Intimidé par cette manifestation de magie, Adam marcha à côté du cavalier, la tête légèrement baissée. Il remercia intérieurement Argent pour le chapeau de feutre qui lui permettait de dissimuler son visage et le pli creusé sur son front.

— Où allons-nous, seigneur ? demanda Adam lorsque l'air nocturne, plus froid que dans le royaume mortel, les frappa de plein fouet.

L'odeur de Silver, une eau de toilette aux notes d'herbe fraîchement coupée et de citron, parvint jusqu'à lui, portée par la brise. Adam essaya de se rappeler le parfum de Perak, son goût. Il avait cru être amoureux.

— J'ai besoin d'un verre, dit Silver.

L'extrémité de la canne tapa contre les marches en bois pendant qu'ils descendaient au pied de la tour.

Un elfe en chemise blanche, nœud papillon et gilet noir s'occupait du bar. Une construction Art déco tout en argent et marbre. S'attendant à le trouver en piteux état dans le monde mortel, Adam ne regarda même pas de ce côté-là.

Parfois, l'habillage pouvait être perturbant, comme la fois où Perak et lui étaient tombés dans un champ de fleurs turquoise qui chantaient des berceuses à la lune. Sur la rive mortelle, sa double vue lui avait montré un champ d'os de bovins blanchis par l'usure. Un spectacle qui doucha leur enthousiasme, surtout celui de Perak. Les elfes avaient une relation compliquée avec la mort.

Silver s'installa sur un tabouret et regarda le barman composer un mélange dans un verre à martini. Un cocktail clair, avec une giclée de citron. Du sucre fin givrait le bord des verres.

Silver le fit glisser en direction d'Adam lorsque ce dernier s'assit.

— Un lemon drop ?

— Non, merci, répondit Adam avec un signe de tête.

Il n'était guère judicieux de manger ou de boire dans le royaume des esprits.

Silver sourit.

— Je me devais d'essayer, joli mortel. Je vois que tu connais les règles, c'est bien.

— Je n'aime pas bien ces petits jeux, monseigneur. Je suis venu en toute bonne foi, et j'ai besoin de votre aide.

— Alors, tu sais que tu dois m'apporter un cadeau, répondit Silver en caressant du bout du doigt la tige du verre. Un sacrifice.

Adam sortit la clé de voiture de sa poche et la fit glisser le long du comptoir. Le miroir en arrière-plan renvoya une belle image, un séduisant jeune homme en costume platine assis à côté d'Adam, tout de noir vêtu. L'un était le reflet inversé de l'autre, jusqu'aux détails de leurs chapeaux, gris et noir avec des rubans de satin et soie noire. Adam se demanda si Argent avait voulu le piéger ou l'insulter en l'habillant ainsi, en lui faisant porter les mêmes vêtements que Silver dans la couleur opposée. Il écarta cette interrogation. Les elfes étaient des enfoirés. Il n'y avait rien d'autre à retenir.

— Diantre, s'exclama Silver en faisant tournoyer la clé au-dessus du comptoir en marbre. C'est plus le style de ma sœur. Mais la couleur me plaît.

— Pouvez-vous... allez-vous m'aider ? lui demanda Adam.

Silver remua la main. Un fil apparut dans l'air. Adam retint son souffle. Il se sentit mis à nu, vulnérable.

Adam sut d'emblée que cette ligne le reliait à Vic. Droite et tendue, elle traversait le mur.

Silver fit courir un doigt dessus. La sensation s'intensifia, vibrant fort sous la peau d'Adam.

— Suis-le, dit Silver d'une voix teintée de colère.

Tel un faucon saisissant sa proie, il attrapa son verre et le vida d'un trait. Il se mit debout, souleva sa canne. Il inclina la tête et ajouta :

— Et méfie-toi des faucheurs.

Adam se réveilla dans son lit.

— Putain, qu'est-ce que...

Adam s'ébroua mentalement. Silver l'avait banni sans le moindre avertissement. Ce n'était pas douloureux, mais c'était déplaisant, un peu comme tomber du lit quand on dormait à poings fermés. Bon, ça lui avait quand même fait un peu mal quand la magie du cavalier l'avait arraché au monde subtil pour le projeter dans son enveloppe consciente.

Adam sonda son corps, s'assura que tout était à sa place. Quelque chose était différent. Sous son jean, il portait toujours les sous-vêtements en soie.

— Satanés elfes, marmonna-t-il, souriant malgré lui à l'humour d'Argent.

La porte de sa chambre s'ouvrit. Sa mère entra. Elle se campa au pied du lit et braqua les yeux sur Adam. Une légère odeur de cigarette flottait autour d'elle.

— Adam, mon chou, dit-elle sur un ton qui annonçait clairement qu'elle connaissait la réponse à la question qu'elle n'avait pas encore posée. As-tu fait quelque chose à la voiture de ton frère ?

17

Adam

— Comment je vais aller bosser ? se lamenta Bobby, en refaisant le tour de l'allée pour la énième fois, comme s'il pouvait faire revenir l'Audi.

— Prends la Cutlass, lui suggéra Adam du bord de l'allée, s'efforçant de chasser la culpabilité de sa voix. Ou je peux te conduire.

— Je ne veux pas du vieux tas de ferraille de papa, répliqua Bobby d'un ton sec. Je veux mon Audi.

La police était venue et était déjà repartie. Les agents avaient posé leurs questions, auxquelles personne n'avait pu répondre.

— Vous n'avez pas entendu les voleurs ? Elle a disparu aux alentours de 3 heures du matin ?

Bobby avait secoué la tête, acquiescé. Adam n'avait rien dit. Il était resté dans la maison, à boire le café de sa mère par petites gorgées. Il était si amer qu'un litre de lait n'aurait pas suffi à l'adoucir. Il s'était assis sur le canapé près de la porte et avait tendu l'oreille, attendant que les flics l'interrogent, que Bobby l'interroge.

— C'est fréquent, monsieur, avait déclaré le policier. (Adam l'avait observé de loin, le comparant à Vic et le jugeant bien inférieur.) Les virées dans des voitures volées sont devenues un sport à la mode. On retrouve toujours les véhicules, sans gros dégâts en général.

— Comment ? avait demandé Bobby. Comment ce genre de choses peut-il se produire ici ? Nous habitons un quartier tranquille.

— Nous ferons notre possible, monsieur, avait répondu le policier, mais, honnêtement, ce n'est pas grand-chose.

Adam se demanda combien de ces vols étaient imputables aux elfes. Est-ce que la reine d'Épées faisait des virées dans des voitures volées avant d'abandonner celles-ci sur le bas-côté de la route ?

— Je prendrai celle d'Annie, dit Bobby.

Il tomba à genoux sur le bitume, là où s'était trouvée son Audi. L'allée goudronnée, d'une propreté impeccable, ne présentait pas la moindre tache d'huile. Bobby avait l'air au bord des larmes.

— Bob… Robert, dit Adam, se retenant de baisser la tête. Rentre. Tu te donnes en spectacle.

Et Adam savait bien à quel point son frère détestait ça, sa réputation comptait plus que tout pour lui. Adam bouillait quand il pensait qu'Annie ne servait qu'à enjoliver la vie parfaite du docteur Binder.

Les mots d'Adam firent cependant mouche et Bobby se secoua.

Il rentra dans la maison, montant les marches d'un pas lourd. La mère d'Adam resta sur le perron, termina de fumer sa clope mentholée. Elle tenait dans l'autre main un gobelet rouge rempli de thé glacé ou de vin bon marché. Avec Tilla, les deux étaient probables avant midi.

Elle attendit quelques secondes et, une fois que Bobby eut refermé la porte de sa chambre, elle dit :

— Il va te tuer quand il comprendra que c'est toi.

— Comment tu l'as su ? demanda Adam en la regardant dans les yeux.

— Je le vois quand tu essaies d'agir en cachette, Adam Lee, répondit-elle.

— Je n'avais pas le choix.

— Ça valait le coup, au moins ?

— Pour le moment, non, avoua-t-il avec un haussement d'épaules. Je tiens une piste, mais j'ignore où elle mène.

Sa mère secoua la tête.

Adam s'écarta et foula l'herbe parfaite de la pelouse parfaite de Bobby.

Il chercha le fil et murmura :

— Vic.

Le fil prit vie.

Quand Silver avait touché le fil, Adam avait ressenti comme un électrochoc, mais cela lui avait permis de différencier cette sensation de toutes les autres émotions qui le parcouraient.

Le fil l'appelait, comme le « bip » d'un radar résonnant dans la ville ou la première note d'un long solo de guitare.

Il regagna la maison, se lava le visage et résista à l'envie de changer de chemise. Il se mouilla quand même les cheveux et y passa une noix de gel avant de les torsader.

— Je sors, dit-il à sa mère.

— Tu rentres dîner ?

Adam hocha la tête.

— Adam Lee, répéta sa mère. Est-ce que tu rentres dîner ?

— Oui, m'dame. Normalement.

Elle lui fit signe d'y aller en soufflant sa fumée de cigarette vers lui et marmonna quelque chose comme « Seigneur, donne-moi la force ».

Malgré les embouteillages, ça roulait vite sur l'autoroute, c'est pourquoi Adam emprunta les axes secondaires et les routes de campagne. Il avait besoin de temps pour localiser Vic, pour suivre le fil et essayer d'en comprendre la signification. Ce qui le mena loin de chez Bobby, au nord, dans une partie très différente de la ville. Les maisons étaient plus petites, mais elles possédaient de vrais jardins, pas un simple carré de gazon. La plupart des façades étaient recouvertes de briques marron et non d'un bardage mastoc. Les habitations étaient séparées par des grillages bas.

Adam tira sur le fil. Chaque traction était douloureuse, une brûlure dans sa poitrine, une contracture. Il était resté alité trop longtemps, il voulait bouger plus, mais le moindre mouvement élançait ses points de suture.

Malgré les plaintes, une chaleur gagna Adam, le réconfort d'être dans sa vieille chambre, son vieux lit. Le sentiment d'être aimé l'enveloppa comme une épaisse couverture. Un sentiment qui lui était tout à fait étranger.

Ces impressions s'intensifièrent jusqu'à ce qu'Adam distingue presque l'autre homme.

Il se mordilla la lèvre, se demandant à quoi jouait Silver. L'elfe avait souligné le lien qui unissait Adam à Vic, mais l'esprit n'avait pas attaqué Vic pour autant. Il n'avait rien à voir dans ce qui arrivait à Annie. Autre chose était à l'œuvre. Adam regarda par-dessus son épaule, déploya ses sens. Il se sentait observé, épié, mais sa double vue ne lui montra rien.

À l'angle, Adam prit une petite rue bordée de vieux arbres ; boiseries abîmées par le temps et peinture écaillée.

Plusieurs voitures étaient garées dans la rue, mais seul un SUV rutilant stationnait dans l'étroite allée de sa destination. Adam trouva un emplacement assez large pour y garer la Cutlass, puis se regarda dans le rétroviseur. Il souleva sa chemise par le col et se frotta les cheveux avec l'intérieur du vêtement, brisant les piques torsadées, ce qu'il regretta aussitôt.

Il sonda la maison avec sa double vue et tressaillit.

Sept faucheurs campaient devant sur la pelouse. Placés en cercle, ils ne fauchaient pas ni n'étaient courbés vers le sol, ils se tenaient simplement immobiles dans le vent glacé de l'autre monde qui froissait leurs robes couleur d'encre. Ils ne semblaient pas menaçants. Ils ne semblaient même pas remarquer la présence d'Adam.

— Qu'est-ce que vous lui voulez ? demanda-t-il au faucheur le plus proche, mais il n'obtint aucune réponse.

Attendaient-ils que le fil se casse, qu'Adam lâche Vic afin que ce dernier puisse mourir ?

Un frisson le parcourut. Il secoua la tête pour fermer sa double vue et s'avança vers la maison.

Une vieille contre-porte aux motifs en forme de coquillage gravés dans le métal laissait filtrer la lumière.

Un gros pitbull s'élança vers la moustiquaire en aboyant avant même qu'Adam n'ait pu appuyer sur la sonnette.

Adam recula d'un bond en glapissant d'effroi. Il s'était retenu de hurler et avait fermé la bouche quand une voix masculine et bourrue avait crié quelque chose en espagnol. Un homme corpulent, mexicain et torse nu, arriva. Ses bras étaient recouverts de tatouages, des motifs fleuris complexes et des mots dans une police alambiquée qui rendait la lecture difficile. Sur son torse, également bien musclé, une ligne de poils noirs descendait jusqu'à son nombril ; Adam s'efforça de ne pas la suivre des yeux.

— Chaos ! cria l'homme, passant à l'anglais. Vilaine fille !

Le cœur battant la chamade, Adam s'obligea à sourire et s'assura d'être au bon endroit. C'était le cas.

— C'est pour quoi ? aboya l'homme, l'air aussi féroce que son chien. Vous vendez un truc ?

— Est-ce que… euh… Vic est là ?

— Vous êtes qui ? demanda l'homme, les yeux réduits à deux fentes.

— Je suis venu voir Vic. Je suis Adam. Adam Binder.

L'homme marqua une si longue pause qu'Adam songea à repartir.

— Vous êtes le petit Blanc, répondit l'homme, ouvrant grand ses yeux marron. Le type qui l'a sauvé.

— Euh…

Adam bredouilla. Il ne savait pas quoi répondre. Une étincelle de joie lui chatouilla la gorge, mais il se demanda ce que Vic avait raconté à… son frère. Car cet homme était le frère de Vic, celui dont ce dernier avait parlé à l'hôpital.

Jesse.

Jesse souleva le loquet de la contre-porte. De l'autre main, il saisit fermement le collier de la chienne.

— N'ayez pas peur. C'est un bébé, dit-il en ouvrant la porte d'une poussée. Entrez. Verrouillez derrière vous.

Adam obéit. Jesse, qui tenait toujours le collier de Chaos, ramena la chienne dans la petite maison. Adam lui emboîta le pas et traversa une cuisine peinte dans des tons verts et jaunes. Du côté salle à manger trônait une grande table fraîchement cirée, avec le même produit à l'huile de citron qu'utilisait tante Sue. Le parfum familier dissipa quelque peu la tension qu'Adam sentait sur ses épaules.

Il y avait tellement de cadres aux murs qu'ils recouvraient presque entièrement la peinture bordeaux. Sur les photos, les visages bronzés souriaient, indiquant une proximité et une complicité familiale qu'Adam ne pouvait concevoir. Les Binder n'étaient pas si nombreux. Sa mère n'avait jamais été férue de photographies. Après la disparition de leur père, elle avait rangé les rares clichés de groupe qu'ils avaient, l'effaçant ainsi de leur vie. Voir la famille de Vic, imaginer appartenir à quelque chose de semblable, serra la gorge d'Adam.

Puis il repéra Vic.

Un Vic adolescent qui lui coupa le souffle. Il avait les cheveux noirs, courts, si foncés et brillants qu'ils paraissaient bleus, « couleur prunellier » comme disait tante Sue. Sur d'autres photos, Vic était plus âgé. Sur celle qui immortalisait l'obtention de son diplôme de l'académie de police, il était toujours canon, mais les années avaient émacié son visage, l'avaient rendu plus dur, et le cœur d'Adam eut comme un soubresaut. Il se rendit compte qu'il ignorait l'âge de Vic. Vingt-quatre ans, lui souffla spontanément leur lien.

— Maman était si fière, dit Jesse, remarquant qu'Adam s'était arrêté.

Adam déglutit. Il rougit d'avoir été pris sur le vif.

De la tête, il montra une photo sur laquelle Vic se trouvait entre deux personnes plus âgées qui avaient le même teint et les mêmes traits que lui. Il portait son uniforme et des gants blancs.

Ils arboraient tous les trois un grand sourire. Adam se surprit à leur sourire.

— Par ici, dit Jesse en faisant signe à Adam de le suivre.

Ils longèrent un petit couloir.

— Jesse ! cria une femme dont l'accent mexicain était plus prononcé que celui de ses fils. Mets un tee-shirt.

— Mama, répondit l'intéressé, soudain embarrassé. L'ami de Vic est ici.

— Quel ami ? demanda la femme de la photo en tournant à l'angle du couloir. (Quand elle vit Adam, elle écarquilla les yeux, qui étaient du même brun chaud que ceux de Vic.) Oh, le petit Blanc qui l'a sauvé.

Adam blêmit.

— Je voulais juste… euh… voir comment il allait.

— Mieux qu'on aurait pu l'espérer, répondit la femme. Il était dans le coma, mais il en est sorti.

Ouais, comme moi, pensa Adam. Il soupçonnait l'état de Vic de résulter du lien qui les unissait plutôt que du coup de feu.

— Suivez-moi, dit-elle.

Elle jaugea Adam de la tête aux pieds, puis enfonça un doigt dans son ventre. Elle portait un jean et un tee-shirt turquoise orné de broderies blanches.

—Vous êtes maigre comme un clou, ajouta-t-elle. Votre mère ne vous nourrit-elle pas ?

Adam se sentit piquer un fard.

—Euh…

—Restez donc dîner avec nous. On commande chinois.

—Euh…

—Quoi ? fit Jesse. Vous croyez qu'on bouffe que des tacos en cognant sur des *piñatas* ?

—Jesse, le réprimanda gentiment sa mère. Il est venu voir Vic. Sors Chaos et va mettre un tee-shirt.

Elle poussa doucement Adam vers la porte d'une chambre à coucher qu'elle referma derrière lui.

Vic était allongé sur un lit étroit, ses paupières closes, sa respiration régulière, mais un peu rauque. Des bandages recouvraient en partie son torse, plus fin que celui de son frère. Adam remarqua avec tristesse le gris qui ternissait la peau dorée de Vic.

Mal à l'aise, il observa la pièce. Un peu vétuste et deux fois plus petite que celle où Adam dormait dans le sous-sol de Bobby, elle dégageait un charme suranné et réconfortant. Plusieurs couches de peinture blanche recouvraient les murs initialement habillés de lambris – sans doute en bois véritable – et leur apportaient un aspect plus lisse. Une affiche encadrée du *Retour du Jedi* était accrochée au-dessus du lit. Sur une étagère d'angle s'empilaient des livres. Adam ressentait l'inquiétude de Jesse, l'amour confiant de la mère de Vic. De la part de Bobby et de sa mère, il n'avait perçu que de la culpabilité et une inquiétude dévorante, comme si Adam était incapable de survivre dans ce monde.

—Je me demandais quand tu viendrais, dit Vic d'une voix cassée, les paupières fermées.

—Je suis venu dès que j'ai pu, répondit Adam.

—Je sais.

Adam n'aimait pas que leur lien fonctionne dans les deux sens. Celui-ci, le fil qui les unissait, le rendait, les rendait tous les deux vulnérables.

— Je suis venu voir si tu allais bien.

— Je crois qu'on m'a tiré dessus, dit Vic en ouvrant les yeux.

— Très drôle.

Vic eut l'air de vouloir hausser les épaules, mais se ravisa.

— Approche.

À ces mots, Adam sentit une contraction sous son nombril. Il voulut rompre la distance, la supprimer complètement. Il résista et perçut la confusion mêlée de déception de Vic – un chatouillis sous sa peau, une touche de rose et du gris.

— Très bien, dit Vic. Alors, c'est moi qui viens.

Adam éprouva la douleur de Vic dans sa chair quand ce dernier s'obligea à se redresser, tirant sur ses points de suture.

— Arrête, dit Adam en s'avançant vers lui.

Il ne voulait pas s'asseoir sur le bord du lit, pénétrer l'intimité de Vic, l'envahir, mais il n'y avait pas d'autre place. Adam s'installa en douceur, veillant à ne pas trop s'enfoncer dans le matelas, car il avait bien conscience que le moindre de ses mouvements pouvait faire mal à Vic. C'était sa faute. Tout était sa faute.

— Ce n'est pas trop pénible ? demanda Adam. La douleur ?

— Elle serait supportable, mais j'essaie de limiter les antalgiques. Je ne veux pas devenir dépendant.

— Et tu y arrives ?

— Pas très bien, avoua Vic d'une voix enrouée.

— Tu veux un verre d'eau ou autre chose ?

— Juste que tu restes avec moi, dit Vic en refermant les yeux.

Sa douleur passa à Adam, apportant dans son sillage la fatigue anthracite de la guérison, la torpeur bleutée des analgésiques et, en dessous, une curiosité, une impatience dirigée vers Adam.

— Je me sens plus fort quand tu es là, ajouta Vic. Tu veux bien m'expliquer ?

Adam songea à mentir. Mais Vic le saurait, comme tout ce qu'il avait vu et ressenti dans cette maison. Peut-être Vic ne le prendrait-il pas pour un fou.

— C'est grâce à la magie.

Vic ferma les yeux. Il expira, puis hocha la tête, acceptant cette réponse. L'explication simple et ridicule d'Adam lui convenait, il la croyait.

— C'est étrange, dit-il, que tu sois dans ma tête.

— Pareil pour moi, avoua Adam.

Ils restèrent assis là, sans se parler, sans en éprouver le besoin, pendant un bon moment.

— Ça ne fait que quelques jours, dit enfin Adam. Tu ne devrais pas être à l'hôpital ?

— Je guéris vite. Il faut juste que je surveille les points de suture. Ça aussi, c'est la magie ?

— Ouais.

Il posa une main sur sa poitrine. La douleur lancinante, la plaie par balle, il la sentait lui aussi.

La traction ne diminua pas. Adam aurait pu s'allonger à côté de Vic et s'endormir aussitôt. Il ignorait si c'était d'avoir canalisé la magie en Vic ou d'avoir voyagé dans le monde subtil jusqu'à la tour du Nord, mais il était fourbu. Il l'éprouvait jusque dans ses os, pour lui comme pour Vic.

— Désolé, je ne suis pas de très bonne compagnie, dit Vic au bout de quelques minutes. (Il parcourut la pièce en battant des paupières.) Pas grand-chose à faire par ici.

— C'est pas grave, répondit Adam. Tu as une bonne excuse.

Vic présenta sa main, paume vers le haut, à Adam.

Adam pencha la tête.

— Quoi ? dit Vic. Ça va trop vite ? Je sais que je te plais.

— On n'est plus au lycée. Et, non, tu ne me plais pas.

— Si, je te plais, insista Vic en tirant fort sur leur lien. Et je t'ai entendu, ce que t'as dit, là-bas.

Adam rougit.

C'est peut-être l'uniforme. Peut-être que je le trouve sexy.

Adam aurait dû se douter que son aplomb lui jouerait des tours.

— De quoi d'autre te souviens-tu ?

Le regard de Vic se posa sur sa main offerte. Un sourire étira ses lèvres.

— Très bien, dit Adam.

Il prit la main de Vic, mais celle-ci lui sembla faible, trop faible, sa paume, trop chaude. Adam canalisa un peu de sa force dans le fil qui courait entre eux et se sentit chanceler comme s'il avait perdu des litres de sang.

— Merci d'être venu, soupira Vic.

Adam ignorait si Vic pouvait sentir ce qu'il faisait. Le fait qu'il soit sensible à Adam ne signifiait pas qu'il était sensible à la magie.

— Une chose froide, mais affamée, murmura Vic. Pire que la glace, pire que l'hiver, comme une mer gelée qui voulait m'engloutir, mais que tu refusais de laisser faire.

Adam se figea.

— Et là, je t'ai senti. Entre moi et la chose. Je t'ai senti me sauver, reprit Vic.

— Tu l'as raconté à ta famille ? À ta mère et à ton frère ?

— Ouais. Je leur dis tout et ils le répètent à qui veut l'entendre. Jesse, c'est le pire. Une vraie commère.

La famille de Vic savait donc qui était Adam, qu'il possédait de la magie. Adam n'était pas sûr que ce soit une bonne chose. Bobby n'était pas le seul à pouvoir le faire interner. Et pourtant, Vic ne semblait guère inquiet. Il semblait penser que les siens le croyaient.

— Tu es proche de ta famille ? lui demanda Vic, arrachant Adam à ses pensées avant que celles-ci ne le ramènent à Liberty House.

— Pas vraiment, répondit Adam avec un haussement d'épaules, essayant d'imaginer comment il pourrait expliquer ce qu'il était, son passé, à Vic.

— Ils sont comme toi ? Magiques ?

— Non. Ma tante Sue l'est. Plus ou moins. Mais ma mère et mon frère ne sont pas du tout comme moi.

Vic fronça les sourcils, ressentant sans doute le flot d'émotions contradictoires qu'éprouvait Adam quand il pensait à Tilla et à Bobby.

— Ma famille est compliquée, Vic.

— Pourquoi ?

— Parce que je suis compliqué.

— Je comprends.

Les paupières de Vic s'alourdirent. Il mit du temps à les rouvrir.

— Tu as besoin de dormir.

— Ouais. Les médocs commencent à agir.

— Je vais y aller.

Vic serra la main d'Adam.

— Merci. D'être venu, d'avoir fait ce que tu as fait.

Adam le regarda s'assoupir. Il attendit que l'intensité de la conversation décroisse. En vain.

Il avait beaucoup pensé à Vic, surtout quand il était à l'hôpital, mais l'instantanéité de leur lien le laissait perplexe. Qu'avait-il fait ? Et pourquoi cela avait-il tant énervé Silver ?

Vic poussa un petit ronflement. Un peu de salive perla sur ses lèvres.

Adam se leva, veillant à ne pas réveiller Vic.

Je le referai sans hésiter. Je le sauverai.

Il se pencha vers Vic et déposa un baiser sur son front. Le contact fut électrique.

La sensation demeura tandis qu'il se dirigeait à pas feutrés vers la porte. Ce n'était pas comme embrasser Perak. Avec l'elfe, c'était frais, apaisant.

La mère de Vic attendait dans le couloir.

— Vous lui avez sauvé la vie, déclara-t-elle, catégorique.

— Je… (Adam bredouilla.) Que vous a-t-il raconté, au juste ?

Mme Martinez, Maria, secoua la tête et se dirigea vers le salon. Adam déclina son invitation silencieuse et continua de marcher vers la porte d'entrée.

— Il a dit que vous lui aviez sauvé la vie, que vous aviez mis la vôtre en péril pour lui… (Elle s'interrompit, chercha ses mots.) J'ai d'abord pensé qu'il délirait à cause des médicaments. Puis ils l'ont autorisé à rentrer plus tôt, bien plus tôt que prévu.

Adam ne savait toujours pas ce que Vic avait compris de la situation. Il devrait lui expliquer, dès qu'il aurait lui-même compris.

— Et puis, il y a les roses.

— Les roses ? répéta Adam.

Elle lui fit signe de la suivre dehors.

— Ça a commencé dès qu'on l'a ramené à la maison, expliqua Maria.

Plusieurs buissons agrémentaient le jardin. Ils étaient couverts de fleurs qui s'épanouissaient au cœur de l'été indien. Leur parfum était enivrant, et les dernières abeilles partageaient visiblement cet avis. Là où il habitait, certaines caravanes avaient aussi leurs jardinets, avec un ou deux massifs fleuris. Les couleurs émerveillaient toujours Adam. Ces roses-ci, toutefois, étaient noires comme l'ébène et brillantes comme le jais, elles tiraient sur le bleu, comme les cheveux de Vic.

Adam ouvrit sa double vue. Six autres faucheurs campaient de ce côté-ci de la maison, fermant le cercle. Ils étaient treize en tout, à observer, à attendre.

Ils ne lancèrent nul défi, ne dégainèrent pas leurs faux ni ne proférèrent de menaces.

Adam ne resta quand même pas dîner.

18

Adam

Adam ne savait pas à quoi s'attendre pour sa première journée à l'hôpital. Il enfila donc son tee-shirt noir avec le dessin d'une dissection cardiaque et l'inscription « pas de bol » imprimés dessus, ainsi que son plus beau jean.

Il ne comptait pas y travailler longtemps et n'avait nullement l'intention d'accomplir les tâches dévolues aux agents d'entretien. Hors de question de déboucher des chiottes ou de passer la serpillière sur des sols souillés par toutes sortes de liquides. Il ferait simplement mine de bosser le temps nécessaire pour récolter les informations qui lui manquaient.

Il n'aurait pas été surpris que Bobby essaie de l'habiller. Le docteur Binder y avait probablement songé, mais il était bien trop contrarié par le vol de son Audi, même s'il n'avait toujours pas compris l'implication d'Adam dans cet enlèvement.

Adam sortit du sous-sol et rejoignit sa famille à la table du petit déjeuner. Bobby y était assis avec une tasse de café et un autre journal. Seul le « tic-tac » de la montre qu'il portait au poignet rompait le silence. Adam voulut demander à son frère s'il avait rejoint l'Association américaine des personnes retraitées, mais il se retint. Il savait que leur mère ne tolérerait pas ses sarcasmes à table.

De toute façon, il n'avait pas vraiment le cœur à ça. Le peu de temps qu'il avait passé avec la famille de Vic lui avait donné un aperçu de ce qu'une mère et un frère pouvaient être, et cette prise de conscience l'attrista, lui coupant toute envie de se payer la tête de Bobby.

L'horloge affichait 6 heures. La mère d'Adam s'affairait devant la cuisinière, jonglant entre les poêles. Elle avait fait griller du bacon et le faisait glisser dans une assiette tapissée de papier absorbant.

Elle avait également préparé des œufs et des pommes de terre sautées. Adam noya les pommes de terre dans du ketchup, comme il le faisait étant gamin, mais il trouva à présent le goût trop sucré et regretta son geste.

Les repas avec Tilla Mae tenaient toujours du supplice. Elle insistait pour qu'ils mangent ensemble, mais semblait tout faire pour qu'ils passent un moment pénible. Adam ne se rappelait pas avoir vu sa mère rire ou plaisanter. Son père, en revanche… Adam se souvenait de lui riant alors qu'il jouait à l'avion avec une cuillère pleine de céréales ou qu'il faisait mine de sortir une serviette en papier de ses oreilles comme s'il avait la tête creuse, un tour de passe-passe idiot dont son père avait le secret.

La fourchette de sa mère tapa contre son assiette. Elle ne sourit pas. Elle ne parla pas. Papa se mettait souvent en colère, mais ça ne l'empêchait pas de rire. Leur mère était simplement… là. Présente sans l'être tout à fait, à moins que l'un d'eux ne trouble la paix.

— Tu es prêt à décoller ? demanda Bobby en repliant le journal pour le poser à côté de lui.

Il se redressa et repoussa sa chaise.

Adam réfléchit à la proposition tout en faisant craquer une tranche de bacon entre ses dents.

— Oui, je viens avec toi, répondit-il.

Leur mère s'assit avec son café et son petit déjeuner. Elle leur avait servi trois tranches de bacon chacun, n'en prenant que deux pour elle. Adam se rendit compte qu'elle avait toujours fait ça, elle avait toujours fait passer ses fils en premier.

Adam savait qu'il n'avait pas été facile à vivre, surtout à l'époque du lycée. Il grimaça intérieurement en y repensant. Sa double vue ou sa sensibilité le submergeaient au pire moment. Le royaume subtil l'attrapait sans prévenir, l'attirait dans ses filets, l'y piégeait.

Écoutant Bobby, leur mère l'avait emmené voir des médecins qui avaient posé leur diagnostic : Adam souffrait de narcolepsie et de schizophrénie. Adam avait toujours su qu'il n'avait aucune de ces pathologies. Il avait jeté les pilules que les psychiatres lui avaient prescrites, mais à l'approche des examens ou des soirées dansantes, le niveau de stress de ses camarades atteignait des records et leurs émotions, leur anxiété alimentée par les variations hormonales, envahissaient Adam, le submergeaient contre son gré et devenaient siennes.

Il aurait donné n'importe quoi pour être comme les autres garçons dont la principale préoccupation était de sortir avec les filles et de siffler les bières de leur père en cachette. Ça n'aurait rien changé qu'il soit hétéro. Son père aurait quand même disparu et Adam ne pouvait pas boire sans que sa double vue le rende fou.

Au bout du compte, ses facultés cognitives s'étaient atrophiées ; il n'arrivait plus à rien, il était incapable de se concentrer et d'écouter en cours. Alors, on l'avait expédié à Liberty House.

Sa mère n'avait pas empêché Bobby de l'interner. C'est elle qui avait signé les papiers ! Et elle n'avait pas écouté Adam, ne s'était pas opposée à ce qu'on le gave de médicaments, qu'on lui fasse subir toutes sortes d'examens, qu'on l'oblige à suivre d'interminables psychothérapies et à participer à des thérapies de groupe, ce qui avait été le plus pénible. Il avait absorbé les traumatismes des autres et s'était réfugié dans les profondeurs du monde des esprits.

Adam déglutit, refoula le passé et se leva pour mettre son assiette dans le lave-vaisselle.

— Merci, maman, dit-il.

Elle hocha la tête et Adam suivit Bobby jusqu'au garage, à la voiture d'Annie, un rectangle blanc avec tout l'équipement nécessaire pour garantir la sécurité d'un enfant. Adam trouva que le véhicule ressemblait à un réfrigérateur sur roues.

— Où étais-tu hier ? lui demanda Bobby.

— Dehors. Je suivais une piste.

Il n'avait pas à donner de justifications à Bobby. Il ne lui dit pas qu'il s'était mis en tête de retrouver leur père et que ses recherches n'avaient débouché sur rien jusqu'à présent. Il ne parla pas non plus de Vic. Il ne voulait pas informer Bobby de sa visite chez le policier. Ce qu'il se passait entre Vic et lui n'appartenait qu'à eux. Adam ne voulait partager ça avec personne d'autre.

Il se demanda distraitement ce que Vic faisait. Il dormait probablement. Il pouvait appuyer sur leur lien pour en avoir le cœur net, mais il n'en fit rien.

— Tu as entendu pour l'arum titan ? demanda Bobby. Ils en parlent dans le journal de ce matin.

— Quoi ? dit Adam, reportant une partie de son attention vagabonde sur son frère.

— Les jardins botaniques possèdent un spécimen de cette fleur. Elle n'éclôt qu'une fois tous les dix ans. Elle a éclos hier, avec plusieurs années d'avance.

Adam cligna les yeux.

— Elle dégage une odeur méphitique, poursuivit Bobby. C'est pour ça que dans certaines cultures on l'appelle « fleur de cadavre ».

— Mince.

— Qu'est-ce qu'il y a ? l'interrogea Bobby.

— Les symboles, les présages, comme dirait tante Sue. Elle adore les termes alambiqués.

— Mais encore ?

— Ils apparaissent. Quand le voile entre les mondes se déchire et que la magie ruisselle dans le nôtre, l'équilibre s'en trouve bouleversé.

Adam repensa aux roses noires dans le jardin de Vic, ce qui lui noua les tripes.

— Mais qu'est-ce que ça veut dire, Adam ? Quel est le rapport avec Annie ?

Adam ne venait-il pas de le lui expliquer ? Bobby faisait-il exprès d'être idiot ? Il se retint de soupirer.

— Le monde des esprits se répand dans le monde physique, répéta Adam. La créature qui retient Annie perturbe l'équilibre naturel.

Adam se retourna pour regarder derrière eux, pour voir le tentacule fixé sur le toit de Bobby.

— On fait quoi ?

« On » ?

Adam observa son frère d'un air circonspect.

— On va bosser.

Bobby jeta un regard oblique à Adam.

— J'ai besoin d'en savoir le plus possible sur cet hôpital, expliqua Adam. L'esprit est relié à Mercy, et la meilleure idée que j'aie pour l'instant, c'est de sillonner ses entrailles.

Il n'avait pas réussi à consulter les archives, mais l'absence de magie était forcément liée à cette situation.

Il pouvait retourner voir Silver, essayer de lui soutirer plus d'informations puisque sa visite à Vic n'avait élucidé aucun mystère, bien au contraire.

Il s'était résolu à faire ce qu'il voulait éviter à tout prix et avait demandé l'aide des elfes. Ils n'avaient pas bougé le petit doigt, et Adam était de retour à la case départ.

Ils se garèrent sur l'emplacement réservé à Bobby. L'endroit n'avait pas changé, mais Adam le regardait d'un autre œil. Il ne lui tardait pas d'assurer les tâches « d'entretien », mais il espérait que celles-ci lui donneraient l'occasion de percer les secrets de Mercy.

Ils marchèrent ensemble jusqu'à l'ascenseur.

— Ne fais pas de vagues, lui dit Bobby en remuant juste les lèvres quand s'ouvrirent les portes menant à son étage.

— Je t'emmerde, répondit Adam de la même façon.

— Prêt pour votre premier jour ? lui demanda Mme Geen dès qu'il entra dans le service des ressources humaines.

— Euh, oui ?

— Vous ne trépignez pas d'impatience, hein ? (Elle portait le même tailleur que le jour où elle l'avait rencontré.) Suivez-moi.

— C'est juste que… je n'ai aucune idée de ce que je dois faire.

Elle ouvrit la porte qui menait à l'escalier. Sous le vernis, la peinture était écaillée et les sols éraflés.

— D'après la fiche de poste, vous devez faire le tour des locaux, vérifier l'état de tous les équipements, des ampoules jusqu'à la plomberie, expliqua Geen tandis qu'elle descendait les marches, ses talons claquant sur le carrelage. Nous vous fournirons une salopette et un badge.

— Quel âge a ce bâtiment ?

Adam devait trouver le moyen de s'éclipser et essayer de mettre fin au vide ou de découvrir les origines de l'esprit.

— Mercy a été construit au début du XIXe siècle, répondit-elle. C'est dire s'il a besoin d'entretien.

Ils franchirent une porte et traversèrent un couloir. Le faux plafond était couvert de poussière et de taches d'humidité par endroits. L'eau s'écoulait d'un tuyau et gouttait derrière une cloison. L'odeur putride piqua le nez d'Adam. Il se hérissa. Au moins, il était payé.

— Avec qui vais-je travailler ? demanda-t-il, se rappelant l'agent d'entretien faucheur.

— Nous avons un service entier spécialisé dans l'entretien et la maintenance, mais vous travaillerez principalement seul. (Geen s'arrêta devant une porte. Elle l'ouvrit d'une poussée.) C'est là.

Adam s'attendait à trouver un placard à balais, ou un bureau avec des rangées d'ampoules, peut-être un porte-outil mural. Au lieu de quoi il pénétra dans une forêt luxuriante. La cime des arbres se fondait dans les nuages. La pleine lune projetait sa clarté entre les feuilles. Des esprits voletaient, telles des lucioles, d'une branche à l'autre, laissant des traînées lumineuses dans le crépuscule.

— Qu'est-ce que…

Adam recula.

— Je n'arrive pas à croire que tu sois tombé dans le piège, déclara Geen en refermant les portes derrière elle.

Il remarqua le changement d'intonation. La voix était moins nasillarde, plus sensuelle, plus dure aussi, et familière.

Il se tendit.

— Argent.

Elle se transforma, abandonnant l'apparence de Geen pour se couler dans celle de la reine d'Épées, en gardant toutefois le tailleur et les talons.

— Je ne comprends pas, dit Adam. Vous étiez là depuis le début ?

— Nous devions suivre la situation, répondit la reine. Je suis venue dès que l'esprit s'est manifesté.

— Pourquoi ne rien m'avoir dit ?

— Il y a des règles, Adam Binder, déclara Argent. C'était à toi de nous solliciter. Et tu as pris ton temps. Nous n'en avons pas beaucoup. La situation ne fait qu'empirer. Il faut que tu sois au plus près du problème, voilà pourquoi nous t'installons ici et te fournissons l'accès que tu essayais si laborieusement d'obtenir.

— Et pour Bobby ?

La question sembla étonner l'elfe.

— Je vous ai dit la vérité. L'emploi de ton frère est assuré. Par ailleurs, nous te payons toi aussi, grassement même.

Adam se demanda ce que savaient les elfes. Ils en savaient probablement beaucoup. Ils étaient malins, comme l'avait prouvé Argent en s'infiltrant dans l'hôpital. Adam ne lui faisait pas confiance ni ne croyait un seul instant que leurs présences simultanées étaient une coïncidence. Les elfes maîtrisaient à la perfection l'art de soumettre les autres à leur volonté en leur accordant des faveurs ou en leur offrant des cadeaux.

— Et ça va me coûter quoi ? s'enquit Adam en croisant les bras.

Argent se tapota les lèvres du bout de l'index.

— Ton âme, naturellement.

19

Adam

Adam se sentit blêmir.

—Je plaisante, se reprit Argent. Je plaisante, bien sûr.

Adam la fusilla du regard.

—Vous me faites marcher.

—Oui.

—Vous, un être d'un immense pouvoir, une immortelle qui manie l'épée comme personne, vous me taquinez ?

—En effet. À quoi me servirait l'âme d'un mortel ?

—Je n'en sais rien.

—Je n'amasse pas des choses de façon compulsive. Je ne suis pas un dragon.

Elle plissa les yeux avec un authentique dédain, avant de reporter son attention sur Adam.

—Nous devons arrêter cette créature, déclara-t-elle.

—Alors, arrêtez-la, répliqua Adam avec un geste de la main. Vous possédez plus de magie que n'importe qui.

—Nous avons essayé, avoua-t-elle d'une voix proche du murmure. La magie ne fonctionne pas. Du moins, elle ne suffit pas. Il ne s'agit pas de pouvoir. Elle a tué tous ceux que nous avons envoyés l'affronter.

—Le vide.

Adam le sentait encore, le néant qui semblait avoir jeté son dévolu sur l'hôpital. C'est là qu'il comprit où il prenait sa source.

Les elfes l'avaient combattu. Des êtres apparentés aux dieux, censés vivre éternellement – la mort de l'un d'entre eux, c'était comme apprendre qu'une espèce s'était éteinte.

— Oui, dit-elle tout bas, et son visage s'assombrit, elle baissa les yeux. Cet esprit n'est pas né de la magie, ou du moins pas de la magie telle qu'on la connaît. Aussi ne peut-il être combattu par la magie telle qu'on la connaît.

— Parce qu'il n'est pas vivant, dit Adam, se rappelant la sensation que l'esprit avait produite en lui. C'est un esprit, n'est-ce pas ? Les esprits sont des fantômes. Ils étaient vivants.

— Ce sont des résidus, des fragments d'êtres vivants qui s'accrochent à votre monde. Celui-ci est différent. Il n'est ni mort ni vivant à proprement parler.

— Est-il la Mort ? s'enquit Adam.

L'entité qui contrôlait les faucheurs demeurait un parfait mystère, une puissance secrète au service de la Création.

— Non, répondit Argent d'une voix teintée d'impatience. Nous avons vérifié.

Elle mena Adam jusqu'au pied d'un arbre. Une table l'encerclait. Elle était couverte de rouleaux de parchemin et de livres. S'y trouvait également une tablette tactile. Il était incapable de déchiffrer la plupart des langues présentées là.

— Alors, à quoi je vous sers ? Je ne possède aucune magie.

— Nous avons besoin de toi pour arrêter cette chose, puisque nous n'y arrivons pas. (Elle lui montra les ouvrages.) D'après mon frère, la tâche requerrait moins, et non plus, de magie. De tous les praticiens qui l'ont affrontée, tu es le seul à en avoir réchappé. Et parmi tous ceux qui se sont mesurés à elle, il se trouve que tu es le plus faible.

— Sans vouloir m'offenser, dit Adam en se raidissant.

Il s'obligea à respirer. Argent était joueuse, mais elle restait la reine d'Épées, qu'elle ait ou non besoin de son aide.

— En suivant cette logique, m'enseigner votre savoir – me donner plus de magie – n'aggravera-t-il pas le problème ?

— Non. L'idée que le savoir est synonyme de pouvoir est surtout métaphorique. Contrairement à un sorcier plus puissant, tu peux t'approcher de l'esprit. Nous avons besoin de toi pour partir en reconnaissance, examiner l'esprit, en apprendre davantage sur lui. Nous n'arrivons même pas à déterminer s'il est doué de conscience. Nous supposons qu'il possède une intelligence primitive, lente et plus instinctive.

— Non, répondit Adam, se remémorant avec effroi le moment où la créature l'avait regardé, avait vu en lui.

Les elfes l'avaient sous-estimée, mais l'instinct de conservation d'Adam était bien trop développé pour qu'il en fasse de même.

— Ce n'est pas vrai, ajouta-t-il. Quand il m'a attaqué à l'hôpital, il a essayé de me tuer. Il est plus intelligent que vous ne le pensez. Il n'est pas passif, il surveille. Il perçoit.

Il avait senti sa magie, la souillure visqueuse de son toucher sur Annie. Ce n'était pas l'esprit qui l'observait quand il se rendait chez Vic.

Argent hocha la tête.

— Dans ce cas, nous devons le surveiller aussi.

— Ce ne sera pas gratuit, dit Adam.

— Que veux-tu ?

— Ma belle-sœur est possédée.

— Nous l'aiderons, affirma Argent. Comme nous le pourrons.

En demander davantage serait égoïste, toutefois l'occasion de recevoir l'assistance des Gardiens ne se représenterait sans doute jamais. Il devait procéder avec prudence. S'il parlait à Argent, un elfe, des os ensorcelés, les immortels pourraient pourchasser le sorcier renégat et l'éliminer avant qu'Adam n'ait pu le retrouver et lui poser toutes les questions qui le taraudaient.

— Il y a autre chose, dit-il. Un prêteur sur gages sur Federal Boulevard vendait des produits magiques il y a quelques années. J'ai besoin d'aide pour le retrouver.

Argent pencha la tête sur le côté, réfléchit à sa requête.

— C'est sans rapport avec l'esprit ?

— À ma connaissance.

— J'interrogerai mon entourage, mais nous sommes d'accord que l'esprit est prioritaire ?

— Tout à fait. Le temps est compté pour Annie, la femme de Bobby.

— Nous avons vu des personnes que l'esprit a possédées. Nous ignorons comment il fonctionne, comment il les retient, dit Argent. Certaines arrivent à lui résister. D'autres, non.

— Comment pouvez-vous aider Annie, alors ?

— Si on ne peut pas lui donner plus de temps, répondit Argent avec un gracieux roulement d'épaules, nous devons l'extraire du temps.

— C'est impossible. Non ?

La reine rit.

— J'avais presque oublié que tu étais mortel. Je dois m'entretenir avec Silver et le Geôlier. Nous emmènerons ta sœur à la tour.

— Pourquoi ne pas y aller tout de suite ?

— Pfff, fit Argent en lui montrant les piles de livres. Parce que ta garde commence.

Adam passa la journée à feuilleter des ouvrages, en partie des bestiaires, mais aucune des créatures ou des abominations dessinées dans ces pages ne correspondait à ce qui flottait au-dessus de la ville. Il quitta l'hôpital d'un pas chancelant, avec l'impression d'avoir le cerveau vidé, et se demanda s'il devait attendre Bobby ou essayer d'attraper un bus.

Une fois dehors, il chercha un arbre ou un coin de pelouse où il pourrait s'asseoir et se délasser.

Il repéra un parc et commença à marcher dans cette direction, mais il se retourna en entendant un coup de klaxon qu'il connaissait bien. Il sourit.

Sa mère était venue le chercher. Avec la Cutlass. Adam n'avait jamais été aussi heureux de voir sa voiture. Il sauta sur le siège passager et claqua la portière ; il ne conduisait pas, mais ça lui était égal.

Ils traversèrent quelques rues avant que sa mère ne dise :

— Je ne comprends pas pourquoi ton frère déteste cette voiture. Elle est indémodable.

— Je sais !

Adam fit courir sa main sur le tableau de bord craquelé, blanchi par le soleil. Il la restaurerait s'il le pouvait. Il la restaurerait en intégralité.

Certes, elle nécessitait pas mal de réparations, du capot abîmé jusqu'au moteur. Elle pouvait tomber en panne du jour au lendemain, d'ailleurs cela avait failli arriver. Adam y canalisait souvent sa magie, pour qu'elle tienne par la seule force de sa volonté, pour que sa chance ne l'abandonne pas tant qu'il n'aurait pas atteint sa destination. Oui, la Cutlass était une vieille bagnole toute cabossée, mais Adam s'y sentait chez lui comme nulle part ailleurs.

— Bobby est trop dur avec elle, déplora Adam.

— Et tu es trop dur avec lui, dit sa mère.

Elle freina au feu rouge. La Cutlass ne s'arrêtait pas immédiatement, mais sa mère le surprit. Elle avait conscience de la masse du véhicule et le manœuvrait en conséquence.

Il ne commenta pas sa remarque. Elle accéléra quand le feu repassa au vert.

Il n'y avait pas plus vieux que la Cutlass sur la route. Adam se sentait un peu comme les elfes, un morceau d'histoire en mouvement, un anachronisme parmi les rangées de SUV et autres chars d'assaut urbains. Il se détendit enfin et se redressa pour mieux se caler dans le fauteuil.

Il connaissait les combines de sa mère. Comme les elfes, elle était rusée. Elle lui reparlerait de Bobby bien assez tôt. Mais Adam aussi pouvait se montrer sournois.

— Tu sais la manœuvrer, glissa-t-il à sa mère.

— Quand il est parti, répondit Tilla Mae, je ne voulais plus jamais revoir ce tas de ferraille.

— Tu as demandé à Sue de la prendre, dit-il, se demandant comment faire pour que sa mère évoque son père et les détails dont il avait besoin.

— Oui. Je ne pouvais me résoudre à la vendre, mais je n'en voulais pas chez moi.

— C'est ce que tu ressentais à mon égard ? s'enquit-il d'une voix neutre. Quand Bobby m'a largué à Liberty House ?

— Adam Lee, répondit-elle sur un ton qu'Adam connaissait bien et qui l'informait qu'il n'allait pas tarder à dépasser les bornes ; petit, il se serait pris une fessée ou plusieurs heures « au coin ». Tu es mon fils et je t'aime.

— Tu éludes la question, maman.

— Tu n'es pas facile à vivre, Adam, répondit-elle, se raidissant soudain. Tu ressembles plus à ton père qu'à moi.

— Parce qu'on est doués de magie ?

Il souhaitait sincèrement le savoir, cela devenait une nécessité. C'était difficile d'amener sa mère à parler de son père. Elle n'avait jamais sous-entendu que le père d'Adam pouvait être un sorcier.

— Têtus, répondit-elle. Effrontés.

— Tu ne parles jamais de lui, murmura Adam.

Il se rappelait surtout les accès de colère et de violence. Une éruption écarlate quand Bobby appelait leur père « p'pa » au lieu de « papa ». Il avait giflé son aîné. Quand Adam avait demandé pourquoi à Bobby, ce dernier avait marmonné quelque chose à propos de John Wayne et d'un vieux film.

Se remémorant la scène, Adam posa la main sur sa joue et s'efforça de dissocier le souvenir réel des dix années qui avaient érodé celui-ci tout en y superposant des éléments contradictoires. Son père était colérique. Son père l'aimait, l'adorait, le faisait rire et l'appelait « champion ». Son père frappait ses fils. Son père les avait abandonnés.

— Il n'y a pas grand-chose à dire, répondit sa mère, qui n'avait aucune idée de la scène qu'Adam venait de revivre. Bobby était plus âgé. Il le connaissait mieux. Tu devrais peut-être lui demander de te parler de ton père.

Adam se renfonça dans son siège. Le rembourrage s'était détérioré, si bien que le cadre en métal lui rentrait dans le dos. Le vieux tissu, usé par le temps, était constellé de brûlures de cendres de cigarette. Jadis, deux personnes, ses parents, avaient roulé dans cette voiture et fumé ensemble. Jadis, ils avaient été heureux. À présent, Adam ne savait presque rien de son père. Ce dernier était peut-être le sorcier dont Adam avait suivi la trace à travers tout le sud de l'Oklahoma. Ou pas. Pour le découvrir, tous ses espoirs reposaient sur Argent. Par ailleurs, il n'était toujours pas sûr que retrouver leur père soit une idée des plus pertinentes.

— Peut-être bien que je le ferai, répondit-il, sachant qu'il n'en ferait rien.

Leur père était un sujet douloureux. Bobby évitait d'en parler avec lui, comme si Adam était trop fragile pour le supporter. Un jour, il y a longtemps, Bobby avait décidé qu'Adam ne pouvait pas prendre part à des conversations éprouvantes, comme si sa sensibilité à la magie ou aux émotions fortes d'autrui faisait de lui une petite chose délicate, incapable de supporter la réalité ou les aléas de l'existence. Et pour ça, Adam lui en gardait une rancune tenace.

Après de longues minutes, quand ils tournèrent en direction de Broadway et s'approchèrent de la banlieue, sa mère dit :

— Je sais que tu lui en veux toujours, à cause de Liberty House, mais il n'a fait que ce qu'il lui semblait juste, ce que les thérapeutes lui ont conseillé de faire. Il n'a jamais fait que ça, ce qu'il pensait être juste.

— Je ne lui en veux pas, maman, pas autant qu'avant. Mais ce qu'il a fait, m'interner dans cette maison de fous, ça m'a brisé.

C'était la première fois, pour autant qu'il s'en souvienne, qu'Adam disait tout haut ce qu'il avait sur le cœur. Liberty House l'avait changé, et pas en mieux. Certes, il avait rencontré Perak. Il avait appris la magie, à maîtriser ses pouvoirs, mais l'impression d'être une bête curieuse ne l'avait jamais quitté. Il ne s'était jamais senti bien dans sa peau.

— J'ai toujours trouvé ça étrange, reprit sa mère en jetant un coup d'œil à la portière arrière, car elle avait visiblement envie d'une cigarette. Que tu sois plus en colère contre lui que contre moi. (Elle se tourna vers lui, le regarda dans les yeux.) J'étais ton parent, pas Bobby. C'est moi qui ai signé les papiers. Oui, il a parlé à ton thérapeute à ma place. Je travaillais. Je travaillais tout le temps, mais j'aurais pu en décider autrement.

— Et pourquoi ne l'as-tu pas fait ? lui demanda Adam, se disant qu'il pourrait essayer d'être furieux contre elle, pour changer.

— Je ne savais pas quoi faire d'autre, avoua-t-elle. Et ton frère non plus. Je pense que tu devrais lui pardonner. Et si tu n'y arrives pas, je pense que tu devrais m'en vouloir autant qu'à lui.

Adam n'y avait jamais songé. Pour lui, c'était une évidence : la colère qu'il éprouvait envers Bobby était justifiée. Il n'aurait su expliquer pourquoi il se montrait plus clément envers sa mère. Pourtant, c'était Bobby qui l'avait serré dans ses bras lors des accès de rage de leur père, Bobby qui avait juré de le protéger. Leur mère n'intervenait jamais quand ils se prenaient des raclées. Elle se recroquevillait dans un coin. Peut-être que c'était ce qui l'avait brisée, à l'instar de Liberty House pour Adam, et qui l'avait rendue incapable de materner Adam.

— C'est une idée, en convint-il.

— Bobby était convaincu de faire ce qu'il y avait de mieux pour toi, répéta-t-elle. Et moi aussi.

— Tu es sûre que ce n'était pas plutôt ce qu'il y avait de mieux pour vous deux ?

— Je ne peux pas l'affirmer.

Il ne s'était pas attendu à un tel aveu, mais c'était loin d'être suffisant.

20

Robert

À peine rentré de l'hôpital, Robert se laissa tomber dans le « fauteuil ». Annie et lui s'étaient disputés à ce sujet, gentiment, à cause du prix exorbitant du siège rond et moelleux aux motifs floraux. Annie avait insisté pour l'acheter, car, selon elle, il s'accordait avec tous les éléments de la pièce. Il ne l'avait jamais vue assise dedans. D'ailleurs, il était presque certain que personne ne s'en était servi jusqu'à ce qu'il y trouve un jour sa mère en train de lire. Il s'enfonça dans l'assise capitonnée, confortable, mais ferme, et se rappela à quel point il s'était réjoui à l'idée que leurs enfants vomissent un jour dessus. De nouveau, cela le fit sourire.

Il avait très envie d'un verre, mais Robert ne buvait jamais. Trop de gardes et d'astreintes à assurer, trop de risques que les souvenirs le rattrapent s'il s'aventurait dans ce brouillard-là.

Sa mère gardait le passé à distance avec du vin bon marché qu'elle picolait tout au long de la journée en lisant des passages de sa bible. Robert feignait de ne rien voir. Il n'approuvait pas qu'elle boive, mais il le comprenait.

Adam s'avança vers lui. À pas feutrés, comme quand il était petit, comme s'il craignait que Robert explose. Il hocha la tête et Adam se percha sur le rebord du fauteuil, tel un oiseau. En murmurant, si bas que Robert faillit lui hurler de parler plus fort, Adam lui expliqua le plan. Robert n'en comprit pas la moitié. Il lui fallait ce verre. Il lui en fallait deux.

— Quand ? demanda-t-il.

— Ils viendront la chercher à minuit, répondit Adam.

Ce serait tellement facile de les laisser emmener Annie, d'éliminer le problème et de faire comme si tout allait pour le mieux, comme à l'époque où il avait abandonné Adam à Liberty House et s'était convaincu qu'il s'y porterait mieux, malgré les voix qui murmuraient le contraire.

— Nous, corrigea Robert. Ils viendront nous chercher à minuit.

Adam ouvrit la bouche pour protester, mais Robert l'interrompit.

— Je n'enverrai pas ma femme dans un asile magique sans vérifier de quoi il s'agit.

Il ne commettrait pas deux fois la même erreur.

Il entendit la colère dans sa voix. Il détestait voir Adam se tasser sur lui-même, comme quand il se cachait dans leur chambre, sous le cadre de leur lit superposé en contreplaqué à l'époque où il était encore assez petit pour s'y faufiler. Adulte, il était devenu si présomptueux, si têtu. Robert l'avait pensé alors, et peut-être le pensait-il encore. Adam pouvait être trop fragile, trop délicat pour ce monde.

— Je ne sais pas ce que tu verras, dit Adam. Ni si tu verras grand-chose.

Adam souhaitait de tout son cœur que Robert sache, et tout ce que Robert voulait, c'était continuer à être Robert, ne ressembler en rien à son petit frère ou à leur père.

Il avait essayé d'oublier. Il avait essayé de partir loin et de laisser tout ça derrière lui, mais ça l'avait rattrapé. Ils étaient là, sa mère, son frère. Le passé refusait de rester enseveli, refusait de le laisser avancer.

Robert aurait voulu exploser, comme papa avait explosé, dans des cris de rage, à coups d'objet balancé et de trou dans les murs. Il réprima ces émotions, les ravala, mais elles rongeaient ses entrailles comme un poison.

Il ne voulait pas voir des choses qui n'étaient pas là. Il ne voulait pas entendre ce qui n'était pas prononcé à voix haute, mais il se demandait à présent si tout ça n'était pas réel. Peut-être qu'il se trompait depuis le début, sur bon nombre de choses.

La pièce lui sembla lugubre, la lumière de la lampe perdant de son intensité à mesure qu'il s'enfonçait.

Adam lui montrerait ce monde caché. Après tout, c'était le plan : emmener Annie dans le royaume des esprits et la figer dans le temps. Si c'était réel, il irait. Si c'était une escroquerie, les responsables le paieraient.

Robert se redressa.

— Je vais me préparer, dit-il.

Il se serait volontiers assoupi dans le fauteuil à fleurs d'une laideur innommable, mais il combattit la léthargie et se mit debout. Des créatures magiques étaient sur le point d'emporter sa femme sur l'Autre Rive, dans le « royaume subtil », comme l'appelaient tante Sue et Adam.

Ils avaient passé un ou deux Thanksgiving avec cette femme, sur l'insistance de leur père, et malgré les réticences de leur mère. Elle les avait reçus en robe-tablier à fleurs et leur avait servi non sans fierté des plateaux-repas. Elle avait toujours vécu dans la misère. Robert peinait à croire que la vieille chouette vivait encore.

Voilà qu'il parlait comme elle, s'apprêtant pour l'aventure dans le pays imaginaire !

Il n'avait qu'une envie : dormir et ne plus y penser, mais il ne les laisserait pas prendre Annie sans être présent. Il devait voir le lieu où ils la garderaient.

Il avait conduit Adam à Liberty House et avait constaté la modernité et la propreté de l'établissement. Relatives, toutefois. Il y avait de la moisissure sur les murs. Plusieurs ampoules fluorescentes clignotaient, bourdonnaient, mais s'il les observait fixement, s'il regardait directement les choses, elles semblaient correctes. Robert avait conduit Adam à Liberty House et l'y avait abandonné, se retournant une seule fois pour s'assurer que son frère y serait en sécurité. Il n'avait jamais réussi à étouffer le doute qui l'animait depuis.

Les membres lourds, le pas lourd, il monta l'escalier. Il était à nouveau Bobby ; la maîtrise, le raffinement, l'ordre qu'il s'était évertué à cultiver étaient perdus. Il entendit sa mère murmurer à Annie tandis qu'elle l'habillait dans la chambre d'amis qui était devenue la sienne.

Robert ne savait pas quoi mettre. Adam porterait un vieux jean et un tee-shirt avec une inscription ironique sous une chemise en flanelle. Robert se souciait davantage de son apparence. Il trouva un jean avec l'étiquette encore dessus.

Il était neuf, jamais porté. C'était logique. Il n'avait que deux tenues dernièrement : celle qu'il portait à l'hôpital et des joggings. Robert enfila une chemise, blanche à petits carreaux bleus. La nuit n'était pas fraîche au point de porter une veste, mais il la passa quand même. Les poches lui seraient utiles. Robert sortit les bottes de randonnée qu'il avait achetées quand il avait débarqué dans le Colorado, avec l'intention de passer chaque jour de congé dans les montagnes et de profiter des grands espaces. Elles étaient quasi neuves. Il les chaussa et les laça.

Puis il chargea le pistolet.

Adam et sa mère pensaient qu'il avait oublié d'où ils venaient, la terre rouge et la végétation caractéristique des coins paumés de l'Oklahoma, mais Robert s'en souvenait très bien. Il se rappelait les histoires de chiens sauvages qui mangeaient de la chair humaine et celles d'évadés de prison se cachant dans les bois.

Le pistolet, comme tant de choses, avait appartenu à son père. Un Ruger calibre .22, si vieux qu'on ne pouvait l'immatriculer.

Robert en avait pris soin. Il avait promis à Annie qu'il le rangerait dans un petit coffre-fort et qu'il utiliserait un verrou de sécurité quand le bébé serait là, avant même qu'il n'apprenne à marcher à quatre pattes. Malgré tout, elle avait détesté qu'il le garde à la maison. Mais Robert se rappelait son père qui vociférait, le visage tout rouge. Il se cachait sous le lit, d'abord seul, puis avec Adam agrippé à lui, tremblotant dans ses bras.

Et il se dressait devant son petit frère et laissait leur père se défouler sur lui, le rouer de coups de poing et l'agonir d'insultes jusqu'à ce que sa rage passe et qu'il sorte siffler une énième bière tandis que Robert soignait sa lèvre tuméfiée.

Il laissa la sécurité et glissa l'arme dans la poche de sa veste.

Habillé, Robert retourna dans le salon. Adam était assis avec Annie sur le canapé. Elle semblait aux aguets, éveillée, plus attentive qu'il ne l'avait vue depuis longtemps, alors qu'il aurait justement préféré qu'elle n'ait guère conscience de ce qu'il se passait, de ce qu'ils allaient faire.

Leur mère était assise dans le séjour, sa bible ouverte. Elle avait laissé la plupart des lumières éteintes.

La sonnerie de la porte brisa le silence qui enveloppait la maison plongée dans la pénombre.

Adam alla ouvrir. Une femme entra. Elle ressemblait à une star de l'âge d'or hollywoodien, une beauté voluptueuse parée de blanc et d'argent. Robert lui trouva un air familier ; il aurait juré l'avoir vue dans un vieux film en noir et blanc, le genre de films que leur mère les laissait regarder pendant que leur père réparait la Cutlass.

La femme passa une main dans sa chevelure parfaite. Ce geste révéla l'extrémité pointue de son oreille sans décoiffer ses boucles enroulées avec soin. Ce subtil signe d'inhumanité glaça les os de Robert. Les esprits craignent le fer, paraît-il. Il verrait s'ils redoutaient le plomb.

— Ma dame, dit Adam avec plus de déférence que Robert ne l'avait vu en témoigner à qui que ce soit.

Adam s'inclina devant elle, exécutant une révérence pleine de grâce et désuète qu'il avait dû apprendre dans un autre vieux film.

Par moments, il avait l'impression que son frère n'était pas son frère, qu'ils ne pouvaient pas venir du même endroit.

— Comment vous avez fait pour qu'il se conduise comme ça ? s'enquit Robert.

Adam lui jeta un regard d'avertissement. Non, de peur. Qui était donc cette femme pour qu'Adam le Revêche se tienne soudain à carreau ?

— Oh, Adam Binder, dit-elle en remontant son sac sur l'épaule.

Elle regarda le frère de Robert comme s'il était un chiot qui venait de réussir un tour. Robert se tendit.

— Tu ne vas pas nous présenter ?

Adam passa devant Robert et dit, avec grande prudence :

— Dame Argent de l'hiver, reine d'Épées et Gardienne de la tour du Nord, je vous présente mon frère, Robert Jack Binder, médecin, aîné de ma génération. Second du nom.

La façon dont s'exprima Adam, avec un respect mêlé d'appréhension, interpella Robert. Des rois et des reines… il avait l'impression d'avoir été propulsé en plein Comic Con. La femme se mouvait avec une grâce aérienne, éthérée, mais elle était bien réelle. Ses oreilles pointues n'étaient pas fausses. Il sentit le poids du pistolet dans la poche de sa veste.

— Il y en a encore cinq, mais nous n'avons pas le temps, dit-elle.

— Je ne voudrais pas vous manquer de respect, répondit Adam.

— Tu te comportes comme si j'allais le dévorer, s'amusa la reine, ses yeux gris pétillant comme des étincelles.

— Vous le feriez ? demanda Robert.

— Robert, siffla Adam en signe d'avertissement.

— Les elfes sont végans. (Elle jeta un coup d'œil à la montre qu'elle portait au poignet.) Nous ferions mieux d'y aller. Nous devons gagner le centre-ville et la circulation est infernale en ce moment.

— On ne va pas à la tour ? s'étonna Adam.

— Nous n'allons pas à la tour du Nord, expliqua Argent. Pour sauver ta sœur par alliance, nous devons l'emmener hors du temps, et le temps relève de l'Est. Le Geôlier veillera sur elle.

— Le Geôlier ? répéta Robert. Comme dans une prison ? Vous comptez l'enfermer ?

— En quelque sorte, répondit dame Argent.

Elle bougeait le cou avec une telle grâce, une telle souplesse, comme un cygne ou un faucon.

— Mais nous n'avons pas toute la nuit, poursuivit-elle en tapant légèrement du pied. Et il fallait que vous habitiez en périphérie de la ville.

Robert fusilla la femme elfe du regard avant de se pencher sur Annie.

Assise sur le canapé, cette dernière fixait l'espace devant elle de ses yeux vides.

— On va y aller, maintenant, d'accord, Annie ? lui murmura Robert.

Annie leva la tête, l'air intimidé, fuyant. Elle hocha la tête, mais ne parla pas. Voir son Annie, si fière et talentueuse, ainsi diminuée lui serra le cœur.

Argent fronça les sourcils.

— Tu avais raison, déclara-t-elle. Il ne lui reste pas beaucoup de temps.

Elle les conduisit dehors, jusqu'à une camionnette blanche des plus banales garée le long du trottoir. Le véhicule parfait pour un kidnapping.

Maman ferma la porte derrière eux. Elle ne les regarda pas s'éloigner. Elle n'avait pas dit grand-chose, s'était contentée de se réfugier dans sa bible en marmonnant des prières. Adam se rembrunit, mais Robert comprenait.

Il prit la main d'Annie pour l'accompagner, mais il ne savait pas quoi lui dire. Des bruits apaisants et des doux murmures sortirent de sa bouche. Il se rendit compte qu'il les réservait pour le bébé. À chaque chuchotement, cette réserve s'amenuisait et le rêve, leur vie parfaite s'éloignait un peu plus.

La femme, Argent, s'installa sur le siège passager. Derrière le volant se trouvait un autre elfe, en tenue de chauffeur.

Robert aida Annie à monter dans la camionnette. Puis il entreprit d'attacher sa ceinture.

— Non, protesta Annie. Je ne veux pas... Je ne veux pas de ça. (Ses yeux s'emplirent de larmes.) Tu ne peux pas m'obliger.

— Chut, murmura Robert. (Son cœur était comme du verre, il le sentit se fissurer et voler en éclats tranchants.) On va tout arranger.

21

Robert

Il ne savait pas s'il lui mentait. Il la tint dans ses bras pendant une grande partie du trajet tandis qu'ils remontaient la longue artère de Broadway en direction du petit groupe de hauts immeubles qui constituaient le centre de Denver. Adam était assis derrière eux, silencieux.

Annie repoussa Robert. Elle l'observa, se concentra sur son visage pour essayer de le voir à travers le brouillard qui avait obscurci leur vie. Il ferma les yeux et espéra qu'elle ne le voyait pas se faire violence pour ravaler ses émotions et ne rien laisser transparaître. Mais il était plein. Il avait la gorge nouée, il n'arrivait plus à respirer, il se noyait dans le sable.

Elle ne se débattit pas plus longtemps, elle ne le frappa pas ni ne parla. Quand elle se détendit et relâcha la pression dans ses mains, il rouvrit les yeux. Le centre-ville et ses lumières se profilaient au loin.

Le canyon urbain formé par les gratte-ciel les engloutit. Le chauffeur s'arrêta dans une allée bordée d'arbres.

— Restez dans la camionnette, dit Argent au chauffeur.

Annie, Robert, Adam et Argent s'avancèrent en file indienne dans l'effervescence nocturne. Denver semblait toujours animé dernièrement, même à cette heure tardive, un soir de semaine. Les gens marchaient par deux ou en groupes. La plupart étaient des étudiants. Certains jeunes hommes, très minces et portant des jeans si moulants que Robert aurait pu dire de quelle confession ils étaient, auraient pu être gay. Ils semblaient heureux. Robert regarda Adam, essayant de lui faire comprendre qu'il aurait pu être l'un d'eux. Il voulait voir son frère libre, et non pas entravé par les ombres et les visions qui tournoyaient autour de lui.

Un campus se trouvait non loin de là, commun à trois établissements. Adam pourrait y aller s'il le voulait. Il pourrait passer son bac, s'inscrire dans une fac publique. Il pourrait être heureux, laisser tout ça derrière lui. C'était tout ce que Robert avait souhaité pour son frère, et peut-être le passé finirait-il par s'effacer si Adam y renonçait.

Mais Adam ne sembla pas remarquer le paysage ni les jeunes hommes. Il continua de marcher, suivant la femme elfe en direction de la tour de l'horloge.

Robert s'attendit à ce qu'elle soit fermée, mais des gens se trouvaient à l'intérieur, ils attendaient l'ascenseur. De la musique kitsch et des éclats de rire s'élevaient du rez-de-chaussée.

Argent enfonça le bouton « montée ». Robert s'étonna qu'aucune des personnes dans le hall ne la regarde d'un air ébahi, mais aucun d'eux ne semblait remarquer ses oreilles pointues.

— On monte, annonça Argent quand l'ascenseur fit « ding ».

Ils entrèrent tous les quatre dans la cabine.

Quand les portes se refermèrent, Robert demanda :

— Nous ne sommes pas invisibles, si ?

— Nous ? fit Adam. Non. Argent l'est. En quelque sorte.

Robert fusilla son frère du regard, ce qui poussa Adam à s'expliquer.

— Avec les créatures magiques, reprit donc Adam, tout est question de fréquence. Elles sont invisibles, mais pas tout à fait. Quelqu'un qui possède la double vue peut les voir, comme je te vois. Les empathes, les personnes douées de sensibilité ou de magie, les voient parfois. Ça dépend de l'intensité de leurs pouvoirs.

Robert voyait Argent très distinctement. Il devint livide, car tous ses rêves de normalité venaient de s'envoler. Argent lui décocha un clin d'œil.

Les portes s'ouvrirent dans un « ding » et ils entrèrent dans une horloge. Ce n'était ni la terrasse panoramique de la tour de l'horloge de Denver ni le ventre mécanique d'une petite partie de l'édifice. Ce à quoi s'était attendu Robert. Non, ils se tenaient sur le cadran d'une horloge, un plancher rond plus large que la base de la tour. Dans le lointain, on entendait le cliquetis métallique des roues dentées qui tournaient. Elles flottaient, comme suspendues par un fil invisible, hors de leur portée.

Ils avaient pénétré dans un autre plan et Robert ne l'avait même pas senti.

Annie n'avait pas réagi, n'avait pas changé d'expression. C'était comme si elle s'était refermée sur elle-même, comme si elle attendait quelque chose qui la ranimerait.

La plate-forme était attachée à un plafond invisible par de gros câbles en acier comme ceux qu'on utilisait pour les ponts suspendus. Bien que noirs et incrustés de poussière, ils semblaient solides. Robert tendit l'oreille, car, sous le grincement des pignons qui s'engrenaient et du faible « tic-tac » des aiguilles, il était certain d'entendre le clapotis de l'eau contre un rocher. Sous le fer et le charbon du mécanisme, l'odeur de la chaux et de l'eau salée imprégnait l'air.

Adam tendit la main pour mesurer la distance qui le séparait de la tour, ou pour éloigner une menace invisible aux yeux de Robert. Argent arbora un sourire jovial. À côté de Robert, Annie se tenait immobile. Sans doute ne voyait-elle pas non plus ce qui les entourait. Robert n'arrivait pas à comprendre par quelle diablerie elle se tenait là. Comment Annie, qui était mille fois plus réelle que tout ça, ne traversait-elle pas le plancher pour se noyer dans la mer cachée sous leurs pieds ?

Il y eut un mouvement dans l'air, un ondoiement, et trois créatures entrèrent dans le cadran. Robert testa ses appuis au cas où il leur faudrait filer en vitesse. Même si l'envie le démangeait, il se retint de toucher son arme pour s'assurer qu'elle n'avait pas bougé. Il ne voulait pas révéler la présence du pistolet. Il pourrait avoir besoin de l'élément de surprise.

La surface du sol lui parut trop glissante pour courir, comme du verre ou du cristal. La grande aiguille, d'une taille impressionnante, bougea légèrement dans leur direction, comme pour les coincer entre les deux aiguilles de l'horloge.

Les créatures ressemblaient à de vieilles personnes, au corps trapu et au nez épaté.

— Que sont-ils ? demanda Robert à Adam dans un murmure.

— Des gnomes, répondit Adam. Et ils t'entendent.

Robert n'avait même pas remarqué leurs oreilles. Larges, pointues, elles ressemblaient à des ailes de chauve-souris déployées.

Leur anatomie, leurs grandes oreilles, leurs petits yeux noirs, témoignaient de leur adaptation à la vie sous terre. Comment se référer à la biologie après ça ? Toutes ses connaissances s'en trouvaient bouleversées.

— C'est la prisonnière ? demanda l'un des gnomes.

— La patiente, répondit sèchement Robert.

La bonne humeur d'Argent s'estompa quelque peu.

— Le Geôlier nous attend. Nous avons conclu un arrangement avec lui, pas avec vous.

— Nous sommes ses serviteurs, répondit le gnome avec agacement. Ne nous manquez pas de respect, elfe.

Robert regarda Adam.

Ce dernier haussa les épaules.

— Ils ne s'entendent pas très bien.

— Parfois même, nous nous faisons la guerre, renchérit Argent d'une voix glaciale et rogue. Conduisez-nous au Geôlier. Je vous prie.

Sans se départir de son sourire de mépris, le chef des gnomes hocha la tête. Quelque part, une manivelle tourna. Les câbles vibrèrent. Le cadran descendit. Si Robert levait les yeux, il verrait le treuil qui les avait abaissés dans l'obscurité. Il resta près d'Annie, ne s'avança pas vers le bord du cadran, pour éviter de tomber. Adam avait l'air de vouloir y jeter un coup d'œil. Robert se tendit, prêt à le rattraper si Adam s'aventurait dans cette direction, et il se demanda comment la forte tête qu'était son frère réagirait à cette restriction de liberté digne d'une maman poule.

Argent s'assit sur l'aiguille des heures comme si c'était un banc. Elle affichait un air indifférent, distrait, mais Robert voyait bien qu'elle observait Annie du coin de l'œil. Il se rapprocha encore de sa femme. Il n'avait aucune confiance en ces gens, si on pouvait les qualifier ainsi.

C'est peut-être moi qui suis à Liberty House. Et je suis en plein délire, je traverse un épisode psychotique.

Non. Il n'hallucinait pas. C'était réel. Son pouls qui battait dans ses oreilles, son sang qui palpitait, lui indiquaient qu'il était bien là.

Personne ne bascula dans le vide, mais Robert agrippa le bras d'Annie, au cas où. Le cadran arrêta sa descente dans un roulement sourd. Il se risqua à jeter un coup d'œil en bas, en s'assurant qu'Annie n'avançait pas vers le bord. Ils n'étaient pas encore arrivés au pied de la tour. Les ténèbres enveloppaient ce qui se trouvait en contrebas. Un pont à haubans près du chiffre douze s'enfonçait dans les ombres.

Adam avait l'air nerveux, crispé, il n'en menait pas large. Toute sa témérité s'était envolée, comme quand il était ce petit garçon qui se cachait sous le lit pour échapper au monstre.

—Où sommes-nous vraiment ? demanda Robert en se rapprochant de son frère.

—Ici, répondit Adam. Dans la tour de l'horloge, mais pas dans notre monde.

—Tu as déjà été ici.

—Pas ici précisément, dit Adam en secouant la tête. Et jamais physiquement. Je ne possède pas ce pouvoir, pas en quantité suffisante pour passer d'un lieu à l'autre. Voilà où je vais pendant mes projections astrales, quand tu penses que je dors.

Robert lui montra Argent d'un signe de la tête.

—Et elle ? En possède-t-elle assez pour nous amener ici physiquement ?

—À foison, répondit Adam d'une voix empreinte de cette peur qu'il avait laissée transparaître auparavant et, peut-être, d'un soupçon d'envie.

C'était donc ça. Adam ne se donnait pas les moyens de réussir sa vie tout simplement parce qu'il voulait avoir de l'importance ici, dans son autre monde.

Un peu comme les toxicomanes en quête de leur prochaine dose. Une grimace lui tordant les lèvres, Robert s'imprégna de la scène. Quoi que soit cet endroit, on ne pouvait pas y vivre. Le carnaval devait bien prendre fin.

Les gnomes s'écartèrent, laissèrent leurs visiteurs s'avancer les premiers vers le pont constitué de grosses tiges rouillées et de planches de bois brut. Robert aida Annie à monter dessus, à petits pas pour tester la solidité de la construction. Celle-ci tangua un peu dans l'obscurité brumeuse, mais soutint leur poids. Des géants mécaniques, d'apparence vaguement humaine, s'affairaient dans le noir, plus loin. L'un d'eux roula sur lui-même et, une fois devant eux, cligna de ses yeux faits de roues dentées et d'ampoules incandescentes.

Argent vint se placer à côté de Robert, son pas si léger qu'elle ne fit guère trembler le pont. Elle s'arrêta devant la créature, les bras croisés, et la fusilla du regard. L'autre repartit dans un grondement et ils poursuivirent leur chemin.

Robert remarqua l'expression d'Argent. Une lueur prédatrice brillait dans ses yeux, elle semblait prête à en découdre.

Le brouillard continua de se dissiper, laissant deviner ce qu'il y avait plus loin, jusqu'à ce que le pont débouche sur une grotte, un trou creusé dans le flanc d'une falaise de granit. Il sentit l'air humide sur son visage. Il huma l'odeur du sel mêlée à celle du charbon, mais ne sentit pas les embruns, n'entendit ni les vagues ni le vent. L'air se réchauffa. Annie s'anima un peu, retrouva un semblant de vivacité. Elle étudia les parois rocheuses éclairées seulement par la faible lumière devant et derrière eux.

Robert sourit de la voir ragaillardie. Elle était indifférente à tout – à la vie, à Robert – depuis des mois.

L'eau ruisselait sur les parois rocheuses, les faisant étinceler.

— Tu te souviens, Annie ? lui demanda-t-il. Ça ressemble aux mines qu'on avait visitées.

Cela avait été une belle journée. Ils s'étaient promenés, avaient mangé une pizza dans un petit village de montagne. L'un de leurs plus chouettes rendez-vous. Rien de particulier ni d'extraordinaire. Annie avait simplement ri à ses blagues idiotes et il avait su qu'elle était la bonne. Celle qu'il voulait épouser.

Annie ne répondit pas, mais elle lui décocha un sourire complice. Elle était toujours là, quelque part, la jeune femme pétillante qu'il avait épousée. Peut-être tout finirait-il par s'arranger.

Le grincement des rouages, mécanismes formidables et anciens, résonna tout autour d'eux. Robert sentit les tonnes de rochers et de terre, incalculables, peser sur eux, de tous les côtés. Ils ne se trouvaient pas dans les souterrains de Denver ni d'ailleurs. Cet endroit ne pouvait pas exister, et, avant cette nuit, Robert n'aurait jamais cru qu'il était réel.

Ils arrivèrent au bout de la galerie. La clarté augmenta un peu. Ils pénétrèrent tous les quatre, suivis par les gnomes, dans une caverne au sol lisse, un dôme plus grand que la maison de Robert. Des charpentes de montres, sans cadrans, leurs rouages et leurs aiguilles visibles, pendaient tout autour d'eux, retenues par des câbles, tels des rideaux délimitant l'espace. Les repères scintillèrent, apportant un peu plus de clarté, ce qui n'était pas pour lui déplaire. Tous étaient à l'arrêt.

Des stalagmites s'alignaient sur le mur du fond ; on aurait dit les dents irrégulières d'un monstre qui dormait la bouche fermée. Elles ressemblaient à des coulures de boue séchée, aux châteaux de sable qu'Adam construisait sur les rives de Lake Liberty. La grotte était aussi humide que les cavités qui bordaient le lac, l'air y était aussi moite et sentait la vase.

Il revit leur père y pêcher pendant que leur mère préparait leur pique-nique, salade de pommes de terre et sandwichs au beurre de cacahouètes. Sans gelée. Trop cher.

Robert plissa les yeux et distingua les formes emprisonnées dans la roche.

— Geôlier ! cria Argent. Nous sommes venus sceller notre accord.

Le grondement lointain, un bourdonnement qui provenait du sol, s'intensifia, se rapprocha. Des morceaux d'horloge s'assemblèrent en une composition de laiton et de fer noir. Deux cadrans en guise d'yeux, une douzaine de minuscules pignons en guise de dents. Dix grandes aiguilles en guise de doigts.

Robert recula lorsque la créature s'éleva devant lui, se redressa de toute sa hauteur. Elle faisait deux fois sa taille.

D'une main levée, elle désigna un cercle de sable sous un cadran d'horloge, une crevasse dans la rangée de stalagmites.

— Placez-y Annie, dit Argent à Robert avec douceur. Le Geôlier la gardera jusqu'à ce que nous obtenions une réponse, une solution pour la détacher de l'esprit.

— Comment ce sera pour elle ? demanda Robert. Que ressentira-t-elle ?

— Elle dormira, hors du temps, répondit Argent. Le temps ne passera pas pour elle.

Robert fixa les soubassements du regard. Il vit alors les visages et les doigts, les formes piégées dans la pierre. Le mur derrière le Geôlier en était rempli, certains de ces supports étaient même plus grands qu'une maison. Il se mit à trembler.

— Cet endroit est une prison, dit-il.

— Oui, répondit Argent. Les Gardiens protègent les frontières des menaces, mais nous ne détruisons pas ce que nous pouvons préserver.

— Les frontières, répéta Robert. Vous empêchez les choses de sortir ou d'entrer ?

Argent ne dit rien, mais l'étincelle dans ses yeux, l'étoile scintillante, pétilla. Sa question demeurerait sans réponse, mais elle avait fait mouche.

— C'est le seul moyen ? demanda Robert à Adam.

— Je n'ai pas d'autre idée, avoua Adam avec humilité et tristesse.

Robert soupira.

— Très bien. (Il se tourna vers sa femme.) Viens, Annie. Il est temps de dormir un peu.

Elle se tortilla comme un enfant dans une veste trop serrée, ou un patient dans une camisole de force. Elle joignit ses poignets et les secoua, se débattant contre la chose qui la possédait. Puis elle regarda Robert avec des yeux rouges comme le sang. Dans un rire glaçant, rauque et inhumain, elle sortit le pistolet de la poche de Robert et tira plusieurs coups.

22

Adam

Un éclair jaillit du pistolet. Le tonnerre retentit dans la grotte. Les balles fendirent l'air, puis se figèrent.

Adam regarda le tentacule accroché à Annie gonfler. L'esprit enrageait, maintenu en place tandis que le Geôlier retenait le flux du temps. Une force dévastatrice entra en jeu, faisant suffoquer Adam. Les balles, en suspension, étaient destinées à Bobby. Adam bougea, content de pouvoir encore le faire, et poussa son frère hors de leur portée. Puis il fit tomber l'arme des mains d'Annie.

L'esprit fit déferler une vague de force qui brisa l'emprise du Geôlier. Le temps reprit son cours. Les balles volèrent dans l'obscurité. Adam ressentit un picotement dans tout son corps lorsque Argent dégaina son épée.

—Dame, attendez ! cria-t-il.

Il ne la regarda pas, mais leva une main et posa l'autre sur les yeux de Bobby.

—Laisse-moi, Adam ! Annie !

—Ne regarde pas, dit Adam. La voir te tuerait.

Adam avait beau avoir les yeux fermés, une vive lumière blanche brûlait ses paupières. Il détourna la tête.

—Dame ! Vous disiez qu'il ne craignait pas la magie. Il veut que vous l'attaquiez.

Il se hasarda à jeter un coup d'œil à Annie. Le tentacule ne bougeait plus. Il l'avait entendu.

— Fini de faire l'innocent, lui lança-t-il. J'ai compris ton manège.

Argent s'interrompit. Un voile pâle les enveloppa quand elle rangea son épée dans son fourreau et reprit une apparence moins redoutable.

— Placez-la dans le sable, ordonna-t-elle de sa voix normale.

Celle-ci était toujours terrifiante et impérieuse, la voix d'une reine, mais le sol ne tremblait plus.

Bobby, qui n'était pas plus rassuré qu'Adam, aida son frère à conduire Annie jusqu'au cercle. Si son corps se laissait faire, l'esprit observa Adam à travers ses yeux, avec une pure haine.

Il ne les combattit pas.

L'énergie qui enveloppait Annie, furieuse et rouge, avait diminué.

Adam sonda le pouvoir de l'esprit, et il lui sembla plus faible.

— Tu as épuisé tes forces en luttant contre le Geôlier, affirma-t-il. (Il se tourna vers Argent.) C'est pour ça qu'il voulait que vous l'attaquiez, pour absorber votre pouvoir.

Les yeux d'Annie se plissèrent.

— J'ai raison, n'est-ce pas ?

Il lui fit un doigt d'honneur.

Annie entra dans le cercle. Le sable prit vie. Il bouillonna, tourbillonna autour d'elle comme une minitornade avant de se figer et durcir pour former une coquille. Le tentacule resta attaché à Annie, mais il avait perdu de sa vigueur. Il ne bougeait plus.

Argent était puissante, mais impétueuse, trop habituée à représenter la pire menace alentour. L'esprit le savait aussi, et il lui avait tendu un piège.

Adam sentait que l'esprit l'épiait ; c'était subtil, un sorcier plus puissant ne l'aurait pas remarqué. Il prit quelques inspirations profondes, expira. Ses entrailles se tordirent. Il devait anéantir cette chose.

Adam regarda Bobby et le trouva bouche bée, les yeux brillants de larmes.

— Tu ne peux pas le voir, dit-il à son frère, mais elle va déjà mieux. L'emprise qu'il avait sur elle a diminué.

— Mais elle n'en est pas libérée, déclara Argent. (Elle regarda le tentacule comme si elle envisageait toujours de le couper.) Nous devons rompre leur lien et déraciner l'influence qu'il exerce sur elle.

— Comment ? s'enquit Adam. Votre lame ne lui fera rien. Qu'est-ce qui peut le blesser ?

Argent ne répondit pas. Elle se tourna vers le Geôlier et ouvrit les mains, les plaça en coupe, en un geste suppliant. Elle lui présenta une boîte en verre. Dedans brillaient des lucioles.

— Le paiement pour votre aide.

Le Geôlier leva son bras, déplia ses doigts aiguilles. Argent ouvrit la petite boîte. Les lucioles s'envolèrent. L'une se posa une seconde sur les cheveux d'Adam avant de rejoindre ses congénères. Elles se posèrent sur les doigts en acier. Une par une, elles s'éteignirent tandis que le Geôlier absorbait leur magie.

— Qu'est-ce…, commença à demander Adam.

Argent le fit taire d'un regard.

— Allons-y, dit-elle en se dirigeant vers l'entrée de la grotte.

Ils n'eurent pas à reprendre l'ascenseur. Une porte en acier se trouvait à la place du pont. Ils la traversèrent et arrivèrent dans le centre de Denver, mais toujours du côté subtil.

Le centre-ville, sur l'Autre Rive, grouillait de vie et de présences. Les esprits flânaient et dansaient. Un couple de géants, l'un habillé en bandit armé du Far West et l'autre en dame de l'époque victorienne, marchaient tranquillement vers le quartier des théâtres. Des créatures plus petites s'écartèrent sur leur passage pour éviter de se faire balayer par les jupes et écraser par les semelles des bottes.

Si Bobby voyait tout ça, il n'était guère impressionné. Il suivit le groupe, les épaules voûtées, le regard braqué devant lui tandis qu'Argent les conduisait jusqu'à la camionnette.

— C'est grossier de parler d'argent en public, Adam, l'admonesta l'elfe.

— Que leur avez-vous donné ? demanda-t-il, contemplant les immeubles en brique, les réverbères et les tramways.

— Ce qu'ils désirent le plus, répondit-elle. Quelques siècles de plus. Les gnomes ne sont pas immortels comme nous, ce qui est cause d'un profond ressentiment. Ils façonnent des créatures comme le Geôlier pour qu'il leur survive et perpétue leur œuvre.

— Vous pouvez troquer le temps comme des jetons de poker ? demanda Bobby.

— Plus ou moins, dit-elle avec un grand geste du poignet.

Ils s'arrêtèrent au passage piéton pour laisser traverser un carrosse en forme de citrouille tiré par des chatons géants. Adam cligna des yeux. Les créatures magiques et leurs excentricités… Décidément, il ne s'y ferait jamais.

Argent poursuivit quand les miaulements et les feulements eurent cessé.

— Les gnomes vivront un peu plus longtemps, et à dire vrai, ça ne me dérange pas. La vie est précieuse. Elle mérite d'être préservée.

Bobby sembla circonspect, mais il dit :

— C'est pour ça que je suis médecin.

— Et pourtant, vous avez apporté une arme à feu, lui fit-elle remarquer sèchement.

— Vous avez bien apporté votre épée, répliqua Adam.

— Je ne suis pas une guérisseuse. (Elle soupira, et son expression s'adoucit.) Mais je comprends ton point de vue. Nous ferons tout ce qui est en notre pouvoir pour aider votre femme, pour la maintenir en vie.

— Et la chose qui lui a fait ça ? demanda Bobby.

L'intonation de Bobby crispa Adam. Il ne comprendrait jamais que le mieux était l'ennemi du bien. Il ne comprenait pas ce qu'était Argent, que lui manquer de respect était dangereux.

C'était ça, le problème. Bobby ne respectait rien de tout ça.

Il s'était rendu sur l'Autre Rive sans rien y trouver d'intéressant ou d'éblouissant. Autant dire que ça ne lui avait fait ni chaud ni froid. Son indifférence et son étroitesse d'esprit pour tout ce qui ne concernait pas le petit royaume qu'il s'était bâti estomaquaient Adam.

— Nous verrons, répondit Argent.

23

Adam

Adam se rendit au travail de bonne heure, fin prêt à poursuivre l'esprit et à fuir la maison. Il semblait éteint sans Annie.

Il s'enquit de Vic à travers le lien surnaturel qui les unissait désormais, ce qui lui procura quelque réconfort.

Les textes anglais qu'Argent avait mis de côté pour lui étaient si anciens qu'Adam eut mal à la tête rien qu'en essayant de les déchiffrer.

Le reste était en elfique. Une écriture ronde, en spirale. Les dessins colorés et les personnages flamboyants lui firent penser à ceux d'un comics. Il se demanda s'il ne s'agissait pas d'un livre pour enfants elfes, puis se dit que ce n'était pas possible quand il tomba sur une scène représentant des corps nus empilés les uns sur les autres dans un enchevêtrement de membres.

— Non, pas pour les gosses.

Tous les personnages n'étaient pas des elfes. Adam parcourut les pages, notant ce qui était pointu et ce qui ne l'était pas. Vint ensuite la vivisection détaillée d'animaux et de personnes. Adam grimaça et referma le livre.

Il reporta son attention sur l'une des tablettes, qui était manifestement connectée à l'intranet de l'hôpital. Adam cligna des yeux. Enfin une bonne nouvelle.

Il lui fallut un moment pour se repérer dans l'interface. Celle-ci était moins intuitive qu'un navigateur Web, mais Adam retrouva les noms qu'il avait enregistrés dans son téléphone.

Il put confirmer rapidement que toutes les personnes de sa liste avaient travaillé à Mercy, mais il ne leur trouva pas d'autres points communs. Rien ne les reliait, ni blâme ni détail suspect pouvant indiquer une possession. L'un des hommes, un ambulancier secouriste, avait été visé par une plainte pour agression sexuelle par quelques femmes de son service.

Sale type.

Annie y figurait, sous son nom de jeune fille : Johnson. Elle était infirmière en psychiatrie. Adam vérifia les autres noms. Oui, ils avaient tous travaillé dans l'unité psychiatrique, le centre du vide, pour autant qu'il l'avait déterminé jusqu'à présent.

Il marqua une pause, secoua la tête et ouvrit le dossier concernant le flic mort. Ce dernier était employé par la ville, et, à ce titre, les informations enregistrées étaient moins nombreuses, mais il avait été chargé d'assurer la sécurité dans l'aile psychiatrique pendant des années.

Vic figurait également dans les registres. Adam hésita à double-cliquer sur le dossier. Il voulait savoir, avait besoin de savoir, mais pas de cette façon. Il voulait mieux connaître Vic, mais en discutant avec lui, pas en lisant des trucs sur un écran.

Adam avait repéré un schéma. Il devait parler à Argent, mais Geen ne se trouvait pas à son bureau quand il retourna aux ressources humaines. Une femme avenante émergea de derrière un box quand il entra.

— Viendra-t-elle aujourd'hui ? demanda Adam, le pouce pointé en direction du bureau vide.

— Je ne crois pas, répondit son interlocutrice. (Elle leva une tasse décorée à la main qui portait l'inscription « meilleure grand-mère du monde ».) Vous aviez besoin de la voir ?

Adam ne pensait pas qu'elle soit un autre elfe déguisé, aussi répondit-il :

— Oui, madame. Pourriez-vous lui dire qu'Adam Binder est passé ?

— Très bien, monsieur Binder.

Il ne pouvait pas rester assis plus longtemps. Il lui fallait de l'action. Il jeta un coup d'œil à son téléphone. Il avait pris en photo les dossiers personnels des employés, leurs noms, leurs adresses.

Autant commencer par le sale type.

William Parker, quarante-deux ans, avait cessé de se présenter au travail, du jour au lendemain. D'après son dossier, il habitait un appartement en périphérie de Denver, dans une ville qui s'appelait Littleton. Adam n'eut aucun mal à deviner que William avait déménagé. Un tentacule transperçait le toit de son immeuble de deux étages.

Adam se gara un pâté de maisons plus loin et s'approcha à pied.

— *Tu aurais dû prendre des renforts*, dit un Vic ensommeillé dans sa tête.

Le message lui parvint teinté de violet, accompagné d'un sentiment d'inquiétude.

Adam expira. Il s'habituait peu à peu à ce que le policier puisse communiquer avec lui de cette manière, comme par texto, avec des émotions en pièces jointes au lieu d'images.

— *Je ne vais pas l'affronter. Je veux juste voir*, répondit Adam en pensées.

Il se dirigea tranquillement vers le bâtiment, l'air de rien. Après tout, il ne commettait ni une effraction ni une violation de propriété.

Il marcha tête baissée, double vue close, pour éviter de se faire remarquer par l'esprit. Cela l'obligea à se fermer également à Vic, car il n'avait aucune envie que l'esprit perçoive l'autre humain. Adam devrait tempérer son besoin de le protéger et gérer cette attraction entre eux, mais il écarta cette idée, car, pour l'instant, l'agression dont le policier avait été victime était trop récente.

Adam garda en lui un soupçon de clairvoyance et ne fut guère surpris par ce qu'il sentit. Un vide, comme à l'hôpital. Cette créature se nourrissait bel et bien de magie.

Voilà pourquoi elle avait essayé de piéger Argent pour que celle-ci l'attaque. C'était pour cette raison que l'esprit avait tué les sorciers de Denver, Adam était prêt à le parier. Il remontait jusqu'au sommet de la chaîne alimentaire. Les elfes qu'il avait massacrés à Mercy avaient dû être un joli coup. Non, pas massacrés. Consumés.

Saisi de frissons, Adam regarda le premier étage, l'appartement où William Parker vivait.

Pourquoi convoiter tout ce pouvoir ?

Comme en réponse, le store se souleva. Il reconnut Parker à la photo dans son dossier. Plus corpulent qu'auparavant, les cheveux en pagaille et manifestement sales, il braqua sur Adam des yeux injectés de sang.

Adam ouvrit un peu sa double vue. Le tentacule était là, comme pour Carl, le flic de l'hôpital, comme pour Annie. Pas de magie toutefois. Comme Annie, comme Carl, William Parker n'était pas un praticien, pourtant l'esprit s'était emparé de lui. Ils s'observèrent ainsi pendant de longues minutes. Puis Parker, sous l'empire de l'esprit, sourit de toutes ses dents.

Il ne bougea pas, ne remua pas, ne trembla pas. Contrairement à Annie, contrairement à Carl, William Parker ne montra aucun signe de résistance. Il était possédé, sous la férule de l'esprit, mais quelque chose clochait. Adam le « voyait ». Parker se mourait, se putréfiait de l'intérieur.

L'esprit le consumait littéralement. Contenir toute cette magie, c'était trop pour Parker, pour un être non magique. Adam serait sans doute dans un état similaire s'il voyait les elfes dans toute leur gloire.

Cependant, l'esprit ne faisait pas la même chose à Annie. Carl avait été capable de le combattre. Parker, lui, était complètement sous son joug.

Un pressentiment titilla les sens d'Adam, il avait éprouvé la même chose quand il cherchait les monts-de-piété. On l'épiait. Il fit un tour sur lui-même, vérifia avec sa double vue. Rien. Personne, pas de créature étrange, à l'exception bien sûr de Parker et du tentacule.

Adam revint vite sur ses pas, regagna la Cutlass et roula plusieurs centaines de mètres avant d'entrer sur un parking, ses sens toujours fermés.

Il n'y arriverait pas seul. Il l'admettait peu à peu. C'est ce qui l'avait amené à solliciter l'aide des elfes, à laisser Bobby l'accompagner à la tour. Voir Parker dans cet état et savoir qu'Annie y avait échappé de peu l'obligeait à affronter la réalité. Fini de tergiverser. Il devait arrêter de penser qu'il était le seul concerné par cette guerre. Et, en toute honnêteté, il en avait assez de se battre seul.

Le cœur plus léger, il reprit la route vers chez Bobby, et y trouva un véhicule utilitaire noir familier qui attendait le long du trottoir.

24

Adam

— Salut, Blanche-Neige ! cria une voix par la vitre baissée du SUV.

Jesse. Le frère de Vic.

— Qu'est-ce que tu fais ici ? lui demanda Adam en descendant de la Cutlass pour le rejoindre.

— Je viens te chercher. Mon frère veut de voir.

— J'allais… Attends, comment m'as-tu retrouvé ?

— Vic a ton adresse, répondit Jesse, l'air penaud.

— L'adresse de mon frère, rectifia Adam plus sèchement qu'il ne l'avait voulu. (Il montra l'imposante meringue où habitait Bobby d'un signe de la tête.) C'est sa maison.

— Bref, mon frangin veut te voir. Il aurait bien téléphoné, mais il est timide, ajouta Jesse en remuant les sourcils.

Adam pensait à Vic, lui aussi, un peu trop peut-être. Il se demandait s'il avait retiré les bandages autour de son torse, s'il avait la même ligne de poils noirs que son frère. D'ailleurs, n'avait-il pas reconnu à l'instant qu'il ne voulait plus affronter tout ça seul ?

— Je ne sais pas trop, Jesse, dit Adam en jetant un coup d'œil à la véranda ; sa mère n'était pas là. J'ai des trucs à faire.

Vic lui plaisait. Et l'inverse semblait vrai, mais Adam le fuyait pour éviter de consolider un lien qui était voué à se rompre.

— Écoute, vieux, insista Jesse en haussant les épaules. J'ai besoin de toi. Il perd la boule.

— Comment ça ? s'inquiéta Adam, repensant aux faucheurs et aux roses noires.

Il l'aurait forcément senti si…

— Il n'en peut plus de rester à la baraque. Il s'ennuie comme un rat mort. Je ne sais pas, viens mater un film avec lui, ou autre chose.

— Quel film ?

Adam expira, mais songer qu'il manquait à Vic le rendit tout chose.

— Je n'en sais rien, Blanche-Neige, répondit Jesse en levant les yeux au ciel. *Star Wars*. Il kiffe *Star Wars*.

— D'accord, dit Adam en attrapant la poignée de la portière.

Le SUV de Jesse était si propre que Bobby l'aurait conduit sans rechigner.

— Tu fais quoi dans la vie, Jesse ? s'enquit Adam.

— Je répare et brique des voitures. J'ai un atelier pas loin de Federal. Besoin de réparations ?

— Un tas. (Adam tourna la tête en direction de la Cutlass.) Mais je ne peux pas me le permettre.

— Et ? (Jesse haussa les épaules.) C'est ta caisse ? Un coupé de 77 ?

Jesse poussa un sifflement admiratif.

— Elle tombe en ruine.

— Apporte-la un de ces quatre. Les gars y jetteront un coup d'œil.

— Je te l'ai dit, je n'ai pas le budget, répéta Adam.

— Je te paierai pour divertir mon frangin. Il me rend fou, je te jure. Si ça continue, je vais finir chez les dingos.

— On n'emploie plus ce terme, répliqua aussitôt Adam.

Jesse haussa les épaules et continua de rouler. Il ne savait rien des mois qu'Adam avait passés à Liberty House. Comment le saurait-il ?

Vic n'en savait rien non plus, et c'était le plus important. Adam espérait qu'il n'y verrait aucun problème. Jesse s'arrêta devant la maison, mais laissa le moteur tourner.

— Vas-y, c'est ouvert, dit Jesse.

— Tu ne viens pas ? demanda Adam en descendant de la voiture.

— Non, je dois retourner à l'atelier. Maman ne devrait pas tarder. Fais gaffe à Chaos, qu'elle ne te bouffe pas.

Après un instant d'hésitation, Adam parcourut la pelouse avec sa double vue. Les treize faucheurs n'avaient pas bougé. Aucun ne réagit à son approche. Adam se demanda qui étaient leurs hôtes, les enveloppes corporelles qu'ils s'étaient appropriées. Celles-ci paraissaient dépourvues d'attaches. Peut-être prenaient-ils possession des humains seulement quand il s'agissait d'exécuter un travail. Adam n'en savait que trop peu sur le fonctionnement de la Mort.

Il frappa à la porte, mais personne ne répondit, pas même Chaos, qui avait visiblement décidé après une seule visite d'Adam que ce dernier ne représentait guère une menace. Envahir ainsi l'intimité de quelqu'un le fit grimacer, mais Adam entra quand même et se laissa guider jusqu'au salon par le son de la télévision. Les murs étaient jaune moutarde, ce qui contrastait joliment avec la salle à manger bordeaux. Adam adorait ce mélange de couleurs.

Vic était assis sur le canapé, les jambes allongées sous un nid de couvertures. Il portait un jogging et une chemise en flanelle à moitié déboutonnée. Chaos était couchée à côté de lui, sa grosse tête posée sur la cuisse de Vic.

— Salut, fit ce dernier en levant la télécommande pour éteindre le téléviseur quand Adam entra dans la pièce.

Chaos ouvrit les yeux, grogna un peu, mais Vic la calma avec une petite caresse.

— Tu as meilleure mine, dit Adam, qui le pensait.

Vic avait retrouvé des couleurs, mais Adam ressentit un pincement de déception en le voyant habillé.

— Qu'est-ce que tu fais ici ? s'enquit Vic, la joie illuminant son visage.

Il n'avait donc pas senti qu'Adam venait. Sa voix était toujours faible, mais il avait l'air plus alerte, moins assommé par les médicaments. Peut-être percevait-il leur lien uniquement quand son état était altéré. Il avait semblé ensommeillé dans la tête d'Adam tout à l'heure. Peut-être cela s'apparentait-il à de la projection astrale. Peut-être le lien s'était-il affaibli avec le temps. Cette pensée attrista Adam.

— Jesse m'a déposé. Pour qu'on regarde *Star Wars* ensemble.

— Sérieux ?

Cela redonna la pêche à Vic. Il tapota la place à côté de lui, invitant Adam à le rejoindre.

— Le DVD est dans le lecteur.

Adam s'assit prudemment, car il se rappelait que le moindre mouvement avait été douloureux pour Vic la dernière fois qu'il lui avait rendu visite. Bien qu'il essayât de le cacher, Vic grimaça un peu quand Adam s'installa sur le canapé. Adam le sentit, vaguement. Il avait vu juste. Leur lien s'était émoussé.

— Tu l'as déjà regardé ? demanda Adam.

— Ouais, avoua Vic. Quelques fois depuis que maman m'a amené ici. Mais je ne l'ai jamais regardé avec toi.

— Pourquoi ? fit Adam tandis que Vic appuyait plusieurs fois sur la télécommande. Pourquoi tu aimes tant ce film ?

— Les héros sont héroïques. Ce sont des gentils. Pas des connards.

— Han est un connard. Un peu.

— Pas vraiment, répondit Vic.

— Avec Leia.

— OK, peut-être un peu, lui concéda Vic.

Il s'étira et essaya de passer son bras autour d'Adam, mais il ne parvint pas à le soulever suffisamment. Finalement, il renonça et, d'un signe de la tête, l'invita à venir plus près.

Adam se rapprocha, aussi doucement que possible. Vic sentait le propre, une odeur de savon ou d'antiseptique mêlée à une autre plus naturelle, son essence même.

Vic se renfonça dans le canapé avec un petit soupir de soulagement. Adam le sentit lui aussi ; quand ils se touchaient, tout semblait couler de source. Leur lien vibra fort. Adam rougit quand la sensation le parcourut, étreignant tout son être et le déstabilisant quelque peu. Il ne connaissait pas Vic depuis longtemps, mais il devait reconnaître que cette sensation lui avait manqué.

— Te voilà, dit Vic en pivotant légèrement pour déposer un baiser sur la tête d'Adam.

Adam fit glisser sa main sur le ventre de Vic, là où il n'était pas blessé. Il appuya deux doigts entre les boutons de la chemise en flanelle pour sentir sa peau sous la pulpe de ses doigts. Il était brûlant, plus chaud qu'il aurait dû l'être.

À cet instant, Adam voulut tout lui révéler, à propos des faucheurs, à propos de lui-même. Il voulut dire à Vic qu'il n'avait jamais fait ça auparavant, regarder un film avec un mec, blotti contre lui. Cela semblait tellement normal et si éloigné de sa vie réelle qu'il fut gagné par un flot d'émotions contradictoires et troublantes.

Il posa délicatement la tête sur l'épaule de Vic et tourna son visage vers les yeux de ce dernier. Adam avait oublié que Vic était beaucoup plus grand que lui.

Il ne le connaissait pas du tout, il ignorait si Vic aimait les hommes, s'il avait déjà fréquenté un homme.

Il ouvrit la bouche pour lui poser la question, mais les grosses lettres bleues du générique défilèrent à l'écran. Vic appuya son index sur les lèvres d'Adam et plongea son regard dans le sien. Adam crut qu'il allait l'embrasser, mais Vic recula et dit :

— On ne parle pas pendant *Star Wars*.

Adam s'assoupit quelques scènes avant la grande bataille. Il se réveilla, serré contre Vic. Il cligna des yeux en voyant Mme Martinez qui se tenait debout devant lui, un doigt sur les lèvres. Le DVD était revenu au menu. La bande originale du film qui tournait en boucle s'élevait des haut-parleurs. À côté de lui, Vic était affalé sur les coussins et dormait à poings fermés. Il bavait même un peu.

Mme Martinez fit signe à Adam de la suivre jusqu'à la porte d'entrée. Elle portait une longue robe noire, une veste en jean et un chapeau de feutre noir. Elle tenait ses clés dans la main.

— Je vous ramène, murmura-t-elle.

— D'accord, dit Adam, s'efforçant de chasser sa torpeur.

Il la suivit dehors jusqu'à une Volkswagen Jetta noire. Il sentait la présence des faucheurs autour de la maison.

— Comment va-t-il ? lui demanda Mme Martinez tandis qu'elle actionnait son porte-clés électronique pour déverrouiller les portières.

— Vous le connaissez mieux que moi, répondit Adam en grimpant sur le siège passager.

Elle rit.

— À peine. Un homme adulte ne raconte pas tout à sa mère.

Elle se tendit. Elle aimait son fils. Elle s'inquiétait pour lui. Adam inspira et renforça ses défenses pour que les émotions de Mme Martinez l'affectent moins.

— Il m'a sauvé la vie, dit Adam. La balle qu'il s'est prise m'était destinée.

— C'est son travail, répondit-elle. Protéger et servir.

— Ça ne vous plaît pas.

— Ce n'est pas facile d'être policier de nos jours. C'est dangereux.

Adam acquiesça. Il ne savait pas quoi dire, alors il demanda :

— Que faites-vous dans la vie ?

— J'enseigne l'histoire à la Metro State University de Denver.

— Quel genre d'histoire ?

— Américaine, surtout, et je donne beaucoup de cours sur la civilisation occidentale.

Comme Adam ne parla pas pendant plusieurs minutes, si ce n'est pour lui indiquer la direction de la maison de Bobby, elle ajouta :

— Vicente m'a dit que vous n'aviez pas fait d'études.

— Ce n'était pas pour moi, répondit Adam.

Il n'avait pas envie de s'étaler sur le sujet et se renfrogna un peu jusqu'à ce qu'il se rappelle que Mme Martinez n'était ni Bobby ni sa mère.

— J'étais un élève plutôt médiocre au lycée.

— La fac, ça n'a rien à voir, affirma Mme Martinez. Bien que ce ne soit pas pour tout le monde. Ce n'était pas pour Vicente. Il a préféré l'académie de police.

— Et vous le regrettez, déclara Adam.

Elle n'avait pas l'air déçue, seulement inquiète.

— Je regrette qu'il n'ait pas choisi un métier plus sûr. Quand il s'est fait tirer dessus, ce fut le pire jour de ma vie. Ma pire crainte se réalisait.

— Je suis désolé, dit sincèrement Adam.

Même si le flux des connaissances qu'ils avaient l'un de l'autre ne formait plus qu'un goutte-à-goutte, Adam pouvait se souvenir que la mère de Vic avait protesté, qu'elle avait détesté qu'il soit flic – pas parce qu'elle les détestait, mais parce qu'elle avait vu trop d'articles de journaux relatant le décès de policiers abattus juste parce qu'ils portaient l'uniforme.

— Je suis contente qu'il vous ait sauvé. Vous l'avez sauvé, vous aussi.

— C'est là, dit-il en montrant la rue de Bobby.

Elle s'arrêta et ajouta :

— Il se remet doucement et il a pu vite rentrer à la maison, ce dont je suis reconnaissante. Mais je ne comprends pas.

— Moi non plus, avoua Adam. Mais je ne permettrai pas qu'il lui arrive du mal.

La guérison de Vic n'était pas uniquement facilitée par Adam, il le savait. Vic cicatrisait de jour en jour, son état s'améliorait sans qu'Adam sente ses forces diminuer, comme cela avait été le cas les premiers jours. Les faucheurs y étaient forcément pour quelque chose, mais il ignorait comment ils s'y prenaient ou pourquoi ils le faisaient. Ils devraient essayer d'emmener Vic, pas veiller sur lui.

— Tu peux m'en parler, Adam, dit Mme Martinez. Quoi que ce soit, quoi qu'il se passe.

— Tout va si vite, murmura Adam.

Il faisait allusion à l'esprit. En théorie, il se retrouvait à travailler pour les elfes, ce qu'il aurait voulu éviter. Toutefois, il parlait surtout de sa relation avec Vic. Ce qu'il ressentait, ce qu'il y avait entre eux. C'était trop fort, trop rapide. Il était certain que ça le consumerait.

— Ça peut faire cet effet-là, en convint Mme Martinez avec un sourire. Le père de Vicente et moi avons couché ensemble à notre deuxième rendez-vous.

— Vous… Non, ce n'est pas ce que je…

Adam finit par la remercier d'une voix étranglée et ouvrit la portière.

— Donne-moi au moins ton numéro, dit-elle.

De son sac à main, elle sortit un stylo et des Post-it qu'elle fourra dans les mains d'Adam.

Il griffonna son numéro sur le papier, à la hâte, impatient de fuir le malaise.

— Tu sais, Vicente n'a jamais eu de relations… (Maria s'interrompit, prit une inspiration.) Il y a eu des filles, bien sûr. Rien de sérieux. Mais tu lui plais.

— Je…

Adam bredouilla. Il ne savait que répondre. Il n'imaginait pas sa mère dire ce genre de choses.

— Et je t'aime bien, moi aussi. (Une lueur espiègle fit étinceler les yeux de Maria Martinez.) Tu peux te sauver maintenant.

Adam hocha la tête. Il ouvrit la portière et fila en direction de la maison.

Elle s'éloigna en lui faisant un petit signe de la main.

— Maintenant, je sais d'où il tient son côté direct, marmonna Adam.

Dans la maison, il trouva un mot de sa mère. Elle lui avait laissé de quoi manger dans le réfrigérateur. Il réchauffa le plat au micro-ondes et se demanda comment ce serait d'avoir une famille qui se dit les choses. Il mangea et attendit le retour de Bobby, qui ne rentra pas.

Son téléphone bipa quelques heures plus tard.

Bonne nuit. Mais, la prochaine fois, j'aimerais un baiser.

Le cœur d'Adam s'emballa et il sourit. Il réprima de toutes ses forces cette émotion orange et pétillante.

— C'est la magie, se rassura Adam. Rien que la magie.

Il ajouta quand même Vic à ses contacts.

25

Adam

Adam retourna à l'hôpital le jour suivant, dans le placard enchanté des livres et autres grimoires. Il se frotta les yeux et s'efforça de ne pas penser à Vic.

Argent claqua des doigts devant le visage d'Adam, l'arrachant à sa rêverie.

— Es-tu toujours aussi distrait ? s'enquit-elle.

— Il n'y a rien là-dedans, s'agaça Adam en lui montrant les textes. Et, de toute façon, c'est indéchiffrable.

La reine émit un petit son de sympathie.

— Je sais. Nos scribes les étudient depuis des siècles.

— Pourquoi me demander de les examiner, alors ? lui demanda Adam sans cacher son étonnement.

Il reporta sa frustration sur l'un des ouvrages, qu'il fusilla du regard, espérant en enflammer les pages. Parfois, il considérait que ne pas posséder plus de magie était une bénédiction.

— Les humains sont différents. Tu pourrais voir quelque chose qui n'est pas visible pour nous. Ça fonctionne dans les deux sens, tu sais. Si les mortels ne nous voient pas, nous ne voyons pas toujours tout dans leur monde non plus.

— Attendez, dit Adam, s'efforçant de passer outre à la fatigue pour assimiler cette information. Répétez un peu.

Argent reprit, très doucement.

— Nos scribes…

— Pas cette partie-là, l'interrompit Adam, trop préoccupé pour faire attention à la façon dont il s'adressait à l'elfe. Vous avez dit que la magie fonctionnait dans les deux sens.

— Oui, répondit Argent d'un ton sec.

Elle plissa les yeux, son expression indiquant clairement qu'il n'aurait pas dû l'interrompre. L'air penaud, Adam l'écouta poursuivre.

— Un voile sépare nos mondes. Certains d'entre nous peuvent le traverser, d'autres, comme toi, voient seulement à travers.

— Mais cet esprit-là s'attache aux mortels, aux personnes du monde réel.

Argent ne cacha guère son mépris en entendant Adam employer le terme « réel », mais elle déplia ses doigts effilés en éventail et lui fit signe de continuer.

— C'est un esprit, reprit donc Adam, mais il s'est fixé sur des gens comme Annie ou William Parker. Des mortels. Voilà comment il parvient à rester à deux endroits.

— C'est exact, dit Argent. Il nous suffit de sectionner ces canaux d'ancrage pour l'arrêter.

Adam se rappela Annie et les veines sanglantes qui sillonnaient son corps. L'air perplexe, il regarda l'elfe dans les yeux et lui demanda :

— Définissez « sectionner ».

Le sourire d'Argent s'étiola.

— C'est ce que nous essayons justement de déterminer.

— Tuerez-vous les hôtes ? demanda-t-il.

— S'il le faut. Bien que cela aille à l'encontre de toutes nos croyances.

— Toutes les personnes possédées avaient un lien avec l'hôpital, à l'ancienne unité psychiatrique.

— Ils ont fini de la démolir, affirma Argent.

Adam ferma les yeux. Le souffle brûlant, il soupira entre ses dents.

— J'espérais y trouver des indices, dit-il. On devrait encore y jeter un coup d'œil.

Argent acquiesça.

— Je suis d'accord. Nous irons sous forme subtile.

Dans son lit, Adam prit la position du Chariot, le flanc droit vers le haut, la main droite repliée comme pour tenir une lance. Il revêtit son armure mentale. Il visualisa un bouclier invisible tout autour de lui et l'alimenta par la force de sa concentration et de sa volonté jusqu'à ce qu'il sombre presque dans le sommeil. Paré à affronter tout ce qui risquait de se présenter à eux, il se glissa dans le royaume des esprits.

Adam se raidit quand il tomba sur Silver qui l'attendait sur la pelouse de Bobby à la place d'Argent.

Le cavalier d'Épées jaugea sa tenue, un jean et des grosses bottes, le tee-shirt noir et la vieille veste en cuir qu'il avait sortie du coffre de la Cutlass.

— Tu devrais t'habiller pour combattre plus souvent, Adam Binder. Cela te sied.

— Monseigneur, répondit Adam en plissant les yeux, car il n'aurait su dire si Silver le taquinait. J'attendais votre sœur.

Bien qu'ayant conservé le chapeau de feutre gris, le prince portait un jean bleu marine élimé par endroits, qui soulignait ses jambes de danseur. Sa chemise blanche, qu'il n'avait pas rentrée, était déboutonnée en haut et en bas, ce qui laissait voir sa boucle de ceinture qui ressemblait à un miroir encadré par des lames. Il portait un gilet à boutons par-dessus la chemise, qui mettait en valeur son torse mince, et une cravate négligemment nouée.

— Dame Argent m'a demandé de t'accompagner ce soir. J'espère que tu n'y vois pas d'inconvénient, répondit Silver en baissant le menton, comme si un elfe pouvait se montrer timide.

—Non. Aucun.

Adam ne pensait pas que Silver l'aime beaucoup, mais il n'avait aucun doute sur la puissance du prince. Une lumière pâle, froide, l'entourait. Adam savait que Silver, comme Argent, avait toute une panoplie de lames sur lui, même s'il n'en affichait aucune.

Si seulement Adam pouvait lire en l'elfe. Ce dernier semblait avoir le même âge que lui, mais le passage des siècles se reflétait dans ses yeux.

—Alors, par ici, dit Silver en lui montrant la rue. Je crois que tu as invoqué le Chariot pour pouvoir traverser.

—En effet.

Adam avait deviné que Silver apporterait une voiture.

Il ne s'était pas rendu compte que les elfes percevaient le type d'invocation utilisée pour traverser le voile. D'habitude, Adam faisait appel au Pendu ou à sa carte personnelle, le valet d'Épées. Les arcanes n'étaient qu'un support, un outil pour se concentrer et modeler ses intentions une fois sur l'Autre Rive. L'idée n'était pas de les annoncer.

Silver mena Adam jusqu'au trottoir le long duquel attendait l'Audi de Bobby. Adam et Silver se trouvaient entièrement dans le royaume subtil, mais Adam jeta un coup d'œil derrière lui pour s'assurer que Bobby ne voyait pas la voiture qui lui avait été volée. Il constatait désormais que ce n'était pas le fruit de son imagination. La maison paraissait plus terne, comme si l'absence d'Annie l'avait dépourvue de lumière.

—Attache ta ceinture, ordonna Silver alors qu'Adam fermait sa portière.

Incapable de dire si le prince plaisantait, Adam obéit. Il regarda par la vitre, s'attendant à voir Bobby courir vers eux en criant «Arrêtez! Voleurs!».

— C'est possible de défoncer une voiture dans le royaume subtil ? s'enquit Adam tandis que Silver allumait le moteur et démarrait si vite que les pneus auraient dû crisser.

Adam se cramponna à l'accoudoir. Il ignorait si le calme dans l'habitacle était un effet du royaume subtil, de la conduite de Silver ou de la qualité du véhicule.

— Argent a déjà eu plusieurs accidents. Un dragon habite le mont du Guet. Un jour, il a pris son roadster préféré.

— Sérieux ?

— Oui. Un Triumph Spitfire, 1974. Elle ne l'a jamais récupéré.

Un dragon contre la reine d'Épées. Voilà une bagarre fantastique qu'Adam aurait adoré observer, de très loin. Par la lunette d'un télescope. Ou en vidéo. En vidéo par la lunette d'un télescope – à distance des dégâts terribles que lui aurait causés cette proximité avec un tel volume de magie brute.

Silver alluma la radio. Adam s'enfonça dans son siège jusqu'à ce que le morceau de britpop au rythme entraînant lui redonne du pep.

— Je connais ce groupe, dit Adam. Years and Years.

— Ils sont bons, dit Silver avec un sourire.

— Je pensais que vous n'écoutiez que de la musique classique, lui avoua Adam.

— Certaines choses sont des classiques instantanés, répondit Silver, ses yeux gris braqués sur la route.

Il battit le rythme sur le volant tandis que la voix masculine qui s'élevait du haut-parleur chantait un couplet sur le fait d'être un roi sous le contrôle d'un autre.

Adam voulut monter le volume, mais attendit, les doigts sur le bouton, que Silver lui en donne la permission. L'elfe hocha la tête en esquissant un sourire à peine perceptible.

La mélodie enjouée mit Adam de bonne humeur, même si la compagnie de l'elfe ne l'enthousiasmait pas outre mesure. Ils roulèrent, écoutant la musique sans se parler, parcourant les rues sombres que seule éclairait la lune sous sa forme subtile. Mercy se profila à l'horizon, un édifice de pierres marmoréennes aux fenêtres étincelantes. Le passé transparaissait dans le royaume des esprits, bien plus que dans le monde des mortels. Les bâtiments avaient tendance à refléter les intentions et l'âme que leur insufflaient leurs créateurs et habitants. Les institutions tristes se déformaient et se ratatinaient, croulant sous leur poids. D'autres structures rayonnaient. Certaines se disloquaient, mais s'efforçaient de rester debout, leurs morceaux gravitant les uns autour des autres dans une lente danse mortuaire.

L'esprit flottait au-dessus de Mercy, plus proche, plus imposant, telle une deuxième lune ensanglantée. Adam frissonna et resserra ses défenses pour s'assurer que la créature ne remarquait pas sa présence. Silver avait fait de même, bien qu'il fût difficile de dissimuler une telle puissance. Un mince filet s'échappa, comme un croissant de lune derrière les nuages.

Les points d'ancrage des tours dans le monde matériel ne se trouvaient pas à la même distance dans le royaume spirituel. Sur le plan mortel, ils se trouvaient bien plus à l'ouest, en direction des montagnes. Ici, les tours étaient à égale distance de Mercy, à équidistance de la menace et de la destination d'Adam.

— C'est au centre, dit Adam.

— Pile, confirma Silver.

Adam s'était demandé pourquoi ils étaient venus en voiture.

— Vous vouliez que je voie ça.

— Je ne le veux pas, répondit Silver en secouant la tête, mais il le faut.

— La différence ?

— C'est nécessaire si nous voulons arrêter cette créature. Mais vouloir te montrer ça revient à t'impliquer davantage dans nos histoires, ce que je n'aurais jamais fait si j'avais eu le choix.

Adam se redressa. S'appuya contre le dossier.

— Vous ne me pensez pas capable de me débrouiller.

— L'esprit t'a vaincu par le passé, répondit Silver d'un ton neutre.

Adam ne pouvait pas vraiment protester. Dès le début, il avait sous-estimé la créature. Il savait qu'il ne possédait pas assez de magie pour affronter une entité si puissante, mais il avait laissé Argent le persuader que son manque de pouvoirs constituait un atout.

— J'ignorais que vous vous en souciiez, répliqua-t-il toutefois.

— En effet, dit Silver. Tu l'ignorais.

Adam jeta un regard oblique à l'elfe et essaya d'analyser les propos inchangés. Ce qui l'amena à reconsidérer toutes les conversations qu'il avait eues avec les elfes depuis son arrivée à Denver. Se rappelant la question de Bobby, qui avait demandé si les tours empêchaient quelque chose de sortir ou d'entrer, Adam inversa ce qu'il pensait savoir au sujet des Gardiens et murmura :

— Sortir. Vous l'empêchez de sortir.

— Depuis toujours. Je pense, répondit Silver.

— Vous n'êtes pas sûrs ? s'enquit Adam en se tournant vers le prince.

— Pas à cent pour cent, reconnut Silver. Il y a eu beaucoup de Gardiens, de nombreux changements quand les tours changeaient de propriétaires. Nous ne savons pas toujours quelles créatures sont enfermées dans les sous-sols, pour ainsi dire. Mon père le sait peut-être, mais il ne me répondra pas. Il est possible que je ne le sache jamais, pas même quand j'endosserai pleinement mes responsabilités.

— Je vois. Ce qui signifie ?

— Je suis un prince, expliqua Silver, le halo de lumière prenant une teinte plus froide. Un jour, je serai roi.

— Ça n'a pas l'air de vous ravir.

Silver desserra sa prise sur le volant.

— Quand la couronne du roi d'Épées ceindra mon front, je me transformerai. Je deviendrai autre chose, quelqu'un d'autre.

— Que voulez-vous dire ? Que votre aspect actuel, cette version de vous, disparaîtra ?

— Tu es perspicace, Adam Binder, déclara Silver. Nous avons bien des « moi ». Il se trouve que celui-là me plaît.

— Si ça peut vous réconforter, Majesté, votre père est immortel. Je doute qu'il faille vous inquiéter de son trépas imminent.

— Espérons.

Ils poursuivirent en silence. Adam regarda défiler les versions tordues, déformées des arbres et des maisons. Presque tout bougeait. Seules les rues paraissaient normales, même s'il arrivait que les lignes blanches de la chaussée se dérobent tels des mille-pattes et s'écartent de la trajectoire de l'Audi en grognant toutes dents dehors comme le ferait un opossum.

Adam réfléchit à ce que Silver venait de lui confirmer, à savoir que les immortels possédaient de multiples avatars. Il aimait avoir raison. C'était une sensation qu'il n'éprouvait pas souvent.

Et pourtant, la façon dont Silver évoquait son père était empreinte de tristesse. Cela reflétait un peu les émotions d'Adam. Son père était absent depuis si longtemps. Adam n'avait aucun moyen de savoir s'ils étaient différents ou semblables. Il espérait ne pas lui ressembler, du moins pour ce qui concernait la magie. Tordre la vie pour l'enfermer dans des amulettes d'os. Si Adam le retrouvait, il parviendrait peut-être à le comprendre, à combler le fossé entre les éclats de rire et la rage.

Silver s'arrêta devant l'hôpital. Il observa Adam, puis arqua un sourcil.

— Tu es silencieux, Adam Binder. C'est inhabituel.

Abîmé dans sa réflexion, Adam essayait de se rappeler si Perak avait mentionné des conflits familiaux. Il baissa la tête. Il n'avait jamais questionné l'elfe sur ses relations, les difficultés que celles-ci lui posaient. Il avait été égoïste, à penser que ces querelles ne concernaient que lui. Comme s'il était unique.

— Je pensais que les prises de bec familiales, c'était un truc de mortels, répondit Adam.

— Moi, je soupçonne que vous ayez appris l'art de la dispute de nous autres, répliqua l'elfe.

Il marqua une pause, mais sa bouche resta ouverte, comme s'il allait ajouter quelque chose. Puis il la referma et hocha la tête.

— Bonne chasse. Sois très prudent.

Adam ne savait pas comment interpréter l'étrange langage corporel de Silver, mais il marcha d'un pas plus léger, car il savait à présent que l'elfe ne l'accompagnerait pas. Qu'importe qu'il soit un elfe, un prince imbu de sa personne, Adam refusait d'assister à sa destruction. L'esprit était capable de l'annihiler, et sans doute le voulait-il. Adam se dirigea vers l'hôpital.

26

Adam

Les lampadaires se pliaient, se tordaient. L'hôpital n'avait pas l'apparence d'une bâtisse, mais de plusieurs étages flottants reliés entre eux par des câbles électriques et des tuyaux en cuivre. Certains murs demeuraient, mais d'autres s'ouvraient sur le vide, comme le fond d'une maison de poupées. Ils n'avaient pas encore déblayé les gravats. Les débris gravitaient autour du chantier, tournoyant lentement dans la brise.

Adam fit le tour du terrain où se dressait l'hôpital, espérant que les barrières représentaient moins un obstacle de ce côté-ci du voile. Son intuition avait vu juste. Les poteaux étaient pliés et tordus comme les lampadaires. Adam se faufila entre deux poteaux, ce qui lui aurait été impossible dans le monde des mortels, surtout s'il continuait à manger comme il le faisait. C'était toutefois agréable de ne pas se pieuter le ventre vide. Pour ça, il pouvait remercier Bobby ; un salaire de médecin, ça payait la bouffe en plus des voitures de connards et des maisons hideuses.

Le trou béant perçait la terre comme une plaie ouverte. Les machines de chantier n'étaient pas loin. Dans cet endroit, leurs dents paraissaient plus longues, la peinture jaune, plus rouillée, mais elles ne fourmillaient pas de vie. C'était habituellement le cas des objets en métal, surtout en fer.

Adam s'agenouilla pour mieux examiner le sol. Il avait toujours supposé que la terre ressentait des émotions, au moins autant que les plantes, si ce n'est comme d'autres formes de vie douées d'intelligence. Il imagina qu'elle l'observait, comme l'avait fait l'esprit. Si la construction d'édifices blessait la terre – physiquement –, alors Adam n'avait aucune envie de savoir l'effet qu'avaient sur elle les autres activités humaines, comme l'extraction de minerais et la déforestation. Un frisson le parcourut et il cessa d'y penser.

Il n'avait jamais eu l'impression de rêver pendant ses projections astrales. Son corps lui semblait réel. Il pouvait être blessé, éprouver de la souffrance ou du plaisir. Saigner. Jouir. Et s'il mourait dans le royaume des esprits, son corps mourrait aussi. Perak lui avait appris tout cela. Stop. Il n'avait pas le temps de se laisser submerger par cette vieille douleur. Il s'approcha encore. Ils avaient creusé la terre, enlevé les anciennes fondations et exposé un sous-sol.

Il se risqua à jeter un regard vers le ciel. L'esprit ne s'était pas concentré sur lui. Il flottait, sans être attaché à l'hôpital. Il avait l'air aussi peu intéressé par Adam qu'une vache endormie par une botte de foin. Adam n'y croyait pas. La créature était douée d'une forme de conscience, plus qu'une plante. Au moins comme un animal. Et de ruse.

Cependant, Adam était venu pour observer les lieux depuis le royaume subtil. Il descendit dans la fosse et se figea aussitôt.

Qu'est-ce que c'est?

Un disque de pierre qui brillait comme du verre, à peu près de la largeur de la Cutlass, était logé dans le sol. Adam cligna des yeux, s'assura que sa double vue ne se trompait pas.

Il n'était pas capable de déchiffrer les symboles gravés dans l'obsidienne, mais ils décrivaient une spirale sur le disque.

Et ils étaient brisés. Quelqu'un avait donné un coup de marteau dessus, faisant voler des éclats çà et là. L'outil était posé à côté et étincelait comme tout objet enveloppé d'un enchantement. La magie qui l'imprégnait était vile, familière. S'en dégageait une odeur d'ammoniaque et de mûres pourries.

Adam souleva un long morceau d'obsidienne et fit courir son doigt sur les caractères elfiques. C'était leur écriture, une forme primitive de celle-ci peut-être, il en était certain.

Il devait l'apporter à Silver, à Argent. Peut-être les textes qu'on l'avait sommé d'étudier renfermaient-ils des informations sur ce disque, sur son utilité ou son usage.

Un éclair jaune avertit Adam. Un tentacule tomba du ciel. Adam parvint à l'éviter alors qu'il plongeait dans la terre. Des yeux s'ouvrirent sur toute sa longueur. Ils cillèrent et se fixèrent sur un point, différent pour chacun d'abord, puis ils se tournèrent vers Adam comme un seul homme. L'éclat d'obsidienne avait attiré l'attention de l'esprit, et il semblait furieux.

Un deuxième tentacule s'abîma dans le sol, un troisième.

— Oh merde.

Adam chercha le bord de la fosse pour s'enfuir, mais un tentacule le saisit par la taille, le faisant trébucher. Il lâcha l'obsidienne. Des filaments de tentacule, visqueux et annelés comme des lombrics, s'enroulèrent autour de ses mains et de ses jambes.

Ainsi entravé, Adam n'eut même pas le temps de jurer de nouveau. L'extrémité d'un pseudopode se détacha et fila vers sa narine. L'organe humide et palpitant se ficha dans la cavité nasale, lui brûlant les muqueuses tandis qu'il s'enfonçait jusqu'à son cerveau.

Un voile rouge s'abattit sur Adam tandis que l'esprit se branchait à lui. Aussitôt, des souvenirs le submergèrent, des images d'un passé antédiluvien, et Adam entraperçut ce qu'avait été l'esprit. Un géant supérieur aux géants, plus grand encore que les séquoias. Ce n'était pas un dieu. Il existait avant les dieux. Il avait parcouru le monde, ravagé des villages, incendié moult collines et bois sacrés.

Adam reconnut les elfes, même si ces derniers ne portaient pas de vêtements en tissu, mais étaient vêtus de feuilles et de terre. Ils approchèrent les humains, qui se trouvaient dans un état pire encore. L'esprit ne ressentait rien pour eux, ne pensait rien d'eux.

Leur alliance, la paix première entre le spirituel et le matériel, fut conclue pour arrêter cette menace commune.

Le géant, le titan ne les perçut guère comme un danger, ne put imaginer que ces êtres minuscules qu'il avait balayés sur son chemin étaient capables de constituer une armée. Il les emporta tous, elfes et humains. Il les massacra par milliers, mais ils continuèrent de l'attaquer. Ce déferlement de hordes farouches eut raison de l'esprit; il finit par tomber, s'écrasa sur ses assaillants avec assez de force pour faire trembler des montagnes, tuant encore plus d'elfes et d'humains.

Ces derniers, néanmoins, l'avaient vaincu. Soudain, Adam ressentit la rage et la terreur secrète de la créature à travers le brouillard rouge que formait l'offensive sur son esprit. Elle poursuivait sa tentative de possession, ne lui laissant aucun répit. Adam la repoussa avec toute sa volonté et toute sa haine.

Ils hurlèrent de concert. Dans les souvenirs de la créature, l'armée d'immortels et de mortels l'avait capturé, attaché avec des cordes et des sarments de vigne. Adam sentit chaque couteau, chaque coup de lame tandis que l'ennemi le taillait en pièces qu'il brûlait ensuite. Se remémorer cet instant affaiblit l'esprit et donna plus de vigueur à Adam. Il le repoussa de toutes ses forces et s'obligea à rester qui il était. La créature ne l'aurait pas.

Dans le passé, dans le souvenir se menait un combat acharné. Ainsi diminuée, la créature devint un squelette cornu dont la queue pouvait balayer des villages entiers. Ce qui n'empêcha pas les puissances, les mortels et les immortels, de la trancher des deux côtés du voile. Ils la débitèrent en morceaux, chair et esprit, jusqu'à ce qu'il n'en reste plus rien à l'exception de son cœur énorme.

Cette chose avait essayé de tuer Adam. Elle s'était emparée d'Annie, avait blessé Vic et tué Carl. Pourtant, l'émotion qu'éprouva Adam, relié au titan malgré lui, était très familière. L'accablante solitude, le fait d'être le seul de son espèce lui fit monter les larmes aux yeux.

Les elfes avaient dû le voir aussi. Quand vint le moment de lui assener le coup de grâce, ils hésitèrent. Respectueux de toute forme de vie, ils ne purent se résoudre à la laisser mourir complètement.

Ils ensevelirent son cœur, enfermé dans l'obsidienne, dans les entrailles de la Terre. La créature s'endormit, et ses souvenirs, la conscience qu'elle avait du monde extérieur s'estompa.

Adam regarda les elfes se retirer de leur côté du voile, cédant le monde de chair aux humains et autres races, aux autres créatures. Ce n'était pas un banal départ. Des liens avaient été forgés, des enfants de sang-mêlé, mortel et immortel, étaient nés. Les elfes décidèrent que tout enfant resterait avec ses parents humains.

Un vaisseau sanguin éclata dans l'œil d'Adam, le ramenant à lui-même, le ramenant au présent. Il hurla. L'esprit ne l'avait pas possédé. Adam l'avait bloqué, mais le tentacule l'avait saisi. Il s'était introduit en lui. Adam se sentit brûler de l'intérieur, comme si son sang n'était que lave.

Pourtant, il ne prit pas feu. Il était plus fort qu'il l'avait pensé, qu'il l'avait imaginé. Il repoussa la créature, même s'il ignorait combien de temps encore il l'empêcherait de pénétrer son esprit. Ses forces commençaient à s'amenuiser.

Une vague de chaleur le submergea. Puis le tentacule qui l'entravait explosa. Leur connexion fut interrompue et il sentit la créature se replier sur elle-même. De nouveau libre, il arracha le pseudopode qui s'était logé dans son nez. Dans un geyser de sang et de douleur.

Silver atterrit tout près d'Adam, l'éclat d'obsidienne dans la main. Le prince se ramassa sur lui-même, la paume appuyée au sol, un geai fluet prêt à s'envoler.

— Fuyez ! cria Adam.

Un autre tentacule plongea en direction du prince. Adam ne possédait pas la grâce de l'elfe, mais il bondit et poussa Silver sur le côté. Ils roulèrent dans un enchevêtrement de membres tandis que le tentacule touchait le sol. D'autres suivirent tandis que Silver saisissait Adam par la taille et courait avec une force et une vitesse surnaturelles.

Ils n'atteindraient jamais la voiture.

— On ne pourra pas le distancer, dit Adam d'une voix haletante.

— Exactement ce que je pensais, répondit Silver. Ferme les yeux.

— Quoi ?

— C'est maintenant qu'il faut me faire confiance. Pour nous sauver, je dois révéler ce que je suis.

Adam obéit, mais la lumière l'aveugla malgré tout.

Puis, soudain, il se retrouva sous l'eau.

27

Adam

L'esprit d'Adam s'aplatit et s'étira. L'air quitta ses poumons. Il avait déjà ressenti ça. Le souvenir émergea d'un gouffre ténébreux, fraîchement révélé, grouillant d'émotions vivaces.

Ils étaient allés au lac en famille, sur le petit ponton construit à la main où ils s'installaient pour pêcher. Adam était beaucoup trop petit à l'époque, alors il regardait les libellules, et leurs ailes bleues irisées, voler sur l'eau. Il avait mangé une orange, laissé les épluchures dans la boue sur la rive. Il sentit la saveur acidulée de la première bouchée sur la langue.

De son côté, papa avait empilé des canettes de bière. Des entassements de ce type jonchaient tout le rivage.

— Adam, dit papa. Tu veux apprendre à nager ?

Il avait hoché la tête. Il le voulait, et il en avait déjà fait la demande, mais Bobby avait répondu, comme toujours, qu'il y avait des serpents et qu'ils n'étaient pas censés se baigner. Adam reporta son regard tout au bout du ponton, à l'affût d'yeux perçants.

— Tout ira bien, il n'y a pas de mocassins d'eau aujourd'hui, l'avait rassuré papa. Approche.

Adam avait obéi. Il ne portait pas de short, mais un jean et un haut à manches longues. Papa aussi était entièrement vêtu.

Il prit Adam dans ses bras, comme il le faisait souvent quand il était d'humeur enjouée, mais, cette fois, il entra dans le lac.

— Tiens mon bras.

Pas d'autre avertissement. Pas d'autre instruction. Papa poussa Adam dans le lac, jusqu'au fond. Adam avala de l'eau bourbeuse et de la vase. Il vit des bulles, des couleurs, des étincelles.

Il se rappela être couché sur le ponton de bois, tousser. Il entendit ses parents se disputer, sentit l'inquiétude de sa mère plus qu'il ne comprit ses mots tandis que l'eau s'écoulait de ses poumons.

— Il voulait apprendre, se défendit son père. Il l'a dit lui-même.

Le souvenir s'estompa, et Adam se noyait à nouveau.

Il existait d'autres plans que le spirituel et le matériel. Les elfes étaient capables de voyager de l'un à l'autre, mais Adam ignorait qu'ils pouvaient le faire à leur guise. Peut-être était-ce une faculté royale, réservée aux plus puissants. Peut-être était-ce propre à Silver et à Argent. Ou un talent unique à l'espèce.

Il se figurait les plans comme les tranches d'un sandwich. Si le plan mortel constituait la viande, qui recouvrait la mie inférieure des dimensions infernales, le spirituel était le condiment, la sauce qui maintenait le tout. Les elfes se situaient plus haut encore, à la place de la laitue. Ouais, ça semblait logique. C'étaient des hippies, écolos et végans.

Adam et Silver n'étaient pas tombés dans l'eau. Ils avaient apparu dans l'eau, trempés et y flottant. Le bras de Silver enserra le tronc d'Adam comme un étau quand ce dernier commença à trembler. Les mortels n'étaient pas faits pour transcender les plans. Il se dit que les plongeurs qui remontaient trop vite éprouvaient sans doute des sensations similaires. Il se demanda si tout était provoqué par l'étirement de la distance entre sa conscience et son corps. Il avait l'impression d'être désincarné. En plus, il ne sentait plus du tout la présence de Vic. Si leur lien cassait, alors Vic risquait de mourir. Il n'était pas encore sur pied. Le cœur d'Adam se mit à cogner fort. Il sonda les alentours, le cherchant des yeux, mais ne trouvant personne.

Pourvu qu'il aille bien. Par pitié, pourvu qu'il aille bien.

Une lointaine musique l'appela, faible et métallique, comme une symphonie de flûtes et de harpes. Adam était incapable de nommer la chanson.

L'eau chaude remonta le canal creusé dans son nez par l'esprit. Une vive douleur lui vrilla le cerveau.

Sur certains plans, le feu consumait toute chose. C'était du moins ce que les dessins colorés qui illustraient les textes d'Argent laissaient deviner. Dans la direction opposée régnait la glace. Adam espérait que Silver ne les avait pas conduits dans des eaux sans fond.

Non, une lumière brillait au-dessus d'eux, mais il n'aurait su dire à quel point l'océan la filtrait. Ragaillardi par l'étreinte de Silver, réconforté de savoir qu'il n'était pas seul, Adam se propulsa à la surface. Ses poumons le brûlaient. Un écran rouge et noir s'abattit sur ses yeux, sa gorge était sur le point d'exploser.

Adam surgit dans la lumière, chercha l'air, inspira, expira.

L'air avait un goût de propre, salé, mais pur. Silver était à bout de souffle, Adam sentait les mouvements de sa cage thoracique contre son dos. Il observa le soleil. Ce dernier était chaud, mais pas brûlant. Le regarder fixement ne lui fit pas mal aux yeux. La lumière possédait une qualité liquide, lui rappelant les jours de printemps où Bobby et lui se rendaient à pied à Lake Liberty sous le feuillage verdoyant des chênes.

— La lumière n'a aucune saveur, marmonna Adam.

— Tu es sous le choc, murmura Silver dans son oreille.

— Probablement.

— Tout se passera bien, Adam, affirma Silver, effleurant des lèvres l'oreille d'Adam.

Il le traîna vers le rivage, un bras enroulé autour de sa taille. Dans son autre main, il serrait l'éclat d'obsidienne.

Ils s'écroulèrent sur un ruban de sable blanc sans défauts. Silver s'accroupit. Sous son gilet ouvert, une chemise transparente détrempée révélait un corps athlétique sans laisser de place à l'imagination. Il avait perdu son chapeau, ce qui laissait voir ses cheveux : courts sur les côtés, plus longs sur le dessus, avec une frange. Son torse, pâle, avec une mince ligne de poils, s'élevait et s'abaissait. Adam se fit violence pour rester concentré. Les battements de son cœur ralentirent.

— Où ? demanda-t-il en crachotant, détournant ses yeux de Silver pour regarder en amont de la plage, en direction d'une forêt non souillée par l'homme, bordée d'arbres aux troncs recouverts de perles et aux feuilles d'un vert encore plus riche et profond que l'émeraude.

— Précisément ? Dans votre langue, cet endroit s'appelle la Pointe stellaire. De manière plus générale, nous sommes à Alfheimr. Le royaume des elfes.

— C'est magnifique, dit Adam, qui le pensait.

— Nous nous retirons dans l'océan, expliqua Silver. Lors des fêtes et pour méditer.

Adam hocha la tête. Il essaya d'imaginer les elfes en vacances à la plage, sans succès. Il n'avait jamais vu l'océan, les films ne l'avaient guère préparé à tant d'éclat, à la beauté de cette étendue saphir aux ondulations iridescentes.

Adam s'efforça de chasser de son esprit l'image de Silver en short de bain.

— J'ai tout enlevé ? s'enquit Adam, levant la tête pour que l'elfe inspecte sa narine ensanglantée.

Silver gloussa.

— Oui. Le tentacule s'est désagrégé peu après que je l'ai eu tranché.

— Comment avez-vous réussi ? demanda Adam. Cette créature a tué d'autres elfes.

— On s'inquiète pour moi ? dit le prince d'un ton moqueur.

— Oui, reconnut Adam, surpris que ce soit la vérité.

Il avait un tas de questions. Les elfes étaient des créatures d'un pouvoir immense, et pourtant ils s'étaient mis en péril pour Adam. Silver avait risqué sa vie pour lui.

— Je me suis servi de ça, répondit Silver en lui montrant l'éclat d'obsidienne dont l'extrémité était bien acérée.

— Qu'est-ce que c'est ?

— Je ne sais pas vraiment, avoua Silver, mais j'ai deviné à sa réaction que l'esprit n'aimerait guère que je l'entaille avec cette pointe.

— C'est elfique, dit Adam. N'est-ce pas ?

— L'écriture est ancienne. (Silver tourna brusquement la tête.) Oh. Adam… je ne suis pas censé être ici, surtout pas en ta compagnie.

— Comment ça ?

— Conserve-le en lieu sûr, dit Silver en glissant l'objet dans la poche intérieure de la veste d'Adam sans détacher les yeux des hautes falaises verdoyantes qui surplombaient le sable étincelant.

De la végétation s'élevait des tours de marbre qui perçaient le ciel. Des marches, qui ne tenaient en place que par l'action de la magie, flottaient dans les airs. Adam essaya de voir ce qui venait de cette direction. Il ne vit rien d'autre que les tours poursuivant leur lente rotation, mais un puissant frisson prit naissance au creux de sa colonne vertébrale.

Silver pencha la tête sur le côté, écoutant quelque chose d'inaudible pour Adam. Il opina et dit :

— Viens ici, dépêche-toi. (Silver dénoua la cravate en soie qu'il avait autour du cou.) Tu ne dois pas voir ce qui va suivre.

— C'est-à-dire ? demanda Adam, qui frissonnait à présent de tout son être.

Il le sentait jusque dans ses racines, une vibration diffuse qui remontait jusqu'à la pointe de ses cheveux et de ses poils pour les hérisser. C'était comme dans les vidéos qu'il avait regardées quand il habitait encore Guthrie, où des ringards prenaient des photos marrantes juste avant de mourir foudroyés.

— Je ferai de mon mieux pour te protéger, mais…

Le prince ne termina pas sa phrase.

Adam lut le doute dans les yeux de Silver, mais il acquiesça et obéit. Si un autre membre du peuple elfique les approchait à découvert, la magie réduirait Adam en cendres. Silver noua la cravate autour des yeux d'Adam. Impossible de savoir si les autres elfes penseraient à projeter un enchantement pour le protéger.

Il sentit autre chose. C'était indistinct, à peine perceptible, mais doux… La lumière de Silver, son pouvoir qui tissait comme une bulle autour de son esprit. La sensation n'était pas déplaisante, elle atténuait les stimuli extérieurs, à la manière des bouchons d'oreille pendant un concert.

— Pourquoi ? s'enquit Adam. Pourquoi me protégez-vous ? Et pourquoi cachez-vous l'obsidienne ?

— Je refuse que tu sois blessé, répondit Silver avec douceur. Quant à l'obsidienne, je ne suis pas certain de sa signification.

Bien qu'imbibée d'eau de mer, la cravate sentait la lavande et le romarin. N'y voyant rien, Adam tendit une main, la sentit se poser sur le cœur de Silver dont la chemise mouillée ne constituait qu'une mince barrière entre eux. Embarrassé, Adam fit vite remonter sa main sur l'épaule de l'elfe.

La magie ruissela sur Adam. S'il n'avait pas eu les yeux bandés, il aurait vu tous les poils de ses bras se dresser. Il n'avait jamais rien ressenti de tel, ne s'était jamais trouvé près d'une source si importante.

Il en hoqueta presque.

—Qu'est-ce qui se passe?

—Mon père arrive.

—Votre père? Le roi d'Épées?

—Oui, dit Silver tandis qu'il terminait de tisser son bouclier.

Il se mit en place dans un subtil tintement de carillons. C'était une magie délicate, un peu froide et profondément elfique. Profondément Silver.

Le prince se tendit soudain et s'écarta, pile au moment où Adam aurait eu le plus besoin de lui. Adam invoqua son armure, la revêtit intégralement, au cas où, et sentit ses défenses se synchroniser avec celles de Silver, une superposition de cotte de mailles et de plaques.

L'onde de choc provoquée par l'arrivée du roi percuta le bouclier de Silver. Un filet de magie se glissa dans la brèche et heurta les défenses d'Adam, telle une tornade déviée de sa trajectoire par une rangée d'arbres. Adam fut secoué par la puissance de la collision, mais il tint bon, resta debout. L'émotion qui le pénétrait était la rage brute, une colère digne d'un tsunami, digne d'un roi elfique.

Silver et Argent étaient différents. Ils ne révélaient pas leur nature aux mortels afin de les protéger, mais le roi d'Épées n'avait pas l'habitude de restreindre son pouvoir par souci des humains. Il laissa exploser sa colère et Adam tomba à genoux. Un peu plus et il prendrait feu.

Des pas lourds martelèrent le sol–des bruits de sabots, devina Adam–annonçant l'arrivée de la cavalerie. Il voulait tant voir si les cavaliers ressemblaient aux personnages de Tolkien. Peut-être les elfes chevauchaient-ils des licornes. Peut-être étaient-ils des centaures sous leur forme naturelle. Une image qui suscita une pensée perverse, et Adam retint de justesse un éclat de rire dément.

OK, je suis toujours sous le choc.

Une voix tonna dans une langue qu'Adam ne connaissait pas.

Il regretta que Silver ne lui ait pas bouché les oreilles en plus de lui avoir bandé les yeux. Silver répondit d'une voix mélodieuse et claire.

Adam ne comprenait pas leur langue, mais le roi aboyait à son fils des phrases courtes et cinglantes. Adam ferma les yeux pour entendre les réponses contrites de Silver. La colère ne s'estompa pas, et Adam sentit que celle-ci était tout particulièrement dirigée contre lui.

Le roi dit quelque chose, peu de mots, un ton catégorique.

Silver protesta, assez fort pour qu'Adam grimace.

Une main vigoureuse le saisit par l'épaule. Il n'avait pas entendu les elfes approcher.

— Hé !

— Ne lutte pas, lui dit Silver. Laisse-les t'emmener et surtout ne les regarde pas !

— Où ça ? s'enquit Adam.

— Dans un donjon, répondit Silver dans un froissement de tissu tandis qu'ils enlevaient Adam.

Adam trébucha une fois, deux fois. Puis un des elfes finit par le soulever et le porter sur son épaule. Il ne se débattit pas, et s'inquiéta que la pointe d'obsidienne glisse de sa poche pendant qu'ils escaladaient ce qui semblait être des centaines de marches, sans doute celles qui menaient en haut des falaises. Il sentait les embruns sur sa peau. Ses vêtements humides le rafraîchissaient. Tout sentait salé.

Ils le reposèrent avec bien plus de douceur qu'il ne l'aurait pensé. Le fragment pesait toujours dans sa poche.

Une porte se ferma. Un verrou se mit en place.

Il n'avait pas l'impression de se trouver dans une cellule sombre, froide et humide, comme ce à quoi on s'attendrait dans un donjon. Il embaumait le lys. Il ne percevait aucune autre présence. Il faillit céder à l'envie de jeter un petit coup d'œil au lieu, mais décida de patienter.

Il n'avait pas besoin d'uriner. Il n'avait ni faim ni soif. Cela viendrait toutefois, et alors il serait tenté. Les vieux récits sur ceux qui mangeaient de la nourriture venant d'autres plans étaient légion. Tout le monde, à commencer par Sue et Perak, l'avait mis en garde : il ne devait jamais ingérer un aliment ou une boisson qu'on lui offrait dans le royaume des esprits. Consommer une miette de cet autre monde signifiait en faire partie à jamais, y être lié et coincé pour toujours.

Et il devait rentrer chez lui. Si le roi ordonnait qu'il soit emprisonné à vie, si Silver ne parvenait pas à le ramener... Adam fut pris de panique.

— Et merde, grommela-t-il, attrapant la cravate.

Deux mains fines mais fermes saisirent les siennes. Adam glapit de surprise. Il pensait être seul. Il n'avait entendu personne d'autre dans la cellule.

— Puis-je ? demanda une voix familière qu'Adam avait presque oubliée.

Cela ne se pouvait pas. Comment était-ce possible ?

— Perak ? murmura-t-il.

— Je suis désolé, répondit l'elfe. Je ne voulais pas que tu l'apprennes de cette façon.

Les mains ôtèrent la cravate.

Adam cligna des yeux autant pour éviter d'être ébloui par la lumière que pour se concentrer sur le visage de son premier amour, le jeune elfe qui avait abandonné un adolescent esseulé, le livrant à ses démons. Il était plus mince qu'Adam à présent, ses cheveux formaient un camaïeu de violet et de bleu dont les reflets changeaient, même s'il ne bougeait pas. Perak était comme un rêve. Sa peau était pâle, mais sans imperfections, presque trop parfaite pour être réelle. Il n'avait pas changé. Ses yeux étaient pareils, pâles, presque incolores, comme de l'eau mêlée à une goutte de gris. Ses iris prenaient la teinte de ses cheveux ; à cet instant, ils tiraient sur le bleu lavande.

Adam s'était rendu à l'église brûlée, leur point de rendez-vous habituel, et l'avait trouvée vide. Il avait sillonné le royaume subtil, à sa recherche. Il avait même questionné les arbres, qui n'avaient pas répondu. Adam serra son poing et l'enfonça dans le ventre de Perak.

L'elfe se plia en poussant un soupir de douleur. Il leva les mains en signe de reddition.

— Ce n'était pas ma décision, expliqua-t-il. Mon père a tout découvert. Il était furieux. Il m'a interdit de te voir, m'a retenu contre mon gré.

— Ton père ?

— Il était hors de question que son fils fréquente un mortel. Il m'a envoyé dans votre monde pour que je t'instruise, ce que j'ai fait, mais je me suis trop attardé, j'ai attiré l'attention sur moi, sur nous.

Perak baissa la tête, ce qui permit à Adam d'admirer les cheveux violet-bleu qui l'avaient tant fasciné. Ils changeaient de couleur comme s'ils étaient vivants.

— Et il a su ce que j'éprouvais pour toi.

Adam voulut frapper Perak de nouveau, et l'embrasser, et le frapper encore. Tiraillé entre ces deux envies, il prit une profonde inspiration et s'obligea à arrêter de ressasser le passé, à penser à Vic, à leur rapprochement.

Il s'accrocha au mot de Perak qui l'avait le moins blessé et s'enquit :

— Pourquoi voulait-il que tu m'instruises ?

— Nous recherchions des praticiens mortels depuis quelque temps déjà. La créature qui nous menace – l'esprit –, nous savions que nous ne pourrions pas la vaincre seuls. Nous savions qu'il faudrait des sorciers.

— Les praticiens de Denver, dit Adam. Vous les avez envoyés combattre.

— En effet, reconnut Perak avant de baisser la tête. Il les a tués.

Adam se força à rester concentré sur le sujet, à réfléchir à des solutions plutôt que de rester bloqué sur le fait que Perak se trouvait en face de lui après toutes ces années.

— Alors, l'esprit est en liberté depuis longtemps. Des décennies.

— Oui.

— J'ai entrevu son histoire quand il m'a attaqué, dit Adam. Mortels et immortels se sont alliés et l'ont défait.

— Nous ne sommes plus les mêmes qu'alors. Les humains non plus. Les praticiens de Denver ont accepté de nous aider, et nous les avons menés à leur mort. (Perak tremblait en parlant.) Il les a tous tués, Adam, elfes et humains.

La gorge nouée par l'émotion, Adam prit la main de Perak et fit courir un doigt sur la peau si douce de sa paume. La chair rosit et pâlit à nouveau sous la pression de son index. Elle était moite.

— Tu le crains, dit Adam. L'esprit.

— Je suis terrifié.

— Ça ne t'a pas empêché de l'affronter, répondit Adam. À l'hôpital. Tu as risqué ta vie…

— Pour toi, Adam. Je l'ai fait pour te sauver.

Ses yeux, d'une pâleur marmoréenne, volèrent la couleur de ceux d'Adam, prenant une teinte bleutée. Une illusion, un camouflage.

— Tu peux arrêter maintenant, dit Adam. Tu peux me montrer. Être toi-même.

Perak hocha la tête et laissa son apparence se modifier. Après un ondoiement, les traits de Perak s'estompèrent et Silver apparut. Ce n'était pas sa forme véritable, mais probablement celle qu'il prenait le plus souvent et qu'il préférait, comme il l'avait mentionné.

Adam, qui retenait son souffle jusque-là, soupira. Silver esquissa un sourire triste, ses lèvres, une mince ligne. Il semblait soulagé, comme s'il s'était libéré d'un poids immense.

— Que va-t-il nous arriver ? s'enquit Adam.

— Père n'a pas encore décidé, répondit Silver de sa voix ordinaire, même s'il y demeurait une trace de l'intonation chantante de Perak. (Peut-être avait-elle toujours été là, espérant qu'Adam l'entendrait.) Il est furieux. Sa rage doit passer avant qu'il me parle à nouveau, avant que je puisse l'implorer de nous libérer.

Silver était le cavalier d'Épées, et l'ire de son père était telle qu'il l'avait emprisonné. L'heure était grave, et Silver avait agi au péril de sa vie, il avait pris de gros risques. Pour Adam.

C'était presque trop dur à supporter pour Adam. Quelque chose en lui se fissura, le vidant d'une grande partie de sa colère dont les tons écarlates s'estompèrent en un bleu pourpre.

— Ça prendra combien de temps ? demanda Adam.

Il plissa les yeux et chercha des traces de Perak dans les traits de Silver. Elles étaient bien là, subtiles, mais présentes. Adam réprima un soupir, mais ne put s'arrêter de frissonner. Perak ne l'avait pas abandonné, pas volontairement, et cet état de fait perturbait Adam.

— La dernière fois qu'il était aussi remonté, contre Argent, il lui a fallu quatre-vingt-dix ans pour se calmer.

— Je n'ai pas le luxe d'attendre aussi longtemps. Ils me mettront à l'hôpital. Je serai mort, ou en tout cas grabataire, quand je rentrerai.

— Tu as le sens des priorités, ça fait plaisir.

— La ferme, répliqua Adam sans méchanceté. Je suis toujours en rogne contre toi.

— C'est noté.

Une lanterne sorcière flotta devant la fenêtre, telle une luciole ballonnée.

—Minute, fit Adam, se demandant ce qu'il adviendrait de Vic pendant qu'il serait coincé ici. Combien de temps s'est déjà écoulé ? Je connais les légendes. Le temps passe différemment ici.

—Nous sommes aux Seuils, pas très loin du royaume mortel, mais si nous nous enfoncions dans Alfheimr, le temps sur Terre passerait très vite. Ton corps vieillirait.

—C'est ce qui est prévu ? M'emmener plus loin ?

—Je l'ignore. Mon père pourrait l'ordonner.

—Je ne veux pas mourir ici.

Dehors, les vagues caressèrent le rivage. L'air salé, d'une pureté qu'il n'avait encore jamais goûtée, chassa une partie de son anxiété.

Adam examina la pièce. Un lit, bas comme un futon, avec d'épaisses couvertures, occupait presque tout l'espace. Il y avait une bassine, et même un pot de chambre, sans doute pour les besoins plus importants, mais il ne pouvait rien manger dans le royaume subtil. Rien boire. Sur la petite table où ils étaient censés dîner étaient disposées quelques pièces d'argenterie. Deux paires de couverts. Deux chaises. Un lit.

—C'est assez confortable pour une cellule, dit Adam.

Il n'allait pas pointer du doigt les questions d'arithmétique.

—De l'extérieur, ça peut paraître rudimentaire, mais nous ne sommes pas des sauvages pour traiter nos prisonniers comme du bétail.

—Et tu es un prince.

—Et je suis un prince, en convint Silver.

—Ton père n'a fait mettre qu'un seul lit.

Adam finit quand même par le mentionner. La couverture était épaisse et brillante comme du velours, mais elle scintillait de lumière. Adam se demanda comment les elfes l'avaient tissée, si les plantes utilisées étaient endémiques d'Alfheimr. Il résista à l'envie de la caresser, craignant que la texture moelleuse ne l'incite à réfléchir, à reconsidérer ses souvenirs, plutôt qu'à dormir.

Silver soupira. Des flocons anthracite virevoltèrent dans ses yeux pâles.

— Il estime que si nous sommes ici ensemble, nous sommes ensemble.

Adam expira et sentit son estomac se tordre.

— Je dormirai par terre, déclara Silver. Prince ou pas.

Adam marqua une pause. C'était honorable à Silver de le respecter, de garder ses distances, mais Adam se rappela avec un petit pincement au cœur quand il dormait avec Perak dans des champs de fleurs. C'était avant. À présent, cet elfe était Silver. Et puis, il y avait Vic. Adam ne sentait pas sa présence, il était trop loin.

Il hocha la tête et retira ses bottes, puis ses chaussettes. Dès qu'il toucha le tissu, il voulut se déshabiller entièrement pour s'imprégner de la douceur de la couverture, mais il se contenta d'enlever sa veste et sa chemise.

Silver s'allongea par terre, sans couverture ni oreiller. Il se plia en arc de cercle, tel un chat.

Adam renifla.

— Adam ?

— Oui ?

— Ne me frappe plus jamais.

— Entendu, répondit Adam, rougissant d'avoir eu le cran de le faire une première fois.

Cela dit, l'envie continuait à le démanger.

28

Robert

C'était le jour de congé de Robert, mais il était incapable de faire quoi que ce soit. Il devait aller chez un concessionnaire pour s'acheter une nouvelle voiture. Il pouvait ratisser le jardin ou faire une randonnée. Rien de tout ça ne lui ferait oublier l'absence d'Annie, la terreur qu'il éprouvait depuis qu'il l'avait confiée au monde d'Adam.

— Adam Lee ! cria sa mère de la cuisine.

Un son si familier qu'il sourit presque.

Robert la trouva assise à la table de la salle à manger, buvant tranquillement son café devant sa bible ouverte sur des versets en encre rouge. Le livre usé était devenu son fidèle compagnon.

— Tu veux bien aller voir ce qu'il fait ? lui demanda sa mère avec dans la voix cette pointe d'agacement qu'il avait si souvent entendue dans le mobil-home, quand il rentrait de l'école le vendredi et trouvait sa mère exaspérée par Adam.

Cela avait été presque trop facile de remplir tous ces documents, de laisser Mme Pearce, la conseillère d'éducation, lui présenter les différentes possibilités. Adam avait constitué un désagrément plus qu'un risque, mais, à l'époque, la solution lui avait semblé idéale, le moyen le plus efficace pour que Bobby puisse avancer, puisse fuir.

Son petit frère avait été un adolescent renfrogné et lunaire. Adam l'avait rendu fou, ainsi que Tilla Mae. Il oubliait de fermer le robinet, au risque de péter la pompe. Il ouvrait la porte du réfrigérateur et restait planté devant pendant des heures. Résultat : des factures d'électricité monstrueuses que leur mère peinait à payer.

— Tu sais, je n'ai jamais pensé à ce que tu avais pu endurer, dit-il, coincée dans une boîte métallique avec deux gosses.

Elle grogna.

— C'était mieux après le départ de ton père. Mais vous étiez si bruyants. Et quand vous commenciez à vous bagarrer, vous faisiez tout trembler. Plus que le vent.

Même si sa mère venait de mentionner leur père, Robert descendit l'escalier en souriant. Annie et lui disaient souvent en plaisantant que le sous-sol serait l'endroit idéal pour bannir un adolescent maussade le moment venu. Jamais il n'aurait imaginé que l'occupant serait son frère adulte.

Adam semblait s'être approprié les lieux, qui portaient davantage son empreinte que celle de Bobby. Jusqu'à présent, ils sentaient le neuf et la peinture fraîche, l'odeur d'une pièce inutilisée. Désormais, celle d'un autre homme imprégnait les murs, un mélange de déodorant et de transpiration qui n'aurait pas dû saturer l'air en si peu de temps.

Adam était couché sur l'étroite banquette. Il ne bougea pas quand Robert alluma. Ni quand Robert s'approcha. Un frisson picota la nuque de Robert.

— Adam ?

Adam dormait, tout habillé – il avait même gardé ses chaussures – sur les couvertures, les bras droits, les poings fermés, comme s'il tenait une barre invisible. Robert secoua son frère. Aucune réaction. Une angoisse ancienne étreignit Robert.

— Adam, répéta-t-il en secouant son frère plus fort, sans résultat.

Adam devait arpenter le monde des esprits, Robert en était certain. Il était en vie, mais sa respiration était faible comme un murmure. Robert prit le pouls d'Adam, qui était régulier, bien que filiforme.

Il souleva les paupières d'Adam, pour vérifier l'activité cérébrale, et vit que ses yeux étaient injectés de sang.

— Merde, jura-t-il en se penchant plus près. Maman ! cria-t-il par-dessus son épaule.

Adam ne cilla pas.

Tilla descendit les marches.

— Qu'y a-t-il ? demanda-t-elle, sa voix encore plus rocailleuse que d'habitude sous l'effet de l'inquiétude.

— Je n'arrive pas à le réveiller.

— Ton père en parlait, ça arrivait à Sue. Elle appelait ça « projection astrale ».

— Ouais, mais est-ce qu'elle a déjà…

Robert invita sa mère à regarder les yeux d'Adam.

— Seigneur ! s'exclama sa mère.

Elle posa les mains sur sa bouche et secoua la tête.

— C'est une hémorragie sous-conjonctivale, expliqua Robert. C'est moins grave que ça en a l'air. Généralement, ça passe en quelques semaines. On peut même avoir ça en éternuant.

— Tu penses qu'il est en train d'éternuer sur l'Autre Rive ?

— Non, non. Je voulais juste savoir si tu avais déjà vu ça. Si c'était normal.

Elle eut un rire amer.

— Ma belle-fille est possédée et retenue prisonnière dans une tour de l'horloge. Mon cadet dort tout chaussé et saigne des yeux. Rien de tout ça n'est normal, Bobby Jack, même pour notre famille.

— Je peux appeler les secours, proposa-t-il. Le ramener à l'hôpital. Ce sera plus sûr pour lui s'il reste sous surveillance médicale, non ?

— Non, répondit sa mère, se calmant après sa montée de panique. Ne le déplace pas. Sue avait expliqué à ton père qu'elle pourrait avoir du mal à retrouver son chemin si on la déplaçait.

C'était pareil quand Adam s'était écroulé à l'hôpital. Il était resté dans un état proche du coma ; il ne réagissait pas, mais il était vivant. À un moment donné, se dit Robert, ils devraient le nourrir à l'aide d'une sonde, mais ils n'y étaient pas encore.

D'abord Annie, et maintenant ça. L'esprit – la créature – semblait déterminé à les emporter tous. Robert observa le visage pâle d'Adam. Il était encore très maigre, malingre.

— Tu penses que Sue avait raison ? Qu'on ne devrait pas bouger Adam ? demanda-t-il tandis que le silence s'éternisait, alors que son imagination avait encore assombri la situation.

— Qu'est-ce que j'en sais, moi ! s'écria sa mère.

Puis, sur un ton plus calme, elle ajouta :

— Elle est folle.

— Et s'il souille le lit ?

— Ça ne serait pas la première fois, répondit-elle. Pour lui comme pour toi.

— Maman...

Il s'interrompit, puis proposa, après un long silence :

— Et si on l'appelait ? Sue ?

— Je doute qu'elle puisse nous aider, répondit sa mère d'une voix pleine d'amertume.

Aussi loin que Robert s'en souvienne, Tilla avait toujours haï la tante de son mari. Elle s'était efforcée de garder Sue loin d'eux, craignant peut-être que sa sorcellerie de bouseux et son étrangeté les contaminent.

Robert éprouvait plus ou moins la même chose, mais il prit un moment pour considérer ses sentiments. Ce qu'il pensait de Sue, il le tenait de sa mère, ce qui ne voulait pas dire que Tilla avait tort.

— Elle suggérera l'une ou l'autre drogue. M'est avis qu'elle n'a pas été sobre depuis des années. (Tilla se pencha vers Adam, lui caressa la tête.) J'ai trouvé de l'herbe dans ses affaires, tu sais.

— Il n'a rien pris, lui assura Robert.

Ils échangèrent un regard, se sentant coupables de leur indiscrétion. Le silence s'installa de nouveau, long et pesant, comme c'était souvent le cas quand il était question d'Adam.

Robert se racla la gorge.

— C'est juste que… Je l'ai fait venir ici. S'il meurt…

— Ne dis pas des choses pareilles, l'interrompit sèchement sa mère, qui se calma aussitôt. (La plus forte d'entre eux, celle qui savait toujours quoi faire.) Que ce soit à son sujet ou au sujet d'Annie. Tant qu'il y a de la vie, il y a de l'espoir.

Robert hocha la tête, mais voir Adam étendu là, immobile… Après tout ce qu'il avait fait, tout ce qu'il leur avait fait endurer…

— Je suis désolé, murmura Robert.

Il avait eu tort d'envoyer Adam à Liberty House. Il le savait. Il se rappela Mme Pearce, son sourire plein de gentillesse quand elle lui avait présenté les formulaires d'admission.

— Il faut que je te le dise, d'une manière ou d'une autre.

Il avait eu tort d'envoyer Adam loin de chez lui, là où il était incapable de se protéger, là où Bobby ne pouvait pas le protéger. Il aurait pu, il aurait dû trouver une meilleure solution.

Il voulait qu'Annie revienne, qu'elle redevienne elle-même. Il voulait qu'Adam se réveille. Les choses n'avaient fait qu'empirer.

— Tu peux partir, dit sa mère. Je resterai à son chevet, mais j'ignore si ça servira à quelque chose.

— Non, dit Robert. Je reste.

— C'est déjà ça, répondit-elle en se retournant. Vous vous reparlez. Je vais refaire du café.

29

Adam

Adam se réveilla dans les bras de Silver, blotti contre son torse nu. La fraîcheur de l'elfe évoqua à Adam le clair de lune. Son corps réagit à leur contact et il s'en agaça. Satanés elfes.

Il n'avait pas encore tout digéré, mais il devait reconnaître que sa colère avait été mal placée, en partie du moins. Perak – Silver – ne l'avait pas abandonné. Ou, en tout cas, il avait eu une bonne raison de ne pas le faire. La gorge d'Adam se serra.

Et Vic dans tout ça ? Adam se sonda intérieurement pour retrouver le lien qu'ils partageaient. Celui-ci s'était atrophié, comme une minuscule racine laissée en pleine lumière. Heureusement, Adam le percevait encore.

Il y avait une connexion, un intérêt. Vic s'était montré clair là-dessus, mais c'était forcément la magie qui leur permettait de voir l'un en l'autre. Cela rendait-il leurs sentiments moins réels ?

La peau de Silver appuyait contre son dos, froide comme l'acier, lisse. C'était très différent de la chaleur de Vic. Silver sentait les fleurs alors que l'odeur qui imprégnait la chemise de Vic était celle de la sueur et de la maladie. Malgré tout, Adam avait trouvé agréable d'être allongé ainsi sur son canapé, sans se soucier que la mère ou le frère de Vic les voient, sans s'inquiéter qu'ils l'acceptent, sans se préoccuper des nombreuses différences qui les séparaient.

La porte de la cellule s'ouvrit. Argent entra dans l'obscurité, baignée par le clair de lune qui l'illuminait encore plus que Silver.

— Te voilà, dit-elle à Adam.

Silver bondit sur ses pieds. Il avait l'air penaud, embarrassé même. Adam en fut décontenancé.

Argent ne sembla guère le remarquer.

— Allons-y, dit-elle.

— Mais père…, commença Silver.

— Boudera pendant une ou deux décennies, répondit Argent.

Elle prit la chemise encore humide que Silver avait posée sur le dossier d'une chaise, et la lui lança.

— Vous serez de retour bien avant qu'il ait fini de tempêter.

— Je ne peux pas retourner à la tour, dit Silver. Je dois rester ici.

— Sottises, répondit Argent en regardant sa montre. Adam a de la lecture.

Silver resta de côté, détourna les yeux. Visiblement, il ne voulait pas regarder Adam. Le roi avait peut-être interdit à son fils de fréquenter Adam, mais le prince s'était exécuté. Ce n'était pas comparable, il le savait bien, mais si Bobby avait refusé qu'Adam côtoie Perak, Adam l'aurait envoyé paître et se serait tiré.

Il se retint d'exprimer son mépris et s'habilla.

— Que doit-on faire ?

— Suis-moi, dit Argent.

Elle sortit un porte-clés de sa poche et l'actionna tandis qu'elle sortait de la cellule.

Adam entendit un « bip » à l'extérieur.

Une voiture attendait, garée dans les airs comme si c'était normal. Adam était presque sûr que c'était une Ford, mais il n'avait guère envie de questionner Argent sur la marque ou le modèle du véhicule tandis qu'ils montaient dedans. Il s'installa sur la banquette arrière.

— Ma sœur…

Silver laissa sa phrase en suspens et regarda vers l'horizon.

— Je m'occuperai de père, lui assura Argent. Il ne peut pas vous emprisonner, ni toi ni Adam, pas tant que cette chose est en liberté.

Argent démarra, et la lumière éblouit Adam.

Il sentait que le bouclier de Silver atténuait la puissance du changement, et cette fois, avec les yeux fermés, l'air ne fut pas arraché de ses poumons. Ses oreilles, toutefois, se bouchèrent.

Adam retomba dans son corps. Il se retrouva dans le sous-sol de Bobby et avala de grosses goulées d'air.

Il n'était pas seul. Argent et Silver se tenaient à proximité. Il manquait la voiture. Elle était sûrement encore à l'hôpital sur l'Autre Rive.

Adam se redressa, tâta ses membres, s'assura qu'il arrivait à tous les bouger.

— Tout est à sa place, dit Argent. Ça devrait, en tout cas. Silver, va donc vérifier.

Le prince des elfes ne semblait guère partager l'amusement de sa sœur.

— Père sera furieux.

— Oui, il le sera, lui concéda Argent, mais il a raison sur un point. Il est temps que tu assumes ton rôle de Gardien. Tu ne peux pas te cacher dans une cellule chaque fois qu'il pique une colère. Tu dois lui tenir tête. Si tu ne le fais pas, il ne te respectera jamais.

— Comme tu l'as fait ? fit Silver.

Argent plissa les yeux et les deux elfes se défièrent longuement du regard. Des vagues de force se glissèrent entre eux.

Adam sentit Silver plier, un peu, devant sa sœur. Adam songea qu'il commençait peut-être à les comprendre.

Ils ne lui semblaient plus si étrangers, mais toujours aussi redoutables. Adam se demanda comment ce serait d'avoir un frère avec qui il pouvait être en désaccord, et même se disputer violemment, sans que cela nuise à l'affection qu'ils se portaient. Car il n'avait aucun doute là-dessus, Argent tenait à Silver. Si elle désapprouvait son attitude, lui reprochait ce qu'Adam commençait à considérer comme de la lâcheté, cela n'avait rien à voir avec l'hostilité que Bobby témoignait à Adam.

— Tu pourrais le faire, murmura le prince à sa sœur. Tu pourrais hériter.

Adam se demanda à quoi Silver avait dû renoncer pour revêtir son manteau. À être Perak ? À ses sentiments pour Adam ? Une masse grise semblable à un papillon de nuit battit des ailes sur son cœur.

— Non, répondit Argent. Je ne puis. (Ses paroles étaient catégoriques, mais elle eut l'air triste en les prononçant.) Père t'a choisi comme héritier, ajouta-t-elle. Lui seul peut changer cela, ce qu'il ne fera pas.

Silver baissa le menton.

— Par ailleurs, reprit Argent, j'ai un travail de jour. D'ailleurs, tu devrais te préparer, Adam. Nous n'avons pas toute la journée.

Il hocha la tête. Il devait lui parler de l'obsidienne, mais une voix l'appela du haut de l'escalier.

— Adam ?

Adam reporta son attention sur les elfes, mais ils avaient disparu. Bobby descendit d'un pas lourd, ses pieds martelant les marches.

— Quoi ? répondit Adam, basculant ses jambes par-dessus le lit.

— Qu'est-ce qui t'est arrivé ? demanda Bobby, une pointe d'inquiétude sincère – en tout cas, ça y ressemblait fortement – dans la voix. Tu es resté dans les vapes près de vingt-quatre heures.

Adam secoua la tête.

— J'ai essayé d'en apprendre davantage sur l'esprit, sur ses origines. Ça ne s'est pas bien passé.

— Mais tu as réussi ? s'enquit Bobby. Tu as appris quelque chose ?

— Ouais, répondit Adam. On peut dire ça.

Pour la première fois, il éprouvait de l'espoir. Ils en savaient un peu plus. Ils avaient peut-être une arme.

Adam gémit en voulant se mettre debout.

— Tu n'es pas obligé d'y aller, lui dit Bobby en levant une main.

— Je dois parler à Argent, répondit Adam, traînant sa carcasse ensommeillée en direction de la salle de bains. Mais d'abord, faut que je pisse.

— Il faut aussi qu'on s'occupe de ton œil, dit Bobby. On devrait le montrer à un ophtalmo, juste pour s'assurer que c'est passager.

— Quoi ? cria Adam avant d'allumer pour se regarder dans le miroir. Oh, dégueu !

30

Adam

— Alors ? demanda Argent. Qu'as-tu appris ?

— Silver et Perak sont le même elfe. Vous le saviez et vous l'avez tu. (Adam leva les mains en l'air.) Ah, et votre père oblige Silver à être son héritier, ce que Silver ne veut pas. À présent, nous sommes deux détenus en cavale ayant fui la plus chouette prison station balnéaire de l'univers.

Argent l'observa, la tête légèrement penchée.

— Tu dépasses les bornes, Adam Binder.

Quelques jours plus tôt, il aurait été embarrassé par sa désinvolture, il aurait pris conscience qu'il avait manqué de respect à la reine d'Épées. À présent, il lui semblait normal de dire à Argent ce qu'il avait sur le cœur. Ils étaient presque amis.

— Pardon. Silver m'a dit que votre père l'avait envoyé parmi les humains pour qu'il m'instruise, pour vous fournir un autre praticien mortel capable de se mesurer à l'esprit, parce que tous les autres étaient morts.

— C'est vrai, répondit Argent. Quoi d'autre ?

— Il utilise la magie pour se régénérer. Voilà pourquoi il voulait que vous l'attaquiez.

Argent lui fit signe de poursuivre.

— Et puis, j'ai trouvé ça.

Adam posa la pointe d'obsidienne sur la table. Elle étincela, jetant des reflets verts.

Argent se pencha vers le fragment.

— C'était sur le chantier ?

— Et, apparemment, elle peut trancher les tentacules. Qu'est-ce que c'est ?

— C'est ancien, plus vieux que moi, et peut-être même que père, répondit-elle en faisant courir un doigt sur l'inscription. Nous avons perdu cette magie, dit-elle d'une voix empreinte de révérence. Mais je pense qu'il s'agissait d'un sceau.

Adam hocha la tête. Les images qu'avait projetées l'esprit pendant l'attaque concordaient avec cette hypothèse.

— Quelqu'un l'a brisé, déclara Adam. Intentionnellement. Qui voudrait libérer cette créature ? Et pourquoi ?

Argent se détourna d'Adam. Elle ouvrit un grand classeur à trois anneaux dans lequel étaient rangés des articles de journaux, et commença à les feuilleter.

— Parfois, notre fixation sur le passé s'avère utile, déclara-t-elle.

Elle parcourait les lignes et les pages bien trop vite pour qu'Adam puisse suivre. Enfin, elle s'arrêta sur un article datant de cinq ans et le tapota du doigt, invitant Adam à lire.

Quelqu'un s'était introduit dans Mercy par effraction. Rien n'avait été volé, mais le malfaiteur avait tué le garde qui l'avait attrapé, avant de décamper.

Une photo granuleuse était jointe à l'article, une image prise par les vieilles caméras de surveillance. Adam se pencha dessus.

Ça pouvait être lui. Ça pouvait être le père d'Adam. La taille et la silhouette concordaient.

— Nous ne pourrons pas y retourner, l'informa Argent. Pas tant que l'esprit te surveille. Mon frère ne me le pardonnerait pas si je te mettais de nouveau en danger.

Adam lui montra l'éclat d'obsidienne.

— Silver l'a utilisé pour sectionner le tentacule qui me reliait à l'esprit. Ça pourrait sauver Annie ?

— Peut-être. Ça vaut la peine d'essayer.

— Quand ? demanda Adam. Peut-on y aller tout de suite ?

Anxieux comme il était, cette idée l'inquiétait. Sa magie avait faibli, il le sentait. Un autre voyage dans le royaume subtil ne serait guère sage. Il devait d'abord récupérer de son périple à Alfheimr. Il sentait la fatigue dans ses os, tremblants et vidés de leur moelle, comme s'il avait bu trop de café alors qu'il était épuisé.

— Ça devra se faire cette nuit. Notre accord avec les gnomes me contraint à les avertir. J'irai avec toi.

Adam la regarda.

— C'est moi qui viendrai, déclara-t-elle, pas Silver.

— Pourquoi l'avoir envoyé la nuit dernière ? s'enquit Adam.

La question lui avait échappé.

— Il devait te le dire, et tu avais besoin qu'il te le dise. Tu ne saisissais pas mes allusions, et je ne supportais plus qu'il broie du noir. Il est d'humeur maussade depuis que père lui a interdit de te voir. Même la patience des immortels a des limites, Adam.

— Il aurait pu m'envoyer un message. Ou le mentionner.

— Silver est… traditionnel. Il ne voulait pas te blesser, mais il a des devoirs. Qu'il se doit d'honorer. Cela fait partie de qui il est.

— Il m'a sauvé, dit Adam. L'esprit aurait pu me tuer, mais Silver m'a sauvé.

Argent ferma les yeux, hocha doucement la tête.

— Il t'aime beaucoup. Et ce, depuis toujours.

Adam soupira.

— J'ignore quoi faire de ça, ma dame.

— Je sais. Il en va de même pour lui. Il ne permettra pas que ses sentiments pour toi nuisent à son devoir, mais il est incapable d'y renoncer.

— Ce soir, donc, dit Adam.

— Je t'attendrai ici, répondit Argent.

Adam roula jusque chez Bobby. L'hôpital n'était pas situé à la sortie de l'autoroute comme c'était le cas en général, alors il emprunta les routes secondaires, qui étaient bondées. La chaleur n'arrangea guère son humeur. Ça aurait dû être l'automne. Où était donc la neige pour recouvrir toutes les feuilles mortes qui s'amassaient le long des trottoirs ?

Halloween, murmura Vic, sa voix moins puissante depuis l'escapade d'Adam en terre elfique. *D'habitude, il neige vers Halloween.*

Sentir la présence de Vic, là, dans sa tête, le fit sourire. C'était un soulagement plein de chaleur qui se grisait quand il pensait à Silver, à son réveil aux côtés de l'elfe. Ils n'avaient rien fait cette fois-là, mais Adam se souvenait d'avant.

Il voulait prendre une douche froide, pour plusieurs raisons, et faillit s'arrêter sur le bas-côté pour enlever sa chemise, mais il n'avait aucune envie de s'interrompre, alors il monta la clim. La Cutlass souffla de la poussière et une odeur de plastique brûlé envahit l'habitacle, comme cela arrivait chaque fois qu'il laissait la climatisation éteinte trop longtemps.

Il passa devant un grand parc, paradis des joggeurs et des cyclistes. Tout le monde ici aimait s'activer au grand air. Tout le monde ici, y compris Vic, semblait en meilleure forme physique qu'Adam.

Il s'arrêta au feu rouge, et la Cutlass cala. Il redémarra et tourna en direction d'une rue secondaire où il se gara. Il balaya les alentours du regard. Les maisons étaient jolies, pas aussi neuves que celle de Bobby, mais cossues.

Des constructions anciennes, comme la demeure des Martinez, mais beaucoup plus spacieuses.

Adam descendit de la voiture, souleva le capot et jeta un coup d'œil dessous.

— Bouchon de vapeur, marmonna-t-il.

Adam examina le moteur. Il le nettoyait régulièrement, mais n'importe qui aurait remarqué l'usure et les réparations disparates. Il y avait autant de magie là-dedans que de fil métallique. La plupart du temps, Adam la faisait rouler par la seule force de sa volonté. À cet instant, il était trop épuisé. Aussi devrait-il attendre que le moteur refroidisse avant de redémarrer.

La Cutlass, d'ordinaire un réconfort, semblait en bout de course, bonne pour la casse. Pourtant, elle serait sublime si Adam avait assez d'argent pour lui rendre tout son éclat.

Il pouvait toujours la vendre ; il en tirerait probablement quelques milliers de dollars. Adam rejeta aussitôt cette idée. Il n'était pas Bobby.

Et j'y gagnerais quoi, en plus ?

Il aurait perdu sa bagnole et le seul élément concret qui le reliait encore à son père. Il se rappelait les mauvais jours, les colères, les crises de rage, la violence. Mais les souvenirs plus joyeux, comme les moments où son père chapardait des figurines dans les hypermarchés discount ou les excursions de pêche au lac, s'estompaient de jour en jour.

Soudain, il se rappela qu'il avait failli se noyer. Son père avait essayé de le tuer. Adam voulait le nier, mais il ne le pouvait pas. Son père avait voulu piéger un enfant de cinq ans et il avait presque réussi.

Et il avait tué le vigile à l'hôpital, libéré l'esprit piégé sous Mercy.

Et comme c'était le cas pour toutes les choses qui concernaient son père, Adam avait besoin de savoir pourquoi.

Et d'informer Argent que le sorcier ainsi que le briseur de sceau étaient une seule et même personne.

La Cutlass redémarra. Adam nota mentalement les pièces de rechange dont sa guimbarde avait besoin, tout en tournant à l'angle de la rue de Bobby. Avant de retrouver Argent, il prendrait une douche et ferait une sieste. La solitude régnait dans la maison depuis le départ d'Annie, ce que ces murs dégageaient était encore plus prégnant. Peut-être les lieux éprouvaient-ils le manque de certaines personnes, comme les chats, celui de leurs propriétaires, même si les gens pensaient qu'il n'en était rien. Peut-être cette grosse meringue de maison se languissait-elle d'Annie.

Adam se demandait s'il devait inviter Bobby à se joindre à eux. Si la pointe d'obsidienne s'avérerait efficace, s'il récupérerait Annie. Mais si ça ne fonctionnait pas, il aurait donné de faux espoirs à Bobby.

Adam n'était toujours pas convaincu que Bobby tienne à sa femme. De la façon dont ce dernier partait travailler, menait sa vie, Adam le soupçonnait même de considérer Annie comme un symbole de son succès – un de plus – et non comme une partenaire.

Adam n'avait pas beaucoup d'expérience en matière de relations, mais il était certain d'une chose : il n'infligerait ça à personne ni ne serait ça pour personne.

Il appela sa mère en franchissant la porte d'entrée.

— Maman ?

Il s'attendait à la trouver dans la cuisine, mais elle n'y était pas. Il l'entendit rire, un son qui n'était guère familier, et avança vers le salon qu'ils n'utilisaient jamais, l'oreille tendue, l'œil alerte, au cas où le danger serait tapi dans les parages.

Sa mère était assise sur le fauteuil deux places, en face de Vic, qui occupait le canapé.

— Oh, chéri, dit-elle en souriant à Adam quand elle l'aperçut. Tu es rentré. Vincent sera des nôtres pour le dîner.

31

Adam

Le cœur d'Adam fit un petit bond lorsqu'il entra dans le salon. Sa mère et Vic étaient assis l'un en face de l'autre et ils semblaient parfaitement à l'aise, comme si la situation était des plus normales.

— Que fais-tu ici ? s'enquit Adam d'un ton plus inquisiteur qu'il ne l'avait voulu.

Il sourit, craignant que Vic pense qu'Adam était mécontent de le voir. Au contraire, mais il était attendu à la tour de l'horloge.

— Je suis passé voir comment tu allais, répondit Vic, plissant les yeux pour feindre la suspicion. Comme tu ne donnais pas de nouvelles.

Le cœur d'Adam se serra. Comment expliquer où il était et ce qu'il avait appris ?

— Je vais préparer le repas, dit la mère d'Adam. (Elle se leva et regarda son fils, puis Vic.) Tu restes dîner, Vincent ?

— Vincent ? murmura Adam, arquant un sourcil.

— Si je ne dérange pas. Mon frère pourra me chercher plus tard.

— Adam ou Bobby peuvent te raccompagner, répondit Tilla Mae en se dirigeant vers la cuisine, une légère odeur de cigarette dans son sillage.

— Ce serait très gentil, répondit Vic.

Il plongea ses yeux marron dans ceux d'Adam et arbora un sourire égrillard. Adam déglutit.

— Vincent ? répéta-t-il.

— Ta mère peut m'appeler Vincent. (Il se pencha vers Adam, comme pour lui souffler un secret.) Son accent est effroyable.

— Ouais, en convint Adam. On est très blancs.

Une vague de chaleur l'envahit, celle-ci avait pris naissance juste au-dessus de son nombril et s'était diffusée plus bas lorsqu'il avait repris la place où était assise sa mère. Vic et lui s'observèrent pendant quelques minutes, attendirent que la mère d'Adam se soit mise aux fourneaux avant de recommencer à parler.

— Quoi de neuf ? s'enquit Vic.

— Tu as l'air en meilleure forme.

— Mon état s'améliore de jour en jour, je me remets bien plus vite que je ne devrais. Les médecins affirment que je suis jeune et vigoureux, mais ce n'est pas la seule raison, pas vrai ?

Perçants. Interrogateurs. Ce n'étaient pas là des mots qu'Adam aurait pensé associer un jour aux yeux marron, et pourtant Vic le fixait du regard avec détermination et toute son attention. Son expression rappela à Adam celle de Vic le Policier, celle qui s'était peinte sur son visage quand il avait surpris Adam dans la salle des archives. Adam ne la trouvait pas déplaisante, mais quelque peu intimidante.

— Non, reconnut-il.

— Tu as fait quoi quand tu m'as sauvé ?

Adam passa une main dans ses cheveux. Il ne savait pas quoi dire, comment le dire, alors il se lança.

— Je nous ai liés.

— Comment ? demanda Vic, visiblement intrigué.

— Par la magie, avoua Adam avec une grimace. J'ai détaché un brin, un fil de ma vie, et je l'ai noué à la tienne.

— Tu peux faire ça ?

— Il faut croire, répondit Adam en haussant les épaules.

— Pourquoi ? Pourquoi tu l'as fait ?

Vic paraissait presque offensé. Adam percevait sa curiosité, mais pas son intérêt. Celui-ci avait décliné. Adam eut un pincement au cœur. Il avait vu juste. À mesure que leur lien faiblissait, Vic remettait en question son attirance pour Adam. Il redevenait lui-même.

Adam esquissa un drôle de geste qui traduisait une nonchalance mêlée d'embarras.

— Parce que je pouvais le faire.

— Tu le regrettes ?

— Pourquoi cette question ? lui demanda Adam en se calant contre les coussins. Bien sûr que non.

— Alors, pourquoi tu as disparu comme ça ?

Ça ne pouvait qu'être la magie. Ça ne pouvait pas être réel entre eux. Vic l'oublierait. Adam rentrerait à Guthrie, dans le mobil-home.

— J'étais en voyage. C'est difficile à expliquer.

Vic fronça les sourcils.

— Essaie quand même.

— Ça concerne quelqu'un que je connaissais, dit Adam.

— Et plus encore, dit Vic en lui montrant son cœur. Je ressens tes pensées et tes émotions, je te rappelle.

Adam hocha la tête, une boule dans la gorge.

— C'est une longue histoire.

Dans la cuisine, l'huile chaude grésillait dans la poêle. La mère d'Adam chantonnait, pour de vrai.

— Crache le morceau, Binder.

Adam lui parla de l'esprit, lui expliqua que celui-ci avait pris possession d'Annie ainsi que de Carl. Alors, Vic se tendit et Adam sentit le pouls bleu-noir du chagrin battre le long de leur lien. Celui-ci se renforça quand Adam évoqua Perak et Silver. En peu de mots, car il ne pouvait se montrer plus loquace sur le sujet, mais, quand il leva les yeux vers Vic, il comprit que parler davantage n'aurait servi à rien.

Il ne savait pas ce qu'il ressentirait quand il avait commencé son explication. Plus celle-ci se prolongeait, plus il repensait aux circonstances qui avaient contraint Silver à l'abandonner. Cela compliqua tout, en particulier les sentiments d'Adam pour Vic. À présent, Vic ne le désirait plus. Cela lui noua les entrailles. Il sentit les larmes lui monter aux yeux.

— Approche, dit Vic en ouvrant les bras.

Adam n'en avait pas envie. Il ne voulait pas craquer, pleurer, ou éprouver le besoin de faire l'un ou l'autre, mais il ne pouvait résister à ce regard plein de détermination.

Il hésita, se demandant si Vic pouvait le supporter.

— Ne t'inquiète pas, le rassura l'intéressé. Sois délicat, et ça ira.

Adam se blottit contre le torse de Vic. Un fumet de viande commençait à embaumer la maison dans un cliquetis de vaisselle.

— Tout va bien se passer, poursuivit Vic.

— Qu'en sais-tu ?

— Fais-moi confiance. Parole de flic.

Leurs regards se croisèrent, et Adam s'attendit à se perdre dans celui de Vic jusqu'à ce qu'il voie flotter dans ses yeux de minuscules crânes. Il eut un mouvement de recul.

— Quoi ? demanda Vic, étonné par cette réaction.

Les crânes avaient disparu.

Adam ne pouvait répondre. Il pouvait invoquer sa double vue et essayer de déterminer si ce n'était là que le fruit de son imagination. Il savait que non. Il ne vérifia pas.

— Rien, répondit Adam.

— Pourquoi t'as paniqué ? C'est toi qui as l'œil ensanglanté.

— C'est vraiment moche ? demanda Adam en le recouvrant avec sa paume.

— Assez, oui. Estime-toi heureux que ta mère m'ait prévenu.

— D'après Bobby, ça partira d'ici quinze jours.

— En attendant, tu pourrais porter un cache-œil ? Ça va être chaud de manger à côté de ce truc.

Adam inclina la tête et, à l'aide de ses doigts, il écarta ses paupières.

— OK, OK, c'est bon, fit Vic en le repoussant gentiment. Ça ne m'étonne pas que Jesse t'aime bien.

— Jesse ne me connaît pas.

— Bien sûr que si, enfin, un peu. (Il donna un coup de coude à Adam.) D'ailleurs, il ne la fermera pas tant que tu ne lui auras pas confié ta voiture.

— Je n'ai pas d'argent pour la faire réparer.

— Il se fiche de l'argent. Tout ce qu'il veut, c'est passer sous le capot.

Vic baissa la voix avant d'ajouter :

— Fais-le pour moi ?

— D'accord.

Adam capitula devant ces yeux marron dans lesquels plus aucun crâne ne nageait. Il continua cependant à l'observer attentivement, essayant de déceler dans le regard de Vic un signe des faucheurs.

Vic remarqua qu'Adam le dévisageait. Du moins, il sentit son inquiétude. Il se renfonça dans son fauteuil, son séduisant visage aux traits puissants se tordant sous l'effet de l'appréhension.

— Qu'est-ce qu'il m'arrive ?

— Je n'en sais rien, avoua Adam en prenant les mains de Vic dans les siennes.

Vic les serra fort. Adam le sentait bien plus robuste que la dernière fois qu'il l'avait vu.

— C'est à cause de ce que tu m'as fait, n'est-ce pas ?

Vic commençait à comprendre, à se rendre compte des implications de ce geste. Adam ne bougea pas, même s'il ne voyait guère d'issue positive à leur relation. La magie finirait par s'évaporer et, alors, Vic s'en irait, à moins qu'Adam rentre en Oklahoma le premier.

— Ouais.

— Tu as risqué ta vie pour moi.

Vic semblait stupéfait.

— Ce n'était pas pour toi, répondit Adam. Oui, je t'ai sauvé, mais ce n'était pas que pour toi. Je…

— Tu l'aurais fait pour n'importe qui ? demanda Vic en l'attirant contre lui.

Dieu qu'il sentait bon ! Un parfum qui évoquait la loyauté, l'humain. Adam huma l'odeur de Vic, le nez collé à sa chemise. Il prit quelques inspirations tout en réfléchissant. Il ne connaissait pas Vic. Pas vraiment. Agir de la sorte avait été présomptueux, arrogant même. Mais il avait été sincère. Il ne pouvait laisser un homme mourir et payer à sa place le prix de ses actions.

— Ouais, murmura Adam contre l'épaule de Vic.

Vic déposa un baiser sur sa tête.

— Bien. Tu as fait ce qu'il fallait, alors que rien ne t'y obligeait. Ça fait de toi un héros.

— Je n'ai pas sauvé Carl, répondit Adam. (Rien que prononcer son nom lui parut malvenu.) Je n'ai pas pu…

Vic enlaça Adam entre ses bras.

— On ne peut pas toujours sauver tout le monde, murmura-t-il dans les cheveux d'Adam. Tu ne dois jamais l'oublier, sinon ça te dévorera tout cru.

La voix de Tilla Mae leur parvint comme si elle était dans la pièce d'à côté.

— Les garçons !

Ils s'écartèrent en vitesse l'un de l'autre, mais Adam se demanda si sa mère les avait vus s'étreindre. Vic eut l'air dérouté, mais il perçut visiblement la gêne d'Adam et lissa sa chemise.

— Le dîner est prêt, les enfants.

Adam regretta à cet instant de ne pas avoir son propre appartement, un endroit où il pourrait être seul avec Vic et où il y aurait moins d'espace, et moins de vêtements, entre eux.

— À quoi tu penses ? demanda Vic avec un sourire narquois.

— À rien.

— Je vois. (Vic se leva et fit un signe en direction de la cuisine.) Je te suis.

— Veux-tu dire le bénédicité, Vincent ? demanda la mère d'Adam lorsqu'ils furent tous assis autour de la petite table de la salle à manger.

D'habitude, ils mangeaient à la table de la cuisine. La mère d'Adam avait finalement décidé d'utiliser la salle à manger. Annie avait dû choisir la belle et longue table en bois massif, parfaite pour recevoir les convives du docteur Binder.

Annie avait cessé de travailler à l'hôpital après avoir épousé Bobby. Adam eut beau fouiller sa mémoire, il ne se rappela pas une époque où Tilla Mae s'était seulement occupée du foyer. C'était papa qui restait à la maison, et il ne faisait ni la cuisine ni le ménage. Après son départ, leur mère avait travaillé encore plus dur.

Certaines semaines, Adam la voyait seulement quand Bobby l'emmenait en ville, dans l'épicerie où elle travaillait. Ils feuilletaient les comics, veillant à ne pas corner les pages, et ne les achetaient jamais. Bobby offrait un paquet de chewing-gums à Adam, ou, parfois, des bonbons. La caisse enregistreuse faisait « ding » quand maman passait les articles. Elle rendait la monnaie dans un petit gobelet s'ils payaient avec les rares billets que Bobby s'évertuait à épargner. Adam adorait voir tomber et rouler les pièces étincelantes.

Il se demanda si c'était là que leur mère avait développé cette double accoutumance, tabac et café noir. Tous ses souvenirs de l'époque étaient liés aux yeux cernés de sa mère. Elle avait les cheveux blonds, comme lui, mais d'une couleur qui tirait plus sur la paille que sur la boue. Sa mère ne souriait pas souvent. Papa avait été plus rigolard, mais maman ne lui hurlait pas dessus. Elle ne l'avait jamais menacé ni fessé.

Vic récita la prière à voix haute, son accent un peu plus fort comme il se sentait en confiance, dans un environnement amical.

La religion et Tilla Mae allaient de pair. Sa foi avait toujours été omniprésente, une toile de fond. Elle allait rarement à l'église, car son emploi du temps serré ne le lui permettait pas, mais ils lisaient ensemble le passage sur les Rois mages la veille de Noël, et chaque dimanche de Pâques, elle forçait ses deux garçons à se mettre sur leur trente-et-un avant de les traîner au sermon annuel du pasteur dont Adam n'écoutait guère le contenu.

Il jeta un coup d'œil à Vic pendant qu'il priait. Le catholicisme, voilà qui était inédit pour Adam, qui se demanda à quel point Vic y croyait. Adam avait l'habitude de se faire traiter de pécheur, d'abomination. Sorcellerie et anathème allaient de pair. Bon nombre de praticiens qu'il avait rencontrés avaient concilié les deux pratiques. Certains gardaient des bibles sur leurs autels.

Chez tante Sue, un crucifix trônait sur le mur de la cuisine où elle tirait les cartes. Elle avait expliqué à Adam que les clients se sentaient moins coupables de la consulter s'ils constataient que Sue ne haïssait pas leur foi.

Il se demanda ce que ressentirait Vic si leur relation devenait sérieuse. Adam se rendait compte que s'être ainsi lié à lui avait d'autres répercussions. Certes, il lui avait sauvé la vie, mais il espérait ne pas l'avoir dénaturé, que la magie ne l'avait pas persuadé qu'il était quelqu'un d'autre.

Sentant le tourment d'Adam, Vic dit « amen » et le regarda d'un air complice, soucieux. Puis il secoua la tête.

Tu t'inquiètes trop.

La pensée passa entre eux.

— Qu'est-ce qu'on mange ? demanda Vic à Tilla. Ça sent divinement bon.

La mère d'Adam rougit un peu.

— Des macaronis.

Adam grimaça intérieurement. Il détestait les macaronis au fromage, il en avait horreur depuis que sa mère les en avait gavés pendant des mois. Bobby avait appris à les cuisiner, avait essayé de rendre le plat plus attrayant pour Adam en y ajoutant du poivre et du basilic, de la sauce épicée qui restait des tacos que Bobby rapportait du fast-food après qu'il avait commencé à travailler à l'épicerie. Ce goût avait fini par saturer les papilles d'Adam. Il consommait toujours une quantité incroyable de sauce Tabasco.

Vic, sentant son désarroi, l'interrogea du regard. Il se pencha en avant, ouvrit la bouche comme s'il voulait demander à Adam ce qui n'allait pas.

Adam s'obligea à sourire et prit le saladier de coudes rayés jaune canari.

— Ça a l'air délicieux, maman, dit-il.

Il ne voulait pas que sa mère sache à quel point ce plat le répugnait, même si elle l'avait amélioré en y incorporant des épinards et du bacon. Ce n'était pas sa faute si elle n'avait pas eu les moyens de leur donner autre chose à manger quand ils étaient gosses. Cela dit, Adam regrettait qu'elle n'expérimente pas la cuisine avec des ingrédients différents à présent que c'était le docteur Binder qui régalait.

Vic soupira. Adam le vit chasser sa curiosité. Il fit signe à Adam de lui passer le récipient. Adam ne doutait pas qu'ils en parleraient plus tard.

Malgré lui, Adam éprouvait une sensation d'étrangeté. Si on lui avait demandé ce qu'aurait pensé sa mère d'un type débarquant chez eux au débotté et restant dîner, il aurait répondu : « Rien de bon. » Il observa sa mère du coin de l'œil, comme si elle était, elle aussi, possédée. Elle l'avait surpris, et elle n'avait a priori aucune arrière-pensée ; elle ne souhaitait visiblement que le bien-être de son fils. Adam constata qu'elle avait changé, ou alors elle n'avait jamais été celle qu'il s'était imaginée.

Elle lui sourit, comme si elle lisait en lui à la manière de Vic. Adam se sentait bien en leur compagnie et il se surprit à sourire à son tour.

32

Adam

— Tu es sûr qu'on ne risque rien là-dedans ? demanda Vic pendant qu'Adam conduisait.

Il avait pris la route longue.

— On ne s'y sent pas trop en sécurité, ajouta-t-il.

— T'inquiète.

Même s'il ne restait plus grand-chose du rembourrage de l'assise, Adam se garda de soupirer. De toute évidence, la Cutlass ne possédait ni le confort ni l'élégance de l'Audi de Bobby ou même du SUV de Jesse.

— Franchement, laisse Jesse y jeter un coup d'œil.

— Je ne veux pas qu'on me fasse la charité, Vic.

Il le pensait. Il vivait déjà assez mal le fait d'acheter ses chemises dans des friperies, de s'être habitué à la faim. Il ne supporterait pas d'être pris en pitié, surtout par un mec qui lui plaisait.

— Il veut t'aider, c'est tout. Il n'y a pas de honte à demander, Adam. Avoir besoin de certaines choses ou les désirer n'a rien de honteux.

— Oui, mais… je ne veux pas être le petit Blanc fauché qui fait pitié. Un cas social. Un bouseux.

— Tu n'es rien de tout ça, Adam.

— J'ai grandi dans les bois, Vic. Je vis dans un mobil-home. Je n'ai jamais eu une paire de chaussures neuves.

— Tu es pauvre. Ça ne fait pas de toi un cas social. Ta mère a travaillé dur. Ton frère travaille dur. C'est la flemme qui fait le cas social, rien d'autre. Et tu n'es pas un flemmard.

Vic avait raison, ce qui mit Adam sur la défensive. Tout le monde dans sa famille se tuait à la tâche. Depuis toujours. Tout le monde, sauf papa. Il ne faisait rien, pas même les trucs les plus élémentaires, comme jeter les ordures à la poubelle. Des années après son départ, Bobby avait roulé sur une bombe de peinture vide en tondant la pelouse. La bombe avait explosé et détruit la tondeuse. Bobby l'avait échappé belle ; il aurait pu être blessé, voire tué par un éclat métallique.

Adam secoua la tête et s'arrêta devant la maison de Vic.

— Tu ne me connais pas si bien que ça, déclara-t-il.

— Assez pour savoir que tu es un type bien.

Il posa la main derrière la tête d'Adam et lui massa le cuir chevelu du bout des doigts. Adam s'abandonna à la sensation. Vic arqua un sourcil.

— À moins que tu aies un drapeau des confédérés tatoué quelque part ?

— Non, rien de tel. Juste un *monster truck*. Ah, et une vache qui broute de l'herbe tatouée sur la fesse.

— Gauche ou droite ?

Adam retint son souffle, ses paumes le picotaient.

Vic se pencha vers lui et rapprocha son visage du sien. Il continua d'exercer cette délicate pression sur le crâne d'Adam.

Adam se demanda si Vic avait été pareil avec les filles qu'il avait fréquentées. Il refoula cette pensée et se laissa transporter jusqu'à ce que, n'y tenant plus, il rompe la distance qui les séparait et imprime un baiser sur ses lèvres.

Le fil qui les reliait grésilla. Il vibra comme pour crier « oui ». Enfin.

Adam s'interrompit pour reprendre son souffle. Vic attendit qu'il ait terminé avant de l'embrasser de nouveau.

Il glissa sa langue dans la bouche d'Adam et fit courir ses mains sur son torse, sur ses bras, sous son tee-shirt pour effleurer sa peau tandis qu'Adam en faisait de même, poursuivant ses caresses sous la veste en jean de Vic.

Ils ne se quittèrent pas du regard un instant.

Le sang d'Adam lui battait dans les tempes et dans le bas-ventre, coupant court à ses pensées. Il s'arrêta pour demander :

— Je ne te fais pas mal ?

— Non, répondit Vic en s'appuyant contre lui.

Adam le croyait sur parole. Aucun d'eux n'était en mesure de mentir à cet instant, alors que leurs corps, leurs bouches, leur force vitale se mêlaient, s'enchevêtraient.

Adam se risqua à jeter un coup d'œil par la vitre tandis que Vic l'embrassait dans le cou, explorant sa peau du bout de la langue. Les faucheurs étaient partis. Adam voulait en savoir davantage, mais il était quelque peu distrait par la tension qu'il éprouvait dans tout le corps. Il embrassa Vic, encore, les yeux ouverts, en quête de quelque chose. Soudain, Adam trouva ce qu'il cherchait, ce soupçon de doute dissimulé sous toute cette confiance. Il essaya de le gommer par un baiser si long qu'il crut s'évanouir. Vic le rompit le premier. Il passa un doigt sur les lèvres d'Adam.

— Je ferais mieux d'y aller, dit-il. Avant qu'on ne soit…

— En nage ? plaisanta Adam.

Leur relation lui paraissait incertaine, comme s'ils étaient en permanence sur le fil du rasoir, susceptibles à tout moment de coucher ensemble ou de repartir chacun de son côté. Il se força à expirer et à rediriger son sang dans le reste de ses organes.

— En nage, acquiesça Vic.

— Tu es sûr ? lui demanda Adam en s'écartant jusqu'à ce que son dos touche la porte.

— Ouais. Je ne veux pas déchirer un point de suture. (Vic sourit et baissa les yeux sur l'entrejambe d'Adam.) Et je ne voudrais pas non plus que tu fasses craquer ta braguette.

— OK, répondit Adam en riant encore.

— Tu m'accompagnes jusqu'à la porte ?

Adam hocha la tête en inspirant profondément, et se rassit sur son siège. Il descendit de la voiture, sentit la fraîcheur de la brise nocturne sur sa peau. Il renifla quand Vic lui prit la main. La rue était plus animée que jamais.

— Quoi ? demanda Vic.

— Et si tes voisins nous voient ?

— On vient de se galocher devant la maison de ma mère. Et ça ne t'inquiétait pas qu'on nous voie.

Adam rougit si fort que ses oreilles le brûlèrent.

— Écoute, reprit Vic, s'arrêtant au milieu de l'étroite allée bitumée. Je ne sais pas où nous mènera cette relation. Mais j'ai envie de le découvrir. Avec toi, d'accord ?

— Tu n'as pas peur de ce que penseront les gens ?

Vic haussa les épaules.

— C'est un petit quartier. Jesse a une grande bouche. Les gens l'apprendront tôt ou tard, si ce n'est pas déjà fait.

— Ça ne t'inquiète pas ?

— Je suis flic. J'ai grandi ici. Je connais tout le monde dans cette rue, et ils me connaissent.

Adam secoua la tête.

— Ce n'est pas comme par chez moi. Si on me voyait tenir la main d'un autre mec, si on savait que je suis gay… Non, ce ne serait pas possible là où j'habite.

Vic serra les doigts d'Adam entre les siens.

— Ce n'est pas comme ça partout.

— Et puis… si ce n'était pas réel ? demanda Adam tout bas. (Voilà. Il l'avait dit.) Et si c'était juste l'effet de la magie ?

Et si je ne te plaisais pas vraiment ?

Il garda cette question pour lui, car il la trouvait pathétique.

— Tu me plais, et c'est magique, répondit Vic avec un sourire. Qu'y a-t-il de plus magique qu'un premier baiser ? La vie n'est pas une succession de moments douloureux, Adam. Il y en a des bons aussi. Et il y a des types bien. Comme toi.

Et Silver dans tout ça ? s'enquit une petite voix. Adam la piétina. Silver refusait de tenir tête à son père. Vic, lui, voulait traverser la rue avec Adam. Vic voulait marcher avec lui, en lui tenant la main, jusqu'à sa porte. C'était sans comparaison.

— Tu te perds de nouveau dans tes pensées, dit Vic en traînant Adam jusqu'au perron. (Il se pencha vers lui et déposa un petit baiser sur ses lèvres.) Rentre chez toi. Réfléchis là-bas. Tu fais mal à ma blessure.

Il rentra chez lui d'un pas détendu. Adam attendit quelques secondes avant de regagner la Cutlass. Il avait roulé quelques centaines de mètres quand une voix s'éleva de la banquette arrière.

— Tu l'aimes ?

Après un cri suraigu qu'Adam aurait préféré ne jamais pousser, il regarda dans le rétroviseur central et vit Argent assise derrière lui.

— Depuis quand êtes-vous là ? lui demanda-t-il.

— Suffisamment longtemps, répondit-elle, escaladant le fauteuil passager avec dextérité pour s'asseoir à côté d'Adam.

— Je venais justement vous chercher, dit Adam.

— Je tournais en rond. Les hôpitaux sont d'un ennui. À en croire vos séries télé, ça explose tout le temps et ça s'envoie en l'air dans les remises.

— Vous auriez pu attendre.

— Réponds à la question, Adam.

— Je n'en sais rien. On s'est rencontrés il y a peu.

— Pourtant, tu as lié un brin de ta force vitale à la sienne, déclara Argent.

— Je ne voulais pas qu'il meure.

Si c'était à refaire, il recommencerait, cependant il avait eu l'impression d'arracher un morceau de son cœur. À présent qu'il y repensait, il prit conscience que c'était précisément ce qu'il avait fait.

— Il ne le méritait pas.

— Peu importe. (Argent soupira.) Cela reste une façon fort impulsive d'épouser quelqu'un.

— Épouser ? Je ne l'ai pas épousé. Ce n'est pas ce que je faisais.

— Adam Lee Binder, le reprit Argent d'une voix traînante. Tu es sans doute le praticien mortel le plus ignorant, le plus arrogant qu'il m'ait été donné de rencontrer ces vingt derniers siècles.

— C'est l'âge que vous avez ?

— C'est impoli de le demander, répliqua-t-elle sèchement, ses yeux réduits à deux fentes. Mais, pour ta gouverne, Adam, quand un garçon en aime un autre, il attache un brin de sa vie à celle de son amoureux. Il partage ses douleurs, ses victoires, ses triomphes et ses échecs. Pour le meilleur et pour le pire, tout ça...

Argent se tut, regarda autour d'elle comme pour s'assurer que personne ne les entendait, avant d'ajouter :

— C'est ce que nous faisons quand nous prenons un compagnon ou une compagne mortelle. Cela allonge leur espérance de vie, leur permet de rester avec nous plus longtemps, mais pas pour toujours.

— Ça arrive ? s'enquit Adam, s'efforçant de paraître détaché, même s'il voulait en réalité lui demander si cela lui était arrivé personnellement.

Il se rappela les propos de Silver, Argent avait défié leur père, elle s'était dressée contre lui et avait été emprisonnée pour cette raison.

— Rarement.

La tristesse qu'exprimait son visage répondit à la question qu'Adam n'avait pas posée. Il se demanda qui elle avait aimé et perdu en deux longs millénaires.

— Ça n'est plus arrivé depuis un moment. Nous sommes conservateurs, nous préservons nos traditions. Et nous vivons si longtemps. C'est terrible de voir nos amants ou nos enfants mortels dépérir et s'éteindre.

Adam se crispa sur son siège. Il agrippa le volant et demanda :

— Est-ce que… Silver… C'est pour ça qu'il a eu mal quand j'ai sauvé Vic ?

Argent le regarda, un sourcil arqué.

— Tout à fait, répondit-elle en s'examinant dans un miroir de poche. Silver est encore plus à cheval sur les traditions. Votre époque victorienne lui convenait à merveille. Il savait qu'il t'avait perdu, que père ne l'autoriserait jamais à te garder ; pour autant, il ne voulait pas que tu te lies à quelqu'un autre.

Adam gémit.

— Je ne sais pas quoi faire. Je suis paumé. Que ce soit au sujet de Vic ou de Silver. Et je ne parle même pas de l'esprit !

— Pour l'instant. Conduis-nous à la tour de l'horloge. Nous avons rendez-vous avec le Geôlier, nous avons peut-être une chance de libérer ta sœur par alliance.

— Et ensuite ?

— Quand ce sera fait, il te faudra décider si tu l'aimes ou non.

Adam hocha la tête. L'envie le démangeait, mais il ne demanda pas à Argent de préciser à qui elle faisait référence.

Adam ne trouva pas de place assez grande pour la Cutlass.

— Saletés de SUV, grommela-t-il.

— Là, fit Argent avec un geste de la main, les transportant tous les trois dans le royaume subtil.

— Merci.

Adam sourit en se garant sur une place vide. Sur les horodateurs, à la place des fentes pour insérer les pièces figuraient des bouches. Elles ondulaient tels des serpents affamés, suppliant qu'on les nourrisse.

— Vous êtes combien à pouvoir faire ça ? demanda-t-il.

Il glissa quelques pièces de vingt-cinq cents dans le parcmètre. Satisfait, celui-ci essaya de lui lécher la joue avant de fermer les yeux et de s'assoupir comme un chat au soleil.

— Déplacer une voiture d'un plan à l'autre ?

Argent l'observa d'un air ironique, arquant un sourcil parfaitement épilé.

— Adam Binder, chercherais-tu à faire le malin ?

— Non, juste à apprendre.

— Poser des questions est un bon début. Mais tu peux faire mieux.

— Comment ?

— Pose de meilleures questions.

Adam y réfléchit tandis qu'ils marchaient, mais n'en trouva guère. Visiblement, les elfes l'instruiraient s'il leur prouvait sa valeur en posant les bonnes questions. C'était comme passer un test pour prouver qu'on était capable d'en passer d'autres.

Pas étonnant qu'il ne soit jamais arrivé à la fac.

Ils s'étaient garés dans le quartier des théâtres. Un tramway passa à côté d'eux en montrant les dents. Plusieurs théâtres anciens s'alignaient sur Curtis Street ; leurs enseignes, composées d'ampoules formant des lettres, brillaient dans le brouillard qui s'était abattu sur le centre-ville. Les établissements portaient des noms comme *Chop Suey* ou *L'Isis*.

L'atmosphère ce soir était digne du carnaval. Les esprits marchaient sur des échasses ou roulaient à bicyclette dans les airs, suspendus à des ballons. En costumes rayés et en robes du soir, tout le monde avait l'air d'aller au spectacle. Adam se demanda ce qu'il y trouverait, en particulier quand un couple de pieuvres élégamment vêtues passa à côté de lui, s'appuyant chacun sur huit cannes.

Adam se nota mentalement de revenir les étudier de plus près. Il pourrait emmener Vic, peut-être. Comme pour un vrai rendez-vous galant.

— Qu'est-ce qui te fait sourire comme un bienheureux ? lui demanda Argent.

— Lui, répondit Adam en montrant un ours coiffé d'un fez, qui dansait sur le trottoir.

Argent n'exigea pas d'explications, et Adam en fut ravi. Il n'était pas sûr d'avoir les mots pour décrire ce qui s'épanouissait dans son cœur. Elle lui rendit son sourire.

Ils approchèrent de la tour de l'horloge. Elle se dressait devant eux, au nord, et son cadran brillait comme la lune.

Une vague de force se détacha du bâtiment en un nuage de poussière et de débris. Adam fut propulsé au sol.

— Putain ! s'écria-t-il, levant les yeux vers l'horloge.

— On surveille son langage, le reprit Argent avant de se tourner pour voir ce qu'Adam avait vu.

Le nuage se figea. Il resta suspendu, statique, au-dessus d'un ensemble d'immeubles. Même le feu, la fumée et les flammes cessèrent de bouger. Puis il se compacta avant de se dilater de nouveau.

— Putain ! répéta Argent, faisant écho à Adam.

L'explosion, bien qu'interrompue, avait affolé les esprits. Ils se mirent à hurler. Adam entendit un rugissement, celui d'une bête si grosse que son cri résonna sur les briques.

— Qu'est-ce que c'est ? demanda Adam.

— Une manticore, répondit Argent.

La reine ne se transforma pas ni ne dévoila son aspect véritable, mais elle sortit une très longue épée de son sac à main, comme un magicien tirerait un lapin de son chapeau. Une lueur prédatrice brilla dans ses yeux. Pour une créature qui respectait toute forme de vie, elle avait l'air d'une chasseresse redoutable et assoiffée de sang.

La manticore rugit encore, mais, cette fois, le son venait de plus loin. De la tête, Argent montra à Adam la scène de destruction mise sur pause.

— Que se passe-t-il ? s'enquit ce dernier, se concentrant sur le nuage pour y voir plus clair.

— Le Geôlier a contenu l'explosion, expliqua Argent, se redressant de toute sa hauteur, abandonnant pour un temps son attitude décontractée. Probablement au prix de sa vie.

— Qu'arrivera-t-il à Annie ?

La reine d'Épées secoua la tête.

— Je l'ignore.

Une vague de froid submergea les sens d'Adam. Le tentacule de l'esprit palpita à travers le ciel. Il s'épaissit, gonfla, telle une racine ensanglantée s'abreuvant jusqu'à plus soif. Non, il ne buvait pas, il se nourrissait, il injectait son essence dans quelque chose, quelqu'un. L'esprit disparut soudain du ciel.

— Il est passé où ? demanda Adam. Qu'est-ce qu'il fait ?

— Rien de bon, répondit Argent.

Elle se tendit comme si elle se préparait à bondir.

— Ne faites pas ça, dit Adam. Il vous tuera.

Argent bouillonnait. Il sentit qu'elle commençait à diriger sa colère contre lui, pour punir son impertinence, mais elle se retint lorsqu'une silhouette émergea du nuage de débris, écartant de ses mains graciles des morceaux de murs ou des tuyaux cassés qui flottaient tout autour d'elle.

Annie. Ses yeux étaient tout jaunes à présent. Elle les braqua sur Adam et un sourire mauvais lui étira les lèvres. Adam regarda le ciel. L'esprit ne s'y trouvait plus. Il était dans Annie, il la possédait complètement désormais.

Il l'avait perdue. Adam l'avait perdue. Que diable allait-il dire à Bobby ?

Une vague de force éclata et l'explosion se répandit.

Argent l'attrapa par le col.

— Nous devons partir.

Elle ramena aussitôt Adam sur le plan mortel. Il fallut quelques minutes à ce dernier pour retrouver ses esprits, rien à voir toutefois avec un retour d'Alfheimr. Ou peut-être le fait de conserver son enveloppe corporelle pendant le voyage facilitait-il la récupération.

Ils distinguèrent le terrain plongé dans l'obscurité, qui entourait le parc d'attractions fermé.

— Ma voiture ! s'écria Adam.

Argent fronça les sourcils.

— Oups !

Elle claqua des doigts et la Cutlass atterrit près d'eux, en flamme et toute cabossée, ses vitres éclatées. Un puissant impact avait presque plié le capot en deux.

Argent poussa un sifflement.

Adam resta bouche bée. Elle était pliée, foutue. C'était peut-être récupérable, mais il ne trouverait jamais les pièces de rechange. Il ne pourrait jamais payer les réparations.

Sa voiture.

Il marqua une pause. Il avait de plus gros soucis. Annie. Tous ces gens…

— Et le centre-ville ?

Il tendit l'oreille pour écouter les sirènes.

— Ils n'ont pas dû sentir grand-chose, répondit Argent, les yeux perdus dans le lointain. La tour mortelle n'a pas bougé.

— Et l'immortelle ?

— Brisée. Un tas de ruines. L'esprit se porte bien, il est libre comme l'air, de même que les autres prisonniers que le Geôlier retenait jusque-là.

Argent se rembrunit. Elle secoua la tête.

— Il possède Annie, déclara Adam. Il est incarné désormais.

— Dans ce cas, il ne nous reste réellement plus de temps.

33

Adam

Adam tremblait de la tête aux pieds. Il fit le tour de la Cutlass d'un pas chancelant. Les pneus avant avaient éclaté sous l'impact des gravats. Même s'il avait pu retirer le capot, il n'aurait pas pu la conduire jusqu'à la maison. Un tas de tôle. Sa voiture était bonne pour la casse.

Silver courut vers eux, flanqué de ses gardes.

— Tu as vu ça ? demanda Argent à son frère.

— Tout le monde a vu, répondit ce dernier. Une tour n'était pas tombée depuis des siècles.

Adam s'efforçait de respirer. De se concentrer. Sa voiture était réduite à l'état d'épave. Soit. Il s'en occuperait plus tard. Et Annie… Annie était possédée. Il devait trouver une solution pour y remédier, et surtout réfléchir à ce qu'il allait dire à Bobby.

— Les prisonniers des gnomes sont libres, dit Argent.

— Des émissaires ont été envoyés, l'informa Silver. Mais les gnomes ne répondent pas.

— Ils sont sûrement morts, répondit Argent. L'esprit s'est incarné dans la sœur par alliance d'Adam. Il a disparu du ciel.

— On doit la retrouver, dit ce dernier.

Il regarda en direction du centre-ville. Sur cette rive, la rive mortelle, tout semblait calme, paisible, lointain.

— On doit y retourner !

— C'est impossible, répondit Argent.

— Pourquoi ?

La pointe d'obsidienne était froide dans la poche de sa veste. Ils n'avaient même pas eu l'occasion de l'utiliser.

— L'explosion est toujours en cours, elle continue de se propager, expliqua Silver. C'est trop dangereux.

— Par ailleurs, certaines choses ont été libérées, que même moi j'hésiterais à combattre, avoua Argent.

Cet aveu couplé à la conviction d'être responsable d'une telle catastrophe glaça Adam. Ils avaient conduit Annie à la tour de l'horloge, ils avaient laissé l'esprit y entrer, lui avaient donné l'occasion de… Tous ces gnomes étaient morts. Adam eut un haut-le-cœur.

— Tu n'iras pas, lui ordonna Silver.

— Je ne suis pas l'un de vos vassaux, Altesse, répliqua Adam. Je ne travaille pas pour vous.

Argent s'interposa entre les deux anciens amants.

— Adam, tu ne peux revenir seul sur le plan mortel. Et si tu te fais attraper, tu seras tué.

— Ou pire, ajouta Silver tout bas.

— Alors, que fait-on pour Annie ? s'enquit Adam. On ne peut pas la laisser là-bas. Quelqu'un pourrait la blesser.

— L'esprit a absorbé la magie de la tour, lui expliqua Argent. Il a retrouvé assez de pouvoir pour reprendre une forme corporelle.

— Et il en possède suffisamment pour guérir Annie, précisa Silver. Il a besoin d'elle vivante.

— Mais pas forcément indemne, répliqua Adam, qui entendit sa voix se briser. Que lui fait-il subir ?

Il l'avait senti en lui, la brûlure. Sous l'emprise complète de l'esprit, Annie devait subir un calvaire.

— S'il est assez puissant pour anéantir des tours et des Gardiens, reprit Argent, alors il ne nous reste qu'une solution.

— Nous devons tuer Annie, annonça Silver en baissant les yeux. Je suis désolé, Adam. Je ne vois rien d'autre.

— Non. (Il ne pouvait l'accepter, même s'il était parvenu lui aussi à la même conclusion.) Et si on essayait de siphonner son pouvoir ? En lui redonnant sa forme immatérielle, on pourrait l'enfermer de nouveau.

— Il représente une menace trop grande désormais, déclara Silver. Nous devons impliquer père.

— Je lui parlerai, dit Argent. Je ne suis pas encore tombée en disgrâce.

Adam la regarda s'éloigner, puis il se retourna vers la Cutlass. Il voulait faire comme si Silver n'était pas là, mais s'en trouva bien incapable.

— Et maintenant ? s'enquit-il.

Il avait échoué. L'esprit avait possédé Annie, détruit une tour. Les problèmes sentimentaux ne devraient même pas figurer parmi ses priorités, mais le prince resta.

— Les autres Gardiens se rassemblent pour l'attaquer, l'informa Silver. Cette fois, ils attendent que nous ne fassions pas de quartier. Ils nous tiennent déjà pour responsables de sa survie.

— Et si tu refuses ? demanda Adam.

— Ce sera la guerre entre les immortels.

Adam donna un coup de pied dans le pneu crevé de la Cutlass. Il cracha.

— Nous devons la retrouver avant eux.

— Et ensuite, Adam ? Que fera-t-on d'elle ? Nous ne sommes pas en mesure de contenir l'esprit. Il a un corps maintenant. Il peut mourir.

— Et tant pis pour Annie, c'est ça ?

Il s'attendit que Silver le tance vertement pour son manque de respect, mais le prince se contenta de baisser la tête en murmurant :

— Malheureusement. J'aimerais que ce soit différent, pour ce qui concerne Annie et pour bien d'autres choses.

— Vous invoquez le caractère sacré de la vie, son importance, mais, en fin de compte, vous n'êtes qu'une bande de lâches.

Silver leva une main, écarta ses doigts. Adam se dit qu'il allait mourir, qu'un éclair allait le foudroyer après qu'il avait eu le culot de s'adresser ainsi au prince, mais les gardes s'évaporèrent. Ainsi que la Cutlass. Silver les avait renvoyés dans le royaume subtil.

Adam et lui se trouvaient à présent seuls dans l'ombre d'un grand huit endormi.

— Tu n'es pas juste, répondit Silver.

Il avait l'air blessé. Adam aurait préféré qu'il soit en colère.

Il s'assit sur le sol en béton. La nuit les enveloppait de sa fraîcheur. Sur l'autoroute au nord du parc d'attractions, la circulation s'était calmée.

— Non, reconnut Adam. Tu as raison. Pardonne-moi. Je ne veux pas qu'on se batte.

Pourtant, le combat était inéluctable. Il ressentait encore le contrecoup de l'explosion. Ce sourire. Ces yeux de possédée. L'esprit reviendrait pour les attaquer. Annie reviendrait pour les attaquer. Adam le sentait dans ses os.

— Tu penses que c'est ce que je veux ? lui demanda Silver.

Il avait repris son apparence de gangster des années 1920. Le costume gris, le chapeau de feutre et la canne auraient vieilli quelqu'un de plus âgé. Sur Silver, la tenue rehaussait simplement l'éclat de sa peau parfaite et de ses yeux aux reflets changeants.

Adam ferma les siens pendant quelques secondes. Il doutait de ne pas se sentir un jour crasseux et insipide à côté du prince. Au moins, il était réel, lui-même, et non une illusion elfique ou une sculpture trop belle pour être vraie.

— Tu vas bien ? s'enquit Silver.

Adam crut que le prince lui tendrait la main pour l'emmener en un lieu plus agréable, mais le prince s'assit par terre, dans la poussière, à côté de lui.

— Je ne suis pas blessé. Argent m'a fait sortir à temps.

— Cela me ravit, mais je ne voulais pas dire physiquement.

— Je sais, répondit Adam. Que vais-je dire à mon frère ? Je suis venu ici pour sauver Annie, pas pour causer sa mort.

— Je n'en sais rien, avoua Silver. Je souhaite une autre issue à tout ça. Pour elle. Pour toi.

— Moi aussi, dit Adam.

Il essaya de cacher son amertume, sans succès.

— Dans toute cette histoire, reprit Silver, c'est ton frère qui me laisse le plus perplexe.

— Hein ?

La proximité de Silver rendait Adam hyper conscient de ses sensations plus qu'elle ne le stimulait. Sa peau le tirait comme si elle allait craquer. C'était presque inconfortable.

— Si je me rappelle bien ce que tu m'avais dit, tu ne pensais pas compter pour lui, poursuivit Silver. Il t'a fait enfermer.

— C'est vrai.

— Alors, pourquoi te faire venir jusqu'ici ? demanda Silver.

Adam haussa les épaules.

— Il n'avait personne d'autre vers qui se tourner.

— En es-tu certain ?

— Où veux-tu en venir ?

— Quelqu'un a amorcé tout ça, déclara Silver. Le praticien qui a brisé le sceau savait très bien ce qu'il faisait, il savait où frapper. Ce n'est pas une coïncidence.

— Tu as raison.

Adam prit une profonde inspiration et lui raconta tout, à propos du sorcier renégat, des sortilèges, de son père.

Silver ne parut guère étonné.

— Quelle que soit son identité, il l'a fait sur ordre de quelqu'un, affirma Silver.

— Quelqu'un manipule l'esprit, en conclut Adam.

Il en était certain à présent. Il s'était senti observé depuis le début de cette « aventure ». Et c'était toujours le cas, même après que l'esprit s'était matérialisé. Par conséquent, ce n'était pas ce dernier qui l'épiait. Adam pouvait également écarter Silver.

La présence était subtile, mais elle était bien là. Quelques semaines plus tôt, Adam n'aurait pas été capable de la détecter, mais il avait affûté ses sens depuis qu'il était à Denver.

— C'est ce que je pense, dit Silver. Et la meilleure approche serait de retrouver la personne qui l'a libéré.

— Je n'ai pas un embryon de piste. Je n'ai rien trouvé sur Federal.

— Argent n'a rien trouvé non plus. Sans le Geôlier, nous ne pouvons même plus observer le passé.

— Génial, marmonna Adam.

Toutes les routes vers la victoire se fermaient. Ils se trouvaient dans une impasse. Ils avaient perdu.

Ils restèrent assis sur la rive mortelle pendant un long moment, à regarder le soleil se lever. Adam se disait qu'il devait agir, faire quelque chose pour arrêter l'esprit, pour sauver Annie, mais il était à bout de forces, lessivé.

Assis à côté de lui, Silver contempla l'horizon.

— Que vois-tu ? lui demanda Adam.

— Le dragon du mont du Guet, répondit Silver, le doigt pointé vers l'ouest. L'explosion l'a réveillé.

En plissant les yeux, Adam distingua une silhouette serpentine. Elle piqua vers le sol, émergeant des nuages argentés.

— Il fait quoi ? demanda Adam.

— Il chasse les voleurs qui en ont après son trésor.

Ils l'observèrent pendant un moment, regardèrent le soleil s'élever plus haut dans le ciel.

— Je ferais bien de rentrer.

— D'accord.

— Merci, Silver.

L'elfe inclina la tête de sorte que son chapeau cache son visage.

— Ferme les yeux, dit-il.

Adam obéit, et sentit la caresse de l'air sur sa peau suivie d'un changement de température tandis qu'il quittait la fraîcheur ombragée du parc d'attractions.

Quand il rouvrit les yeux, il se trouvait en pleine lumière, assis sur le trottoir devant la maison de Bobby. Il regarda autour de lui, espérant qu'aucun voisin ne l'avait vu apparaître subitement, mais la rue était paisible, comme un jour ouvré typique dans une banlieue résidentielle.

La Cutlass, un tas de ferraille, une épave qui fuyait de partout, était garée dans l'allée. Debout à côté de la voiture, la mère d'Adam opinait du chef pendant que Jesse marmonnait quelque chose en ouvrant le capot de force. Il siffla en voyant Adam approcher.

— Merde alors, Blanche-Neige ! Elle est passée sous un bus, ou quoi ?

Adam sourit malgré lui. Il se demanda l'espace d'un instant comment ce serait d'avoir un grand frère comme Jesse, un frangin qui était aussi un ami. Une relation simple, pour changer, ce serait chouette.

— C'est une longue histoire et tu ne me croiras pas, répondit Adam.

La mère d'Adam fronça les sourcils.

— Il s'est passé quelque chose dans le centre ? demanda-t-elle.

Adam cligna des yeux, hocha lentement la tête.

Il avait toujours pensé que sa magie lui venait du côté paternel, mais il soupçonnait sa mère d'être clairvoyante. Parfois, elle savait des choses qu'elle n'aurait pas dû savoir. C'était peut-être là son secret, ce qui le rendait aussi unique, cet étrange croisement de lignées.

Peut-être allait-il enfin partager un moment de complicité avec sa mère.

— Tu as de la chance, ton frère est parti travailler tôt, dit cette dernière sur un ton de réprimande, mettant fin à ce court répit. Il aurait eu une crise cardiaque en voyant tout ce bazar, Adam Lee.

Comme si Adam y était pour quelque chose. Comme s'il avait voulu que sa bagnole soit défoncée ou que Silver la mette là où elle pouvait heurter la sensibilité de Bobby. Mais il ne voulait pas se disputer avec sa mère, surtout devant le frère de Vic.

— Quelle beauté ! dit Jesse. (Jesse portait un pull polaire à col boutonné qui épousait parfaitement son torse musclé, ainsi qu'une casquette des Broncos.) Du moins, elle l'était. Elle le sera de nouveau.

— Je ne pouvais pas payer les réparations avant, je le peux encore moins maintenant, répondit Adam en désignant la voiture en ruine.

— C'est toi qui as fait ça ? demanda Jesse, pointant l'index sur le moteur.

Adam s'approcha pour regarder ce que lui montrait Jesse.

— Fait quoi ?

— Le carburateur a été restauré.

— Ouais, répondit Adam, impassible. Ce n'était pas compliqué. J'ai tout démonté, j'ai nettoyé chacune des pièces et remplacé ce qui ne fonctionnait plus.

— Hmm. Et tu as réparé quoi d'autre ?

— Des petits trucs par-ci par-là, dit Adam en haussant les épaules. Tout ce que j'ai pu.

— Où as-tu appris à faire ça ?

— Sur Internet, et quand j'étais coincé, je demandais autour de moi.

Jesse acquiesça, sembla réfléchir.

— Je t'engage !

— Quoi ?

— On va la réparer, ta caisse, Blanche-Neige. Enfin, tu vas la réparer. Tu travailleras dans mon atelier. Ça te permettra de payer les pièces qui manquent.

— Rien ne t'oblige à faire ça, Jesse.

— Je sais, répondit l'intéressé en se redressant. Je n'ai pas à faire quoi que ce soit à moins que ma mère m'y oblige. Mais tu n'arrêtes pas de répéter que tu as besoin d'argent, et, moi, j'ai besoin d'un mécano à temps partiel. Tu peux passer le balai et accueillir les clients jusqu'à ce qu'on fasse de toi un mécanicien digne de ce nom et que tu remettes ta guimbarde en état de marche. Je me charge de la faire remorquer.

Sans laisser à Adam la possibilité de protester, il sortit son téléphone et marcha vers le trottoir.

Sauf qu'Adam ne resterait pas à Denver. Ce n'était pas chez lui. Mais Vic vivait ici.

Il se demanda si tante Sue l'avait su. Elle lui avait donné les cartes de tarot avant son départ. Adam regrettait qu'ils ne se soient pas fait leurs adieux, mais, après tout, Guthrie n'était pas si loin. Avec un véhicule fonctionnel, la distance n'avait rien d'insurmontable.

— Tu devrais y réfléchir, Adam, dit sa mère.

Il pourrait rester quelque temps, et quand il rentrerait chez lui, il aurait acquis de nouvelles compétences. En attendant, il pourrait envoyer un peu d'argent à Sue.

Rien de cela n'importait pour l'instant. La priorité était de sauver Annie.

— Bobby rentre quand ? s'enquit-il.

Sa mère eut l'air méfiante.

— Pourquoi ?

— Je veux juste… Je dois lui parler.

— Il sera à l'hôpital toute la journée.

— La dépanneuse arrive, dit Jesse en levant les yeux de son téléphone.

— Ne le prends pas mal, mais que fais-tu ici ? lui demanda Adam.

— Vic voulait s'assurer que tu allais bien, expliqua Jesse en même temps qu'il répondait au téléphone.

S'ensuivit un flot de mots en espagnol ponctués d'un coup d'œil aux numéros des maisons et à l'adresse de Bobby.

— Il est à l'intérieur, dit la mère d'Adam.

34

Adam

Adam n'avait pas perçu la présence de Vic. Le fil qui les unissait, leur lien s'était encore érodé. Leur baiser avait été électrique, volcanique, mais cette nouvelle distance entre eux serra les entrailles d'Adam.

— Salut, dit Vic, assis dans le gros fauteuil à fleurs d'Annie.

— Tu ne préférais pas être dehors ?

Adam sourit tandis que la porte moustiquaire se refermait derrière lui.

— J'ai encore du mal à rester debout trop longtemps, répondit Vic.

— Tu veux quelque chose ? Un verre d'eau ?

Vic balaya l'inquiétude d'Adam d'un geste de la main.

— Non. Raconte-moi tout.

— Jesse m'a proposé un boulot, dit Adam en s'avançant vers Vic pour s'asseoir sur le divan.

— C'est génial.

Vic se pencha vers lui. Cette odeur, citrus et bois de santal, le parfum de son gel douche probablement, enveloppa Adam.

— Mais ce n'est pas pour ça que tu es ici, n'est-ce pas ?

— Je devenais dingue, avoua Vic. (Il se gratta la tête, prit un air penaud.) J'aime ma mère, mais elle peut être étouffante.

— Je comprends.

Sue était adorable, mais c'était difficile d'avoir des secrets ou de l'intimité quand on vivait dans un mobil-home.

Il était content de voir Vic, mais Annie… Il devait dire la vérité à Bobby. Il devait agir.

— Qu'est-ce qui ne va pas ? lui demanda Vic.

— Allons dans ma chambre, dit Adam.

Il se leva et fit signe à Vic de le suivre au sous-sol.

Adam arriva le premier. Il se tourna vers Vic qui descendait l'escalier lentement, s'agrippant à la rampe. Dans la lumière qui éclairait le cadre de la porte, Vic paraissait affaibli. Adam se demanda si la détérioration de leur lien avait ralenti sa guérison.

— Toi, tu vas bien ? lui demanda Adam, remontant quelques marches au cas où Vic aurait besoin d'aide, car il se sentait coupable de l'obliger à fournir cet effort physique.

— Ça va. Je ne pète pas encore la forme, et je ne suis carrément pas prêt à retourner bosser, mais ça va.

Adam ne le quitta pas des yeux au cas où il tomberait.

— Ils te l'ont demandé ?

Le visage de Vic se ferma.

— Non, répondit-il. Ils essaient de comprendre ce qu'il s'est passé. Ils n'ont vu que les coups de feu. Carl… n'était certes pas le mec le plus stable, mais personne n'avait vu venir ça.

— Surtout pas Carl, dit Adam, baissant les yeux. Ce n'était pas sa faute. L'esprit s'est servi de lui.

— Je ne suis pas allé à l'enterrement. Je ne sais pas comment ça se serait passé, ou si j'aurais été le bienvenu. Je ne voulais pas que sa femme ou ses gosses repensent à la scène en me voyant, tu comprends ?

— Je suis désolé, répondit Adam, se préparant à rattraper Vic quand il arriva en bas des marches.

— Tu n'y es pour rien, mais je vais finir par perdre la boule à force de rester toute la journée à la maison. J'ai hâte de rentrer chez moi.

— Dans ton appartement ? demanda Adam, ému à l'idée d'accéder à un espace qui n'appartenait qu'à Vic, sans que leurs familles soient présentes.

— Ouais.

Vic esquissa un petit sourire qui indiqua à Adam qu'il nourrissait des pensées similaires. Il s'avança, rapprocha son visage de celui d'Adam.

Adam passa un bras derrière Vic pour allumer, l'effleurant au passage.

— Maintenant, dis-moi ce qui te tracasse, insista Vic.

— C'est la cata, Martinez.

Adam sentit le poids de toute cette affaire s'écraser sur ses épaules.

Vic passa devant lui pour se diriger vers le lit. Il s'assit et invita Adam à le rejoindre en tapotant la place à côté de lui.

Adam s'assit.

— Explique-toi, dit Vic.

Il ne plaisantait pas quand il prenait ses airs stoïques de flic dur à cuire.

Alors, Adam lui raconta tout. Il lui parla de son père, du sorcier renégat qu'il pourchassait, de la tour de l'horloge, de la possession d'Annie.

— Tu avais raison, dit Vic.

— À propos de quoi ?

— Tu es compliqué, répondit Vic en lui donnant un coup d'épaule. Tu te sens mieux ?

— Oui.

Il tremblait un peu, comme si tout déballer d'un coup l'avait épuisé, comme s'il courait depuis des jours et qu'il s'était enfin arrêté pour reprendre son souffle.

— Merci, ajouta-t-il tout bas, le plus sincèrement du monde.

Il n'était pas habitué à ça non plus, pouvoir parler à quelqu'un franchement, librement. Même Sue, qui l'aimait de tout son cœur, avait des opinions tranchées. Et il se rendit compte qu'il lui avait caché des choses, pour la protéger de la dépravation du sorcier. Ce n'était pas correct de sa part. Sue était vieille, pas stupide.

— Tu sais que tu empestes ? lui demanda Vic.

— Sympa, merci.

Adam ne pouvait toutefois pas prétendre le contraire. Il était couvert de fumée et de poussière.

Vic rit.

— Va te laver. Je m'assurerai que Jesse ne tient pas la jambe à ta mère.

Adam n'avait déjà presque plus de vêtements propres, mais, après s'être douché, habillé et épanché, il se sentait beaucoup mieux et prêt à élaborer une stratégie. Leur stratégie. Il n'était pas tout seul.

Quand il remonta au rez-de-chaussée, Jesse était parti, la Cutlass n'était plus là et une Dodge Challenger noire, flambant neuve, était garée dans l'allée.

Appuyée contre la portière, Argent discutait avec Vic. Ses mains étaient plongées dans ses poches et elle portait un tailleur-pantalon gris fort élégant ainsi que des lunettes de soleil qui devaient coûter le même prix que ce que payait Sue pour l'emplacement à l'année de son mobil-home.

— Nous sommes invités à déjeuner, leur annonça Argent.

— Qui ? demanda Adam.

— Je pense qu'on dit « par qui », le corrigea Vic.

Argent les regarda tour à tour avant de répondre.

— Les Gardiens de l'Ouest. Ils affirment avoir un paquet pour toi.

— Le timing me paraît suspect, dit Adam.

— Je te le concède, mais je pense que nous devrions les rencontrer.

— Nous ? répéta Adam.

— Je ne te laisserai pas y aller seul. Ça pourrait être un piège. (Argent désigna Vic.) Et je pense qu'il devrait venir, lui aussi.

— Je peux conduire ? demanda Vic.

— Non.

— Je m'assieds devant ! cria Adam avant que Vic n'ait pu réagir.

Ce dernier s'installa sur la banquette arrière, la mine renfrognée.

— L'Ouest, reprit Adam tandis qu'Argent quittait l'allée. Qui détient cette tour ?

— Je ne les porte pas vraiment dans mon cœur, admit la reine en mettant les gaz sans tenir compte des limitations de vitesse en zone résidentielle.

— Mais qui sont-ils ? demanda Vic.

— Chaque tour se trouve sous le contrôle d'une race puissante, lui expliqua Adam. En général, des immortels, mais pas toujours. Dans tous les cas, il s'agit d'êtres d'une grande longévité.

— Nous préférons travailler avec d'autres immortels, déclara Argent. Ceux qui prennent leurs devoirs au sérieux, comme nous.

— Et ce n'est pas le cas de ces types-là ? s'enquit Vic.

— Les Gardiens de l'Ouest sont des leprechauns, dit Argent.

— Comme les petits bonshommes poilus du folklore irlandais ?

— Ils préfèrent qu'on évite les stéréotypes, mais, pour faire court, oui. Ils sont rusés, canailles. Ils aiment faire des entourloupes et passer des accords, et ça ne les dérange pas de conclure des transactions avec des éléments peu recommandables.

— Un marché noir magique ? demanda Vic. Cool.

— Sérieux ? fit Adam.

Vic s'appuya contre le dossier de la banquette.

— C'est peut-être l'effet des antalgiques, mais, au point où l'on en est, plus rien ne me surprend.

Adam jeta un coup d'œil dans le rétroviseur tandis que Vic haussait les épaules, et une agréable chaleur lui picota le ventre. Elle se diffusa plus bas. Vic surprit le regard d'Adam, peut-être sentait-il la même chose que lui, et sourit.

— Où se trouve le point d'ancrage de leur tour ? demanda Adam, s'efforçant de contenir son rougissement, ce qui ne fit que l'empirer.

Argent ne sembla pas le remarquer. Elle roulait bien trop vite. Elle zigzaguait entre les voitures, passait d'un plan à l'autre à sa guise et traversait la ville à une vitesse supersonique. Du côté mortel, la journée était un peu brumeuse. Les montagnes paraissaient irréelles, parées d'argent et de rose. Dans le royaume subtil, on voyait l'explosion qui s'était produite dans le centre ; l'onde de choc continuait à se répandre en même temps qu'un épais nuage noir recouvrait la ville.

Argent renifla et s'inséra dans une place de parking. D'un signe de la tête, elle leur indiqua un édifice qui ressemblait à une église, rose avec une grosse fontaine qui trônait devant l'entrée.

— C'est un restaurant à thème, leur apprit-elle avec une petite grimace.

— Oh non, s'exclama Vic. C'est là qu'on mange ?

— Pour des raisons de sécurité, en particulier après ce qu'il s'est passé à la tour de l'Est, expliqua Argent, nous devons entrer par le côté mortel.

Ils franchirent donc la porte et rejoignirent une longue file après avoir traversé un grand hall orné de moulures et surplombé par des galeries de box.

Adam cligna des yeux et s'assura qu'ils n'étaient pas passés de l'autre côté. L'endroit aurait eu besoin d'un coup de peinture. Il était vieux, à l'évidence, mais les clients qui faisaient la queue avaient l'air heureux et la file avançait vite.

Le menu n'était pas compliqué.

— Ne dites jamais à ma mère que j'ai mangé ici, les supplia Vic.

— On va manger ici ? demanda Adam.

Il aurait pu manger. Il avait toujours plus ou moins faim, mais il n'avait pas encore reçu sa paie et était à court de liquide.

— C'est le seul moyen pour passer, répondit Argent. Vous pouvez manger. Ils n'ont pas de plats végans.

— Les elfes sont végans, glissa Adam à Vic avant qu'il ne pose la question.

— Pourquoi ? demanda ce dernier.

Argent soupira.

— Un enfant de trois ans pose entre trois et quatre cents questions par jour, paraît-il. Je vois qu'il en va de même pour ceux de ton espèce.

— Son espèce ? demanda Adam.

— Les débutants en magie. Les bébés.

Argent se dérobait. Elle savait quelque chose. Adam se demanda quel prix il devrait payer pour qu'elle crache le morceau.

— Je préfère le terme « novice », dit Vic en jetant un regard interrogateur à Adam. Il faut bien que je demande si je veux apprendre.

— Très juste, dit Adam tandis que le menu s'affichait sur des écrans suspendus au-dessus des caisses.

Les couleurs étaient censées être festives, mais il leur manquait la chaleur et l'éclat de la maison des Martinez.

Elles offraient surtout une représentation très subjective du Mexique. Cela semblait plaire à la clientèle, mais celle-ci tapait sur les nerfs d'Adam. Il étouffait au milieu de cet océan d'individus et de sentiments. Le pire, c'étaient les enfants. Ils n'avaient aucune maîtrise, aucune retenue, et leurs émotions se fracassaient contre lui dans une explosion multicolore.

—Ah, les Blancs, ironisa Vic en donnant un coup de coude à Adam, et ce simple contact suffit à le rasséréner. (Il lui montra le menu.) Prends les enchiladas au fromage. Fais-moi confiance.

La file d'attente se prolongea jusqu'à la lampe chauffante sous laquelle se trouvaient les plateaux. Ils récupérèrent les leurs et continuèrent d'avancer. Argent tenait juste un verre de thé glacé dans la main et arborait une expression qui mettait quiconque au défi d'émettre le moindre commentaire.

Le réceptionniste les conduisit à une table près d'une cascade. Une véritable cascade d'intérieur qui se déversait dans un véritable bassin, assez profond pour y nager.

—Cet endroit est vraiment…

Adam jeta un coup d'œil autour de lui, se demandant, l'estomac noué, ce que Vic devait penser.

—C'est marrant, dit ce dernier. C'est carnaval dans une cafétéria.

Adam contempla le décor. On aurait dit une petite ville. Ils étaient assis sur des banquettes, dans un box conçu pour ressembler à un balcon sous un faux plafond peint en noir.

—Je vais chercher l'entrée, les informa Argent avec une grimace de dégoût.

Quand elle fut partie, Adam regarda Vic.

—Sois très prudent avec elle. Elle est puissante.

—Elle t'aime bien.

À l'aide de sa fourchette, Vic coupa un morceau d'enchilada tandis qu'un sourire espiègle lui étirait les lèvres.

—Tout le monde t'aime bien.

Adam secoua la tête et regarda autour de lui. Il ne vit personne de plus bronzé que lui.

— Cet endroit ne t'offense pas un peu ?

Vic rit.

— Parce que c'est ma culture ?

— Ouais.

— C'est juste un resto. La nourriture est mauvaise, mais c'est amusant. Et une famille peut nourrir et divertir ses enfants sans trop dépenser.

Pendant que Vic parlait, un plongeur en slip de bain grimpa en haut de la cascade. Au rythme d'une chanson à peine compréhensible, interprétée par une rappeuse danseuse qui tenait le micro trop près de sa bouche, il plongea dans le bassin.

Adam n'en revenait pas.

— Sérieux, on est où, là ?

Il sonda les lieux avec sa double vue, s'assura qu'Argent ne les avait pas fait traverser de l'autre côté à leur insu, mais non, il y avait bel et bien une cascade et un plongeur humain. À l'intérieur d'un restaurant. L'odeur de la javel lui piqua le nez.

Le plongeur sortit de l'eau et escalada la fausse grotte pour plonger à nouveau, cette fois en exécutant un salto. Adam en resta bouche bée.

— Il est bien foutu, non ? lui glissa Vic.

— Je… je n'en sais rien.

Adam se sentit piquer un fard.

— Un problème ?

— C'est juste que… je n'ai pas ce physique-là.

— Et alors ?

— Alors, si tu es finalement gay et…

— Je pense que je suis bi, répondit Vic.

— D'accord.

— Je n'ai pas réfléchi plus que ça à une dénomination, mais disons que mon truc, c'est l'égalité des chances. Ce qui compte, c'est la personne, ce qu'elle est, pas son sexe, tu comprends ?

— D'accord, répéta Adam.

— Tu n'as rien d'autre à dire ? Je te fais mon coming out en direct quand même. J'aurais cru que tu le prendrais mieux que ma mère.

— Tu l'as dit à ta mère.

Adam se rappela la conversation qu'il avait eue avec Mme Martinez dans la voiture.

Vic haussa les épaules.

— Elle n'arrête pas d'acheter des drapeaux arc-en-ciel.

— Je… je ne sais pas, dit Adam. Et si c'était juste la magie ?

— Non. (Vic prit une bouchée d'enchilada. Il ne détacha pas ses yeux d'Adam.) Pour être honnête, c'est une première pour moi, mais l'expérience ne m'avait jamais tenté avant de te rencontrer.

— D'accord, dit Adam pour la troisième fois.

Le thé n'était plus frais. Tante Sue l'aurait jeté.

— Tu es resté bloqué sur ce mot ? Parle-moi plutôt de toi.

— Je ne suis sorti qu'avec des hommes.

Adam observa le plongeur, mouillé, les sourcils froncés sous l'effet de la concentration, qui jonglait avec des torches enflammées.

— J'ai toujours désiré les hommes.

— Tu as peur que je change d'avis ?

— Parfois, avoua Adam en lui montrant le plongeur. (Il aurait fait la même tête si ses tétons s'étaient trouvés aussi près du feu.) Ou que tu préfères un mec comme lui. Un sportif baraqué.

Vic eut l'air blessé.

— Tu penses que je suis aussi superficiel que ça ? Tu penses que je ne vois pas qui tu es ?

— C'est seulement que… je n'ai pas l'habitude de ça, expliqua-t-il en faisant un geste avec sa fourchette pour désigner leur lien. D'avoir quelqu'un dans la tête, ou même d'en parler, tu comprends ?

Et dans mon cœur. Car, même si Vic et lui n'étaient pas allés très loin, Adam l'aimait beaucoup. Il percevait le gouffre sous ses pieds et s'y voyait déjà tomber. Avec le temps, il pourrait nourrir des sentiments profonds pour Vic, alors qu'il le connaissait à peine.

Il prit enfin une bouchée d'enchilada. C'était moins mauvais que ce à quoi il s'était attendu, mais le fromage avait un goût de plastique. Il l'assaisonna avec la sauce qu'ils avaient versée sur les chips.

— Tu crois que, moi, j'ai l'habitude ? lui demanda Vic.

— Je sais bien.

Adam s'en voulut. Il n'avait pas le droit de se lamenter. Tout ça était plus inédit encore pour Vic.

— Je n'ai pas l'habitude d'être désiré, voilà ce que je voulais dire.

— Tu n'as pas eu de relations au lycée ?

Adam ricana.

— Personne n'a vraiment envie d'embrasser le type qui entend des voix.

Vic secoua la tête, l'air déconcerté.

— À cause de la magie, poursuivit Adam. J'étais incapable de la maîtriser ou de la bloquer jusqu'à ce que Pe… Silver m'apprenne à le faire.

— Et ensuite ?

Adam rougit.

— Il y a eu quelques mecs.

Il se rappela le baiser qu'il avait échangé avec Tanner, et quelques autres garçons qu'il avait rencontrés en Oklahoma. Ils n'étaient pas comme Vic. Ça n'avait rien à voir. Embrasser Vic, c'était… autre chose.

Adam faillit lui demander s'il avait eu beaucoup de copines, mais se dit finalement qu'il ne tenait pas à le savoir.

— Je me fiche que tu sois un athlète bien gaulé, répondit Vic. Je te trouve beau. Séduisant. Peu importe.

— C'est ça.

— Tais-toi et accepte le compliment, dit Vic, l'ébauche d'un sourire au coin des lèvres.

— Tu es trop gentil, Vic.

Et c'était la pure vérité. En plus d'être canon, Vic était un type bien. Comment un homme tel que lui pouvait-il voir le passé d'Adam, d'où il venait, et s'en soucier comme d'une guigne ?

— Pas si on en croit Jesse. Crois-moi, il te dressera la longue liste de mes défauts. Maman a elle aussi un tas de trucs à dire depuis que je vis chez elle.

— Tu ne peux pas éprouver de désir pour moi, répliqua Adam. Si ?

Vic se pencha vers lui et l'embrassa. Adam commença à se reculer, nerveux à l'idée que les gens les remarquent, mais ni le bleu de la honte ni le rouge de la haine ne filtraient dans leurs pensées, ni dans celles des clients, ni dans celles des serveurs, et surtout pas dans celles de Vic. C'était indéniable. Leur relation était réelle.

Vic rompit leur étreinte et se rassit sur la banquette. Toutefois, il ne quitta pas Adam des yeux.

— Je te désire, déclara Vic. OK, j'ai frôlé la mort et je n'aurais peut-être jamais pensé à toi de cette manière si tu ne m'avais pas sauvé. Mais on s'en fout, non ?

Ils venaient d'univers complètement différents. Vic aurait pu être un elfe tant il était à part. Il avait compris quelque chose sur lui-même, y avait réfléchi, et l'avait accepté sans se torturer ni s'infliger un stress permanent comme l'aurait fait Adam. Et cela, le fait que Vic soit comme ça donna le sourire à Adam, même s'il n'était pas sans éprouver une pointe de jalousie.

— Je te vois, poursuivit Vic. Et je te veux. C'est aussi simple que ça.

Tandis qu'Adam se mordit nerveusement la lèvre, Vic demanda sur un ton empreint de colère :

— C'est compris ?

— C'est compris.

Adam balaya la pièce du regard pour s'assurer, encore, que personne ne les observait.

— On les emmerde, murmura Vic.

— Tu sais, tu prends tout ça étonnamment bien. Pas seulement le fait d'être attiré par un homme, mais l'existence de la magie, des elfes... la totale.

— Réfléchis. Un monde invisible nous entoure.

— Des mondes, le corrigea Adam.

— Dont on ignore tout.

— Ça ne te fait pas flipper ? s'enquit Adam.

— Je suis catholique. Quand on y pense, ça confirme ce que dit la Bible.

— Qu'on va rôtir en enfer ? plaisanta Adam en remuant les doigts. Je suis gay et je pratique la sorcellerie.

— En as-tu parlé à Dieu ? En as-tu référé à la Direction ?

— Je n'ai pas encore vu la preuve de l'existence de Dieu. Des dieux, oui, mais du dieu judéo-chrétien, jamais.

Vic eut l'air un peu déçu.

— On devrait se renseigner. Quelqu'un l'aura peut-être rencontré.

— Sérieusement, ça ne te pose pas plus de problèmes que ça ?

— Pas pour l'instant, mais, comme je te l'ai dit, je suis sous antalgiques. J'attends de voir la suite. Peut-être qu'une tuile va bientôt me tomber sur la tête. Peut-être que ce monde invisible m'affecte sans que je m'en rende compte.

Adam se raidit un peu. Il se demanda si c'était ce que ressentaient Bobby et sa mère. Il pouvait le comprendre. Sa double vue était faible, mais eux étaient quasi aveugles, pour autant qu'il sache, pour autant qu'ils l'admettent. Peut-être Adam s'était-il montré trop dur envers eux.

— Tu m'aideras à comprendre, ajouta Vic.

Tout simplement. Vic voulait lui poser des questions, alors que Bobby en était incapable. Ils n'avaient rien de semblable.

— C'est dans mes cordes, répondit Adam avec un sourire.

— Pourquoi cet air hilare ?

— Je n'ai jamais rencontré quelqu'un comme toi, Vicente Martinez.

Vic grimaça.

— Il va falloir qu'on bosse ton espagnol.

— Ils sont prêts, leur annonça Argent qui venait d'apparaître avec sa grâce habituelle à côté de leur table. Allons-y.

— Dommage, dit Vic. Les *sopapillas* ne sont pas si mauvaises. Et je crois bien que c'est végan.

Argent se tourna vers Adam, un sourcil arqué.

— Il cherche à m'énerver, c'est ça ?

— Aucune idée, répondit Adam. Ce n'est pas toujours évident avec lui.

Vic répliqua avec un air espiègle :

— Vous vous habituerez à moi.

— Venez, dit Argent, avant que je ne poignarde l'un de vous sous le coup de l'exaspération.

Ils la suivirent, traversèrent le restaurant. C'était interminable et ils n'étaient même pas encore passés du côté immortel. Le sous-sol laissa Adam bouche bée. Les salles avaient toutes un thème, puits de mine, grotte souterraine… Il grimaça en sentant l'odeur d'eau de Javel qui les suivait et masquait toutes les autres.

— Cet endroit est outrancier, déclara Adam.

— Il a son charme, admit Argent, mais restez sur vos gardes. Les leprechauns sont facétieux.

Elle poussa les portes d'une somptueuse salle de bal.

Des sirènes dorées tenaient un plafond miroir. Une scène dissimulée par un rideau rouge occupait tout un pan de mur. Le parquet fraîchement ciré brillait de tout son éclat. Cela faisait penser à la cour des elfes. Adam se demanda d'ailleurs si les leprechauns avaient voulu les insulter en créant cette version tape-à-l'œil de la salle de bal vintage de Silver. Il vérifia encore, mais non, ils se trouvaient toujours sur la rive mortelle.

— Et les *sidhes* sont des snobs, affirma une voix à l'accent irlandais.

Argent leva la main en soupirant. La porte derrière eux se referma. Ils ne prirent pas leur forme subtile, mais un petit bonhomme apparut.

Vêtu d'un costume rouge, il était assis tout seul à la table centrale. Sur celle-ci trônait une casquette de base-ball assortie à ses vêtements.

— Salutations, Gardienne, dit-il à Argent.

— Salutations, répondit l'elfe avec froideur.

— Le point d'ancrage que nous avons choisi n'est pas à votre goût ? s'enquit-il. Je pensais que vous étiez férus d'histoire.

— En effet, nous avons à cœur de la préserver, répliqua-t-elle.

— Cet endroit existe depuis un demi-siècle, dit le leprechaun en leur montrant la salle à la décoration criarde. Cela n'est-il pas assez vieux pour mériter d'être préservé à vos yeux ?

Argent soupira et s'installa à la place qu'il lui indiquait.

— Et si nous en venions à notre affaire ?

— S'il le faut, répondit-il. Ce sont vos mortels ?

Vic ouvrit la bouche pour répondre, mais Adam tint son bras contre le torse de son ami. Ce dernier le regarda d'un air interloqué, mais Adam secoua la tête et dit :

— Nous ne sommes pas ses vassaux.

— Ils le sont, déclara Argent sans commenter leur échange.

— D'après Argent, vous auriez un paquet pour moi, dit Adam.

L'homme tendit la main en direction d'Adam.

— Seamus.

— Adam Binder.

Il serra la main du leprechaun. D'ordinaire, les immortels affectionnaient les titres et les présentations à rallonge. Que le leprechaun soit plus direct lui plut, même s'il s'en méfiait, gardant en mémoire l'avertissement d'Argent.

— Bien, passons aux choses sérieuses, dit Seamus. J'ai un paquet. Il t'attend.

— Quel est votre prix ? lui demanda Adam.

Il le sentait mal. Il risquait même d'y rester, mais il était venu jusque-là. Tout en refusant de regarder Vic, Adam se rendit compte que, quel que soit le prix, il le paierait, même s'il n'avait jamais eu autant à perdre.

35

Adam

— J'apprécie ton franc-parler, dit Seamus, mais cette livraison a été payée d'avance.

— Je ne comprends pas.

— Tu as rendu service à quelqu'un, répondit Seamus. Et, pour te remercier de ta gentillesse, cette personne a payé à ta place.

Adam cligna des yeux.

— Il a dit qu'il s'appelait Bill.

— Les Sauriens ? demanda Adam.

Seamus hocha la tête.

— J'espérais te persuader de conclure un marché.

— Pourquoi ? s'enquit Vic.

Il s'était tendu, passant en mode flic.

— Adam cause pas mal de remue-ménage, déclara Seamus.

Il sourit largement. Ses dents étaient jaunes et proéminentes, comme celles d'un cheval qui aurait fumé toute sa vie.

— Quelqu'un comme lui me serait utile.

Adam compta jusqu'à trois.

Je crois savoir à quelle race d'immortels appartiennent les plus gros glands, songea-t-il.

Quoi qu'exige Seamus, ce serait trop.

Adam secoua la tête.

Seamus claqua des doigts et le rideau rouge s'ouvrit.

— Voici ce qui a été payé.

Une longue boîte trônait sur la scène.

Adam retint son souffle et monta les marches. Il fixa la boîte du regard. Une note manuscrite, adressée à Adam Lee Binder, était collée dessus.

— Vas-y, l'encouragea Seamus. Elle n'explosera pas.

Adam poussa la boîte du pied pour la faire glisser jusqu'au bord de la scène. Il s'agenouilla tandis que Vic le rejoignait.

Il lut à voix haute :

Cher Adam,

Si tu as suivi la piste que je t'ai tracée, et que les arbres disent vrai, alors tu auras trouvé ceci à temps.

Il est encore possible de la sauver.

Tu sauras quoi faire.

Adam relut, s'efforçant d'assimiler les mots. Il ne reconnut pas l'écriture ; il ne se souvenait pas de celle de son père. La note n'était pas signée.

Il inspira profondément, puis expira. Ce à quoi il s'accrochait depuis des années partit avec son souffle. Le sorcier renégat était son père. La preuve se trouvait sur ses pages jaunes attachées à la lettre. Elles n'étaient pas magiques, mais Adam en reconnut le contenu au premier coup d'œil.

Une recette à base d'os, de verre et de fer des marais.

Il s'agissait du sort de liaison, griffonné à la va-vite. Adam relut le mot, la recette. Sur le papier, celle-ci paraissait presque inoffensive, mais elle était maléfique. Cette magie-là souillerait la sienne, la gangrènerait. Adam ne l'utiliserait jamais, alors pourquoi le sorcier tenait-il tant à la lui transmettre ?

— Il y a quoi dans la boîte ? demanda Vic, sortant Adam de sa sidération.

Adam ouvrit la boîte, s'attendant à y trouver d'autres horreurs, des os ou autre objet répugnant, mais celle-ci contenait un arc à poulies, qui avait déjà servi vu son état, et plusieurs flèches. Adam en souleva une pour l'étudier à la lumière.

— Il manque les pointes, dit-il en caressant l'encoche.

— Tu sais utiliser ce truc ? demanda Vic.

— Ouais. On a grandi avec ça, répondit Adam.

Ce n'était pas comme les armes à feu. Ces souvenirs-là étaient agréables. Bobby lui avait appris à tirer à l'arc, et ils avaient décoché une multitude de flèches dans des piles de bottes de foin ou, une fois qu'il était rodé à l'exercice, sur les troncs des chênes élancés. L'expérience avait plu à Adam, et Bobby ne l'avait jamais forcé à tirer sur un être vivant. Si seulement ses sentiments pour son frère n'étaient pas si complexes, si ambivalents ! Car il y avait du bon au milieu de toute cette colère et de cette déception. Il suffisait d'un mouvement de bascule pour qu'il mette les voiles ou qu'il accepte que Bobby fasse partie de sa vie.

Cependant, ni l'arc ni la lettre ne répondaient à ses questions.

Annie était toujours possédée.

Il leur manquait toujours des éléments. Quelqu'un avait lié Mercy, l'esprit. Quelqu'un avait brisé le sceau. Adam regarda les rabats de la boîte. Pas d'adresse de retour, non pas qu'il s'y soit attendu.

— Je sais qui l'a envoyée et je sais qui a payé, dit Adam en jetant un coup d'œil à Seamus. Depuis quand se trouve-t-elle en votre possession ?

— Mauvaise question, répondit le leprechaun, une lueur espiègle dans les yeux.

— D'accord. D'où provient ce paquet ?

Seamus sourit et Adam sut qu'il avait posé la bonne, cette fois.

— C'est une information de taille, répondit Seamus. Je ne suis pas du genre à vendre la mèche.

— Que voulez-vous en échange ? demanda Adam.

Vic et Argent échangèrent un regard.

— Adam…, le mit en garde cette dernière.

— On n'a pas fait tout ça pour rien, déclara Adam, qui en avait assez de respecter les règles. Seamus a ses raisons, je me trompe ? lança-t-il à l'intéressé. Vous louvoyez, c'est bien que vous voulez quelque chose. Alors, c'est quoi ? Que voulez-vous de moi ?

— Un tribut, répondit Seamus. Une tête.

— Le sorcier renégat, devina Adam en redressant le dos.

— Il ne peut continuer de sévir, déclara Seamus d'un ton mélodieux, mais sans appel.

— Ne jamais énerver son dealer, marmonna Vic.

Le père d'Adam, absent pendant toutes ces années, responsable de toutes ces souffrances. Adam repensa à la queue de billard, aux Sauriens, aux autres charmes qu'il avait traqués. Chacun renfermait une larme de chagrin, une pincée de douleur infligée à une créature magique.

— Marché conclu, dit-il.

L'accord était scellé. Adam sentit le sceau s'imprimer, la magie se verrouiller. S'il ne livrait pas la prime, il y aurait des conséquences.

Argent détourna les yeux. Elle semblait furieuse, ou triste, peut-être les deux.

— Le paiement est arrivé par l'arbre à pendu, dit Seamus. Il sentait le tournesol et le thé glacé.

Le sang d'Adam se glaça, mais il s'efforça de retrouver en lui le fil de la puissance qui l'observait, la présence qu'il avait sentie quelquefois. Là ! Il savait quoi chercher désormais, quelle saveur possédait cette magie, et elle lui était familière, oh, si familière. Adam la connaissait depuis que Sue les avait présentés il y a de nombreuses années.

— Sara.

— Qui est Sara ? demanda Vic.

— Pas la personne que je pensais.

Il se rappela sa première visite avec Sue. Elle avait échangé sa recette de tourte aux pêches contre le secret de la pâte à tarte de Sara. Rétrospectivement, Adam pensa qu'il avait décelé un brin de méfiance chez sa tante, un brin de peur qu'il avait pris, à tort, pour de la prudence ou de la timidité. Il se demanda si sa grand-tante n'en savait pas plus qu'elle ne l'avait laissé entendre, et si c'était pour cette raison qu'elle ne l'avait toujours pas rappelé.

— Ou l'entité, dit Argent.

— On doit y aller, dit Adam en soulevant la boîte. (Bien que longue, elle ne pesait pas bien lourd.) Tout de suite.

Argent salua Seamus de la tête.

— Gardien.

— Gardienne, répondit-il d'une voix pleine de sarcasme.

Adam se retint de lui faire un doigt d'honneur tandis qu'ils quittaient la salle de bal. Il ne prêta pas attention à l'atmosphère carnavalesque du restaurant, aux stands de jeux et de maquillage, et suivit Argent en direction de la sortie.

— L'un de vous pourrait-il me dire ce qui se passe ? demanda Vic.

— On s'est fait rouler, répondit Adam. Par quelqu'un que je pensais connaître.

Ils montèrent dans la voiture. Adam posa la boîte sur la banquette arrière à côté de Vic.

Argent serra le volant si fort qu'Adam craignit qu'elle le broie entre ses doigts.

— Je ne puis vous accompagner, leur annonça-t-elle.

— Pourquoi pas ? demanda Adam.

— Certains accords régissent nos relations, d'autres règles, expliqua Argent, ses traits anguleux soulignés par la colère, pas l'inquiétude, pas même l'intérêt.

Elle rayonnait de puissance.

Adam ne l'avait jamais vue en colère. Il se risqua à poser une main sur son épaule. C'était ça, ou la laisser exprimer son ire royale et le zigouiller, ainsi que Vic.

— Tout ira bien, la rassura Adam. Je ne pense pas qu'elle s'en prendra à nous. Elle a besoin de nous. Elle veut qu'on vienne.

— Alors, je t'accompagne ? demanda Vic.

À en juger par son expression dans le rétroviseur, ce n'était pas vraiment une question.

— Je pense que tu n'as pas le choix, répondit Adam.

Argent les déposa non loin de l'arbre à pendu. Vic contempla la scène qui s'offrait à eux, l'omniprésente lune émeraude, le ciel crépusculaire et les inatteignables collines à l'horizon.

— Tu les vois ? demanda Adam.

— Ouais, c'est dément, répondit Vic en lui prenant la main.

Toutefois, Adam ne ressentait pas de magie autour de Vic. Il ne devrait pas voir ce paysage. À moins que la force soit si subtile que même Adam ne pouvait la détecter. Une autre sorte de vide.

Le cœur d'Adam, malgré tout le poids qui l'accablait, bondit parce que Vic était là.

La clarté baignait son visage, rehaussait l'éclat de son teint doré. Il rayonnait, encore plus beau que dans le monde des mortels.

— Comment te sens-tu ? s'enquit Adam.

— Ma poitrine ne me fait plus mal.

Adam aurait voulu avoir le temps de se promener avec Vic, de lui faire découvrir les lieux. Peut-être le ferait-il quand il en aurait terminé.

— Rappelle-toi seulement que tout est réel, d'accord ? dit-il. On peut mourir ici.

— C'est dangereux ? demanda Vic en balayant les alentours d'un regard circonspect.

L'herbe était rouge, comme sur une peinture, des coups de pinceau sur une toile. Adam ne sentait aucune brise, mais les brins ondulaient ; animés, vivants. D'ailleurs, ils écoutaient sûrement.

— Un peu, avoua Adam en haussant les épaules. Ça dépend où l'on va. Il y a beaucoup de choses à expliquer.

Adam se dit alors qu'il pourrait instruire Vic, lui expliquer en quoi consistait le royaume subtil, comme Silver le lui avait expliqué. Ça pourrait même être marrant. S'ils avaient assez de temps.

Ils arrivèrent devant l'arbre avec ses nœuds coulants sinistres et son écorce noircie par les actes maléfiques. Les faucheurs, à l'œuvre dans leur champ de tournesols jaune safran, apparurent à leur vue. Ils s'interrompirent, cessèrent leur travail et se redressèrent. Leurs visages masqués d'une tête de mort se tournèrent comme un seul homme pour les dévisager.

— Que sont-ils ? demanda Vic. Et que regardent-ils ?

— Des faucheurs, répondit Adam. Et je crois que c'est toi qu'ils regardent.

Le savoir, le reconnaître glaça les os d'Adam. Il serra la main de Vic, plus pour se consoler que pour rassurer ce dernier.

Vic jaugea les silhouettes. Adam le sentit se crisper. Contre sa paume, celle de Vic était moite.

— J'ai l'impression de les connaître, dit Vic.

— L'un d'eux était venu pour toi, ce jour-là à l'hôpital. Ils te surveillent, ils sont plantés tout autour de ta maison.

Vic s'avança d'un pas et Adam crut qu'il allait le lâcher. Il le tira doucement par le bras.

— Qu'y a-t-il ?

—Je ne sais pas, répondit Vic, qui semblait perdu. J'ai l'impression que je dois les aider. Ils ont besoin d'aide. De mon aide.

—Parce qu'ils ont des ennuis ?

Adam guetta l'horizon, à l'affût du danger.

—Non, dit Vic en regardant Adam dans les yeux. (Il avait l'air apeuré.) Non, parce qu'il y a beaucoup à faire.

Une boule glacée se logea entre les vertèbres dorsales d'Adam. Et s'il n'avait pas sauvé Vic ?

Qu'avait-il accompli en réalité ?

—Suis-moi, dit Adam. Reste près de moi.

Ils parcoururent le chemin qui menait à la caravane de Sara. Les faucheurs ne quittèrent pas Vic des yeux.

Vous ne l'aurez pas, pensa Adam. *Je ne vous le laisserai pas. J'ai déjà combattu l'un des vôtres. Je vous affronterai tous si j'y suis obligé. Vous. Ne. L'aurez. Pas.*

Il se le répéta, comme si penser une chose suffisait à lui donner corps. Il tira Vic par le bras pendant qu'ils traversaient les champs des esprits maniant la faux.

Cette fois, Adam n'hésita pas à franchir la palissade cassée pour s'avancer vers la caravane. Sara les regarda faire. Elle se cala dans son fauteuil à bascule, se balança doucement et esquissa un sourire.

—Que m'as-tu apporté, Adam Binder ? L'un des miens ?

—Des vôtres ? demanda Adam.

Elle sourit, se leva et se redressa de toute sa hauteur dans un mouvement, semblait-il, interminable. Puis elle s'étira. L'obscurité se répandit à ses pieds, l'enveloppa, recouvrit tout. La lumière, fluide comme l'eau dans le royaume subtil, la fuit.

Adam recula, vacillant, entraînant Vic avec lui, mais les faucheurs s'étaient rapprochés. Ils formaient à présent un mur de robes noires et de masques d'os. Il alla d'un côté à l'autre, puis revint vers Sara alors qu'un long voile d'ombres s'enroulait autour d'elle.

La porte de la caravane s'ouvrit. Au-delà régnaient des ténèbres profondes, absolues. Adam n'avait encore jamais vu une telle perfection.

— Tu n'entres pas ? demanda la Mort.

Elle n'avait pas changé sa voix, celle-ci était toujours plaisante, empreinte de cet accent du sud qui lui donnait tant de chaleur. Elle avait gardé les lunettes de Sara, mais elles ne tenaient sur rien puisque la Mort n'avait pas de nez.

Vic serra la main d'Adam. On aurait dit qu'il voulait s'enfuir. Derrière eux, les faucheurs n'avaient pas bougé, mais Adam ne doutait pas qu'ils le pouvaient. Sara ne les maintenait pas à distance grâce à des boucliers ou à des sorts. Elle était la Mort. Elle les commandait.

Il n'y avait qu'un chemin : tout droit, à travers l'obscurité, peu importe la personne qui les avait conduits jusqu'ici. Adam s'agrippa à Vic. Quoi qu'il y ait de l'autre côté, il n'irait pas seul. Il n'enverrait pas Vic tout seul.

— Ça va bien se passer, murmura-t-il. Je crois.

Leurs doigts entrecroisés, ils franchirent la porte.

36

Adam

Adam avait pensé trouver dans la caravane de Sara les déesses qu'il avait toujours senties autour d'elle. Il venait de comprendre qu'il s'agissait d'un camouflage, d'une façon de dissimuler sa vraie nature.

Aussi ne fut-il guère surpris quand ils sortirent d'une crypte et arrivèrent dans un cimetière. Celui-ci semblait ancien. Les arbres, déformés, étaient presque morts. Un bosquet d'obélisques surplombait les pierres tombales sculptées en forme de troncs. Il y avait même une cabane en rondins. Elle empestait. On distinguait une centrale nucléaire au loin et une casse automobile de l'autre côté de la rue.

— C'est une raffinerie ? marmonna-t-il.

Ils n'étaient pas dans le monde des humains ni dans celui des esprits. Ils se trouvaient dans un entre-deux, une couche intermédiaire, mais juste en dessous du plan mortel. Images, sons et odeurs y fuitaient. Ce devait être là que la Mort accomplissait son œuvre, de là qu'elle observait Adam. Pas étonnant que sa magie, son authentique magie, soit si difficile à détecter.

— C'est quoi, cette odeur ? demanda Adam avec un haut-le-cœur. Ça sent les égouts et la bouffe pour chien.

— C'est exactement ça, répondit Sara. La station d'épuration et l'usine d'aliments pour animaux de compagnie ne sont pas très loin. N'ayant point de nez, j'ai tendance à l'oublier.

— Où sommes-nous ? s'enquit Vic.

— Cimetière de Riverside. Fascinante histoire, dit Sara. On devrait aller manger des burritos une fois nos affaires réglées. Je connais un endroit super, contre le sens du vent. Ta mère approuverait, Vicente.

— Vous connaissez ma mère ?

— Je connais tout le monde, répondit-elle d'une voix chantante. Et les mères de tout le monde.

Adam connaissait Sara depuis des années. Et pourtant, il ne lui avait jamais rien acheté. Le prix était bien trop élevé. Qu'en était-il de tante Sue ? Ou des autres ? Ou n'était-ce là qu'une ruse ?

Sara reprit son apparence humaine. Elle portait toujours la robe noire et ses pas ne laissèrent aucune trace dans l'herbe desséchée. Il n'émanait d'elle aucun pouvoir, elle paraissait même plus normale qu'Adam. Elle était en quelque sorte l'antithèse du pouvoir. Un trou noir. Comme l'esprit. Elle n'était ni affamée ni folle, mais elle consumait tout, naturellement. Elle était le terminus. La fin.

Adam se rapprocha de Vic.

— Vous êtes la Mort, dit Vic.

Sara haussa les épaules.

— Oui.

— Et tout ça, c'est à cause de vous, dit Adam. L'esprit, le sceau brisé ?

— En effet. J'ai payé le sorcier pour qu'il brise le sceau.

Elle le connaissait. Elle savait qui il était. Adam avait mille questions à poser à la Mort, mais une seule sortit de sa bouche.

— Pourquoi Vic est-il impliqué dans tout ça ?

— Oh, c'est juste un bonus.

Sara fit apparaître un verre de thé glacé. Il y eut un ondoiement qui ne modifia guère la perception d'Adam.

Elle regarda Vic.

— Tu es un faucheur, Vicente. Tu travailles pour moi désormais.

— Ce n'est pas..., commença Adam. Non.

Sara plissa les yeux.

— Tu es l'unique responsable, déclara-t-elle. Quand tu es intervenu pour le sauver, il a rejoint mon équipe. Ça fonctionne comme ça. Tu as enfreint une règle. Ce n'est pas sans conséquences. Pour lui comme pour toi.

Adam l'avait toujours su. Il s'était douté que le prix serait plus élevé, malgré leur lien, malgré les jours d'hôpital. Il mit sa main dans le dos, essaya de ne pas expirer ni de montrer son soulagement quand Vic serra celle-ci plus fort, mais Adam le sentit trembler.

— Ça signifie quoi, précisément ? demanda Vic.

— Ça signifie que tu vas pouvoir retourner au travail, répondit Sara avec un sourire avenant. Ça signifie que tu vas vivre, être officier de police. Et de temps en temps, en cas de mort extraordinaire, tu prendras une vie en mon nom.

Vic l'observa, puis il reporta son attention sur Adam.

— C'est tout ?

Adam lui serra fort la main pour lui envoyer un message d'avertissement.

— Que pourrait-il y avoir de plus ? demanda Sara en roulant gracieusement une épaule en arrière.

— Vous ne réclamez pas son âme ou un truc du genre ?

Sara grimaça comme si elle avait senti une odeur désagréable.

— Je n'ai que faire des âmes, répondit-elle sur un ton outré. Ce ne sont pas des cartes à collectionner.

Cette réponse étonna Adam, et piqua sa curiosité. C'était la deuxième fois qu'il évoquait les âmes en présence d'un immortel et que ce dernier réagissait de façon fort étrange. Un mystère qu'il tenterait de résoudre un autre jour.

— Alors, Vic n'a aucun rôle à jouer là-dedans.

— Maintenant, si, répondit-elle, souriant cette fois de toutes ses dents. Je ne m'attendais pas à ce que tu fasses ce que tu as fait, mais je ne m'en plains pas. Tu auras besoin de renforts pour affronter ce qui se profile et d'une épaule pour te réconforter après les retombées que je prédis.

— Pourquoi avez-vous libéré l'esprit ? la questionna Adam. Il a tué tellement de gens.

Sara plissa les yeux.

— Il violait les règles. Il devait reprendre une forme matérielle, redevenir vivant, pour que je puisse m'en saisir.

— Pourquoi Annie ? demanda Adam. Qu'a-t-elle fait pour mériter ça ?

— Rien, trésor. Elle n'a absolument rien fait. Ça n'aurait jamais dû être elle. Je pensais que l'esprit posséderait ton frère. Ou toi.

— Bobby ? Pourquoi ?

— Il faut les bons ingrédients en juste quantité, vois-tu. Juste une goutte d'elfe, diluée au fil des âges. Des marqueurs génétiques, dirait ton frère. S'ils sont insuffisants, le corps ne peut contenir l'esprit. L'enveloppe se consume trop vite. S'ils sont prédominants, la possession demeure incomplète, le possédé peut résister. Elle devait être complète, et l'esprit, vivant.

Du sang d'elfe ? Lui ? Cela semblait logique après coup que les praticiens possèdent des gènes d'immortels, mais, si c'était le cas, pourquoi Bobby n'était-il pas comme lui ?

Adam mit ces pensées de côté. Ce n'était pas le moment de ressasser de vieilles questions.

— Pour que vous puissiez le tuer, en conclut-il. C'est ce que vous voulez faire, n'est-ce pas ?

— Non, Adam, trésor, pour que je puisse m'en saisir. Le tuer, c'est ton boulot.

— Pourquoi ? s'écria-t-il. Pourquoi moi ?

Cette tâche incombait aux Gardiens. Non ? Ils étaient équipés pour combattre un truc pareil.

— Les marqueurs. Un peu d'attention. L'esprit était censé posséder ton frère. Ensuite, tu l'aurais tué. Pourquoi crois-tu que je l'ai persuadé de te faire interner à l'époque ? Pour que tu le haïsses et que tu n'hésites pas à appuyer sur la détente.

Adam serra les poings tandis qu'elle poursuivait.

— La magie ne l'arrêtera pas. Les mortels ne l'arrêteront pas. Ce qu'il faut, c'est le bon mélange, le parfait dosage. J'ai passé des siècles à forger ta lignée, et voilà que cette saleté s'empare de ta belle-sœur !

— Mais pourquoi Adam ? demanda Vic.

— Pour qu'il lie l'esprit. Il faut le sceller dans la chair avant de le tuer. C'est le seul moyen de s'assurer qu'il ne m'échappera pas de nouveau.

La recette. Les flèches. Fer des marais, os et verre. Le prix de son âme.

— Je refuse, dit-il.

— À ta guise, répondit-elle, et son sourire s'effaça. Il a déjà détruit une tour. Laisse-le faire, et il les fera toutes s'effondrer. Il anéantira toute vie. Moi, ça m'importe peu. Au bout du compte, vous m'appartenez tous. Mais, si tu tergiverses, la récolte sera fort abondante cette année.

— Pourquoi l'avez-vous libéré ? demanda Adam. Il était à l'abri dans le sol, là où les elfes l'avaient enfermé. Vous auriez pu l'y laisser.

La colère brilla dans les yeux marron de Sara. Son visage rond, toujours affable, se ferma. Ses traits durcirent. Adam ne sentit ni pouvoir ni émanation de force, mais, à son expression, il devina son intransigeance, sa nature froide, dure et implacable.

— Il a enfreint les règles, répéta-t-elle d'une voix mêlée de glace. Il s'est enfui, et je ne le tolérerai pas.

Ce n'était pas l'unique raison, Adam en avait l'intime conviction, mais il n'insista pas. Elle n'avouerait rien de plus sans contrepartie, et il tremblait encore en pensant à ce qu'elle attendait de lui.

— Tu as tout ce qu'il te faut, dit-elle d'un ton moins amical. (La lumière autour d'eux faiblit, l'obscurité enveloppa le cimetière.) Que ça aille vite. Qu'il ne souffre pas. Peu importe comment tu t'y prends. Tue-le, c'est tout. Les burritos, ce sera pour une autre fois.

Soudain, ils furent ailleurs. Sans franchir de porte, sans sentir de montée d'énergie ou de changement dans l'air.

Ils se tenaient dans le sous-sol de Bobby.

Adam voulait pleurer. Se jeter dans les bras de Vic ou à plat ventre par terre, mais ils n'avaient pas une seconde à perdre. Si Annie était une hôte imparfaite, l'esprit en chasserait un autre, plus adapté.

— On doit parler à Bobby, dit-il.

37

Adam

C'était comme conduire un réfrigérateur. Au volant de la boîte blanche d'Annie, Adam enfonça la pédale d'accélérateur.

— Il ne décroche toujours pas, l'informa Vic, assis sur le fauteuil passager, le téléphone d'Adam appuyé contre son oreille.

Adam n'avait pas demandé si l'agent Martinez pourrait faire sauter un P.-V. pour excès de vitesse. Par chance, à Denver, deux ou trois voitures avaient le temps de passer au feu orange.

Ils devaient trouver Bobby, rejoindre l'hôpital. À cet instant, Adam aurait conclu n'importe quel pacte pour posséder les pouvoirs d'Argent, pour arriver à Mercy au plus vite, pour sauver Bobby et Annie.

— On y est presque, répondit Adam entre ses dents. (Le bâtiment de style espagnol se découpait au loin.) Presque…

Un « boum » l'interrompit. La voiture s'arrêta dans un crissement de pneus, les vitres tremblèrent. Des cris, des hurlements de sirènes et une onde de choc magique suivirent la déflagration.

Vic passa un autre coup de fil, prenant cette fois sa voix de policier. Adam descendit de la voiture. Il laissa l'arc sur la banquette. L'instrument ne servait à rien sans les pointes de flèches. Annie était là.

De l'autre côté de la rue, le pavillon devant l'hôpital, où les patients se faisaient chercher et déposer, était en feu.

Adam courut en direction des portes alors qu'une deuxième vague se soulevait. Les fenêtres de l'hôpital vibrèrent, tremblèrent, explosèrent. Une pluie de verre s'abattit sur eux dans un tintement de glace, puis une voix entonna : « Montre-toi. Montre-toi. »

Annie.

Adam s'élança, mais s'arrêta brusquement quand Vic le tira par le bras.

— Tu comptes faire quoi ?

Adam serra l'éclat d'obsidienne dans sa poche.

— Ce qu'on attend de moi.

Un coup de feu retentit. Puis un autre. Les agents de sécurité s'étaient rassemblés. Les sirènes résonnèrent au loin.

Ça ne pouvait quand même pas être aussi facile.

Un garde vola. Il atterrit dans un craquement mouillé sur le toit d'une voiture garée.

Vic se précipita vers lui, attrapant son portable pour appeler de l'aide.

Adam le regarda comme si le temps s'était suspendu. Vic en imposait. Il se souciait des autres et n'hésitait pas à agir en commandant.

Ouais, Adam pourrait l'aimer, s'ils survivaient à ça.

Il courut en direction de Mercy et la trouva près de la nuée de magie, enveloppée dans une brume de chaleur cireuse. Dressée entre le pavillon en ruine et l'entrée de l'hôpital, elle poursuivait son chant.

Le temps d'Annie était compté. La double vue d'Adam lui montra l'esprit qui recouvrait son corps, péniblement contenu par son enveloppe trop faible. Elle se déchirait, se ressoudait, se déchirait encore. Les trous laissés par les balles se refermèrent.

Si la miséricorde était de ce monde, Annie ne serait pas consciente. Sa souffrance devait être insoutenable. Le cœur d'Adam saignait pour elle, pour cette femme enjouée dont la seule erreur avait été d'épouser Bobby et de souhaiter fonder une famille. Cette femme qu'il devait tuer.

Il s'élança vers elle. Une entaille apparut sur la joue d'Annie. Le sang en ruissela. Puis la plaie se referma.

Peut-être Adam était-il la miséricorde.

Il sortit le tesson de sa poche, avec l'intention de le planter dans le dos d'Annie, tandis qu'il courait aussi vite que possible.

Et naturellement, Bobby choisit ce moment pour se pointer. Il franchit les portes de l'hôpital dans sa blouse blanche impeccable.

Annie fixa son attention sur lui. Sa bouche, pleine de sang et de crasse, s'étira en un sourire carnassier. Ses mâchoires s'ouvrirent telles celles d'un monstre, un être contre nature, comme si Mercy n'avait pas l'habitude des dents humaines.

Bobby resta coi de stupeur, les yeux écarquillés devant cette scène cauchemardesque dont il ne pouvait que constater la réalité.

C'était maintenant ou jamais.

La voiture la plus proche d'Adam explosa. Ses oreilles bourdonnèrent comme si un coup de feu avait été tiré à proximité. L'air s'emplit de fumée et de poussière. Adam sentit l'odeur du plastique et de l'essence brûlés sur sa langue.

La violence de l'impact l'avait propulsé contre le sol. Il s'était peut-être cassé quelques os, mais, surtout, il avait lâché le tesson.

—*Adam!* hurla Vic en silence.

Son inquiétude et sa panique firent l'effet à Adam d'un poignard plongé en plein cœur.

—*Je vais bien*, lui répondit-il à travers leur lien. *Je t'en prie, ne t'approche pas.*

Si elle blessait Vic… Non, il ne le tolérerait pas, pas en plus de ce qu'il avait à faire.

Annie – l'esprit – rit. Elle se tourna vers lui, s'avança d'un pas et déploya ses tentacules, telle une pieuvre.

—Adam ! cria Bobby.

—Cours ! répondit Adam, les dents serrées.

Annie marcha vers eux, son visage se fendit et se referma. Bientôt. Elle se consumerait bientôt. Elle abattit son pied sur le tesson et l'obsidienne vola en éclats. Elle baissa les yeux, pleins de sang et de jaune, sur Adam. La couronne de tentacules ondula.

Une forme grise et étincelante tomba du toit de l'hôpital. Annie s'arrêta lorsque Argent se posa au sol, créant une toile de fissures dans le bitume. Elle ruisselait de magie, rayonnait comme une météorite.

—Une petite faim ? lança-t-elle à l'esprit, présentant ses mains en coupe pour l'appâter avec sa vie.

Non.

Adam s'obligea à s'asseoir.

Les yeux furibonds, Annie se rua sur l'elfe en hurlant, propulsée par une force incroyable. Adam entendit un craquement d'os.

Argent l'évita d'un bond sur le côté, distançant Annie qui boitait à présent, le visage déformé par la rage et la douleur.

Annie l'attaqua encore, faisant fi de sa jambe cassée. Argent l'évita, mais, cette fois, de justesse. Adam lut la faim dans les yeux hostiles d'Annie. L'esprit voulait Argent. Il voulait sa magie.

—Ne la laissez pas vous toucher ! lui cria Adam en se mettant debout.

—Merci, Adam! répondit la reine d'Épées tandis qu'elle sautait pour atterrir sur le toit d'une voiture. Mais tu ne m'apprends rien!

Annie poursuivit Argent avec acharnement, toute son attention focalisée sur l'elfe. Adam ne l'attraperait jamais, pas à pied, et le tesson avait volé en éclats...

Des petits éclats. Identiques à des pointes de flèches.

Bobby rejoignit Adam alors qu'il rassemblait les morceaux d'obsidienne.

—Que fais-tu? lui demanda-t-il d'une voix rauque d'émotion. On fait quoi pour Annie? ajouta-t-il, l'air paniqué.

—Aide-moi, répondit Adam. C'est la seule chose qui peut l'arrêter.

Annie fit exploser une autre voiture. Argent, en plein saut, se posa maladroitement au sol. Sonnée, elle se ressaisit vite, mais Annie se dirigeait déjà vers elle, ralentie par sa jambe cassée, mais rien de plus.

—C'est de la magie que tu veux? lui hurla Adam.

Il souleva un morceau de trottoir et le jeta de toutes ses forces en direction d'Annie. Il la toucha en plein dos. Elle se tourna vers lui, le fixa de son regard dément.

—Alors, prends la mienne, trou du cul!

Annie poussa un cri strident, un feulement inhumain. Peut-être l'esprit avait-il voulu rugir, mais il ignorait visiblement comment utiliser ses cordes vocales. Elle se rua sur Adam.

Elle était presque sur Adam quand une voix cria:

—Annie!

—Non, Bobby!

—Annie, je t'en supplie, l'implora ce dernier.

Sanglotant, il la prit par l'épaule avant qu'Adam ne puisse l'en empêcher.

Elle enroula ses doigts autour du poignet de Bobby. Les yeux de ce dernier devinrent tout blancs. L'esprit plongea ses tentacules en lui. Ceux-ci commencèrent à gonfler, à transférer l'esprit dans son nouvel hôte.

Adam rattrapa Annie. Bobby clignait des yeux. Adam enfonça le plus gros tesson dans la nuque d'Annie.

Elle poussa son cri sinistre et repoussa Adam de sa main libre. La magie tournoya autour d'elle, déchaînée, palpitante. Elle relâcha Bobby pour arracher l'éclat d'obsidienne de son cou. Cela n'avait pas suffi. Il fallait la lier.

Annie se volatilisa, se retirant dans le royaume subtil, où Adam ne pouvait pas la pourchasser.

Elle fuit en direction du centre-ville et du nuage de fumée causé par les gravats.

Adam se précipita vers son frère. Bobby gisait par terre, les yeux fermés, mais les mouvements de sa cage thoracique indiquaient qu'il était en vie.

— Elle lui a fait quoi ? demanda Vic, qui venait de le rejoindre, un mur de policiers derrière lui.

— Elle a siphonné sa magie, répondit Argent, qui arriva en même temps. Il en possédait peu, il ne lui en reste plus une goutte.

Vic resta pour aider à réparer les dégâts. Bobby fut hospitalisé. On lui attribua une chambre et on le mit au lit, sous les yeux d'Adam et d'Argent.

Ils préviendraient qui de droit. Jesse conduirait la mère d'Adam à son chevet. Adam resterait avec lui jusqu'à ce qu'elle arrive.

— Comment tu te sens ? s'enquit Argent, observant les signaux des moniteurs.

Adam avait ouvert les stores pour laisser entrer la lumière du crépuscule.

La vue aurait dû être magnifique.

— Mal, répondit-il.

Ils ne dirent plus rien pendant un moment. Puis Adam lui raconta tout bas ce que la Mort leur avait appris, le plan qu'elle avait en tête pour les deux frères, ce qu'elle avait fait.

Ce policier à la colonne vertébrale brisée, les gens terrorisés et blessés par les explosions. Bobby. Annie. Tout était sa faute, et celle de leur père. Et la Mort était la nouvelle patronne de Vic à présent, histoire de bien remuer le couteau dans la plaie.

— On continue à sous-estimer son intelligence, dit Adam. Il voulait un nouvel hôte, mais vous avez détourné son attention. Car ce qu'il veut plus que tout, c'est de la magie.

— Et ce, même s'il était sur le point d'exploser, lui fit remarquer Argent. Tu l'as vu ?

— Ouais. Dans tous les cas, Annie ne peut pas le contenir.

— Il désire retrouver sa position antérieure, ça le ronge. Ça le rend fou. Il n'arrêtera pas.

Adam se mordit la lèvre. Il n'aurait su qualifier sa relation avec Argent ; était-elle son mentor ? Son amie ? Il resta sur ce choix. C'était un elfe, certes, mais il pouvait être ami avec des elfes. Il n'avait aucune envie de penser à ce que cela faisait de Silver. Un ex amical ?

Ni lui ni sa sœur n'adresseraient la parole à Adam une fois qu'il aurait fait ce qui s'imposait. Peut-être même qu'ils l'attaqueraient.

Elle l'observa avec intérêt, comme si elle essayait de lire dans ses pensées.

— Soyez prudente, d'accord.

— Très bien, Adam Binder, je tâcherai de ne pas mourir, répondit-elle.

Ils restèrent sans rien dire pendant de longues minutes, regardant Bobby, veillant sur lui.

— Et pour l'hôpital ? s'enquit Adam. Les personnes blessées ?

— C'est grave, avoua-t-elle. Mais ça aurait pu être pire. On a limité les dégâts. On explique aux médias que c'est dû à une fuite de gaz.

— Ils goberont ça ?

Elle haussa les épaules.

— Ça a fonctionné par le passé. S'il le faut, nous modifierons leurs souvenirs. Protéger le monde mortel fait partie des devoirs des Gardiens.

— Vous pouvez manipuler l'esprit des gens ?

— Il y a des sorts pour ça, mais j'hésite à les utiliser. Ils ne sont pas noirs, mais c'est limite.

Adam se demanda si Bobby préférerait ne se souvenir de rien, s'il se réveillait. Préférerait-il oublier qu'il avait revu Adam, que ce dernier avait échoué à sauver Annie ? Peut-être même qu'il préférerait oublier jusqu'à l'existence d'Annie et recommencer sa vie parfaite à zéro. Et peut-être cela serait-il plus facile à la lumière de ce qu'Adam devait accomplir.

Il avait apporté l'arc et les flèches. Il sortit les tessons de la poche de sa veste, les disposa sur la table à roulettes à côté du lit de Bobby.

Il relut la recette. Sara, la Mort, n'avait pas menti. Il avait tous les ingrédients.

— Pardonne-moi, murmura-t-il à son frère endormi.

C'était une chose de ne pas avoir réussi à la sauver. C'en était une autre de se préparer à la tuer.

38

Adam

Adam Binder avait quinze ans. Assis dans une salle de classe, il écoutait un énième cours sans intérêt débité par un professeur dont il ne se rappelait plus le nom. Il avait choisi une table qu'éclairaient les rayons du soleil, et somnolait comme un chat, les paupières mi-closes, laissant les images et les sons de l'Autre Rive l'apaiser.

Qui aimait qui ? Qui avait déjà couché ? Qui était vierge ? Qui le resterait sans doute à vie ? Les athlètes, les frimeurs, les ambitieux, les inquiets. Une agression quotidienne de huit heures avec pour seul répit le déjeuner et les cours de réparation automobile.

Le bruit de l'Interphone, minuscule et d'avant-guerre, l'arracha à sa douce déambulation mentale.

« Adam Binder, la conseillère d'orientation vous attend dans son bureau. »

— Adam ! cria le prof.

Manifestement, l'annonce était déjà passée une ou deux fois.

— J'y vais, marmonna-t-il, prenant son sac à dos.

Il n'avait sorti aucunes affaires.

Il n'avait que faire de ses notes. Cela faisait un an qu'il dérivait, se laissait porter de l'école au bus scolaire puis à sa chambre. Tout du long, l'Autre Rive l'appelait. Cela avait commencé par une faible lueur, une aura blanche autour des gens. Parfois, il avait l'impression de tourner à toute vitesse dans son propre corps, et s'il pouvait juste faire un pas de côté, dans la bonne direction, il serait enfin libre.

Il allait en cours, mais il n'était pas présent, s'efforçant de faire profil bas, surtout pendant les cours de sport. Pour un lycéen, il y avait pire qu'être bizarre et dans la lune. C'était être gay. Mieux valait flotter dans un état quasi apathique que se dévoiler en regardant un autre mec trop longtemps et en subir les conséquences jusqu'à être diplômé.

— Adam ! cria de nouveau le professeur.

Il se concentra, remarqua que le cours était interrompu, que tous les élèves l'observaient, certains avec dégoût. Plus d'un riait ouvertement. Cela le blessa, c'était vif et froid à la fois. Cruel. Cela lui fit penser à son père.

Il s'obligea à rester dans son corps, dans l'instant. Cela lui coûta beaucoup d'énergie. Il était toujours fatigué, épuisé, après ces efforts.

— Piquouze, marmonna un élève.

Il ne se droguait pas, mais les autres s'en contrefichaient. Adam essuya le filet de bave sur son menton et sortit de la salle. Où…

Ah oui. La conseillère d'orientation.

Il s'attendait à être expulsé. Cela l'aurait ravi. Il n'avait jamais été à sa place dans cet établissement, et échapper au tumulte des passions adolescentes l'aiderait à se vider l'esprit.

Ce qu'il n'aurait toutefois jamais pensé trouver en poussant la porte du bureau, c'était Bobby. Assis en face de la conseillère, le frère d'Adam discutait avec cette dernière, Mme Pearce, une femme noire, avenante, qui souriait toujours à Adam comme si elle le connaissait. Comme si quelqu'un le connaissait…

Lorsque Adam entra, Bobby tourna la tête vers lui. Adam perçut une détermination à toute épreuve et une émotion bleue qu'il ne put nommer. Un mélange qui lui fit aussitôt retrouver son sérieux.

— Ce fut un plaisir de vous revoir, dit Bobby à Mme Pearce. Allons-y, Adam.

Bobby tenait un sac en papier kraft dans la main. Adam devina que c'était le maigre contenu de son casier.

— Où ça ? s'enquit-il en regardant la conseillère.

Le sourire de cette dernière, discret ce jour-là, s'estompa lorsqu'elle baissa les yeux sur les papiers empilés sur son bureau. Elle n'avait rien d'inoubliable, sa conseillère. Elle ne sembla même pas remarquer qu'il l'avait aperçue.

— Où allons-nous ? demanda à nouveau Adam tandis qu'il emboîtait le pas à Bobby.

Dehors, il sentit l'odeur des roses, des fleurs écloses, un parfum étouffant qui lui souleva le cœur. Il éternua, bien que l'école ne possédât pas beaucoup d'espaces verts. D'ailleurs, le champ de mufliers à dents aurait dû être un parking. Encore une vision, encore une hallucination.

— Tu n'as pas pris ton traitement, dit Bobby. N'est-ce pas ?

Adam était distrait par un aigle à quatre ailes et à deux têtes. Joli. La créature le vit également.

Bobby soupira et le conduisit à la voiture, un truc noir, abîmé, japonais.

— J'espère que tu es content de toi, lui lança Bobby tandis qu'Adam s'installait sur le siège passager et appuyait la tête contre la vitre.

Le contact du verre teinté était chaud contre sa peau.

— J'ai dû me taper la route depuis Norman.

Bobby étudiait à l'université de l'Oklahoma dans la ville de Norman. Il disait « Norman » avec une grande fierté, alors que ce n'était qu'une enclave obsédée par le football pour athlètes et abrutis.

— Je vais devoir rattraper un test.

— Désolé, dit Adam.

Bobby aimait passer des tests. Il aimait avoir raison. Il aimait le prouver, en avoir la preuve écrite.

Au loin, dans les champs, Adam aperçut des silhouettes. Parfois, elles étaient trop éloignées pour qu'il en distingue les traits. Puis, en un battement de cils, elles étaient si proches qu'il pouvait compter leurs poils de nez. Des vieillards, des jeunes femmes. Des enfants. Ils portaient les vêtements éternels des pauvres de la campagne. C'étaient peut-être les fantômes des pionniers, les premiers colons qui s'étaient installés en Oklahoma lors de la ruée vers les terres en 1889, un épisode qu'ils avaient rejoué tous les ans à l'école primaire.

Un dragon saisit l'un d'eux. Un second dragon le combattit pour lui prendre son butin. Adam cligna des yeux et le paysage redevint celui des plaines parsemées de chênes. Il lui fallut un moment pour retrouver son discernement et comprendre qu'ils ne se dirigeaient pas vers le mobil-home, son chez-lui, et une énième nuit où maman rentrerait tard du travail ou s'enfermerait dans sa chambre pour réciter des prières diaphanes, ses espoirs. Avant, il y avait eu le rouge de papa, sa colère, et les jaunes plus vifs de ses moments joyeux, quand il les faisait rire. Depuis qu'il était parti, et que Bobby s'en était allé à l'université, il n'y avait plus que le bleu de maman.

— On va où ? demanda Adam…

Pour la première fois ?

La quinzième ? Il ne savait plus.

— Près du lac, répondit Bobby en tournant à l'angle de la route principale.

Inutile de demander quel lac. Inutile de demander quel côté de celui-ci. C'était toujours le côté pauvre ; il n'y avait même pas de jetée à proprement parler, si ce n'est celle que papa avait construite, désormais en ruine, ni de maisons, seulement des chênes arbustifs et des serpents. Cependant, leur mobil-home ne se trouvait qu'à une courte distance à pied.

Le royaume des esprits balaya soudain le monde réel. Adam vit les champs, l'herbe qui tapissait les deux rives et rejoignait les forêts, les eaux de crue, bien qu'il n'eût pas plu depuis des semaines.

C'en était trop. Il avait besoin de dormir, de remettre les pendules de sa santé mentale à zéro avant qu'un nouveau jour ne se lève.

Puis l'eau reflua. Tout autour, des peupliers répandirent leur pollen cotonneux dans l'air. Ils se mêlèrent aux lucioles du monde subtil jusqu'à ce que la bâtisse se solidifie. Elle ressemblait à une résidence de plantation typique du sud, le genre de demeure décrite dans des romans comme *Autant en emporte le vent*. À la différence que celle-ci était dépourvue de magnificence.

À l'instar d'un athlète d'équipe universitaire sur le retour. Elle aurait pu être une candidate glorieuse, jadis. Or, le temps avait fait son œuvre et la peinture sur les larges colonnes en bois qui délimitaient l'avant de l'édifice s'écaillait. Les grandes portes étaient entrebâillées. Le vent ne les faisait pas bouger. Elles avaient l'air trop lourdes, trop robustes, conçues pour ne rien laisser sortir. L'eau du lac imprégnait tout d'une odeur douceâtre aux relents de putréfaction.

Des nuées de moucherons volaient de l'autre côté du jardin, qui était plein de flaques de boue et d'herbe jaunie non coupée. Sur la boîte aux lettres – une colonne de briques presque aussi haute qu'Adam – était fixée une plaque de laiton qui aurait eu besoin d'un bon nettoyage. L'adresse, 1212 Seward Road, était gravée sous le nom de l'établissement. Liberty House.

— C'est quoi, cet endroit ? demanda Adam tandis que Bobby s'insérait dans l'allée, qui consistait en des pavés enfoncés dans la boue.

Les pneus roulèrent dessus comme un pouce sur une planche à laver.

— Ta nouvelle école, répondit Bobby. Ils pourront t'aider.

— Ce taudis ?

Adam balaya du regard la peinture délavée, écaillée, et les bardeaux détériorés. L'endroit, dans son ensemble, exprimait la décrépitude, l'usure des années et la gloire passée.

— C'est une école moderne. J'ai du mal à croire qu'un tel lieu existe dans le coin. En plus, c'est proche de chez maman. Elle pourra venir te voir quand tu veux. Elle t'apportera tes vêtements et tes affaires plus tard.

Adam comprit alors quelle était l'émotion bleue que Bobby avait dissimulée sous cette farouche détermination. La culpabilité.

39

Bobby

Bobby courut sous les chênes, le long de sentiers sableux parsemés de morceaux d'écorces gris-noir. Un pressentiment lui disait de se dépêcher, de vite rentrer à la maison. Il passa de l'ombre des arbres aux clairières ensoleillées. Il avait toujours évité ces zones lumineuses comme il s'était tenu à l'écart des rochers. Les serpents à sonnette aimaient y prendre le soleil.

Il ne s'approchait pas des hautes herbes pour les mêmes raisons. Il ne prenait jamais de raccourcis et restait sur le chemin de sable. Ils n'avaient pas de barrière, mais le précédent propriétaire avait enfoncé des vieux capots de voitures dans le sol en guise de jalons. Ainsi, Bobby savait où commençait le terrain des Binder.

Il distingua le mobil-home au loin, un long rectangle délabré sans jupe. Ses parents avaient délimité des cercles avec des blocs de grès qu'ils avaient scellés au mortier avant de les remplir de terre. Ces pots de fortune décoraient les lieux, apportant un brin de fantaisie au jardin plein de boue et de mauvaises herbes, mais les fleurs que sa mère y plantait fanaient à l'ombre des chênes.

Ceux-ci formaient des bosquets de trois ou cinq arbustes qui jetaient leur ombre sur le mobil-home, mais cela ne suffisait pas à rafraîchir l'intérieur et ils devaient souvent allumer les climatiseurs de fenêtre. Sa mère scotchait du papier aluminium et du plastique noir sur la plupart des vitres pour empêcher la chaleur d'entrer.

Bobby passa devant l'abri où son père rangeait l'attirail de pêche et la tente qu'ils n'utilisaient plus depuis qu'une vache avait pissé dessus. Il poursuivit sur ses jambes maigrelettes. Il entendit un son qu'il connaissait bien, celui du cuir qui claquait sur la peau. Les pleurs d'Adam.

— Je t'ai dit de pas chialer. (La voix de son père. Suivie d'une nouvelle claque.) Et je continuerai tant que tu chialeras, petit pédé.

Encore une claque. Encore un gémissement.

Porté par ses pieds, trop lents, Bobby monta les marches en bois qu'avait construites leur père pour leur permettre d'atteindre la porte du mobil-home.

Dedans, papa tenait Adam sur ses genoux ; le petit gigotait pour essayer de se libérer. Ses fesses étaient rouges et couvertes de marques. Papa n'aperçut pas Bobby. Il était dos à la porte. Il ne l'entendit pas non plus, alors que le cœur de Bobby battait plus fort que jamais.

— Je te l'ai dit, répéta papa.

La ceinture s'abattit encore sur le postérieur d'Adam. Il sanglota.

Maman s'était réfugiée dans la cuisine. Elle avertit Bobby d'un regard : *ne l'interromps pas.*

La dernière fois, il avait eu droit à une prise d'étranglement. Une fois qu'il s'était évanoui, papa l'avait relâché. Puis il s'était remis à battre Adam.

Leur père avait fait de la lutte au lycée. Il en avait toujours été très fier. Il adorait s'en vanter et rappeler à qui voulait l'entendre qu'il aurait pu passer professionnel si Bobby n'était pas né, si Tilla Mae ne s'était pas retrouvée en cloque en terminale.

Bobby se rappelait le bras de papa, couvert de poils et de sueur, autour de son cou ainsi que les mots qu'il lui avait murmurés avant que Bobby ne perde connaissance. « La prochaine fois, tu ne te réveilleras pas. »

Maman jeta un regard en direction de la fenêtre. Sur le rebord, un marteau et une boîte de clous, couverts de poussière, attendaient que papa refixe la tringle à rideaux, comme maman le lui avait demandé une bonne dizaine de fois.

Bobby resta dans l'entrée, figé, à quelques pas seulement du rebord de la fenêtre, du marteau.

Fais-le. Sa voix, silencieuse, était aussi claire que si elle avait parlé à voix haute.

Bobby croisa le regard de sa mère.

Fais-le.

Papa lui tournait le dos. Il était assis sur le canapé, Adam sur ses genoux. Bobby ne pensait pas qu'il l'avait entendu entrer.

La ceinture claqua encore sur les fesses d'Adam. Il hurla de douleur, sanglota, supplia papa d'arrêter.

Bobby cessa de réfléchir. Il attrapa le marteau. Il l'abattit sur la tête de son père. L'impact contre le crâne produisit un son étouffé, mouillé, comme sur une surface spongieuse. Un autre coup, plus fort, suivi d'un craquement contre quelque chose qui céda.

Papa se leva. Il chancela. Il s'écroula au sol et ne bougea plus. Adam roula par terre. Il se tut. L'univers se tut.

Bobby expira. Il respirait de nouveau. C'était comme s'il avait été en train de se noyer et qu'il venait de remonter à la surface de l'eau.

— Bobby.

La voix de sa mère sembla lui parvenir de très loin. Il ne répondit pas. Il ne bougea pas.

— Bobby Jack, répéta-t-elle. Donne-moi ça.

Engourdi, hébété, comme si c'était lui qui avait reçu un coup sur la tête, il passa le marteau à sa mère.

— Emmène ton frère dans votre chambre. Puis reviens m'aider.

Bobby dut se rappeler comment faire fonctionner ses jambes. Il trouva Adam, qui pleurait toujours, roulé en boule devant le canapé. Il ne fit aucun bruit ni ne se débattit quand Bobby le souleva dans ses bras.

D'un pas raide, déséquilibré par le poids de son frère, Bobby porta Adam jusqu'à leur chambre et l'allongea sur le lit du bas.

Il était si petit, on aurait dit un humain miniature.

— Reste ici, lui murmura Bobby. Tout ira bien.

Il ignorait pourquoi il avait dit ça, si ce n'est que c'était le genre de choses qu'on était censé dire dans ces situations-là, mais Adam hocha la tête.

Bobby retrouva leur mère dans le salon ; elle tenait leur père par les pieds.

— Prends ses bras, dit-elle.

Ensemble, ils le traînèrent dehors, sur le bitume, les cailloux et la terre.

— On va où ? demanda Bobby, haletant de fatigue.

Ils avaient parcouru trois mètres. Papa – le corps – pesait trop lourd.

— Derrière. En direction de la mare.

Il comprit de quoi elle parlait. Une ravine menait à une cavité creusée dans la terre qui était asséchée la majeure partie de l'année. Quand ce n'était pas le cas, ils y attrapaient des têtards. Puis, quand ils revenaient, les têtards étaient devenus des grenouilles.

— Attends ici, dit Bobby.

Il n'avait pas touché au quad depuis que papa l'avait acheté. Il était rangé dans l'abri, sous une vieille bâche. Papa le démarrait de temps à autre, pour ne pas encrasser le moteur, mais il ne le conduisait jamais.

Bobby et Tilla enveloppèrent le corps dans la bâche. Bobby fit tenir le tout à l'aide de cordes qu'il fixa à l'arrière du véhicule tout-terrain. Chacune de ces tâches fut pénible et lui prit un certain temps.

Bobby roula à travers bois. Maman marcha derrière le quad. Personne ne trouverait le bruit inhabituel, ils étaient à la campagne.

Il n'arrêtait pas de penser à Adam, seul dans le mobil-home. Avec un peu de chance, il se serait endormi après avoir pleuré jusqu'à l'épuisement. Avec un peu de chance, il ne se réveillerait pas seul. Avec un peu de chance, il ne se rappellerait pas ce que Bobby avait fait.

La bâche était recouverte de boue et d'herbe quand ils arrivèrent à la mare. Bobby s'efforça de ne pas voir le cadavre lorsqu'ils le déposèrent dans le trou. Au fond s'y trouvaient des pierres de granit, de toutes les tailles. Sans un mot, Tilla les déplaça. Les membres lourds comme du plomb, Bobby l'aida.

Ils poursuivirent longtemps après que papa fut enterré, longtemps après que la bâche et son contenu furent devenus invisibles. Puis ils la recouvrirent de branches mortes, celles des chênes tombés que papa devait couper et vendre comme bois de chauffage.

Il faisait nuit quand ils regagnèrent le mobil-home. Bobby roula doucement, car il ne voulait pas laisser sa mère seule derrière. Il chercha les traces qu'ils avaient laissées au sol en traînant le corps, mais l'herbe qu'ils avaient foulée avait déjà commencé à se redresser. Quelques bonnes averses, et la boue effacerait tout. Elle remplirait la cavité. Des animaux passeraient par-là, des chiens sauvages qui erraient dans la forêt, peut-être même des coyotes, mais ils n'arriveraient pas à faire bouger les pierres que Tilla et Bobby avaient soigneusement empilées.

— Et maintenant, on fait quoi ? lui demanda Bobby tandis qu'ils montaient le petit escalier.

— On continue sans lui, répondit sa mère. Tu es l'homme de la maison maintenant, Bobby Jack.

Dans la petite chambre qu'il partageait avec Adam, les larmes coulèrent enfin. L'après-midi s'éloignait déjà. Il pensait que le shérif viendrait le chercher, que quelqu'un débarquerait en hurlant : « Assassin ! Assassin ! »

Mais personne ne vint. Pas cette nuit ni les jours qui suivirent. Ils n'en parlèrent pas et, peu à peu, maman brûla les papiers et les affaires de papa avec le reste des ordures, dans le four en parpaing derrière le mobil-home. Mais il ne vint toujours personne.

Quand Bobby rentrait au crépuscule, il guettait la lueur orangée au bout de la cigarette de sa mère. Elle était toujours dehors, semblait-il, à fumer sur les marches, à observer l'obscurité. Peut-être attendait-elle aussi que quelqu'un arrive.

Personne ne vint. Tout le monde se fichait qu'un Blanc sans le sou se trouve au fond d'une mare asséchée, enseveli sous un tas de pierres. Bobby évitait d'y penser, il s'efforça d'oublier son existence. Adam ne demanda même pas qu'ils aillent voir si les pluies d'août avaient commencé à la remplir.

Il ne quittait plus Bobby. La nuit, il insistait pour dormir avec lui dans le lit du haut, blotti contre son grand frère, son petit corps brûlant comme s'il avait de la fièvre. Cela faisait transpirer Bobby, mais il ne le chassait pas. Quand Adam remuait, s'agitait, Bobby le serrait contre lui et murmurait contre ses cheveux châtain clair.

De jour, Adam demandait souvent quand papa rentrerait. Maman le faisait taire d'un « chut », mais Bobby disait : « On n'est plus que nous trois, maintenant, Adam Lee. »

40

Robert

Il avait toujours su que cela le poursuivrait. D'une façon ou d'une autre. Il avait tué son père.

Il était assis dans le noir. Une odeur d'antiseptique flottait autour de lui, doucereuse, comme du sucre d'orge mélangé à de l'eau de Javel.

Ça ne s'éclaira jamais. Ses yeux ne s'habituèrent pas à l'obscurité. Il ignorait combien d'heures il était resté à écouter les battements de son cœur, à écouter sa respiration. Il toucha le sol, y trouva de fines rayures, à peine perceptibles. La surface était glissante, cireuse comme le Formica ou le vinyle, une matière synthétique, pas du bois ni de la pierre.

Il avança à quatre pattes, avec prudence, jusqu'à atteindre un mur. En parpaing à en juger par la texture froide, rugueuse et granuleuse. Robert se redressa, les mains placées au-dessus de la tête pour ne pas se cogner. Il s'étira, mais ne toucha pas le plafond.

Il voulait appeler quelqu'un, crier à l'aide, mais toutes les fibres de son être lui disaient de ne pas le faire, que des choses l'écoutaient, l'observaient, attendaient l'arrivée de quelqu'un comme lui. Alors, il garda le silence et fit le tour de la pièce. Il ne heurta aucun meuble, ne frôla aucune fenêtre. Il soupira, trop fort pour que ce soit agréable, lorsque ses mains touchèrent une porte. La poignée, en aluminium ou autre métal, tourna. À sa grande surprise. Elle n'était pas verrouillée.

Robert ouvrit la porte d'une poussée et entra dans un couloir.

Enfin un peu de lumière. Des ampoules incandescentes étaient suspendues à intervalles réguliers au-dessus de lui. Certaines étaient grillées. Le reste était jaune. Elles grésillaient tout en éclairant le couloir de leur lueur blafarde, vacillante. Les murs vert jusqu'à mi-hauteur et blanc au-dessus lui titillèrent sa mémoire, mais il ne reconnut pas l'endroit. Le revêtement au sol, gris moucheté de blanc, était vieux, rayé et fendillé.

Des portes menaient à d'autres pièces, mais il ne les ouvrit pas, il sentit qu'il ne devait pas les ouvrir. Il n'éprouvait ni soif ni faim. Au loin, une porte à double battant, comme à l'hôpital, se trouvait fermée. Cet endroit lui paraissait de plus en plus familier, pourtant il ne le connaissait pas.

Aucune lumière ne filtrait par ces portes. Robert se redressa à mesure qu'il s'en rapprochait. Un frisson le parcourut lorsqu'il vit l'obscurité parfaite qui s'étendait derrière les hublots.

— OK, pas par-là, marmonna-t-il.

Alors qu'il s'apprêtait à faire demi-tour, les portes s'entrouvrirent dans un grincement.

— Bonjour, Robert, dit une voix.

Une femme noire et menue sortit des ténèbres et s'avança vers lui.

— Madame Pearce ?

Sa conseillère d'éducation du lycée, qui l'avait mis sur la voie de la fac, de la liberté, qui l'avait aidé à interner Adam à Liberty House.

— Oui, Bobby, répondit-elle. C'est sous ce nom que tu me connais.

Il eut la chair de poule et voulut prendre ses jambes à son cou, décamper pour rejoindre l'obscurité. Il fit un pas en arrière.

— Qu'êtes-vous ?

— Je suis l'inévitable.

Un sourire sur les lèvres, elle lui présenta sa main.

Il refusa de la serrer. Elle haussa les épaules, ne parut guère offensée.

— Vous n'avez pas vieilli, dit-il, scrutant le contour de ses yeux pour déceler des cernes ou des rides.

Il n'y avait pas plus de mèches grises dans ses cheveux qu'à l'époque où il était lycéen.

— Comme tu es gentil, répondit-elle.

— Où suis-je ?

— La version longue, c'est qu'il y a très longtemps une créature a essayé de m'échapper. Pour sa défense, elle était antérieure aux lois naturelles, aussi a-t-elle bénéficié d'un passe-droit et l'a-t-on autorisée à traîner entre les mondes. Ça m'a agacée. Alors, j'ai mis au point une solution, j'ai manipulé un sorcier par-ci, un autre par-là, et j'ai patienté. Les mortels en rut sont tellement prévisibles. Je vous ai laissés faire votre petite tambouille jusqu'à ce que j'obtienne les résultats que j'attendais.

Elle marqua une pause, enleva ses lunettes, les essuya sur son chemisier et prit une profonde inspiration.

— La version courte, c'est que tu es mort. En quelque sorte.

— En quelque sorte ? Je suis dans le coma.

— Tu es perspicace, docteur Binder. (Elle remit ses lunettes.) L'esprit t'a arraché un bon morceau. Plus précisément, il t'a arraché ta magie. Et, comme tu as dû l'entendre de nombreuses fois de la bouche des sorciers de ta famille, la magie est vie.

Il hocha la tête. Sue et Adam l'avaient marmonné de temps en temps. Bobby avait toujours trouvé que ça faisait secte, il ne s'était pas douté que l'expression était à prendre au premier degré.

— Est-ce que je vais m'en remettre ?

— Le pronostic n'est pas folichon, lui avoua-t-elle. Normalement, je ne serais pas venue en personne, mais je me sens redevable, après toute l'histoire avec ta femme et ton frère.

— Vous m'avez persuadé d'envoyer Adam à Liberty House.

Bobby sentit sa poitrine se contracter. Il serra les poings. Il n'avait pas éprouvé une telle colère depuis… depuis son père. Il desserra les poings.

— Il me hait depuis, ajouta-t-il d'une voix presque calme, presque un murmure.

— Oh, j'ai fait bien pire. (Elle soupira.) J'ai fait en sorte qu'il te haïsse.

— Pourquoi me dites-vous tout ça ?

— J'ai pensé que tu méritais une explication. Tu as été un bon instrument, ainsi que ta famille. J'aime que mes outils trouvent le repos une fois qu'ils ont rempli leur fonction.

— Qu'est-ce que ça signifie ? lui demanda Robert tandis qu'elle poussait la porte qui menait à la nuit éternelle. Que vais-je devenir ?

— Attends ici, répondit-elle en lui souriant par-dessus son épaule. Quelqu'un viendra bientôt te chercher.

41

Adam

Adam tendit la corde et décocha une flèche. Celle-ci se logea dans la cible en papier.

— Joli tir, dit Vic.

— Merci, répondit Adam, sentant l'étirement dans ses bras. On pratiquait quand on était gosses.

— Tu vas vraiment le faire ? s'enquit Vic.

Adam tira une autre flèche de son carquois. Il en avait pris quelques-unes, normales, pour s'entraîner.

— Est-ce que j'ai le choix ? répondit-il avant de lui tourner le dos pour tirer de nouveau.

C'était pire encore que ce que Vic savait. Ils avaient trouvé ce qui leur manquait à la quincaillerie, du mastic et un gros marteau.

Il avait pris le fer des marais sur la cheminée de Bobby, l'avait réduit en miettes avec le marteau avant de le broyer avec les fragments d'obsidienne. Il avait ajouté le mastic ainsi que quelques gouttes de son sang. Ses doigts saignaient encore quand il avait façonné les pointes de flèche. Car il fallait du sang. Naturellement. Il y avait celui d'Annie sur le tesson qu'il avait utilisé à l'hôpital pour la poignarder, mais Adam ne s'en servirait pas.

Il s'entraînait à tirer en attendant que les projectiles sèchent.

Ses mains tremblèrent lorsqu'il décocha la seconde flèche. Elle ricocha contre la clôture de Bobby. Il râlerait probablement, même si Adam utilisait des flèches d'entraînement qui ne causaient pas de dégâts. Elle laissait à peine une trace dans le bois.

Penser à son frère emplit son cœur de chagrin. Tout ça, c'était l'œuvre de Sara. Elle avait tout orchestré. Elle ne lui avait pas laissé le choix, elle l'avait conduit au point de non-retour. Et Sue. Il repensa à toutes les remarques qu'elle avait pu faire sur son père, se remémora toutes les fois où il avait tenté de lui soutirer quelque information.

Avait-elle été au courant ? L'avait-elle offert en sacrifice ? Avait-elle aidé la Mort à réaliser ses objectifs ? Rien que l'envisager lui faisait mal. Les larmes lui montèrent aux yeux, lui brouillèrent la vue.

—Il n'est pas mort, dit Vic, ressentant la tristesse d'Adam, mais se méprenant quant à l'origine de celle-ci.

Il s'avança vers Adam, le prit dans ses bras et lui enleva l'arc des mains.

—Mais il ne se réveillera pas, répondit Adam.

Il songea à se libérer de l'étreinte de Vic. Le sentant aussi, ce dernier la resserra.

—Je me suis réveillé, murmura-t-il contre les cheveux d'Adam. Toi aussi.

Adam s'écarta, mais Vic l'enlaça plus fort, même si Adam sentit que cela tirait sur ses points de suture.

—Reste, dit Vic.

—Je ne suis pas un chiot.

—Non, mais je ne peux pas te laisser tuer une femme, même si elle est possédée.

—Tu l'as entendue. La Mort.

—Je suis toujours policier. Je suis toujours un représentant de la loi.

—Alors quoi ? On la menotte et c'est tout ?

Il était encore possible de la sauver.

Sauf si papa avait menti dans sa lettre.

— Non, répondit Vic, mais il y a forcément un autre moyen.

— Je n'en vois pas. (Adam se tortilla dans les bras de Vic pour pouvoir le regarder dans les yeux.) Je ne vois pas d'autre solution, et elle n'arrêtera pas. Elle continuera de nous attaquer, de tuer et de consumer.

Il sentit que Vic retournait le problème dans sa tête, et parvenait à la même et terrible conclusion. La loi de la nature devait surpasser les lois des hommes, et celles de la magie.

Avant tout, ne point nuire.

Sue le lui avait répété cent fois, peut-être mille.

— Fais chier, jura Vic, son accent plus fort que d'habitude.

Adam détestait qu'ils en soient réduits à ça. Vic s'était montré si compréhensif ; il avait accepté la situation, ce qu'était Adam et l'existence de la magie, et même de devenir un faucheur, mais, là, ça allait trop loin. Et si le fait de tuer Annie l'amenait à changer d'avis ? Ne s'éloignerait-il pas d'Adam pour toujours quand il découvrirait que son amoureux était sur le point de devenir un sorcier renégat ?

Une lumière scintilla. La camionnette blanche d'Argent apparut dans l'allée. La femme elfe qui les avait conduits à la tour de l'horloge était assise derrière le volant. Elle leur jeta un regard impatient.

— C'est l'heure. (Adam rassembla son arc et ses flèches.) Tu n'es pas obligé de venir.

Il aurait vraiment préféré que Vic ne l'accompagne pas. Adam ne voulait pas qu'il voie, il ne voulait pas que Vic soit présent quand il commettrait l'irréparable. Car il n'avait pas le choix, il devait le faire. Pour sauver son frère, il s'exécuterait, même si cela lui coûtait tout ce qu'il avait.

Au bout du compte, Bobby était sa famille, et Adam l'aimait.

— Allons-y, dit-il.

Silver avait délaissé la salle de bal pour le palais du rire, une structure qui n'existait plus dans le monde réel. L'attraction se composait d'énormes fûts en bois et d'une espèce de roulette à taille humaine. Adam n'avait jamais compris comment on pouvait trouver un tel lieu amusant. Pour entrer, ils passèrent devant une marionnette en cage riant aux éclats. Le truc bien flippant.

Seamus était là avec une poignée de ses congénères. Quelques nains étaient tapis dans l'ombre. Adam les voyait pour la première fois, et ils collaient tout à fait aux stéréotypes véhiculés à leur sujet. Revoir deux gnomes lui fit chaud au cœur, même si l'aura de magie qui les entourait était diminuée.

Il y avait aussi des Sauriens. Un trio. Leur chef inclina la tête et Adam sourit.

— Bill ?

— Ouais, répondit le gros lézard.

L'accent traînant de l'Oklahoma sonna bizarrement dans sa bouche pleine de dents.

— Que faites-vous ici ? lui demanda Adam.

Les Sauriens ne figuraient pas parmi les races de Gardiens, du moins actuellement.

— Considère-nous comme des témoins de moralité, au cas où quelqu'un mette ta parole en doute.

— Merci, répondit Adam en hochant la tête. Et merci pour ce que vous avez fait.

Il faillit demander au Saurien ce que Seamus avait exigé, mais il n'était pas certain de supporter de connaître la vérité. Il ne voulait pas non plus savoir comment Bill réagirait s'il apprenait que le père d'Adam était sans doute à l'origine des sortilèges et des souffrances infligés à l'un de ses congénères.

— C'est bien normal, répondit Bill. Après ce que tu as fait pour nous.

— Tu vois ? lui murmura Vic tandis qu'ils poursuivaient leur chemin. Tu fais le bien et les gens te le rendent.

Adam n'était pas sûr que ce soit toujours le cas, mais la présence de Vic à ses côtés allégea ses pas. Argent et Silver se tenaient au centre, nimbés d'une lumière aveuglante qui reflétait leur état de tension.

— Cet endroit est un cauchemar en matière d'hygiène et de sécurité, marmonna Vic, parcourant du regard les attractions archaïques.

— Nous avons pensé que les autos tamponneuses seraient trop distrayantes, expliqua Silver.

Vic sourit, et Silver le gratifia d'un hochement de tête amical.

Au moins, ils ne se disputaient pas à cause d'Adam.

— As-tu un plan, Adam Binder ? s'enquit Argent.

— On doit l'appâter. L'obliger à nous attaquer.

— Et comment on fait ça ? demanda Seamus.

— On utilise la magie, répondit Adam. Votre magie. L'esprit me veut, mais ce qu'il désire par-dessus tout, c'est récupérer ses pouvoirs.

— Ce qui causera sa perte, déclara Silver. Qu'est-ce qui l'empêchera de s'enfuir de nouveau, de redevenir comme il était ?

— Je le lierai, répondit Adam.

Il tint une flèche entre ses doigts couverts de pansements.

Personne ne fut outré. Personne ne hurla « renégat ! » ni n'essaya de le traîner dans les geôles. Ils gardèrent tous le silence, ce qu'Adam trouva pire que tout.

— L'acte dont tu parles requiert un sacrifice, dit Argent. Il requiert la douleur d'une créature vivante.

— C'est pourquoi j'ai pris mon propre sang, répondit Adam.

— Adam…

Silver ne termina pas sa phrase, mais sa tristesse, un nuage bleu, enveloppa Adam.

— Quoi ? fit Vic. Qu'est-ce qu'ils veulent dire ?

— Adam mutilera son âme, lui expliqua Argent. S'il lie l'esprit, il souffrira. Éternellement.

— Je peux le supporter, affirma-t-il en balayant la pièce du regard. C'est moi ou l'un de vous. Je refuse de vous infliger ça. Tant pis si je deviens un sorcier renégat.

Plus personne ne parla. La pièce resta plongée dans le silence jusqu'à ce qu'Argent demande :

— Quand ?

— Maintenant, répondit Adam. Finissons-en.

— Je te conduis, dit-elle.

— Rien de trop joli, s'il vous plaît, dit Adam, repensant à la Cutlass et essayant d'égayer un peu l'ambiance. Je ne veux pas qu'elle finisse défoncée.

— Une marque américaine, alors, répondit Argent. Soit. Je précise toutefois que je ne suis pas un taxi.

— Non, ça, on est d'accord, répondit Vic. Votre voiture est beaucoup plus belle, ajouta-t-il sur un ton enjoué, percevant ce qu'Adam avait besoin d'entendre.

— Mes voitures, Vicente, insista Argent. J'en ai plusieurs.

— Non. (Silver interrompit leur échange de plaisanteries.) C'est mon devoir, ma sœur.

Cette fois, l'affrontement ne dura que quelques instants. Ce fut Argent qui céda, Adam en était certain. Elle obéit à son frère, pour changer, car Silver en avait besoin.

— Bien, répondit-elle.

42

Adam

La nuit tombait sur le centre-ville. Les lumières étaient encore allumées dans le quartier des théâtres, mais le brouillard de débris et de poussière provoqué par l'explosion ne s'était pas dissipé. Adam sentait le reliquat de magie du Geôlier, qui avait tenté d'arrêter le temps, ou du moins de le ralentir, pour permettre aux autres de s'enfuir.

Aucun esprit ne flânait ni ne festoyait dans ces rues. La destruction de la tour de l'horloge avait eu raison de l'ambiance carnavalesque. Les créatures qu'il cherchait des yeux détalaient ou se cachaient.

Silver arrêta l'Audi aux abords du centre-ville.

Un rugissement féroce retentit.

— C'est quoi, ça ? demanda Vic.

— Une manticore, répondirent Adam et Silver en chœur.

La présence de ce dernier était un tiraillement pour Adam. Il ne voulait pas qu'un malheur arrive au prince, mais, sans lui, ils étaient incapables de regagner le plan mortel.

— Où l'affronterons-nous ? s'enquit Silver en détachant sa ceinture.

Adam avait écumé Internet à la recherche de l'emplacement idéal. La pelouse entourée par les édifices classiques serait parfaite. Il aurait dû rappeler tante Sue. S'il y restait, il n'aurait même pas eu l'occasion de lui dire adieu.

— Au Civic Center Park, répondit-il. Il y a tout l'espace pour tirer à l'arc.

— Et ça laisse une marge de manœuvre si un monstre gigantesque déboule, ajouta Vic lorsque la manticore rugit de nouveau.

Il avait son arme et son bâton. Ils n'arrêteraient pas Annie avec ça, mais Vic pourrait ralentir toute autre créature qui les prendrait pour cible.

Silver se gara et ils descendirent de la voiture.

Des particules de poussière tombèrent sur leurs cheveux et leurs épaules tandis qu'ils marchaient. Ils arrivèrent au parc. Silver, qui possédait une meilleure vue qu'eux, se raidit. Il tendit un bras pour les empêcher d'avancer.

— Prudence, murmura-t-il.

Des os énormes, blanchis, jonchaient le sol. Des corbeaux, qui visiblement pouvaient traverser les mondes sans difficulté, avaient fait leur travail de charognard et tout nettoyé.

— Qu'est-ce que c'est ? demanda Vic, étudiant avec stupéfaction une cage thoracique qui aurait pu être celle d'une baleine.

Plusieurs corbeaux aux yeux rouges étaient perchés dessus et observaient les alentours en silence.

— Je crois que l'esprit s'est repu, dit Silver.

Vic sortit son revolver, chargea une balle dans le barillet. Adam enleva le carquois de son épaule et se retint de faire un commentaire. Vic était policier, un expert. Ce qui ne changea rien aux sentiments d'Adam à propos des armes à feu.

Des ombres traversèrent le nuage, occultant les réverbères et les enseignes lumineuses.

— C'est flippant, dit Vic.

— Dixit le bébé faucheur, ironisa Adam.

— Novice, rectifia Vic.

— Tu es prêt, Silver ? s'enquit Adam.

— Regarde ailleurs, répondit l'elfe.

Adam obéit et entendit le tintement du métal quand le cavalier dégaina son épée.

Un rayon blanc perça la poussière et le crépuscule. Les prisonniers qui avaient été enfermés dans la tour, les créatures volantes cachées dans le nuage, fuirent la lumière en poussant des cris stridents.

La magie pure était comme le feu d'un phare illuminant le ciel.

La manticore rugit.

— On a l'attention de quelqu'un, dit Vic, son arme levée. Mais avons-nous la sienne ?

Adam déploya ses sens ; l'esprit le sentirait peut-être, ce qui lui donnerait une raison de plus d'attaquer.

Silver avait modifié son apparence, mais il tenait toujours une épée, longue et fine, dans la main. Ils attendirent, l'oreille tendue, et balayèrent du regard les ombres passant dans le nuage qui voilait la lune.

Adam sentit la présence d'un tentacule affamé.

— Elle est ici, dit-il.

Annie avança sous l'arche située à l'extrémité du parc, environ trente mètres plus loin. L'esprit scintillait tout autour d'elle, telles des flammes qui l'entouraient de leur lumière rougeoyante. Elle portait les mêmes vêtements que le jour où ils l'avaient emmenée à la tour de l'horloge. Sale, brûlée et couverte de sang, elle se mouvait avec grâce. L'esprit avait vaincu le corps, bien qu'Annie fût toujours incapable de le contenir. Elle avait perdu ses cheveux.

Adam encocha une flèche, banda son arc.

— Tu es sûr de toi ? lui demanda Vic.

— Non, répondit Adam.

Il décocha la flèche et toucha Annie à l'épaule.

Elle hurla, en chœur avec l'esprit auquel elle était complètement liée, poussant un cri perçant comme celui d'un rapace ou d'un chat à l'agonie.

Le père d'Adam lui avait appris à tirer à l'arc dans l'espoir de l'emmener chasser et rapporter à la maison quelques écureuils, deux ou trois lapins, de quoi remplir le garde-manger. Après le pistolet à air comprimé, après le départ de papa, Bobby ne l'avait jamais obligé à tirer sur un être vivant, mais Adam avait apprécié l'entraînement et le temps passé avec son frère.

Adam sentit la pointe de flèche logée dans la chair d'Annie. Une partie du sceau, le cercle dans lequel l'esprit avait été confiné pendant si longtemps, se mêla à son fer et se fixa dans le fer. La douleur le submergea. Vic et lui hoquetèrent ensemble. Adam força sa vue à se dégager, à écarter la souffrance et les larmes. Il s'empressa d'encocher une autre flèche alors qu'Annie s'élançait sur eux à une vitesse incroyable, comme elle l'avait fait à l'hôpital. Vic pointa son arme sur elle. Silver brandit son épée.

Annie – l'esprit – rugit encore, mais cette fois un autre rugissement lui répondit.

La manticore surgit du brouillard. Elle atterrit sur l'arche derrière Annie avec une force qui fit trembler le monticule d'os. Un lion à queue de scorpion avec des ailes de chauve-souris.

La manticore se rua sur Annie, ses ailes se découpant sur la lune voilée.

Le lion ouvrit grand la gueule, prêt à la dévorer. D'un pas sur le côté, Annie esquiva l'attaque, mais Adam lui décocha une flèche dans le dos. Elle poussa un grondement féroce quand la manticore lui mordit l'épaule. Cela aurait dû tuer Annie, pourtant c'est le monstre qui chancela. Il vieillit sous leurs yeux, se ratatina sur lui-même jusqu'à devenir un squelette, un tas d'os croulant sur lui-même tandis que l'esprit aspirait la magie de la manticore, sa force vitale. Annie se redressa.

— À quoi bon, putain ? s'énerva Adam.

Elle venait de se guérir.

— Regarde, dit Silver. Tu le vois ?

Le lien resta en place. La magie ne jaillissait plus d'Annie. Elle était contenue, mais elle tourbillonnait, trop puissante, trop intense.

Adam tira une troisième flèche, et la magie se comprima. Il le sentit dans sa chair, c'était comme si on lui avait tranché un membre. Les flèches ne la tuaient pas, mais elles scellaient le pouvoir à l'intérieur d'Annie, elles appuyaient sur le couvercle de la Cocotte-Minute. Il ne restait plus qu'à la porter à ébullition.

Droite comme un « i », elle regarda Adam dans les yeux.

— On doit retourner à la voiture ! cria Adam en se mettant à courir.

— Pourquoi ? demanda Vic.

— On a besoin de plus de magie.

— Ce n'est pas ce qu'elle veut ?

— Il faut qu'on la pousse à bout.

— Je peux…, commença Silver.

— Il n'en est pas question, Votre Altesse, l'interrompit Adam.

— C'est mon devoir, protesta Silver, qui continua de courir avec eux en direction de l'Audi.

— Ouais, je m'en fiche, répliqua Adam. Demandez aux faucheurs.

Annie les avait presque rattrapés.

Vic se tourna, tira deux coups de feu.

Elle s'écroula.

— Ne vous arrêtez pas ! leur cria-t-il en se remettant à cavaler.

Ils grimpèrent dans la voiture, Silver au volant. Adam sentit Annie avant de la voir. Elle s'éleva dans le ciel, décrivant un grand arc de cercle.

Silver mit les gaz et fila à toute allure sur les routes conçues pour les calèches. Annie s'était effondrée à l'emplacement de la voiture et l'impact avait creusé un sillon dans le sol. L'esprit avait beau être scellé, il possédait encore beaucoup de pouvoir.

— Où allons-nous ? demanda Silver.

— Au mont du Guet ! cria Adam.

— Pourquoi ? s'enquit Vic.

— Ne roule pas trop vite, glissa Adam à Silver. Je ne veux pas la perdre de vue.

— Ça ne risque pas, dit Vic.

Dans le rétroviseur, il la vit les poursuivre, courant à une vitesse démente.

Silver ne leva pas le pied de l'accélérateur. Adam s'efforça de retrouver son souffle après qu'une chauve-souris, suivie d'une créature volante plus grosse, eut rebondi contre le pare-brise.

Il lui sembla que sa poitrine explosait de douleur.

— Ça va ? s'enquit Vic.

Il se pencha vers Adam et posa la main sur son épaule. Adam referma la sienne sur celle de Vic.

— C'est supportable, répondit-il, car c'était la vérité.

Ils avaient quitté la ville. Silver changea de voie pour éviter un bison spectral et un troupeau de dinosaures.

— Qu'est-ce que…

Vic laissa sa phrase en suspens.

Les panneaux qui indiquaient la route 70 ressemblaient à de minuscules lunes. Ils étincelaient, s'enflammaient, se consumaient et se reformaient. La montagne, une naine comparée aux sommets couverts de pins qui s'élevaient en amont, se dessina au loin. Adam ne regarda pas du côté mortel. Il resta concentré sur ce qui se dressait droit devant et sur ce qui les pourchassait.

Anticipant la conduite de Silver, Annie s'élança d'un bond. Elle s'écrasa sur le capot arrière de la voiture et arracha le toit de l'Audi. Ce n'était plus celle de Bobby, mais Adam grimaça quand même. Elle jeta le toit d'une main et plongea l'autre dans le capot arrière. Vic lui tira à nouveau dessus, à bout portant, mais elle le poussa sur le côté et grimpa sur lui, se dirigeant vers Silver. Adam, ceinture débouclée, attrapa une quatrième flèche et la planta dans sa poitrine. Elle hurla et tomba de la voiture.

— Vic ! cria Adam.

— Attache ta ceinture, lui dit Vic, se dépêchant de ramasser son arme. Ton ex conduit encore plus mal que sa sœur.

Un mince sourire sur les lèvres, Silver inclina la tête, sans toutefois quitter la route des yeux.

Adam obéit tandis que Vic se rasseyait. Il avait une égratignure sur la joue, mais il semblait indemne.

— On y est presque, dit Silver, quittant l'autoroute pour virer en direction des collines.

Le rugissement qui retentit fit tout trembler, comme une cité sombrant sous les flots, comme l'éruption d'un volcan.

— On est là pour ton trésor ! cria Adam à pleins poumons, projetant sa voix timide le plus loin possible.

Le dragon embrasa de ses flammes la lune émeraude. Sa peau, une coulée de lave en fusion, était couverte d'écailles à la jonction desquelles on pouvait voir le feu brûler. C'était formidable, de la magie à l'état pur. Adam n'avait jamais rien vu d'aussi beau ni d'aussi terrifiant.

— Elle arrive ! cria Vic.

Adam la vit bondir dans le rétroviseur. Au même moment, le dragon piqua sur eux.

— Maintenant, Silver ! cria Adam.

L'elfe freina si fort qu'Adam s'étonna que son esprit ne se soit pas rompu les cervicales.

Femme possédée et dragon se percutèrent en plein ciel. Annie plongea ses doigts dans les écailles du dragon. La créature poussa un cri assourdissant. Silver enclencha la marche arrière et redémarra sur les chapeaux de roue.

Adam et Vic se dévissèrent le cou pour voir la scène.

Le feu du dragon, la lumière qui brillait entre ses écailles faiblit un peu.

Annie étincela. La douleur dans le sceau s'accentua. Adam brûla avec elle.

Trop. C'est trop.

Il n'était pas sûr de savoir lequel des deux l'avait pensé quand Silver arrêta la voiture.

Le dragon, blessé, mais pas mortellement, battit en retraite.

Annie avait absorbé une petite quantité de sa magie, mais c'était tout de même…

Annie disparut dans une explosion de lumière.

L'onde de choc fit éclater les défenses d'Adam. Il sentit le bouclier de Silver envelopper la voiture, amortir la magie. La vague passa. Annie gisait sur la route.

La portière côté passager s'ouvrit. Vic descendit.

Les ténèbres se rassemblèrent à ses pieds, plus noires que la nuit, terrifiantes.

Il n'avait pas la même allure que les autres faucheurs, pas tout à fait. Des petits points blancs formaient des dessins, des fleurs et des motifs géométriques, sur sa robe.

Vic dégaina son bâton, le tendit, et l'arme continua de s'allonger. La lame de la faux se mit en place, froide et pâle comme le vrai clair de lune.

Adam regarda Vic s'agenouiller devant le corps d'Annie, se redresser, puis la balayer avec la faux.

Une bille scintillante, faite de lumière, voleta vers le ciel comme un oiseau ou un papillon. Elle se posa sur la paume de Vic. Il referma la main, et fut de nouveau lui-même.

Annie.

Elle n'était plus.

43

Bobby

Dix ampoules restèrent allumées. Puis neuf. Une par une, elles faiblirent puis s'éteignirent. Bobby savait à présent où il était. Cet endroit, c'était Liberty House, l'établissement réel, tel qu'Adam l'avait vu. Il suivit les éclats de rire, évita les cris de démence. Et surtout, il se tint à l'écart des doubles portes et des ténèbres qui s'étendaient derrière. Il n'avait toujours pas faim. Il n'avait pas besoin d'uriner. Il avait une conscience relativement ténue de son corps, mais, de ce qu'il sentait, celui-ci était affaibli. De temps en temps, il ressentait des petites pointes de douleur, les aiguilles probablement. C'était ce qui lui permettait de garder une certaine notion du temps qui s'écoulait, du monde en dehors de sa prison.

Il avait essayé de prier, ce qu'il n'avait pas fait depuis l'enfance. Il avait appelé Adam, fermé les yeux et répété le nom de son frère. La seule fois où sa magie s'était manifestée, sous la faculté de communiquer avec sa mère par télépathie, il l'avait utilisée pour commettre un acte horrible, et l'avait perdue à jamais.

Adam ne vint pas. Sa mère ne vint pas.

Il avait beau se sentir seul, il ne voulait pas que Mme Pearce, qui qu'elle soit en réalité, revienne.

Robert tourna à l'angle et trouva Annie, debout devant lui. Auréolée de lumière. Elle portait un jean, un tee-shirt, et ressemblait à la femme qu'il avait toujours connue.

— Robert, le salua-t-elle avec un sourire radieux.

— C'est vraiment toi ? demanda-t-il. Tu es morte aussi ?

— Tu n'es pas mort. Tu dors, c'est tout.

Elle examina les murs tachés par l'humidité, grimaça. Comment lui en vouloir ?

— Mais je n'arrive pas à me réveiller. J'essaie pourtant. Et les ampoules s'éteignent une à une.

— Tout ira bien, lui assura-t-elle en lui tendant la main. J'ai apporté ce qu'il te manque.

Elle déplia les doigts. Dans sa paume, elle tenait une poignée de barbe à papa. Non, ça semblait tout aussi cotonneux, mais ça brillait et s'accrochait à ses doigts.

Bobby voulut le prendre, prendre la main d'Annie, mais il s'arrêta dans son élan.

— C'est de la magie.

— C'est de la vie, le corrigea-t-elle en poussant la boule vers lui.

— Celle de qui ? demanda-t-il, avançant la main prudemment, sans la toucher.

Tant de rêves, de leur avenir ensemble, de leurs enfants. Rien ne s'était passé comme prévu.

— Je ne peux pas la rendre, dit-elle, ses yeux clairs baignés de larmes. Mais je peux au moins l'utiliser pour faire quelque chose de bien.

Robert se mordit la lèvre. Il avait choisi la normalité. Il avait nié cette partie de lui durant toute sa vie d'adulte. Il n'avait eu que faire des ombres et de la magie depuis qu'il avait tué son père sur l'insistance silencieuse de sa mère. La lumière scintilla au bout des doigts d'Annie, se déroulant en volutes. Il ne lui restait plus beaucoup de temps pour s'emparer de cette chaleur qui déjà faiblissait.

— Je ne pourrai pas la retenir éternellement. C'est à toi de décider.

— Si je la prends, je serai comme Adam, dit-il.

Et la porte de ce monde pourrait ne jamais se refermer.

— Et ce serait si fâcheux ? Ton frère t'aime. Et tu l'aimes, toi aussi.

— Je…

— Et il a besoin de toi. Comme j'ai besoin de toi. Reviens-nous. Reviens à la maison.

Elle avait raison. Il devait vivre. Les ampoules s'éteignaient. C'était l'occasion ou jamais. Il pourrait se racheter auprès d'Adam, montrer à Annie à quel point il l'aimait.

Les yeux pleins de larmes, Robert – Bobby – prit la main d'Annie.

Il le sentit à l'instant où la lumière se déversa en lui. Elle avait menti.

— Annie ? demanda-t-il en plongeant le regard dans ses yeux étincelants.

— Vis, murmura-t-elle, le sourire aux lèvres tandis que les ampoules vacillaient. Vis pour moi.

Il se réveilla, haletant, avec l'impression d'étouffer. Il était raide de partout, ses membres et sa tête étaient lourds, mais il avait retrouvé ses sensations ; il sentait le cathéter, les électrodes des appareils qui surveillaient ses fonctions vitales. Il était vivant.

— Bobby ?

Robert ouvrit les yeux.

Adam était assis à côté de lui. Il avait des cernes énormes. Il avait l'air exténué, au bout du rouleau.

— Tu as une tête de raton laveur, dit Bobby.

— Et, toi, tu fais peur à voir, répliqua Adam, mais il souriait.

— Où est maman ?

— Elle fume une clope. Et elle râle parce qu'elle doit traverser la rue.

Adam ouvrit la bouche, mais les mots restèrent coincés dans sa gorge, et il ne parvint qu'à articuler :

— Annie.

— Je sais, dit Bobby. Je l'ai vue.

Adam ferma les yeux.

— Il s'est passé tant de choses. J'ai tellement de trucs à te raconter.

— Moi aussi. Je veux te dire que je suis désolé, et je dois te parler de papa.

44

Adam

Adam obtiendrait des réponses. Sue ne répondait toujours pas à ses appels. Le besoin de savoir pourquoi elle ne lui avait rien dit le poussait à enchaîner les heures supplémentaires à l'atelier de Jesse.

Son frère et sa mère firent le tour de la Cutlass. Bobby ne sourit pas. Il n'avait pas souri depuis son réveil. Il portait son deuil comme un linceul. Le frère d'Adam n'avait peut-être pas aimé son épouse comme Adam aimait Vic, non pas qu'il ait l'intention d'employer le mot en « A » de sitôt, mais Adam savait désormais qu'il avait eu tort de douter des sentiments de Bobby.

Ils avaient enterré Annie sur l'Autre Rive, au pied du mont du Guet. Elle aurait un dragon pour veiller sur elle, et personne ne serait jamais assez fou pour troubler son repos. C'était plus facile que de répondre aux questions. Personne ne blâmerait Bobby. Les elfes avaient laissé un faisceau d'indices écrits pour que tout le monde sache qu'elle avait quitté son mari.

— Alors ? demanda Adam, résistant à l'envie de se tordre les doigts. Vous en pensez quoi ?

— C'est cent fois mieux qu'avant, reconnut Bobby. Tu as fait tout ça tout seul ?

Adam se gratta la tête.

— Jesse m'a aidé, surtout avec la carrosserie et la peinture.

Pendant son temps libre, il avait remplacé les parties défoncées ainsi que le capot. Il avait grappillé des pièces détachées dans les trois États voisins, faisant le tour des casses automobiles et écumant Internet.

Vic l'avait accompagné. Il avait emprunté la vieille camionnette de Jesse pour chercher des pièces dans le Kansas et au Nouveau-Mexique. Les médecins l'avaient autorisé à sortir, et il reprendrait bientôt son travail de jour. Il n'avait pas fauché d'autres âmes pour le moment. Et il était rentré chez lui, dans son appartement de Capitol Hill, petit, à l'ameublement spartiate. Adam lui rendait visite, mais il n'était pas encore resté dormir.

Vic était distant depuis ce qui s'était passé avec Annie, et Adam ne pouvait le lui reprocher. Il n'en voulait à personne, si ce n'était à la Mort elle-même.

La voiture était chouette, mieux qu'avant, mais elle ne remporterait pas le prix de la restauration la plus fidèle.

— On n'a pas trouvé la même couleur, expliqua Adam. Ils ne la produisent plus.

— Je préfère le noir, dit Bobby.

Adam était d'accord. La nouvelle peinture avait un bel éclat.

— Maman, tu en penses quoi ?

Tilla fit le tour de la voiture sans s'en approcher, se mordant la lèvre. Elle ne parlait pas beaucoup depuis que Bobby s'était réveillé.

Il y aurait toujours une certaine distance entre eux, Adam le savait. Il ne pouvait en être autrement, malgré leurs efforts mutuels. Mais Tilla aimait Vic, et elle prenait soin de Bobby.

Elle rentrerait bientôt chez elle, pour garder le tombeau secret de papa. Adam l'accompagnerait. Il devait savoir, même s'il craignait que sa relation avec Vic ne survive pas à l'éloignement. Il espérait se tromper. Il espérait obtenir des réponses, faire la paix avec Sue et retrouver le sorcier renégat, l'autre, pour Seamus et pour Annie. Car la lettre avait menti.

Il était encore possible de la sauver.

Adam appuya la main sur sa poitrine. La douleur lui enserrait le cœur, littéralement. Il l'endurerait. Elle lui rappelait que toute magie avait un coût.

Il avait fait tout ce chemin, espérant résoudre un mystère. À présent, une nouvelle énigme s'ajoutait à la liste. Son père ne pouvait être le sorcier renégat, le druide noir. Son père était mort.

Bobby l'avait tué, pour sauver Adam, et le tourment que cela lui causait égalait presque, par moments, celui qu'il s'était infligé à lui-même en liant l'esprit. Bobby – Robert – lui avait sauvé la vie.

Le secret de sa mère et de son frère était dévoilé, à Adam du moins. Peut-être parviendraient-ils tous les trois à se pardonner et entameraient-ils ensemble un nouveau chapitre, qui sait ?

— Dis quelque chose, maman, insista Bobby, ramenant Adam à l'instant présent.

— J'ai toujours trouvé étrange ton amour pour cette voiture, avoua-t-elle à Adam.

— Pourquoi ? demanda-t-il.

— Tu as été conçu dedans, répondit-elle avec l'ébauche d'un sourire pâle, empreint de nostalgie.

Adam poussa un cri horrifié mêlé de dégoût.

Il n'avait peut-être pas besoin que sa famille soit aussi ouverte et loquace que celle de Vic.

— Tu pourrais acheter de nouveaux sièges, lui glissa Bobby avec un petit air amusé.

Adam se dit que peut-être, avec le temps, ils s'en sortiraient. Ils formeraient à nouveau une famille. Quand le chagrin se serait estompé.

Cette prise de conscience, cet étrange sentiment de quasi-sérénité le suivit tandis qu'il descendait l'escalier. C'était fini. Pour le moment.

La Cutlass était réparée et il avait réglé tout ce qu'il pouvait avant de parler à Sue. Il pourrait dormir pendant une semaine entière. Vic avait congé le lendemain. Ils pourraient passer la journée ensemble avant qu'Adam ne quitte Denver.

Il regagna le sous-sol. Alors qu'il déboutonnait la salopette bleue qu'il portait à l'atelier, il aperçut une ombre, une tache noire, blottie au pied du lit.

— Spider ?

Le chat noir ouvrit ses yeux verts et leva la tête.

Sa fatigue s'envola d'un coup.

— Sue va bien ?

Le chat poussa un long miaulement plaintif avant de disparaître.

La peur au ventre, Adam composa le numéro du mobil-home de Sue. Pas de réponse.

Il commença à fourrer ses vêtements dans son sac à dos.

S'il roulait sans s'arrêter, il serait là-bas en douze heures, dix s'il conduisait comme un elfe. Il continuerait de l'appeler jusqu'à ce qu'elle décroche et lui assure qu'elle allait bien.

Adam savait que ce n'était pas le cas.

Remerciements

La liste de ceux qui ont contribué à vous faire connaître l'histoire d'Adam est longue. Du fond du cœur, je remercie les personnes suivantes. Je leur dois énormément, car elles m'ont permis de concrétiser le rêve de ma vie.

Mes incroyables agents Lesley Sabga et Nicole Resciniti.

Toute l'équipe de Blackstone, en particulier Rick Bleiweiss, qui a compris ce que je voulais accomplir avec ce livre. Marco Palmieri et Deirdre Curley pour leurs corrections. Mandy Earles et toute l'équipe marketing. Sean Thomas pour la couverture incroyable. James Persichetti, qui m'a aidé à m'améliorer.

Mon partenaire Brian McNees, qui a fait des biscuits pour la Saint-Valentin avec des phrases de ce livre.

Mes amis et ma famille, qui m'ont soutenu et qui ont cru en ce roman : Sara Albert, Mary Block, Marnie Christenson, Stephen Chubb, Nikki Cimino, Angela Del Ponte, Carisa Goho, Debby Haude, Adrian Hellberg, Suzanne Johnson, Lisa Manglass, Lynn McCormick, Bob McNees, Barbara Middleton, Neva Murphy, Richard Patrick, Lauren Piner, Bonner Slayton, Kaleb Slayton, Brian Staley, Alfred Utton, et Aaron Wood.

Ma tante, Bonita Dyess, la première à avoir éveillé mon amour pour l'écriture.

Les incroyables auteurs et autrices, critiques, éditeurs et éditrices de ma vie : Elly, Amanda Barrentine, Cat Clyne, Katie Day, BD Ervin, Liz Freed, S. J. Kemsley, Erin Kennemer, Kim Klimek, Kim Lajevardi, Chad Mathine, David

Myer, Amanda O'Connell, MB Partlow, Lee Sandwina, Anitra Van Prooyen et Nikki VanRy.
Mes plus sincères remerciements à Pikes Peak Writers et à Rocky Mountain Fiction Writers.
À mes rock stars, dont j'adore les livres : Rena Barron, Carol Berg, Lisa Brown Roberts, Veronica R. Calisto, Gail Carriger, Kat Cho, Kameron Claire, Helen Corcoran, Hilary Davidson, Alex Harrow, Sara J Henry, Angie Hodapp, Josi Kilpack, Shannon Lawrence, Jenna Lincoln, Heather McCorkle, Axie Oh, Cecy Robson, MR Rutter, Angela Sylvaine, Mason J Torall, Aimie Trumbly Runyan, Danica Winters et Barbara Ann Wright, merci !
Et enfin, à tous ceux que j'ai perdus. Vous me manquez tous les jours. Mes grand-mères, Tilla Slayton, qui lisait tout ; et Juanita Dyess, qui me laissait construire des univers. Summit, la cicatrice en forme de patte sur mon cœur.

Achevé d'imprimer en décembre 2022
Par CPI Brodard & Taupin à La Flèche
N° d'impression : 3051109
Dépôt légal : janvier 2023
Imprimé en France
81122021-1